El obrador de la esperanza

El obrador de la esperanza

Montse Cazcarra

Papel certificado por el Forest Stewardship Council®

MIXTO
Papel | Apoyando la silvicultura responsable
FSC® C117695

Penguin Random House Grupo Editorial

Primera edición: enero de 2025

Printed in Spain – Impreso en España

ISBN: 978-84-666-8055-4
Depósito legal: B-19.324-2024

Compuesto en M. I. Maquetación, S. L.

Impreso en Rodesa
Villatuerta (Navarra)

BS 8 0 5 5 4

A las personas que están aprendiendo a relacionarse desde un lugar más sano.

A las que creen en el amor, aunque no siempre sea fácil.

A las que han perdido la esperanza.

Y a las que quieren recuperarla

1

JÚLIA

Hay lugares que tienen un olor especial, que te transportan a momentos del pasado y a emociones inaccesibles a través de otros sentidos.

Eso le sucedía a mi segunda casa, el lugar al que acudía a diario durante los últimos quince años: la panadería artesanal fundada por mi abuela a finales de los sesenta y más tarde reconvertida en cafetería. El obrador de la esperanza.

Todo en él eran recuerdos.

El sonido de la campanilla al entrar me transportaba a las tardes en las que, después del colegio, me instalaba en la mesa del rincón a hacer los deberes bajo la atenta mirada de mi abuela Esperanza. Allí permanecía hasta que terminaba su larga y agotadora jornada.

Tenía un aroma inconfundible a pan recién horneado, de corteza crujiente y miga esponjosa, a cruasanes artesanales y a café tostado de sabor intenso con notas frutales y especiadas.

Miré el reloj mientras cruzaba el umbral de la puerta. Eran las diez y media. El grupo de oficinistas de la consultoría de la acera de enfrente ya habrían hecho su pausa reglamentaria para desayunar. La señora Clotilde, íntima amiga de mi abuela, se estaría despidiendo de ella mientras le transmitía un nerviosismo innecesario por llegar a casa antes de las doce y tener la comida de su marido lista para cuando regresara del huerto. Y Filomena, otra de las amigas de mi abuela, estaría escogiendo el colín de pan más grande para su nieto, sin resistirse a protestar por la creciente afluencia en el establecimiento.

—Ponme dos, por si uno se le cae —añadía siempre, como si fuese la primera vez—. Esperanza, un día de estos nos quedaremos sin mesa, con tanta cara nueva por aquí —concluía mientras extendía varias monedas a lo largo de la palma de la mano.

Las amigas de mi abuela llevaban mal los cambios. No entendían la moda de bautizar los dulces en inglés y los cafés en italiano, ni la necesidad de servirlo todo como si de un libro de recetas se tratase.

—Filo, querida, ya sabes que ahora quien manda es mi nieta —le recordó mi abuela—. Mira, por ahí viene —añadió, señalándome después de que las campanillas de la puerta anunciaran mi llegada.

Fui capaz de convencer a mi abuela de hacer muchos cambios, pero para ella las campanillas no eran negociables. Fueron un regalo de mi abuelo, el primer objeto que compró para el obrador cuando firmó el contrato de compraventa del local, así que respeté su decisión.

Me acerqué al mostrador, no sin antes hacer un repaso visual de las mesas. Crucé miradas con la clientela habitual, que me saludó con una sonrisa. Para mi abuela y para mí era importante que los clientes sonrieran. «No han venido a comprar pan, ni a llenar su estómago, ni tampoco a tomar café. Han venido a ser un poco más felices», me advirtió hace ya mucho tiempo, siendo yo muy joven. Fue su primera clase magistral. Para ella, la más importante de todas. No se me olvidaría nunca.

Sí, mi abuela era de esas personas más preocupadas por la felicidad ajena que por la suya propia. Y estaba convencida de que el camino para conseguirlo precisaba de un buen avituallamiento que ella estaba dispuesta a proporcionar.

—Julieta, cariño, ¿cómo ha ido? —dijo mientras me explotaba un beso en la mejilla.

Solo a ella le permito ese estallido de besos, como hacía cuando era una mocosa de poco más de un metro, y solo a ella le permito que me llame como a la protagonista de una tragedia shakespeariana.

Respondí con la mirada, señalando la zona de obrador. No quería hablar de algo tan íntimo delante de su amiga, quien, por otro lado, hubiese estado encantada de tener acceso a información tan potencialmente jugosa.

Enseguida vino a mi encuentro mi hermana Catarina.

—¿Qué?, ¿cómo ha ido? —me preguntó a modo de saludo mientras se secaba las manos en el delantal.

Nina —solo respondía a ese nombre— era diez años menor que yo, pero siempre sentí que me llevaba ventaja en la vida. Estaba a punto de graduarse en marketing e investigación de mercados, había conseguido un contrato de prácticas en una agencia publicitaria para el próximo semestre y era altamente probable que al final de este se incorporase como parte de la plantilla. Mientras, en su tiempo libre, hacía lo que yo a su edad: echar una mano en el obrador de la familia. Salvo por una diferencia: sus aportaciones habían mantenido con vida un negocio agonizante. Durante la pandemia, tuvo la genial idea de ofrecer cursos online de elaboración de pan. «Aprende a hacer tu propio pan», lo tituló.

Tenía amistades de esas que jamás te fallan —aunque yo tampoco podía quejarme de mis amigas— y una pareja con la que planeaba irse a vivir en cuanto ahorrasen lo suficiente. Yo, en cambio, no hacía más que encadenar fracasos amorosos, tomar decisiones desde el miedo y experimentar una regresión tras otra a etapas de mi vida que supuestamente ya había dejado atrás.

—¿Es nuevo? —pregunté con curiosidad. Juraría que se había hecho otro tatuaje. Me flipaban los tatuajes, pero nunca tuvieron cabida en mi imagen de niña buena, así que me limitaba a contemplarlos en su piel.

—Júlia, ¿cómo ha ido? —recondujo la conversación en un tono serio a la par que preocupado.

Nina, a diferencia de la abuela, era poco afectuosa en el tú a tú, pero quien la conocía sabía que su presencia y su mirada tenían sabor de abrazo, aunque a veces hubiera que esforzarse por sentirlo.

—Todo lo bien que podría ir una despedida —respondí no muy animada mientras dejaba ir su brazo.

—¿Cómo estás, Julieta?, ¿cómo ha ido, cariño? —preguntó la abuela, una vez se hubo despedido de Filomena.

—Ni bien ni mal —respondí, y solté un suspiro—. Me siento como quien ha cerrado una puerta que llevaba demasiado tiempo abierta.

Fui tan sincera como pude. Por un lado, me sentía rota, pero, por otro, me encontraba sorprendentemente aliviada. Mientras me ponía el delantal reparé en esa sensación de ligereza, incluso de libertad: había sido capaz de hacer lo que en otro momento me hubiese parecido imposible. Una sonrisa de satisfacción se dibujaba en mi rostro al tiempo que caminaba con la cabeza alta y paso firme. Tan firme como la decisión que le había comunicado a Pol: «No me llames, no me escribas. Lo nuestro terminó hace mucho y no puedo avanzar si sigues en mi vida».

Había querido decírselo a la cara, en un acto de valentía y respeto hacia mí misma. Sabía que refugiarme tras una pantalla haría que mis palabras sonasen con menor rotundidad. Y rotundidad y contundencia era justo lo que necesitaba.

—¿Ya está? —preguntó Nina.

—Ya está —confirmé tras coger aire y saborear mis palabras antes de dar una respuesta tan determinante como pretendía—: Pol ya no forma parte de mi vida.

En el mismo instante en que lo verbalicé en voz alta, sentí cómo se cernía sobre mí una nube oscura de tristeza y nostalgia. Y rompí a llorar.

¿Qué esperaba? Nunca me resultó fácil decir adiós. Aunque con Pol hubo muchos «adioses», ninguno fue tan definitivo como el que había tenido lugar tan solo unos minutos antes. A él le había mostrado mi cara más firme y segura. «Que vea que no tienes dudas», me había dicho a mí misma. Pero ahora, con mi abuela y con mi hermana delante, podía quitarme la coraza.

—Ay, mi niña... —Mi abuela se acercó, me abrazó y me besó en la frente varias veces con la esperanza de que, con sus besos, el dolor desapareciera—. El amor, qué bonito es cuando es bonito, y qué doloroso es cuando...

—Abuela, eso no era amor —la cortó Nina—. Lo de Pol era otra cosa: un «ni contigo ni sin ti», un sinvivir para Júlia. Si de verdad la quisiera, la hubiese dejado ir ¿hace cuánto?, ¿seis meses? Cuando ella cortó con él. —Me dio un momento para que me recuperase del golpe—. Júlia, siento ser tan clara —¡vaya si lo era!—, pero estarás mejor sin él.

«Sin él». Sus palabras se repitieron en mi mente por unos instantes al mismo tiempo que se me hacía un nudo en el estómago. Sentí vértigo.

—Sí, Júlia, sí; estarás mejor sin él —insistió Nina.

Asentí, mustia. Tenía razón. Pero aceptarlo me dolía. Me dolía escuchar cosas que, irónicamente, ya sabía.

No tenía fuerzas para rebatirla, aunque tampoco hizo falta: la abuela la calló con un codazo.

—Ahora dolerá —prosiguió mi hermana, algo más suave—. Aunque con vuestro recorrido y después de tantos meses, quizá no tanto como anticipas.

«Ojalá sea así», pensé.

—Lo sé —balbuceé entre sollozos, autoconvenciéndome.

Ahogué un suspiro. Cogí el pañuelo que mi abuela me tendía mientras Nina me apretaba la mano con fuerza. Me limpié las lágrimas, me soné la nariz, respiré hondo y traté de cambiar mi semblante. Al cabo de unos segundos, y con una serenidad impostada, pregunté:

—Y por aquí, ¿cómo ha ido?

—Todo tranquilo, como siempre —respondió mi abuela, enfrascada en despejar las mesas de trabajo para preparar una nueva remesa del sándwich especial de la casa, en previsión de la oleada de clientes del mediodía.

—Salvo por una cosa —dijo Nina con hastío—: han llamado para cancelar el pedido.

—¿Qué pedido? —pregunté temiéndome lo peor.

—El del aniversario de boda, el de la señora Ferrer —corroboró Nina.

—¡Joder! —exclamé. El enfado había reemplazado a la tristeza—. ¡Ese pedido era muy grande!

—¡Esa boca! —me riñó mi abuela. Siempre había sido una mujer muy tolerante, menos para ciertas cosas.

—¡¿Qué?! —repliqué sintiéndome fuerte en el enfado—. Será que a ti no te fastidia que nos cancelen pedidos con tan poco margen. ¿Ahora qué hacemos con todo el material? ¿Nos lo comemos? —Busqué un poco de comprensión en mi abuela, aunque en el fondo sabía que me entendía—. Además, era un pedido tan importante que tuve que decir que no a otros que nos hicieron después.

Ninguna de las dos respondió. Sabían que tenía razón, pero temían que, si me la daban, mi enfado fuese a más. Gestionar el enfado siempre había sido una de mis asignaturas pendientes. Recuerdo que, en la carrera, una profesora nos explicó que el enfado era como la energía, «ni se crea ni se destruye; se transforma». Yo había aprendido a transformarlo en un sumiso silencio, aunque, con el tiempo, supe que no era una estrategia recomendable, pues tarde o temprano se transforma en un estallido que se lo llevaba todo por delante, a mí la primera.

Suspiré y traté de fingir una calma que no sentía. Quizá así, a base de impostarla, lograba que se instaurase en mí.

—¿Qué respuesta le has dado, Nina? —le pregunté mientras cogía una bandeja llena de uno de nuestros productos estrella, el *brownie* vegano.

—Que no aceptamos cancelaciones con tan poco margen de tiempo —respondió con contundencia. Por un momento, di por resuelto el asunto—. Pero ha insistido tanto que le he pedido que vuelva a llamar más tarde para hablar contigo. Que tú eres la encargada.

Solté un bufido, puse los ojos en blanco y crucé el umbral de la puerta que separa el obrador del mostrador y la zona de cafetería. Pensé que, tras la pandemia, algo habría cambiado, que nos habríamos vuelto más empáticos, más considerados. Pero no.

Me detuve un segundo en busca de apoyo moral.

—Alucino con la gente. —No pude contenerme—. ¡Qué falta de consideración, cancelar con tan poco margen de tiempo! ¡¿Qué diablos se creen?! A ver qué excusa se le ocurre a la señora Ferrer... —Usé una entonación burlona cuando pronuncié el apellido y alcé el mentón como imitando el gesto soberbio de alguien altanero y presuntuoso. Enseguida me arrepentí.

—¡Chisss! —me soltó mi abuela al ver que, sin darme cuenta, había avanzado unos metros y ya me encontraba tras el mostrador. A juzgar por la cara que puso supe que, en cuanto me diese media vuelta, me encontraría a la señora Ferrer de frente.

No fue así. Respiré aliviada.

—Buenos días —dije dibujando una sonrisa de niña buena e inocente en un intento de compensar mi inapropiado comportamiento.

—Buenos días —respondió el cliente al otro lado del mostrador, impasible.

—¿En qué puedo ayudarte? —le pregunté mientras dejaba la bandeja de *brownies* en su sitio y me recreaba recolocando el cartelito con el nombre del producto y su precio. Estar ocupada me ofrecía la excusa perfecta para seguir esquivado su mirada.

—Soy la persona desconsiderada que quiere cancelar un pedido —respondió en un tono que no supe descifrar. Hizo una pausa larga, lo suficiente para que me muriese de vergüenza, y con una sonrisa añadió—: Traigo una buena excusa, o eso creo.

Me incorporé tan lentamente como pude e intenté ganar tiempo para inventarme una respuesta exculpatoria. Pero no tuve éxito, no era capaz de pensar con claridad.

—¿La señora Ferrer? —fue lo único que se me ocurrió.

—Soy su hijo —respondió, y dibujó una media sonrisa. Aquel rostro me resultaba familiar. «¡Bravo, Júlia! Has metido la pata hasta el fondo», me reproché. Estaba a punto de sufrir una sobredosis de ridículo y vergüenza.

—Perdona —dije cerrando los ojos y apretando los labios—, no debería haber dicho eso.

—Estoy de acuerdo —respondió esbozando una sonrisa triste. La serenidad de su expresión me desconcertó. ¿Por qué no estaba enfadado? Yo en su lugar echaría chispas—. No me reconoces, ¿verdad? —dijo al fin.

Su pregunta me forzó a dejar de esquivar sus ojos, levantar la barbilla y mirarle fijamente a la cara. De nuevo aquella sensación de familiaridad.

—¿Debería?

Parpadeé un instante y luego le escudriñé con atención mientras intentaba empaparme de tanta información como me fuese posible para entender lo que mi cuerpo y mi subconsciente ya sabían. Sorprendida, di un respingo. Agradecí haber dejado la bandeja de *brownies* en su sitio. Juraría que hasta se me detuvo el corazón justo antes de empezar a latir más y más rápido. «Estaba segura de que ya había pasado la edad del rubor». Las palabras de Jane Austen aparecieron en mi mente. Pero no debía de ser mi caso, pues mis mejillas comenzaron a arder como cuando estás al lado de una chimenea en invierno.

Él parecía impaciente por recibir una respuesta. La sonrisa de su rostro dejó a la vista unos inconfundibles hoyuelos. Entonces lo supe: era él, no había duda. Su aspecto de profesor universitario con gafas de montura redonda, barba de tres días y pelo estudiadamente desaliñado combinado con la elegancia de una americana me habían jugado una mala pasada.

Me cubrí la boca con las manos para no revelar el efecto que, después de tanto tiempo, había provocado en mí.

—¿Bruno? —logré articular por fin.

—Veo que te acuerdas de mí —repuso, sorprendido.

«¿Cómo no hacerlo?», pensé.

2

BRUNO

Siempre me ha sorprendido cómo, tras una pérdida, el mundo sigue funcionando con completa normalidad mientras que para ti la vida se ha detenido y tienes la sensación de que jamás podrás recuperarte de ese duro golpe, de que no volverás a ser el mismo.

«Estarás bien», me repetía mi madre cada vez que veía mis ojos vidriosos. Como si fuera un niño pequeño, me dejaba reconfortar por sus palabras, aunque fuese tan solo por unos segundos.

«Lo sé, mamá», le mentía. Quería creerla, de verdad que quería. Pero, por encima de todo, quería que no se preocupase por mí.

Los últimos meses no habían sido fáciles. Al dolor de la enfermedad y la pérdida se le sumaba un divorcio. Cuando recibes un golpe tan doloroso, te planteas muchas cosas. Entre ellas, cómo quieres que sean tus días y con quién deseas pasarlos. Así que, después de años en piloto automático, decidí divorciarme (aunque todavía no constaba oficialmente, no hasta que no firmase los papeles).

«¿Habré hecho bien?», me cuestionaba. Supongo que era inevitable preguntármelo. Romper una relación de pareja de toda la vida, con un hijo pequeño en común y muchos planes de futuro, no era fácil. El peso de la culpa de haber sido tú quien ha tomado la decisión, la sensación de fracaso, la preocupación por cómo lo llevará Llorenç, los múltiples cambios logísticos... Se me hacía cuesta arriba. Pero mi paz mental enseguida me ofrecía una respuesta difícil de eludir.

Sin embargo, siempre que veía los papeles del divorcio sobre la mesa del comedor del piso que había alquilado en mi pequeña ciudad natal, se me encogía el corazón. «Con lo práctico que siempre has sido, ¿por qué te cuesta tanto dar el paso?», me preguntaba de forma casi obsesiva en busca de una respuesta tan convincente como para replantearme mi decisión (¿sería demasiado tarde para hacerlo?) o para firmarlos de una vez por todas y avanzar.

«No, ya no quiero a Núria» y «sí, estoy mejor sin ella», me reafirmaba. Pero ahí estaban: DIVORCIO DE MUTUO ACUERDO, los papeles que era incapaz de firmar. Sin duda, algo que debía resolver, pero para lo que en ese momento no tenía ánimo. Demasiados cambios en tan poco tiempo.

Como consecuencia del divorcio, había regresado a la ciudad del Vallés que me vio nacer (un alquiler en Barcelona era imposible).

«Es lo que tiene vivir de tu sueño: corres el riesgo de no llegar a fin de mes», me decía repitiendo una de las frases lapidarias de mi padre, un hombre parco en palabras a quien parecía satisfacerle encontrar razones para recordar cuánto me había equivocado en mis decisiones, seguido de un «si me hubieras hecho caso...».

«Si te hubiera hecho caso, papá, ahora estaría amargado. Con los bolsillos llenos y el culo asegurado, sí, pero amargado», le replicaba.

Aunque estuviera experimentando una especie de crisis existencial respecto al trabajo, este seguía siendo mi refugio. No podría decir lo mismo si hubiera seguido trabajando con él, codo con codo, en la empresa familiar. Pero tenía razón, y odiaba que fuese así: trabajar de lo que te apasiona no siempre significa vivir cómodamente, y menos en mi situación, ya que debía afrontar los gastos del piso nuevo y, al mismo tiempo, contribuir a los del domicilio familiar. No queríamos que nuestro hijo sufriera más cambios en su vida, así que, durante al menos el curso que acababa de empezar, hasta que no vendiéramos el piso en común y Núria encontrase uno definitivo, Llorenç seguiría en el mismo colegio y yo me encargaría de llevarlo y traerlo de Barcelona cuando se quedase conmigo.

Durante los últimos meses vivía tanto en mi cabeza que a menudo llegaba a los sitios sin ser consciente del trayecto. Y eso mismo me acababa de suceder: iba tan ensimismado que casi me paso de largo la oficina de Correos. Hasta allí me llevaban las notas de la agenda Moleskine de color azul oscuro de mi madre y, en ese caso concreto, el aviso de llegada de un paquete que había encontrado entre sus páginas y que expiraba al día siguiente.

«Hijo, hay algunas gestiones a las que no he podido atender. Coge mi agenda y encárgate tú de ellas, por favor», me pidió.

Mi capacidad para mantenerme sereno a pesar de la adversidad me había llevado a ganarme la fama de solucionador en mi familia.

«Si quieres que me encargue de ellas, lo haré. Pero ¿por qué no se lo pides a papá?», inquirí pensando en que, si alguna de esas cuestiones precisaba de una autorización formal, era mejor que las atendiese el cónyuge y no el hijo.

«Tu padre, con ese semblante frío, imperturbable, parece fuerte, pero no te fíes: no estará para estas cosas. Además, hay cuestiones que no le puedo pedir a él. No te preocupes, son solo asuntos sin importancia».

No pude decirle que no.

«Asuntos sin importancia». Sus palabras se hicieron eco en mi mente. Cuando las pronunció, acerté a imaginar eso, asuntos sin importancia, como hacer una gestión en el banco, recoger un abrigo de la tintorería e ir a por un paquete a la oficina de Correos. Pero entre esos asuntos sin importancia se encontraba también hacerme cargo del club de lectura que ella organizaba, para el que no me sentía ni remotamente preparado.

Cuando llegué a la oficina de Correos me sorprendió su aspecto renovado. Ser testigo de los cambios que había experimentado mi pueblo natal —ahora ya ciudad— me hacía pensar en todo el tiempo que había pasado lejos de sus calles, de mi familia y de mis amigos. Me sentía como un extraño en mi propia ciudad. Pero me bastaron un par de minutos para darme cuenta de que hay cosas que nunca cambian: una cola interminable, personas perdidas que no sabían qué opción seleccionar en el dispensador de turnos y otras recién llegadas quejándose del tiempo de espera que tenían por delante.

Saqué el móvil y empecé a revisar mi correo. Ser *freelance* tiene muchas ventajas, como recoger a tu hijo del colegio sin que el jefe de turno te mire mal por intentar conciliar o perder la mañana de un jueves cualquiera en Correos. Pero también tiene inconvenientes: lo que no hagas hoy te esperará mañana, y pasado, y al otro, ya sea viernes, sábado o domingo.

Bip-bip. Alcé la mirada hacia la pantalla que informaba de los turnos. 086. Ese era el mío.

Me dirigí al mostrador número 3, donde un hombre con cara de pocos amigos me esperaba para atenderme. «No juzgues tan rápido», me reñí.

—Buenos días. Venía a recoger un paquete a nombre de mi madre. —Extendí el aviso de llegada que había encontrado en su agenda.

—¿Trae una autorización? —preguntó.

Negué con la cabeza. El nudo que se había formado en mi garganta me impedía hablar. Al final pude pronunciar la temida frase:

—Mi madre murió hace unos días, pero mire, traigo su DNI y el certificado de defunción —añadí mientras le presentaba los documentos.

—En ese caso, debemos notificarle al remitente la situación y solicitar un permiso por escrito para entregar el paquete a la persona que acredite su condición de heredero...

En ese punto dejé de escuchar. No tenía el ánimo para más explicaciones, y mucho menos para realizar los trámites que me proponía.

Una mujer bajita, con aspecto de bibliotecaria y expresión afligida que se encontraba a escasos metros colocando unos paquetes en grandes cajas de plástico se giró y se dirigió a mí:

—Joven —levanté la mirada—, venga conmigo. —Me indicó una puerta que quedaba escondida, a la izquierda del mostrador. Acto seguido, se dirigió a su compañero—: Ya me encargo yo.

Cuando nos encontrábamos lejos de las miradas de los demás, se presentó:

—Soy la directora de esta oficina. He oído que ha perdido a un familiar recientemente.

Asentí.

—Lamento su pérdida. —Agradecí sus palabras, pues, a pesar de no conocernos, me parecieron sinceras—. ¿Me permite?

Extendió la mano hacia el aviso de llegada. Se puso las gafas sin montura que hasta entonces llevaba suspendidas en una cadena dorada y examinó el documento.

—También traigo esto —dije yo, dándole ambos documentos de identidad, el de mi madre y el mío.

La mujer los revisó detenidamente en silencio, como pensando, y enseguida resolvió:

—Joven, quédese aquí. Ahora vuelvo.

Regresó al cabo de un par de minutos portando un paquete.

—Yo también perdí hace unos meses a un ser querido y lo último que necesitaba era que la burocracia me pusiera las cosas más difíciles —susurró mientras extendía el sobre de papel Kraft de tamaño DIN-A4.

—Gracias, muchas gracias. —Respiré aliviado mientras sostenía con firmeza el sobre en mis manos, como si del mismísimo Santo Grial se tratase.

—Por favor, que esto quede entre nosotros —se aseguró la señora.

—Por supuesto —le confirmé—. Muchas gracias, de verdad —reiteré llevándome una mano al corazón.

Salí de la oficina de Correos aliviado al saber que podía tachar una tarea más de la lista, deseando que este fuese el último obstáculo burocrático que debía sortear.

A continuación, me dirigí al obrador, que se encontraba a un par de calles. Por el camino, palpé el paquete, jugando a adivinar qué había dentro. ¿Serían documentos?, ¿una libreta?, ¿un libro? Me pudo la curiosidad y lo abrí allí mismo, en medio de la calle.

¡Ah, por supuesto! Se trataba de un libro. ¿Qué, si no, habría recibido por Correos mi madre, la mayor devoradora de libros que conozco?

Lo saqué del sobre lo justo para ver de cuál se trataba. *El año del pensamiento mágico*, de Joan Didion. Le di la vuelta para leer la contraportada en horizontal y di con las palabras «enfermedad», «pérdida», «resiliencia». No me hacía falta leer más para saber que lo había comprado para gestionar mejor la situación por la que estaba pasando. Siempre se había refugiado en los libros. Ahora no iba a ser distinto...

Lo que no comprendía era por qué no lo había comprado en su librería habitual, donde siempre la habían hecho sentir como en casa.

Miré el remite: un apartado de correos. «Quizá lo compró de segunda mano por internet». Parecía una respuesta poco probable, dada su animadversión por las tecnologías.

Lo que sí lamentaba era que el libro hubiese llegado demasiado tarde y que mi madre no hubiese podido disfrutar de sus páginas. Sentí el peso de la tristeza. Sorbí la nariz sintiéndome extrañamente vulnerable en medio de la calle, deseando que esas sensaciones no fuesen a más. Quería estar sereno para mi siguiente parada. Volví a meter el libro dentro del sobre y seguí mi marcha, esta vez acelerando el paso.

Calle Mayor, número 7. Allí se encontraba mi siguiente destino. Mi cometido: cancelar un pedido de mi madre para su aniversario de bodas.

Aunque se encontrase batallando contra el cáncer, se había prometido a sí misma que, mientras el cuerpo se lo permitiese, disfrutaría de cada día como si fuese el último. Y eso incluía aprovechar cualquier motivo de celebración. ¿Cómo no iba a celebrar, pues, sus bodas de oro?

Había intentado cancelarlo por teléfono sin mucho éxito. «No se pueden cancelar pedidos con tan poca antelación», fue la respuesta que me dio la persona al otro lado de la línea. Ante mi insistencia, me propuso que llamase más tarde para hablar con la encargada. Pero pensé que, ya que estaba cerca, tal vez se avendrían a hacer una excepción y accederían a cancelarlo si me personaba y les explicaba cuáles eran mis circunstancias.

EL OBRADOR DE LA ESPERANZA. Leí el rótulo que quedaba medio escondido entre las pequeñas flores trepadoras de color fucsia que cubrían parte de la fachada. Era inconfundible: años atrás, en aquel preciso lugar, se encontraba una antigua panadería de esas que horneaban el pan a leña.

Abrí la puerta y exploré visualmente el lugar. Mesas de mármol blanco, sillas de ratán y plantas de hojas grandes en las esquinas. Al fondo, el cartel original, PAN HORNEADO A LEÑA, lucía con orgullo y confirmaba mi hipótesis. Solo que ahora el viejo obrador también era una cafetería.

«¿Habrá cambiado de propietarios?», me pregunté.

Di unos pasos y, detrás de mí, se cerró la puerta. Unas campanillas anunciaron mi llegada. Tan pronto como las oí repicar, decenas de recuerdos de mi infancia y mi adolescencia me vinieron a la mente tras haber permanecido adormecidos durante años en un lugar especial de mi memoria.

Me acerqué al mostrador. Una chica de pelo naranja y brazos tatuados estaba dentro, en el obrador. La veía interactuar con una mujer mayor y con otra persona más, una mujer de pelo castaño.

—¡Joder! —Una voz femenina cruzó el cristal que separaba el obrador del mostrador. Pertenecía a la persona que estaba de espaldas.

«¡Qué mal genio se gastan aquí!», pensé.

Como si me hubiera leído el pensamiento, la mujer

mayor miró en mi dirección, se giró de nuevo hacia la voz femenina y le dijo algo que no alcancé a escuchar, pero, por su gesto, diría que la reprendió. Fue en vano, pues la chica que estaba de espaldas siguió vociferando y soltando improperios. ¿Sería ella la encargada con la que debía lidiar?

Por lo que acerté a entender, no les hizo mucha gracia que anulase el pedido. Comprendía que les resultara fastidioso, pero la escena me pareció del todo inapropiada. No daba crédito.

Cogí el móvil para disimular, pero seguí afinando el oído todo lo que pude para escuchar lo que decían. No hizo falta que me esforzara demasiado, pues la persona que había permanecido de espaldas mientras se quejaba acababa de aparecer cargada con una bandeja de *brownies* que tenían una pinta deliciosa. Sentí la tentación de pedir un café y acompañarlo con uno de esos bizcochos de chocolate de aspecto tan apetecible, pero temí que escupiera en él cuando se enterase de que «la persona desconsiderada que pretendía cancelar un encargo con tan poco margen» era yo.

—Buenos días —dijo mientras se acercaba al mostrador, en un tono muy distinto al que había usado hacía tan solo unos segundos.

¿Estaría intentando borrar lo que había oído con un exceso de amabilidad? Su cara esbozó una sonrisa, pero en ningún momento me miró a los ojos. Supo que la había escuchado, confirmado.

Y en ese preciso instante, ya sin enfado en su voz, la reconocí.

—Buenos días —respondí.

—¿En qué puedo ayudarte? —me preguntó, todavía esquivando mi mirada.

—Soy la persona desconsiderada que quiere cancelar un pedido —respondí. Sorprendido por mi elocuencia, sonreí con picardía—. Traigo una buena excusa, o eso creo.

De repente, su cara cambió. Se quedó callada sin saber qué decir. Se incorporó lentamente. Diría que estaba buscando dónde esconderse. Eso, o procuraba ganar tiempo para pensar en una respuesta.

Entonces alzó la mirada.

Al verla de pie frente a mí, mirándome a los ojos, lo confirmé: era Júlia.

Ahí estaba, a menos de un metro de distancia. Había perdido la cuenta del tiempo que había pasado sin saber nada de ella.

—Perdona —hizo una pausa, como tratando de encontrar las palabras adecuadas—, no debería haber dicho eso.

—Estoy de acuerdo —sonreí. Nos quedamos en silencio.

No había nada en su rostro, ni sorpresa ni alegría. Más bien percibí distancia e indiferencia. Me miró desconcertada.

—No me reconoces, ¿verdad?

Hacía muchos años que no nos veíamos, cierto, pero me hubiese fastidiado que no se acordase de mí. Júlia había sido alguien importante en su momento. Esperaba haber dejado la misma huella en ella.

—¿Debería?

Había quedado como un imbécil. Tendría que haber hecho como si no nos conociéramos, cancelar el pedido, irme y no volver más. Pero enseguida puso los ojos como platos, dio un brinco y empezó a ruborizarse.

¡¿Me había reconocido?! No sabía si saldría del obrador con el pedido cancelado o no, pero al menos habría protagonizado un cómico reencuentro en aquel templo de olor a pan, cruasán y café.

Júlia se cubrió la boca con el dorso de las manos hacia dentro. Parecía gratamente sorprendida. O eso me permití pensar.

—¿Bruno? —balbuceó.

—Veo que te acuerdas de mí —sonreí, aliviado.

3

JÚLIA

Dentro de mí había una adolescente dando saltitos de alegría. No podía disimularlo. Recorrí el metro y medio de mostrador que tenía a la derecha hasta salir a la zona de cafetería e ir a su encuentro, mientras, por el camino, me quitaba la gorra y me ahuecaba los rizos con las manos, tratando de estar algo más presentable para aquel fortuito encuentro.

Bruno tenía una amplia sonrisa en la cara. Me detuve delante de él tratando de resolver la pregunta a la que parecían reducirse todos mis problemas en ese preciso momento: «¿Cómo se saluda a alguien que fue parte de tu vida veinte años atrás?». Descarté el abrazo. «Eres demasiado intensa». En mi cabeza resonaron las palabras de Pol censurando mi emocionalidad. Así que me acerqué a Bruno camino de su mejilla izquierda, pero él hizo justo lo contrario. Nos interrumpimos a tiempo de evitar lo que hubiese sido un choque fortuito de nuestros labios. Qué vergüenza. Rectificamos los dos y casi volvimos a chocar otra vez. Una sonrisilla tonta asomó en mi cara. ¡Maldita sea! ¿Por qué tenía que ser tan transparente?

—¿Cómo estás? —pregunté, animada—. ¡Cuánto tiempo! —No le di espacio para responder.

—Bien. —Su respuesta sonó poco convincente—. Digamos que podría estar mejor. ¿Y tú?

—Bien. Aunque supongo que también podría estar mejor.

Nos quedamos en silencio unos segundos. «¿Y ahora qué?», pensé. Hacía demasiado tiempo que no nos veíamos como para darle detalles de mi vida. Habíamos estado desconectados el uno del otro, convirtiéndonos, con el tiempo, en dos completos desconocidos. Pero la adrenalina que recorría mi torrente sanguíneo me impedía dejar que se marchase del obrador sin antes charlar un rato.

—¿Has desayunado? ¿Te apetece tomar algo? —fue lo primero que se me ocurrió para romper el silencio.

Me olvidé por un momento de mis obligaciones y le invité a sentarse a mi mesa, la que ocupo siempre que vienen mis amigas. Está situada en la esquina, al fondo, y desde allí puedo contemplar toda la zona de cafetería, como hacía de pequeña, y sentirme, a la vez, fuera del foco de los demás.

—Me he tomado un café esta mañana antes de salir de casa —respondió mientras se acomodaba en la silla.

—¿No has comido nada? —Y antes de que contestara, ya estaba volviendo al mostrador. Me detuve a mitad de camino—: ¿Te apetece otro café? —Él asintió—. ¿Cómo lo quieres?

—Uno solo, por favor.

Serví dos de los *brownies* que había sacado del horno tan solo unos minutos antes y le pedí a Nina que preparase los cafés; el mío, descafeinado. Volví a la mesa con los trozos de bizcocho como una niña que sale del colegio portando una obra de arte hecha en la clase de plástica para el día de la Madre.

—Te traigo una de nuestras recetas estrella —anuncié.

Bruno alzó la mirada, expectante.

—En realidad, he estado tentado a pedirte uno antes... —Hizo una pausa, como dudando de lo siguiente que iba a decir—. Pero he temido que me escupieses en él —añadió entre risas.

A mí no me hizo tanta gracia. No necesitaba recordar el ridículo que había hecho, pero era justo, me lo merecía.

—¡Qué vergüenza! —exclamé mientras me escurría en el asiento.

—Estabas muy enfadada. Pero mucho mucho —enfatizó Bruno, y asentí.

—Usamos materia prima de calidad. En eso no escatimamos, así que cada pedido que se cancela nos cuesta dinero —repuse, procurando plantar semillas de comprensión en él.

—No hay duda de que vuestro producto es de calidad —observó mientras se llevaba a la boca un ya muy mordisqueado *brownie*—. Está delicioso, te felicito.

—Gracias. La receta es de mi abuela —le expliqué con orgullo—, solo que la hemos modernizado para poder llamar *brownie* a su bizcocho. Así se vende más... y más caro —susurré, acercándome a él, como quien confiesa un secreto.

—Pues bien vale su precio.

Sonreí satisfecha.

Nos quedamos en silencio, pero no fue uno de esos incómodos, quizá por el sabor del bizcocho, quizá porque la compañía era agradable.

—¿Cuánto tiempo hacía que no nos veíamos?

—No sé. La última vez que nos vimos fue...

—En el concierto de... ¡En Fiesta Mayor! —recordó. ¡Sí, señor! Buena memoria.

—Verano de 2004.

—¿Qué tendríamos?, ¿diecisiete años?

—Yo quince y tú dieciséis.

—Ha llovido mucho desde entonces…

—Mucho —enfaticé.

—¿Cómo es posible que no nos hayamos vuelto a ver?

—La llegada del verano nos separó —dije, encogiéndome de hombros.

—¿No debería ser al revés? —reflexionó Bruno en voz alta, con cierta melancolía en su mirada.

Eso habría deseado yo hacía veinte años, que el verano nos hubiera unido en lugar de separarnos.

Aún recuerdo sus palabras: «No puedo quedarme, Júlia. Mis padres quieren tenerme cerca». La rebeldía de Bruno llevaba a sus padres a atarle en corto para que no se «echara a perder». Y se marchó con ellos a la Costa Brava. Siempre pensé que Bruno había vivido nuestra separación de forma distinta a como la viví yo: con fiestas en la playa, verbenas en la casa familiar, mucho sol y mucha sal. Pero la melancolía en su mirada sembró en mí la duda.

Nos quedamos en silencio otra vez.

—Al que sí que he visto es a Quim —reconduje la conversación.

—Sí, me lo comentó. En la Autónoma, ¿no?

—Él estudiaba en la facultad de al lado de la mía —añadí mientras asentía.

—¿Qué estudiaste?

—Psicología.

—Siempre me ha interesado la psicología.

—El único interés del Bruno que yo conocí era conseguir dinero para comprar maría y esquivar las amonestaciones para que no le expulsaran del colegio —dije en tono burlón.

Soltó una ruidosa carcajada. No quise girarme, pero sentí la mirada de más de una persona clavada en nosotros.

—Hay muchas cosas que no sabes de mí —dijo en voz baja, haciéndose el interesante, mientras se recolocaba las gafas.

Reí de forma bobalicona. Recordaba a un Bruno muy distinto al que tenía delante, y una parte de mí se moría de ganas por saber más de este. Me preguntaba qué le había llevado a convertirse en alguien con aspecto de profesor universitario. ¿Dónde había quedado aquel chico rebelde con un futuro lleno de nubarrones? Sí, cierto, todos cambiamos. La edad y la vida nos hacen madurar. Pero algo pasa en el camino. Y yo, que había estado veinte años sin saber de él, sentía una repentina curiosidad por averiguar cómo había sido el suyo.

Ambos dimos un mordisco a nuestros respectivos *brownies*.

—Un cerebrito como tú, que siempre sacaba buenas notas, apasionada por la ciencia... Te hacía trabajando en un laboratorio, o como ingeniera. No esperaba encontrarte aquí —confesó él.

—¡Pues ya ves! Aquí estoy, entre harinas y cafés.

La repentina aparición de Nina interrumpió la conversación.

—Un café solo y uno descafeinado con leche de almendra —anunció mientras dejaba la taza de Bruno en la mesa y me lanzaba una mirada fulminante, como si estuviera invitando a desayunar al enemigo. Había sido ella quien le había atendido por teléfono cuando había llamado esa misma mañana. Sin duda, le había reconocido.

—Gracias —le dijo Bruno, y mi hermana le respondió sin abrir la boca.

Durante un instante nos quedamos mirando el uno al otro, explorándonos con curiosidad. Tenía la extraña sensación de conocerlo muy bien. Al fin y al cabo, pasamos muchas horas juntos el último curso del instituto. Pero, a la vez, sentía que esa persona sentada delante de mí era una completa desconocida. Escrudiñé cada centímetro de su cara. El paso del tiempo también había dejado huella en él, y ya se le veían algunas arrugas alrededor de los ojos. Tenía ojeras. ¿Qué le estaría quitando el sueño? Y aunque sentía que sonreía de forma genuina, su mirada apagada me decía que estaba triste.

—Y a ti, ¿cómo te ha tratado la vida? —quise saber.

—Si me hubieses hecho esta pregunta hace unos años, te habría contestado que todo iba bien. Aunque realmente no era así. En cambio, ahora te diré que las cosas están regular... —Hizo una pausa para coger aire—. Aunque quiero pensar que mejorarán.

Permanecí en silencio, expectante. Pero ni él dijo nada ni yo quise indagar. Después de veinte años, es difícil saber hasta dónde preguntar...

—Júlia, en realidad, yo he venido a cancelar un pedido.

Me recoloqué en el asiento. «OK, vale. No quieres hablarme más de ti: mensaje recibido», acepté un poco decepcionada. Ya me había olvidado del pedido de su madre.

—Sí, algo me ha dicho mi hermana —disimulé.

—¿La chica que me ha atendido por teléfono, la misma que nos ha traído los cafés, es tu hermana? —dijo, sorprendido—. Caray, sí que ha crecido... La recordaba como una niña rubita de poco más de metro treinta.

—Los años pasan para todos —observé.

—Cierto. Y sobre el pedido… —continuó—, mi madre falleció hace diez días.

«Bravo, Júlia. No solo has criticado a la señora Ferrer delante de su hijo, sino que has puesto verde a la *difunta* señora Ferrer».

—Perdona, yo n-no… —tartamudeé—, no lo sabía.

Intenté sobrellevar la incomodidad del silencio removiendo el café.

—Tranquila, no podías saberlo. Por eso he venido a cancelarlo.

—Lo comprendo perfectamente.

—Sé que te hago una faena cancelando el pedido, así que… —Se quedó pensativo un momento, como si se le acabase de ocurrir algo, y continuó—: ¿Puedo llevármelo el miércoles en vez del sábado?

—¿El miércoles? —repetí, pensativa—. Mmm… ¿Me das un minuto?

—Lo que necesites.

—Voy a ver qué encargó tu madre y te digo si podemos pasarlo al miércoles. Más que nada, por la materia prima, ¿sabes?

Fui a por la libreta de los encargos y volví a la mesa leyendo cada uno de los puntos de la lista en voz baja.

—¿Te importa si hacemos algunos ligeros cambios? —le pregunté, acomodándome en el asiento—. Así puedo garantizarte que lo serviremos el miércoles.

—Lo que sea necesario. No quiero complicároslo más, encima que me hacéis el favor…

Empecé a anotar los ajustes en la libreta.

—Vale, creo que lo tengo —dije al cabo de unos segundos, todavía reflexiva—. Pero, una pregunta, si no es demasiada indiscreción…

—Dime.

—¿Qué vas a hacer con tanta comida? Piensa que las raciones son para unas cuarenta personas.

—Me la llevaré al club de lectura —respondió como si yo ya supiese de qué estaba hablando.

—¿Al club de lectura?

—Sí. He heredado un club de lectura —dijo como quien confiesa haber heredado un castillo—. Mi madre lo organizaba el último miércoles de cada mes en la biblioteca del colegio en el que trabajaba —explicó—. Era profesora, no sé si la recuerdas —añadió con nostalgia.

Asentí. Recordaba vagamente a su madre. La había visto en un par de ocasiones, al pasar por su casa de camino a otra parte. Era una señora elegante, de esas que llevan collares de perlas a todas horas, también cuando vestía tejanos y calzaba zapatillas. De lo poco que recordaba de ella era que yo le caía bien. Supongo que se debía a que conseguí lo que muchos otros no habían logrado antes: que Bruno abriese un libro, desde que había empezado a ir con malas compañías y se había vuelto un rebelde.

—Me pidió que me encargase del club cada miércoles hasta final de curso —prosiguió, esa vez con una expresión más animada.

—Vaya, vaya, vaya —dije en tono de sorpresa—. Nunca me hubiese imaginado a un pseudodelincuente juvenil al cargo de un club de lectura.

Bruno rio.

—¿Cuántas personas están apuntadas? ¿Treinta, cuarenta?

—¡No, no! —exclamó—. Es en *petit comité*, afortunadamente.

—Aaah —arrastré la vocal durante unos segundos—. Entonces debe ser como estar entre amigos.

—Salvo que en lugar de amigos míos son amigas de mi madre.

Reímos.

—Bruno, oye, si es un grupo reducido, os sobrará mucha comida. —Me quedé pensando—. ¿Por qué no lo distribuimos en varios pedidos?

—¿Podrías hacerlo?

—Si no pudiéramos, no te lo estaría ofreciendo. Tú no te preocupes, está todo controlado —concluí, restándole importancia.

En realidad, me estaba complicando la existencia, pero de esa manera conservábamos el encargo y no se tiraba comida. Por un momento pensé que estaba ingeniándomelas para volver a verle. Pero enseguida descarté esa opción (poco convencida, a decir verdad). Después de lo de Pol, había decidido mantenerme alejada de los hombres por un largo periodo de tiempo.

«Júlia, esto va en serio: sin excepciones», me dije en tono de advertencia.

«Si yo solo quiero evitar que cancelen un encargo o, en su defecto, que se termine tirando comida», repliqué.

—Pues te lo agradezco mucho.

—Lo que sea por un viejo amigo. —¿Éramos eso, viejos amigos?—. Por cierto, ¿podéis llevar comida a la biblioteca?

—¡Joder, no! —exclamó con disgusto—. ¡Cómo no he caído antes! Perdóname. Te he hecho buscar alternativas para nada... —Envuelto de frustración, se apagó—. Bueno, ya veré cómo lo hago. Me las ingeniaré de alguna forma. Delante del colegio hay un parque, podemos hacerlo tipo pícnic...

—¿Y por qué no venís aquí? —le propuse.

—¿Aquí?

—¡Sí!

—De ninguna manera. Ya estás haciendo mucho adaptando el encargo...

—Te lo digo de verdad. ¿A qué hora celebráis el club de lectura?

—A las siete y media de la tarde.

—¡Perfecto! A esa hora ya hemos cerrado y podremos disponer de la cafetería para nosotros. Además, ahora anochece más temprano y os quedaréis sin luz pronto. Por no hablar de que Nina lleva un tiempo diciendo que tenemos que darle más vidilla a este sitio... —dije moviendo los dedos de las manos y sacudiendo el cuerpo—. Podemos probar con un club de lectura. Podría ser un buen inicio.

Bruno se quedó en silencio, pensando. Yo, también en silencio, ladeé la cabeza y levanté una ceja en un gesto que pretendía convencerle de que era una buena idea, un *quid pro quo*.

—¿Tú lo ves claro? —me preguntó, dubitativo.

—No —reí y recé para que no fuese una artimaña de esa parte de mí que, de forma prematura, se sentía demasiado a gusto teniéndole cerca—, pero podemos probarlo. ¡Será divertido!

—Si para ti es un sí, para mí también —concluyó.

Bruno dio un último bocado al *brownie*, hurgó en sus bolsillos y sacó varias monedas. Traté de disuadirle.

—Invita la casa, así vuelves otro día.

«La impulsividad, Júlia, la impulsividad», me reñí.

—Gracias por el café, Júlia. Nos vemos el miércoles.

Nina acudió a mi encuentro mientras le veía salir del obrador.

—¿Te has aliado con el enemigo? —Ella siempre tan directa e irónica—. Es Bruno, ¿verdad?

—Ja, ja, ¡qué graciosa! —me burlé—. ¿Le has reconocido?

—He escuchado algunas palabras y he atado cabos —explicó mientras atendía a una chica vestida con un uniforme blanco impoluto. Dos portales más arriba habían abierto una clínica dental hacía poco—. ¿Cómo habéis quedado?

—Dividiremos el encargo para entregarlo en varios días y haremos algunas modificaciones para servirlo el miércoles.

—¿El miércoles? —preguntó con suspicacia.

—Sí. Y no lo recogerán, sino que lo consumirán en el local.

—No te sigo. —Me miró con el rabillo del ojo mientras acercaba el datáfono a la chica del uniforme.

—Celebraremos un club de lectura aquí, el miércoles a las siete y media. —Solté la noticia que, con total seguridad, iba a ser incendiaria, y me fui dentro.

—Espera un momento, ¿cómo que celebraremos un club de lectura aquí? —protestó, indignada. Despidió a la clienta con una sonrisa y se volvió hacia mí con una expresión muy distinta—. Me has rechazado mil propuestas. Mil. «Nina, no nos compliquemos la vida», «Nina, no hay espacio», «Nina, la abuela no querrá» —me imitó.

—Yo no pongo esa vocecilla tan ridícula. —O, al menos, eso esperaba. Dejé lo que estaba haciendo y la miré—. Pero es cierto, tienes razón: he tumbado cada propuesta que me has hecho.

Nina se llevó las manos a la cintura y se plantó delante de mí.

—¿Y puedo preguntarte a qué se debe ser tan flexible con un cliente?

—Su madre ha muerto —dije casi sin pensarlo.

Mi hermana se quedó muda. En décimas de segundo, se le desmontaron todos sus argumentos. Se dirigió a la zona de cafetería para recoger las mesas que habían quedado vacías. Entonces reparé en la libreta de los encargos y fui a recuperarla. De vuelta al mostrador, pensé en lo que Bruno y yo habíamos tenido. Traje a mi mente nuestra historia. Una historia breve pero intensa. «Tan intensa como lo son los amores adolescentes», me dije para restarle importancia de inmediato.

Creía que lo nuestro había quedado olvidado con el tiempo, sepultado por el paso de los años y diluido por las lágrimas derramadas por otros hombres. Pero ahí estaba: mi yo adolescente agradeciéndole a la vida que le hubiese puesto de nuevo en mi camino, y mi yo adulta maldiciendo que lo hiciera en ese preciso momento en que estaba de vuelta de todo, especialmente en cuestiones del amor.

—Julieta, cariño, ¿qué ha pasado? —Me había quedado inmóvil, apoyada en la pared de cristal que separa el obrador del mostrador, abrazada a la libreta, con la mirada perdida. Mi abuela me devolvió de nuevo a la tierra—. Nina parece molesta —observó, susurrando.

—Nada, abuela, ya te lo contaré en otro momento.

—Pero ¿estáis bien? —quiso asegurarse.

—Se ha enfadado porque celebraremos un club de lectura.

—¿Un qué? —preguntó rápidamente—. ¿Aquí? —No hizo falta obtener respuesta por mi parte para que le pareciera un disparate.

—Sí, aquí. Hay muchas cafeterías que tienen un espacio de librería. Se ha puesto de moda. Y en las librerías se celebran clubes de lectura —expliqué con la seguridad que ofrece una lógica aplastante.

—Pero nuestro obrador no es una cafetería-librería —oí decir a Nina a mi espalda. Cómo odio que tenga razón...

—Ya lo sé. Pero no es tan locura como parece.

Nina me miró, incrédula.

—Cariño, si tú estás convencida, adelante. Yo te apoyo. —La abuela me cogió del brazo y me susurró más bajito—: Pero, y ya me vas a perdonar que te lo diga, tu hermana está enfadada con razón. Piensa en todas las veces que has rechazado sus ideas.

—Lo sé, abuela, lo sé. Pero ¿no me empujáis siempre a tomar decisiones más arriesgadas? —quise defenderme.

—Sí, Júlia, pero respecto a tu carrera —protestó Nina, que seguía atenta a nuestra conversación.

Cogí aire con fuerza.

—Bueno, ya está hecho.

—¿Le has comentado el tema de las alergias y las preferencias alimentarias?

Chisté de forma sonora.

—Ostras, no me he acordado.

—¿Y cuánto tiempo dura?

—Tampoco se lo he preguntado.

Me sentí avasallada. Aunque las preguntas eran muy coherentes, debo reconocer.

—Bueno, tienes su teléfono, puedes preguntárselo —resolvió al fin.

—¡Mierda, no! El teléfono que tenemos es el de su madre.

—¿Cómo se apellida? —siguió preguntando Nina.

—¿Quién?

—¿Quién va a ser? ¡Bruno!

Hice memoria. Me vinieron a la mente las múltiples llamadas de atención de los profesores. «Bruno Martín Ferrer», repetían, cada vez más enfurecidos.

—Bruno Martín Ferrer —reproduje en voz baja para que no me escuchase el señor trajeado al que estaba atendiendo.

Nina sacó su teléfono móvil del bolsillo, hizo una búsqueda en Google y me mostró los resultados. Aparecía una foto suya con el pelo más corto, sin gafas. Ese Bruno se parecía más al que yo recordaba.

—Es él —afirmé.

—Mira, abuela. Es este chico.

—Pero ¡seréis cotillas! —protesté.

—Déjame ver. —La abuela cogió el móvil, se puso las gafas y examinó la foto—. No he querido fijarme mucho en él, que ya hemos montado suficiente circo. Pero lo recuerdo: es el muchacho que tan poco nos gustaba a tu madre y a mí.

No respondí.

—«Licenciado en Periodismo» —leyó Nina en alto. Le pedí que bajase la voz, no estábamos solas—. «Articulista». —Se detuvo—. ¿Articulista? Qué palabras más raras se inventan.

Escuché a la abuela y a Nina cotillear en un rincón. Les rogué que parasen.

—Estaba comprobando a ver si en Google aparecía un teléfono al que llamarle. —«Buena excusa, pero no cuela», pensé.

—¿Y consta alguno?

—No.

—Pues entonces, dejadlo.

Nina bloqueó el teléfono, frustrada, y se puso a atender.

—¿Quién sigue, por favor?

4

BRUNO

De camino a casa traté de digerir todo lo que acababa de suceder en cuestión de unas horas. La tristeza de tener que hacer frente a la pérdida en las cosas más nimias como recoger ropa de la tintorería, poner al día unos papeles del banco y retirar un paquete de Correos contrastaba con la sorpresa de reencontrarme con Júlia.

Júlia.

Verla de nuevo había sido agradable. Los recuerdos, las sensaciones perdidas en un recóndito lugar de la memoria volvían a mi mente al escuchar su voz a tan solo unos centímetros.

Recordar el tiempo que pasé con ella era volver a una época oscura en la que sentía que daba bandazos, lleno de una ira que no sabía gestionar, rodeado de malas compañías que yo mismo buscaba y convirtiendo mi adolescencia en un sinvivir para mis padres.

Me arrepiento de las decisiones que tomé. «Eras muy joven», me excusaba mi madre. Pero eso no la liberaba del dolor y la preocupación que le causé. A ella y a mi padre. Y entonces volví a pensar en Júlia.

Entré en casa; todo seguía en penumbra, tal y como lo había dejado por la mañana antes de irme. Me dirigí a la ventana y levanté la persiana para que la luz natural inundase el espacio abierto que nos servía de comedor, salón, cocina, despacho y, en ocasiones, de dormitorio para Miki.

—¿Qué hora es? —dijo este, todavía arrastrando las palabras.

—Hora de levantarse —respondí con cierto mosqueo—. De hacer la siesta, más bien. —Sonó a pulla, y lo era.

Miki se incorporó y reposó la cabeza entre las manos.

—Me estalla la cabeza.

—Se llama «resaca» —añadí con un tono paternalista en el que me costaba reconocerme.

—¿Tienes un ibuprofeno?

—En el mueble del baño.

Miki se incorporó como haciendo un esfuerzo titánico. Olía a alcohol de lejos.

—Recuerda dejar el botiquín en su sitio. —Tan pronto como lo hube dicho, me recordé a mi madre. Y es que, desde que Miki había venido a vivir conmigo, era como tener dos hijos.

—Mantenga los medicamentos fuera del alcance de los niños —repitió el mensaje, como harto de escuchar que se lo dijera.

—Veo que te acuerdas. Ahora solo tienes que seguir las instrucciones.

—Sí, mi general —dijo, burlón, antes de meterse en el baño—. Me voy a dar una ducha.

—Vale, dúchate tranquilo. Voy haciendo.

Quería unos minutos de paz. Pero el silencio se vio interrumpido por una música que prometía ser la continuación de la fiesta que se había dado hacía tan solo unas horas. «Pero ¿no le dolía la cabeza?», me pregunté, desconcertado. Miki era un buen tío; sin embargo, me encontraba en esas etapas de la vida en las que eres celoso de tu intimidad y anhelas tener momentos de soledad y silencio. Miki se iba a casa de sus padres cuando Llorenç se quedaba a dormir, pero no era suficiente. Mi cuerpo reclamaba más soledad. Y más silencio. «Es algo temporal, hasta que mi situación se estabilice», me había dicho cuando alquilé el piso. Miki había roto con su pareja al mismo tiempo que yo con la mía y me había convencido para vivir juntos. Nos conocimos en las jornadas de bienvenida de la universidad y, desde entonces, nos habíamos vuelto inseparables. «Nos vendrá bien pasar tiempo juntos», dijo. Yo le creí. Y me imaginé que se refería a tomar unas cañas en el balcón después de jugar al pádel, salir en bici los domingos y compartir penas comiendo pizza mientras veíamos el fútbol. Pero ese no era su plan: Miki vivía de noche y tenía una idea de cómo superar una ruptura muy distinta a la mía.

Me serví un vaso de agua muy fría y me dirigí al balcón, uno de mis rincones favoritos de la casa. De camino, paseé la mirada por la mesa del comedor que hacía las veces de escritorio y me topé con el paquete que había recogido en Correos unas horas antes. Me lo llevé conmigo fuera.

Me senté en la silla y se me clavaron las maderas del asiento. «Que no se te olvide comprar unos cojines de exterior», pensé. Iba amueblando el piso como podía: con el tiempo libre que me quedaba y con lo que el bolsillo me permitía, dando siempre prioridad a lo que Llorenç pudiera necesitar para que se sintiese como en casa.

Me dispuse a abrir el libro por la primera página, pero el grosor de lo que parecía un sobre escogió por mí y se abrió por la página en la que este se encontraba. Lo examiné; no contenía ningún remite, pero sí un destinatario. «Para mi amada, mi queridísima Cecilia», decía en una caligrafía difícilmente legible. Volví a leerlo, incrédulo, esta vez prestando atención no a la letra, sino al mensaje: «Para mi amada, mi queridísima Cecilia». Se me aceleró el corazón y un fogonazo de calor me subió hacia a la cabeza. Di un sorbo. El agua seguía tan helada que resultaba dolorosa para los dientes, pero el frío me vino bien.

Seguí examinando el sobre, tratando de encontrar respuestas. Lo levanté y lo puse a contraluz. Dentro había un papel que parecía doblado. ¿Sería una carta? Pero ¿qué significaba aquello? ¿Acaso no se trataba de un libro que había comprado mi madre por internet? Y si no lo era, ¿quién se lo mandaba? ¿Quién podía llamar así a mi madre? Solo mi padre podría referirse a mi madre como «su amada», ¿no? Pero juraría que esa no era su letra. Además, ¿no hubiese sido más fácil dárselo en mano? Así lo hubiese recibido a tiempo de leerlo, antes de que falleciese.

Mi mente descartó por completo que fuese un libro que ella misma había comprado; también, que fuese un paquete que viniese de parte de mi padre. Entonces ¿quién lo enviaba?

Estuve tentado de abrir el sobre, pero no lo hice. Fui consciente de que corría el riesgo de leer algo para lo que podía no estar preparado, o que no fuera para mis ojos. Así que, con diligencia, volví a meter la carta dentro del libro y lo cerré.

Me quedé sentado unos minutos mirando a la nada.

—Mamá, ¿quién te ha mandado este libro? —pregunté en voz alta.

De pronto recordé que el libro venía dentro de un sobre. Entré en el comedor y lo cogí en mi afán por encontrar respuestas. Y hallé algunas, sí, aunque no tan claras como me hubiese gustado: «Apartado de Correos 7142 Barcelona, 08005». Era el único remite.

No tenía ni idea de cómo iba a descubrir quién lo enviaba. En ese momento, de hecho, no estaba ni seguro de querer saberlo. Hay información que quema en las manos, y algo me decía que esa carta y su remitente eran un ejemplo de ello.

Después de comer, escribí a las asistentes del club de lectura de mamá. Las había conocido en el funeral (aunque apenas sería capaz de recordar sus caras, en ese momento no estaba para nada ni para nadie) y, al cabo de unos días, les notifiqué que ese año sería yo quien tomaría el relevo y que, más adelante, ya se vería. Todas se habían mostrado agradecidas de poder seguir con su tradición a pesar de la ausencia de mi madre, a quien parecían procesar un gran aprecio.

Les había vuelto a escribir para pedirles un cambio de día, que no me pudieron conceder y, posteriormente, un cambio de horario, al que sí que accedieron. Temí que, cuando les propusiera otra modificación, se mostrasen molestas. Pero no. Algunas de ellas se preocuparon por la distancia que había entre el obrador y sus casas, mayor que la de la biblioteca de la escuela. Otras, seducidas por la idea de añadir comida a los encuentros, accedieron rápidamente.

A modo de resumen, envié un último mensaje:

> Miércoles 18 de septiembre. 19.30 h. El obrador de la esperanza. *Persuasión*, Jane Austen

Y entonces eché un vistazo al susodicho libro, que había tomado prestado de la biblioteca de mamá. Miré por qué página iba. La 56 de 322. A pesar de que la prosa de Austen no es de las más ligeras, sus libros me parecían entretenidos y, sin duda, un tesoro de la novela romántica. Si me apuraba durante el fin de semana, lograría terminarlo para el miércoles. Aunque, ¿solo tenía que terminarlo o también se esperaba de mí que preparase preguntas que generasen debate? Y entonces maldije el día en que decidí no atender a los comentarios de texto en las clases de literatura.

Después de comer, pude trabajar delante del ordenador un rato hasta que se hizo la hora de ir al colegio de Llorenç. Eran las cuatro y media, pero, en esa ocasión, no tenía que recogerle, sino que debía asistir a la reunión de padres de inicio de curso. Y, cuando terminase, me lo llevaría a casa y pasaríamos el fin de semana juntos.

De camino encontré retenciones: un carril de la autopista cortado por obras reducía el tráfico de hora punta a dos que claramente eran insuficientes. Envidié a las motos que serpenteaban buscando huecos entre los coches. Y a las personas que avanzaban más rápido que yo yendo en tren, en la línea paralela a la autopista. Definitivamente, ir en coche a Barcelona a ciertas horas era una locura.

Cuando llegué al colegio, Núria me estaba esperando en la puerta. Me sorprendí al verla. Creí que bastaba con que asistiera uno de los dos progenitores.

Cuando terminó la reunión, el auditorio aplaudió como si de una TEDTalk se tratase y nos dirigimos al patio de la escuela para recoger a Llorenç.

—Papa, ¿no te tocaba a ti recogerme? —me preguntó enroscado a mi pierna, abrazándome con todo el cuerpo.

—Sí, lo recuerdas bien. Pero antes teníamos la reunión de padres.

—¿Y qué os han dicho?

—De camino a casa te lo cuento. Pero te adelanto que irás a la montaña de excursión.

Llorenç dio un saltito seguido de un «yupi». Él y mamá solían ir de paseo por la montaña: a coger setas, a buscar piñones caídos del árbol o a recoger hojas secas para prensarlas y hacer con ellas obras de arte que jamás terminarían.

—Y también iréis de colonias.

—¿De colonias? —exclamó Llorenç, sintiéndose mucho más mayor de lo que era.

—Bueno, eso lo tenemos que hablar primero —interrumpió Núria.

—¿De qué quieres hablar?

—Pues primero tendremos que decidir si va o no de colonias.

—¿Por qué no iba a ir?

—Bruno, tiene solo siete años.

—Yo a su edad iba de campamentos de verano con los Escoltas... Pero está bien, Núria, ya lo hablaremos.

—Pero ¿iré de colonias o no?

—Sí —respondí, aunque, sin querer, estaba desautorizando a su madre.

—No —dijo Núria a la vez. Luego clavó los ojos en mí y moderó su respuesta—: Bueno, ya veremos.

Entonces miró el reloj; se le hacía tarde.

—Llorenç, escucha —dijo, agachándose para ponerse a la altura del crío—, lo hablaremos con tranquilidad y decidiremos, ¿vale? Tú ahora céntrate en lo de mañana: la fiesta de cumpleaños de tu amiga Sara.

—¡Es verdad! —exclamó el niño, dando vueltas en círculos.

—Llamadme por la noche, ¿vale? —me dijo a continuación, y yo asentí.

—*Adéu, carinyo!* —le gritó a Llorenç, tirándole un millón de besos, resignada a no poder despedirse de él con un abrazo: un motor de propulsión que la dotaba de energía ilimitada se interponía entre ella y la mejilla de nuestro hijo.

Dejé que Llorenç se cansase, que jugase con otros niños, y al rato nos despedimos y nos fuimos a comprar un regalo para Sara. ¿Qué se le compra a una niña de siete años?

De regreso a casa caí en la cuenta de lo rápido que habíamos hecho nuestra la nueva rutina. A ratos tenía incluso un punto divertido. Con Llorenç todo era una aventura. Me gustaba ver el mundo a través de sus ojos, me daba cuenta de cuántas cosas me había perdido. Y aunque a veces me ponía de los nervios, me lo pasaba bien con él. Y juraría que él también conmigo.

5

JÚLIA

Me había pasado la tarde canturreando y con una energía fuera de lo habitual, únicamente comparable a la que te dan unos cuantos cafés bien cargados. «¿Seguro que el mío era descafeinado?», le había preguntado a Nina en un par de ocasiones, tratando de dar con una explicación plausible a la sobredosis de adrenalina que inundaba mis venas. Y es que la explicación alternativa no me gustaba tanto: no quería que un hombre tuviese ese efecto en mí. Ya no. No así. No en ese momento en el que, después de encadenar un desengaño tras otro, me había prometido alejarme del mundo de las citas, del amor y de los hombres en general.

«La vida te pone pruebas» era una de las frases favoritas de mi amiga Ali, y no iba a ser yo quien la cuestionase, pero esas pruebas siempre me habían parecido innecesarias y, sobre todo, inoportunas.

Me asusté tan solo de estar pensando en eso. Me estaba precipitando, de nuevo. Pronto empezaría a soñar despierta y a imaginar mil y un escenarios que me llevarían a terminar en los brazos de Bruno. Soy consciente de que suena infantil, excesivo y prematuro. Estoy de acuerdo. Y, por cierto, esa parte de mí no me gusta. Nunca me ha gustado. Que conste.

«Te vinculas de forma prematura». Recordé las palabras de Begoña, mi psicóloga, resonando en mi mente a pesar de pertenecer a un pasado que cada vez quedaba más lejos. Ponerle palabras me había ayudado a sentirme menos rara y, sobre todo, a pillarlo al vuelo para poder hacer algo al respecto. ¿El qué? Todavía estaba en proceso de descubrirlo. Así que, por el momento, me censuraba.

Confiaba en la censura porque era preferible a correr demasiado y terminar sufriendo, que, básicamente, era lo que me había sucedido durante años. Pero quería que esa vez fuese distinto.

«Júlia, un momento: "¿esa vez?", ¿te estás refiriendo a Bruno? Júlia, por favor, ¡PARA!», me censuré de nuevo.

De vez en cuando aparecía en mí una voz crítica que, aunque no siempre era tan amable como me gustaría, en realidad me protegía. Así que le hice caso y paré. Dejé de soñar despierta y de darle vueltas a cómo me estaba sintiendo. Y agradecí tener a la abuela cerca para sacar un tema de conversación banal, de esos que puedes alargar tanto como quieras a base de fingir un interés que no tienes.

Mi día a día estaba lleno de interacciones: con la abuela, con Nina, con las amigas que nos visitaban porque les apetecía tomar algo (una excusa para ponernos al día) y con la clientela. Pero también había muchos espacios reservados para tareas mecánicas y repetitivas que me permitían tener la cabeza a kilómetros de la Tierra, refugiarme en mi mente y exponerme a bucles obsesivos y peligrosos.

Necesitaba alejarme de mis pensamientos como fuera. Esas ideas me intoxicaban, me llevaban a una realidad que iba a mil por hora, y debía detenerlas para mantenerme en el presente y no dar saltos a un hipotético futuro que, en realidad, ni tan siquiera me había planteado si quería que tuviese lugar.

—¿Sabes algo de Regina? —le pregunté a mi abuela sin reparar muy bien en el tema que escogía para distraerme. De hecho, cualquiera me bastaba.

—¿De tu madre? —me corrigió con una pregunta para la que ella misma tenía respuesta—. Pues me llamó ayer para confirmarme que regresa pasado mañana. Vendrá con Jean Claude. —La abuela pronunció con dificultad el nombre del nuevo novio de mi madre—. Ya sabes, el dueño de la galería de arte en la que expuso el año pasado.

Mi madre era sinónimo de conflicto. No porque ella fuese una mujer problemática, sino porque pensar en ella, hablar con ella o escuchar a otros mencionarla me generaba sentimientos encontrados. Un conflicto interno que resolvía desconectándome y yéndome, de nuevo, a ese refugio que me atrapaba: mi cabeza. Sin embargo, cuando le preguntaba a mi abuela por Regina, me esforzaba por estar presente. Ella merecía que la escuchase, aunque el tema no me importase lo más mínimo. *Quid pro quo*: así, de paso, yo no pensaba en hombres.

Regina Dosrius era muy buena creando arte, pero todavía se le daba mejor vender sus piezas a precios desorbitados y entremezclar lo profesional con lo personal. Logró hacerse un nombre en la escena artística de los noventa. Su talento natural, su paso por la facultad de Bellas Artes, contar con buenos mentores y trabajar muy duro (a veces pasaba días sin salir del estudio) habían catapultado su carrera, una con proyección internacional y una larga trayectoria avalada por decenas de exposiciones en prestigiosas galerías de Europa y Norteamérica.

Me gustaba oír a mi abuela hablar de su hija con tanto

orgullo y admiración. «Ojalá un día mi madre hable así de mí», pensaba. Pero no seré hipócrita: aunque me hubiese gustado decir que sí, que yo también compartía ese orgullo y admiración por mi madre, no era el caso. La sensación de abandono que me había acompañado durante tanto tiempo era la consecuencia lógica de haber priorizado su carrera profesional al cuidado de sus hijas, año tras año, creación tras creación. Y aunque fuese una adulta de treinta y cinco años, en mí todavía habitaba una niñita que echaba de menos a su madre, a la que no podía pedir que eclipsase el dolor del abandono con su último éxito profesional.

De entre las emociones que aparecían al oír hablar a mi abuela de su hija estaba el enfado. Y también la confusión. Sabía que la admiración que Esperanza profesaba por su hija no era mutua. Regina se había construido una especie de *alter ego* artístico, con dosis preocupantes de esnobismo, con tal de alejarse del papel de «hija de la panadera». Esto yo no lo entendía: mi abuela era una mujer maravillosa, una panadera excepcional y la persona más fuerte que conozco. Sabía de primera mano lo que era pasar hambre en la posguerra y, aun así, había encontrado la valentía y la fortaleza necesarias para abrir su propio negocio, levantarlo de la nada y sobrevivir a varias crisis. Había perdido a su marido, el amor de su vida, tras una larga enfermedad, y todavía guardaba fuerzas, a pesar de la congoja que vivía en su interior, para cuidarnos con el mayor de los amores a mi hermana y a mí. «¿Por qué Regina renegaba de ella?», me preguntaba con la esperanza de llegar a entenderlo.

Y así, escuchando las últimas hazañas de Regina en París, preparando la masa para la hornada del día siguiente y lidiando con las interrupciones por parte de clientes preocupados por si no llegaban a tiempo de comprar la última *baguette* de la faz de la Tierra, se hizo la hora de volver a casa.

Me despedí de la abuela con un «hasta mañana» que ella completó con un «si Dios quiere», y lo remató con un beso en la frente: hay cosas que nunca cambian, incluso cuando la que tiene que agacharse para besarla soy yo. No es que yo fuese muy alta, pero la gravedad y la edad hacían mella en la abuela, que se encogía a pasos agigantados.

«Se hace mayor», pensé mientras la veía marcharse buscando los últimos rayos de sol de septiembre. En ese momento sentí un pellizco en el corazón. La abuela había envejecido en los últimos meses más de lo que estaba dispuesta a aceptar. Un día, cada vez más cercano, ya no estaría. La lucha contra el tiempo es una batalla perdida. Se me humedecieron los ojos al pensarlo. Perderla es una de esas cosas que sabes que tarde o temprano pasarán, pero escoges vivir felizmente en el engaño de creer que eso jamás sucederá. Me sequé rápidamente las lágrimas; llorar su pérdida significaba aceptar que esa tarde o temprano se produciría. Y me resistía a hacerlo.

Cuando torció la calle, decidí marcharme a casa, donde me esperaban.

Tan pronto como abrí la puerta de casa, apareció Charlotte para dejarme los pantalones llenos de pelo. «Miau», me saludó. Acto seguido, empezó a serpentear entre mis piernas al ritmo de una serenata felina mientras yo avanzaba hacia el dormitorio.

Llené el comedero de Charlotte con pienso de la mejor calidad y limpié su arenero.

Después de cenar, me quedé tumbada en el sofá y terminé —todavía no sé muy bien cómo— tecleando «Bruno Martín Ferrer» en el buscador.

Rápidamente aparecieron en la pantalla diferentes entradas con las palabras clave. Abrí las primeras. En una de ellas vi la foto que Nina le había enseñado a la abuela. Seguí bajando: otra web con una foto de él apoyado en un escritorio y otra con los brazos cruzados de tipo retrato. Y también vi artículos firmados por él. Muchos.

Entré en Facebook y le busqué. Quería saber más de su vida, de su vida personal, y fui directa a las imágenes. En algunas fotos aparecía un jovencísimo Bruno con un aspecto parecido al que guardaba en mi memoria, rodeado de amigos o él solo haciendo el tonto. En otras, algo más recientes, aparecía un Bruno más adulto, más parecido al que había visitado el obrador esa misma mañana. De entre las fotos más recientes, había algunas en las que salía solo; otras, con su familia (me fijé en su madre), y en otras estaba acompañado por una chica. Esa misma chica salía en muchas de las fotos del Bruno adulto. ¿Sería su pareja? Lo di por sentado. Repasé de nuevo las fotografías fijándome esta vez en las fechas. Ninguna era actual. De hecho, la más reciente tenía diez años. Y me pregunté si seguiría con ella.

Lo busqué en Instagram y lo encontré. Su nombre de usuario era bastante obvio y eso ayudó. Su cuenta era privada, así que no pude ver mucho más que la foto de perfil en la que salía con gafas, sorbiendo un café. Acompañando la foto, una frase: «El hombre que ha empezado a vivir seriamente por dentro empieza a vivir más sencillamente por fuera», Ernest Hemingway. ¿Bruno había leído a Hemingway? ¿O sería la típica frase célebre que encuentras en internet y decides hacerla tuya, para ya, de paso, parecer un intelectual? Tras preguntármelo, caí en la cuenta de lo que acababa de hacer: alimentar el fuego de mis obsesiones. Recordé la promesa que me había hecho: mantenerme alejada de los hombres. Y recordé también cómo había reñido a Nina y a mi abuela por hacer exactamente lo mismo que estaba haciendo yo en ese mismo instante.

«¡Maldita sea!». Enrabiada, dejé caer el móvil sobre el sofá, con tan mala suerte que rebotó en un cojín y cayó al suelo, despertando a Charlotte.

Recogí el teléfono con hastío y me dirigí al escritorio. Por el camino traté de tranquilizarme normalizando el interés que había despertado en mí la inesperada visita de Bruno. Eso me recordó a Pol y a lo que había sucedido esa misma mañana: había cerrado la puerta al pasado, había echado la llave y la había tirado al río.

Me senté en la silla del escritorio —sin duda, la más bonita que encontré, pero no por ello la más cómoda— y encendí el portátil. Me habían entrado ganas de escribir en el blog.

Lo llamo «blog», aunque en realidad es una recopilación de relatos cortos de treintañeras que sufren desengaños amorosos. Nadie sabe que los escribo yo (excepto mis amigas más cercanas, Nina y, por supuesto, la abuela, quien no termina de entender muy bien en qué consiste un blog). Lo que inicié a modo de escritura terapéutica, aconsejado por mi psicóloga, ha terminado siendo un punto de unión entre mis sentimientos y los de personas que atraviesan situaciones parecidas.

Charlotte, que me había seguido cual fiel escudero, se sentó sobre el teclado y luego en mi regazo. En cuanto dejó de clavarme las uñas, abrí el blog y escribí una nueva entrada que titulé «Cerrar la puerta a tu ex y echar el cerrojo».

Terminé de escribir el relato y me dirigí al dormitorio, cogí el libro que tenía al lado de la cama, *Madame Bovary*, y me puse a leer a la espera de que mis ojos se fuesen cerrando mientras avanzaba por sus páginas. Pero, para mi sorpresa, a medida que lo hacía, no podía evitar preguntarme si yo, como la protagonista de la novela de Flaubert, no estaría también idealizando el amor y si, de ser así, podría llegar a estar en algún momento satisfecha con mis historias.

Por el obrador pasaban decenas de personas cada día. Algunas de ellas eran habituales; otras, simplemente clientes esporádicos. Me gustaba imaginarme cómo serían sus vidas, en qué momento nos habían escogido para que formásemos parte de ellas.

Delante de mí tenía a una mujer de mediana edad, pelo rizado, labios finos y gafas de pasta. Me había pedido dos cruasanes, «los más grandes que tengas», había añadido con una amplia sonrisa. Cuando pagó y guardó los cruasanes en un cesto (punto positivo por no utilizar bolsas de plástico), me hizo una pregunta que cambiaría mi humor para el resto del día:

—Ah, casi se me olvida. ¿Cómo tengo que hacerlo para inscribirme al taller?

—¿Al taller? —pregunté, sorprendida.

Nina acudió a mi rescate, aunque ya era tarde: no podía evitar que quedase como una idiota que no se entera de lo que sucede en su propio negocio.

—El taller que impartiremos el sábado 28 de este mes —respondió, intentando que le siguiera el rollo.

—Ah, sí, el taller de... —hice ver que caía en la cuenta.

—... de elaboración de pan y *mindfulness* —terminó Nina.

—Sí, de elaboración de pan y *mindfulness* —repetí como un autómata, disimulando con una sonrisa mis ganas de matar a Nina—. Una tiene tantas cosas en la cabeza que se olvida de lo importante —añadí, tratando de ganar credibilidad.

—Tomamos nota de tus datos ahora mismo —le dijo mi hermana a la clienta—. Así ya quedas inscrita, que se están agotando las plazas.

—Carmen Martínez —respondió la mujer, contenta por haber llegado a tiempo de reservar su plaza—. ¿Quién lo imparte? —preguntó con curiosidad.

—Ella —respondió Nina, señalándome—. Es psicóloga. Hay estudios que confirman los beneficios de elaborar pan con tus propias manos: combate la depresión, disminuye la ansiedad, entrena la atención plena y, además, es un buen ejercicio de fuerza. ¿Verdad, Júlia?

«Yo la mato, te juro que la mato», me dije por dentro mientras asentía con una sonrisa impostada en la cara.

—¿Me puedes explicar de qué va todo esto? —le dije en voz baja (había aprendido la lección), mientras la clienta se alejaba, camino a la salida.

Nina sacó el móvil del bolsillo, lo desbloqueó y me enseñó el anuncio que había colgado en las redes sociales del obrador: «*Bread therapy*: amasa y hornea tu propio pan. Descubre cómo hacer pan con tus propias manos puede convertirse en el mejor ejercicio de meditación». Me quedé muda. No daba crédito a lo que veían mis ojos.

—Si tú organizas un club de lectura sin consultarle a nadie, yo también puedo programar un taller —argumentó—. Además, si te lo hubiese propuesto, me habrías dicho que no. —Y tenía razón, no se lo podía negar.

—Ah, muy bien, como sabías que te iba a decir que no, lo haces a mis espaldas. Esto es una encerrona en toda regla, Nina.

—Júlia, no te enfades, será todo un éxito, ya lo verás. ¿A que sí, abuela?

Cuando me volví hacia ella, esperando su respuesta, me la encontré secándose las manos con el delantal y asintiendo.

—Ah, ¿que tú también lo sabías? —Odiaba que se compinchasen.

—Lo harás muy bien, cariño, ya lo verás.

No negaré que escucharlo de mi abuela no me llenase de cierta calma. Siempre había tenido ese efecto en mí. Me volví de nuevo hacia Nina y, levantando el dedo índice, le dije:

—Haremos este taller…

—¡Bien! —me interrumpió sin poder evitarlo, dando un saltito de alegría.

—… pero ninguno más —sentencié con contundencia, y salí hacia la zona de cafetería.

—Bueno, eso ya lo veremos —susurró.

—Yo no tengo ni idea de impartir talleres —reconocí mientras me dirigía al mostrador con la bandeja llena de platos, tazas y cucharillas.

—Pero sí de elaborar pan… ¡Y de *mindfulness*! ¿No es este el tema de uno de los últimos cursos que has hecho? Mira, ¡así lo amortizarás!

—Madre mía, madre mía… —me llevé las manos a la cabeza—, eres una lianta.

—Calma. Está todo pensado. —Se dio un par de golpecitos en la frente con el dedo índice—. Será todo un éxito, no te preocupes.

Lo tenía todo pensado, no lo dudaba. Además, de ella

me podía fiar. Era una experta en montar encerronas y en compincharse con mi abuela, sí, pero tenía cabeza y buenas ideas. Sabía que el taller sería un éxito, y precisamente eso era lo que más miedo me daba.

6

BRUNO

El sábado fuimos a la fiesta de cumpleaños de Sara, la amiga del colegio de Llorenç para la que habíamos comprado el regalo.

Globos de colores que terminaban deshinchados en las esquinas, medialunas hechas de pan de molde con varios ingredientes, un gran abanico de chucherías que aportaban a los asistentes un innecesario subidón de azúcar y conversaciones poco estimulantes sobre el colegio, las extraescolares y poco más. Pero merecía la pena ver a Llorenç divertirse. Era un regalo. Me tranquilizaba que se comportase como un niño normal. Me recordaba que, con todo eso de la separación, algo debíamos de estar haciendo bien.

Dicen que la tasa de divorcios no hace más que aumentar, pero el resto de las familias de la clase de Llorenç debían de ser la excepción. Por momentos me vi solo, en un rincón, observando cómo los padres llegaban a la fiesta en pareja. En ese momento eché de menos a Núria. Y me asusté. El miedo a arrepentirme seguía estando presente. Pero ¿y si lo que echaba de menos no era a Núria, sino su presencia como pareja y como madre de nuestro hijo?

—Hola, Bruno —oí a mi espalda.

Eran los padres de Óscar, un compañero de clase de

Llorenç. Era curioso cómo la etiqueta «padres de» aparecía en mi mente mucho antes que sus nombres. Sinceramente, me costaba recordarlos.

—Hola, ¿qué tal? —sonreí mientras le daba dos besos a ella y le extendía la mano a él.

—¿Estás solo? —dijo ella, buscando a alguien entre los asistentes de más de metro veinte—. ¿Y Núria? ¿No ha podido venir?

—No, bueno... Es que Núria y yo nos hemos separado.

—¡No me digas! —exclamó, cubriéndose la boca con las manos.

—Mónica, ya te dije que no preguntases —susurró él.

—¿Qué iba a saber yo, Fran? —se quejó ella, como si yo no estuviese presente.

«Mónica y Fran», traté de grabar sus nombres en mi cabeza.

—No te preocupes, Mónica, no podías saberlo.

—Qué pena que os separéis, sobre todo por el niño —dijo, buscándolo con la mirada. Llorenç estaba jugando a las cocinitas con su amiga.

Se creó uno de esos momentos incómodos en los que uno nunca sabe qué decir.

—Llorenç está bien —afirmé. Porque lo estaba, ¿verdad? Me entró la duda y me aterró que no fuese así.

—Los niños se adaptan a todo —añadió Fran.

—A ningún niño le gusta que sus padres se separen —replicó Mónica, muy segura de lo que decía. Fran le lanzó una mirada furtiva—. ¿Qué? ¿Me dirás que un niño no prefiere que sus padres estén juntos? —De nuevo actuaba como si yo no estuviera presente.

—Mejor separados y bien, que juntos y mal, ¿no? —replicó él. «Gracias, Fran».

De pronto se apagaron las luces. Había llegado el momento del pastel. Cantamos el «cumpleaños feliz», Sara sopló las siete velas y sus padres cortaron la tarta en trozos demasiado grandes como para que los niños se acostasen al cabo de —miré el reloj de pulsera— tres horas. Me esperaba una noche movidita con tanto azúcar en la sangre. Ese pensamiento me recordó a Núria y me calmé como trataría de calmarla a ella: «Relax, es sábado».

Sara abrió los regalos; entre ellos, el nuestro: un set de cocina. No diré que fue su favorito (nada puede competir con una cabaña para el jardín; ¡¿quién no ha querido tener algo así?!), pero con total seguridad el set de cocina se encontraba en el top tres. Llorenç, orgulloso, corrió a decírmelo:

—¡Le ha gustado, le ha gustado!

—Claro que sí, cariño. Has acertado de lleno.

Y, casi sin dejarme terminar la frase, se fue.

¿Había hecho lo correcto? En ese momento me vinieron a la mente los papeles del divorcio encima de la mesa del comedor, todavía por firmar. De repente me entró calor y se me hizo un nudo en la garganta. Me arremangué las mangas de la camisa y fui a la mesa a por más bebida.

Mientras cruzaba el jardín de aquel chalet adosado, se me fue la mirada a los padres de una compañera de clase de Llorenç; estaban muy cerca, dándose de comer mutuamente, riendo como dos adolescentes. Me pregunté cuánto tiempo llevarían juntos. Después me fijé en otra pareja; parecían hablarse de forma hostil, hacían gestos bruscos y juraría que en algún momento ella había puesto los ojos en blanco, con los brazos cruzados en señal de desprecio. Eso me recordó a Núria. Ella también lo hacía. Y me pregunté cómo se nos vería a ella y a mí desde fuera.

—¿Te lo has pasado bien? —le pregunté a Llorenç de camino a casa.

—Sí, mucho. Pero yo quería quedarme un rato más.

—Ya lo sé, cariño. Si por ti fuera, os hubierais quedado todos a dormir en la cabaña que le han regalado.

—¡Hala, eso sería una pasada! ¿PUEDO?

—Quedarte a dormir, no. Ir a jugar otro día, sí.

—Jooo —alargó la vocal—. Pero yo quiero quedarme a dormir en la cabaña —mendigó—. Así, cuando vaya de colonias, ya sabré lo que es.

—No hemos decidido nada todavía sobre las colonias.

—Pero tú dijiste que sí.

—Y mamá que no.

—Mamá es una aburrida. —Se cruzó de brazos y se puso de morros.

«Bruno, no desautorices a Núria», me recordé.

—Mamá se preocupa por ti.

«Bien».

—Jo, pero yo quiero ir de colonias. Y quedarme a dormir en la cabaña del jardín.

«Maldito sea el momento en que lo he dicho».

—Ya veremos. —Ganar tiempo siempre funciona—. Ahora, cuando lleguemos a casa, te duchas mientras preparo la cena, nos ponemos *Toy Story* un rato y a dormir, ¿vale?

—No, *Toy Story* no, ya la he visto muchas veces. Yo quiero *Jurassic Park*.

—*Jurassic Park* es para niños más mayores.

—Pues Óscar la ha visto un montón de veces.

—Bueno, ya veremos. —Ganar tiempo, de nuevo.

Al final se fue a la cama tarde (más tarde de lo que me

hubiese gustado) y crucé los dedos para que no tuviera pesadillas con el T-Rex. En cuanto a mí, ya tenía planes: terminar un par de artículos y preparar el club de lectura del miércoles. Estaba cansado para lo primero, así que me decanté por lo segundo.

Me preparé una infusión mientras el ordenador se encendía; me senté a la mesa del comedor, disfrutando del silencio y la tranquilidad que había en casa, y abrí Google dispuesto a teclear «Jane Austen, obras». Pero, por alguna extraña razón, terminé buscando «Júlia Malvar Dosrius».

Varias entrevistas en la prensa local. «Recuperar el arte del pan», «Lo último del *slow food*: pan lento», «Las nuevas generaciones toman el relevo: un toque moderno al sabor de siempre», decían los titulares. Las acompañaban fotos de Júlia trabajando con las manos en la masa (literalmente), de Júlia con su hermana y con su abuela posando en una encantadora estampa familiar, y de la cafetería-obrador (un antes y un después de la fachada principal del edificio y de su interior).

Un enlace a las redes sociales del obrador me llevó a su cuenta de Instagram.

Fotos de perfil, riendo. Fotos de viajes. Fotos de hojas de papel con reflexiones escritas a mano. Fotos de libros. Amplié esta última con precaución. Eran libros de psicología: manuales, ensayos y obras de autoayuda. Pero también había clásicos. Seguí deslizando hacia abajo en su perfil. Una foto con dos copas. Busqué si había alguien etiquetado. Efectivamente. Pol_gh. ¿Sería su pareja? Hice clic sobre el nombre y me llevó al perfil de Pol_gh. Lo tenía privado. Volví al de Júlia y miré la fecha de la foto: enero de 2023. Hacía más de un año de aquella imagen. Deslicé hacia arriba, tratando de dar con nuevas fotos con dos copas o algo que me indicase que aquel tipo seguía estando en la vida de Júlia. No hubo nada que pudiera confirmarlo ni tampoco desmentirlo.

Una foto sujetando un café en una taza de porcelana que parecía hecha a mano (¿sería uno de sus hobbies?) mostraba, de fondo, la imagen de una pantalla en una página web. No se leía bien, el foco estaba en la taza, pero se intuía el título, aunque quedase cortado por el encuadre: «Amor y otras historias». Volví a Google y lo busqué. Haciendo alarde de mis dotes detectivescas, como buen periodista que soy, encontré una página titulada «Desamor y otras historias». ¿Sería esa la página de la foto? Entré y comparé ambas, confirmando, así, mi hallazgo.

Era una especie de blog con entradas larguísimas, dignas de ser llamadas «relatos». Leí varios de los títulos: «Y, de repente, desapareció», «Tinder no siempre es buena idea», «El amor puede ser muy bonito, pero también una mierda» (guau, ¡qué ácido!), «Le noto más distante. ¿Y si me deja?». Y así, decenas de entradas que se remontaban a algunos años atrás.

«¿Serán historias reales que haya vivido?», me pregunté. Júlia usaba un narrador en primera persona, sí, pero las protagonistas de sus historias (todas mujeres) tenían nombres distintos.

«54 comentarios», «37 comentarios», «128 comentarios», «273 comentarios». Hice clic sobre la sección de comentarios y empecé a leer los mensajes que decenas de personas dejaban a Júlia a la espera de un consejo o de unas palabras de aliento. Ella había construido una audiencia aparentemente fiel y con unos números más que respetables. Pero algo me sorprendió: no aparecía su nombre por ningún lado.

Hice clic sobre «autora» y me llevó a una brevísima biografía encabezada por un «Psicóloga experta en darse de bruces con príncipes empeñados en convertirse en ranas». De nuevo, el humor ácido. Me gustaba. Me pregunté si Pol_gh era uno de esos príncipes convertidos en ranas. Seguro que sí.

Había descubierto más información de la que debía tener. Me sentí incómodo, culpable. De inmediato, me arrepentí. No volvería a entrar en esa página que Júlia escribía de forma anónima. No sabía cuántos de esos relatos podrían ser autobiográficos. Pero, a fin de cuentas, si había optado por ocultarse, seguro que era para mantener su privacidad, la que yo había vulnerado. Tampoco entraría en sus redes sociales. Si Júlia quería contarme algo de su vida, que fuera *motu proprio*.

Me llevé la taza todavía humeante al sofá.

Me di cuenta de lo bien colocados que estaban los cojines. Miki me había hecho caso y había dejado el piso recogido. Entonces pensé si no había sido demasiado borde con él. Al fin y al cabo, tampoco pasaba por un buen momento, aunque se empeñase en demostrarse lo contrario viviendo una especie de segunda juventud. ¿Sería esa la crisis de los treinta? ¿O, cuando has cumplido los treinta y cinco, pasa a ser la crisis de los cuarenta?

Abrí *Persuasión* por la página 56, y antes de que la infusión se enfriase, mientras leía la página 63, en una posición muy poco respetuosa para mis cervicales, me dormí.

7

JÚLIA

Uno de los factores que más influyen en la calidad del pan es el tiempo de elaboración. Por supuesto, la materia prima es importante, pero no más que respetar los tiempos.

«Aquí elaboramos pan artesanal; pero, sobre todo, lo que elaboramos es pan lento», argumentaba la abuela cada vez que alguien se quejaba de los precios de nuestros productos y osaba compararlos con los que puedes encontrar en el supermercado o en la gasolinera.

Yo había aprendido a reproducir los mismos argumentos. Y, con el tiempo, lo hacía cada vez más convencida al recordar las largas horas que pasábamos elaborando el pan y lo agotador que me resultaba quedarme por la tarde a preparar la masa para el horneado del día siguiente, después de una jornada que había empezado a las cinco de la mañana.

En más de una docena de ocasiones había tratado de persuadir a la abuela para comprar una amasadora industrial: «Tus articulaciones no son lo que eran, y las mías también me lo agradecerán». Pero ella se resistía: «Cariño, la mejor manera de conocer tu masa es trabajándola con tus propias manos». Así que día tras día, prácticamente a diario, incluyendo fines de semana y festivos, nos pasábamos un buen rato la una al lado de la otra amasando, lo que se traducía, también, en mucho tiempo para compartir y charlar.

—Cariño, respecto a lo que pasó ayer... —empezó con tacto—. No te enfades con tu hermana. Ella solo quiere ayudarte.

—Si ya lo sé, abuela. Sé que en el fondo lo hace para ayudarme. Pero no me gustan las formas. Lo del taller fue una encerrona, no me lo negarás.

—Sí, ya vi que casi te da un patatús.

—Quiero ser yo quien tome las decisiones sobre mi vida. No ella.

—Y mientras te decides o no a tomarlas, tu sueño se marchita entre estas paredes...

—Estas paredes son mi sueño, abuela —protesté.

—No, cariño. Estas paredes eran el sueño de tu abuelo y el mío. Te han acogido, te han dado de comer y han sido un refugio para ti. Se sienten como casa, pero no son tu sueño. Tu sueño es ayudar a que la gente se sienta mejor. ¿O no es lo que hace un psicólogo?

Se me puso la piel de gallina.

—Más o menos, sí —asentí.

—Por eso estudiaste psicología, ¿no?

Asentí de nuevo, esa vez con los ojos vidriosos. Joder, tenía razón. Me había olvidado del porqué. Y el porqué es siempre importante.

Cubrí las piezas ya preparadas para que reposasen bajo un paño de lino. Mientras, la abuela cogía más masa del cuenco de acero inoxidable y, con el cortante, la dividía en lo que terminarían siendo nuevas piezas.

—Y Julieta, en cuanto a tu hermana, ya sabes cómo es: joven, entusiasta, sin miedo.

—Me parece muy bien, pero que lo sea con sus cosas. No quiero que meta sus narices en las mías.

—Pues quizá deberías escucharla más: confía mucho en ti. Dice que puedes ser una psicóloga buenísima, pero que antes debes aprender a valorarte un poquito más.

—¿Eso dice? —cuestioné, escéptica.

—Sí. Está muy orgullosa de su hermana mayor.

—Pues anda que me lo dice —rechisté.

—Dijo la sartén al cazo.

—Ya... No se nos da muy bien eso de compartir lo bueno que pensamos la una de la otra.

—Escucha —se acercó a mí y me cogió las manos enharinadas, asegurándose de tener toda mi atención—, no sé qué tiene que ver el taller con lo que tú has estudiado, pero Nina dice que será clave para tu carrera. Así que, si es bueno para ti, yo digo que sí. Como diría tu abuelo, *p'alante*.

Suspiré, y entonces reparé en que me había subido a un tren que me obligaría a enfrentarme a mis miedos. Un tren cuyo tíquet no había comprado yo, algo que me recriminaba para mis adentros: me fastidiaba no haber sido capaz de dar el paso, de atreverme a luchar por mis sueños. Me fastidiaba casi tanto como que Nina se metiese en mis asuntos. Pero, aunque suene contradictorio y odie darle la razón, le agradecí que mostrase la valentía que no era capaz de reunir yo.

—*P'alante* —repetí varias veces, tratando de autoconvencerme—. *P'alante*.

—*P'alante*, ¿qué? —preguntó mi amiga Ali, que justo entraba por la puerta.

Me volví para verla, como si no hubiese sido capaz de identificarla con solo escuchar su voz. Era viernes, y con mis amigas, una vez al mes, celebramos el «viernes de pizza». Ali llegaba siempre a tiempo de ensuciarse las manos. «No hay nada como hundir los dedos en la masa y ensuciarte para conectar con tu niña interior», decía. Y lo bueno era que así teníamos más tiempo para charlar y ponernos al día.

Ali me dio un beso en la mejilla mientras yo seguía plegando la masa sobre sí misma. Dejó tras de sí un rastro de aroma fresco con tonos frutales. Daba igual el momento del año en que nos encontrásemos: Ali siempre olía a verano.

—Esperanza, ¿qué haces para estar cada día más joven y más guapa? —saludó a la abuela, dándole también un beso en la mejilla.

Ali es de esas personas que dicen todo lo que piensan, lo bueno y lo malo, pero especialmente lo bueno.

—A mi edad, ¿yo, guapa? —La abuela se ruborizó.

—Claro que sí, mujer. Ya quisiera yo tener esa vitalidad y ese arte que tú tienes. —Ali siempre se quedaba maravillada viéndola amasar. «Tu abuela baila con las manos», me decía—. Por cierto, ¿os ayudo en algo?

—Ayúdame con el amasado. Lávate las manos como si fueras una cirujana a punto de entrar en el quirófano y coge un delantal —dije yo, señalando el rincón donde teníamos varios colgados.

Así lo hizo. Recogió su larga melena dorada, siempre perfectamente despeinada, se ató el delantal, se lavó las manos y empezó a amasar conmigo.

—Viene Maca también, ¿no?

—Sí, pero llegará más tarde.

—Bien, porque tengo que contaros algo —dijo, frotándose las manos, la una con la otra.

—Julieta también tiene un par de cosas que contaros —intervino la abuela.

—¿Ah, sí? ¿De qué se trata? —preguntó Ali, mirándome.

—¿Un par? —repuse mirando a la abuela—. Una a lo sumo.

—Sí, lo de... —señaló con la cabeza el cartel del taller—, y lo de... —señaló la hoja colgada en la pizarra con el pedido de la señora Ferrer.

La abuela no podía ocultar la emoción que sentía. Y aunque no entendía por qué estaba tan ilusionada, me hacía gracia verla así. Reí con cierta timidez.

—Luego os lo cuento —respondí sin entusiasmo—. Para que no te pase esto, tienes que hacer los movimientos más rápido, así —le indiqué a Ali—. Y lo tuyo, ¿de qué se trata?

—Luego os lo cuento —me imitó, pero añadiendo un halo de misterio.

—Abuela, márchate, ya termino yo.

—¿Estás segura?

—Claro, mujer, si estoy yo aquí para ayudarla —respondió Ali por mí.

Ali no era nueva en eso. Cierto que a veces se entretenía haciendo el tonto con la masa, pero me divertía, así que se lo perdonaba. Decía que tener la masa entre los dedos no solo te transportaba a la infancia, sino que era mágico. Encontrar lo místico en lo cotidiano es algo muy suyo. Siempre dice, convencida, que es una de sus mayores virtudes.

La abuela se marchó y nos quedamos solas en el obrador. Miré el móvil. Mensaje de Maca: «Llego en 20». Lo que para mí significaba: «Ve precalentando el horno».

La masa había estado reposando en la nevera, ya fermentada y boleada. Dejé que Ali la estirase sobre la mesa de trabajo aún llena de harina, mientras yo iba recogiendo lo que podía para ir avanzando.

—Recuerda no chafar los bordes para que salga el *cornicione* —le indiqué.

Ali asintió sin perder de vista lo que estaba haciendo. Le acerqué el recipiente con la salsa de tomate, uno de los secretos mejor guardados de nuestras pizzas: el tomate del huerto del marido de la señora Clotilde (distribuidor oficial no solo de lechuga para tortugas, sino también de tomate para pizzas), preparado siguiendo la auténtica receta napolitana que había compartido con nosotras uno de los exnovios de mi madre, como si de un tesoro familiar se tratase.

Mientras la pizza estaba en el horno, vestimos la mesa para cenar con un mantel de cuadros rojos y blancos. Llenamos un bol de aceitunas y en un cesto de mimbre servimos colines, a los que, para la ocasión, habíamos bautizado como *grissini*. Todo muy italiano.

—Disculpad el retraso —irrumpió Maca con las mejillas coloradas y el pelo alborotado—. He venido tan rápido como he podido, pero es que la niña no quería dormirse si no era conmigo...

—No te preocupes. —Me acerqué a ella mientras le extendía una copa de vino blanco sin acordarme de que no podía beber.

—No, Júlia, que estoy con la lactancia.

—No te preocupes, ya me lo bebo yo. —Ali me arrebató la copa de las manos.

—¿Ya lo habéis preparado todo? ¡Caray!

—Sí, y te has perdido lo más divertido —dijo Ali.

—Oye, Júlia, ¿qué es eso del taller de pan? —preguntó Maca cogiendo uno de los *grissini*.

—Un taller que vamos a impartir. Que *voy* a impartir, mejor dicho. Un taller de elaboración de pan y *mindfulness*.

—¿Y desde cuándo impartís talleres aquí?

—Desde que mi hermana se ha empeñado en querer darme —cité textualmente, con los ojos en blanco y haciendo las comillas con las manos— «un empujoncito».

—Eh, ¡pues muy bien hecho! —aplaudió Maca.

—¿Cómo que bien hecho?

—Sí, a ver si así espabilas de una vez —respondió con la boca llena de *grissini*.

—¿Os habéis puesto todas de acuerdo o qué?

—Júlia, sabes que te queremos mucho y que respetaremos la decisión que tomes —Maca miró a Ali y esta asintió, dándole permiso para seguir también en su nombre—, pero ya es hora de que saques a pasear tus conocimientos y que dejes atrás a esa impostora que tanto te frena.

Arqueé las cejas en señal de escepticismo.

—Tú inténtalo. No pierdes nada —insistió—. Y si necesitas ayuda en algún momento, pídemela. Aunque a nivel teórico creo que me das mil vueltas...

Sonreí. Maca tenía parte de razón: también era psicóloga y, a pesar de que ambas habíamos seguido estudiando después de terminar la carrera, el número de formaciones complementarias que adornaban mi currículum era muy superior al de ella.

Durante años había intentado deshacerme de la impostora que llevaba dentro a base de engrosar mis competencias académicas, pero nunca llegaba a poner todos esos conocimientos en práctica porque no me permitía dar el paso. Maca, en cambio, empezó a ejercer poco después de terminar el máster que nos habilitaba como sanitarias, en un centro cercano al obrador (hecho que permitía que nos viéramos a menudo).

«Una cosa es ser una profesional responsable y estar formada y actualizada, y otra muy distinta usarlo como excusa para dejar que el miedo decida por ti», me reñía ella.

—Y tú, Ali, ¿qué tenías que contarnos? —pregunté para cambiar de tema.

—No, amiga, no. No has terminado con lo tuyo —dijo Ali mientras se peleaba con un hilo de mozzarella que parecía crecer cuanto más separaba la porción de pizza de su boca—. Esperanza ha dicho que tú tienes dos cosas que contarnos.

—Lo otro es una tontería sin importancia —dije como preparándolas para la decepción mientras mordía la pizza. Deseaba que, durante el tiempo que tardase en masticar y tragar, las chicas sacasen otro tema, pero no sucedió. En su lugar, me esperaron pacientes mirándome fijamente a que terminase de deglutir, lo que se me hizo eterno—. Vamos a celebrar un club de lectura —dije por fin.

—¿Aquí?

—Sí, aquí, en la zona de cafetería.

—¿Era eso? —preguntó Ali con una previsible decepción.

—Sí, ya os he dicho que era una tontería —me excusé.

—Vaya, pensé que era algo más emocionante, a juzgar por cómo te miraba tu abuela...

—Os ha quedado buenísima la pizza —dijo Maca con la boca llena y una porción en cada mano—. La clave, sin duda, está en la masa.

—Y en el tomate —añadí, honrando el esfuerzo que hacía el marido de la señora Clotilde, a sus setenta y pico años, cuidando cada día del huerto.

—Yo me he encargado de la masa —añadió Ali, haciendo el gesto de victoria—. El *crusticione* me ha salido buenísimo.

—*Cornicione* —la corregí.

—Entonces ¿por qué estaba tu abuela tan emocionada? —preguntó Ali.

—Porque el club de lectura lo organiza Bruno.

Mis amigas se miraron.

—¿Bruno?, ¿qué Bruno? —preguntó Maca. Ella no sabía quién era, pues había llegado a mi vida cuando coincidimos en la facultad de psicología.

—Bruno, el del instituto.

—Bruno, el macarra, ¿organiza un club de lectura? —Ali, que había compartido aula con él, parecía confundida. Asentí—. Anda que no nos diste la lata con él...

—¿Estuvisteis saliendo? —quiso saber Maca.

—No exactamente —respondí, restando importancia a lo que tuvimos.

—Sí, Júlia, estuvisteis saliendo —me corrigió Ali.

—Tuvimos algo, pero salir salir, lo que se dice salir... Éramos jóvenes. Y eran otros tiempos...

—Hala, tía. Pero ¿por qué no nos has escrito para contárnoslo? —me reprochó Ali.

—No lo sé, no me pareció importante. —Fingí indiferencia, encogiéndome de hombros.

—¿Y cómo fue verlo otra vez? ¿Lo notaste cambiado? —me preguntó Maca mientras cogía otra porción de pizza. Parecía tener mucha hambre, casi tanta como cuando estaba embarazada.

—Pero, tía, ¡¿no te das cuenta de que esta es la historia que esperabas?! Dijiste que nada de Tinder, que nada de citas a ciegas organizadas por tus fabulosas amigas —dijo Ali mientras señalaba hacia ellas dos—. Y la vida, ¡BAM!, te pone a Bruno en el camino. Ya decía yo que, cuando te he abrazado, he notado algo distinto.

Maca y yo nos la quedamos mirando a la espera de que dijese algo más.

—Vibras más alto.

Ambas volteamos los ojos.

—Yo estoy de acuerdo —intervino Maca con la boca llena—, menos en lo de la vibración. Querías conocer a alguien de forma natural, orgánica. Pues ahí lo tienes.

—¡Parad el carro! Estáis corriendo demasiado. Solo va a organizar aquí unas sesiones de su club de lectura.

Yo ya tenía suficiente con mantener a raya a esa parte de mí que se adelanta, que se monta películas, que se vincula prematuramente, como para oír eso.

—Es el contexto perfecto para que os conozcáis. —¡Chimpún! Acababan de adjudicarnos un romance.

—Qué va. Paso de hombres. —Más indiferencia. Juro que una parte de mí lo decía de verdad—. Ahora solo quiero tranquilidad.

—Júlia, si una relación es sana, es tranquila —añadió Maca.

«Odio que tenga razón. ¡Cómo se nota que es psicóloga!».

—¿Y cuándo he tenido yo una relación sana, eh, Maca?

—Pues quizá ya va siendo hora de que la tengas.

—Amén —dijo Ali, terminándose de un sorbo una de sus dos copas—. Pronto habrá un eclipse. Y los eclipses siempre traen cosas mágicas —añadió tras devolver la copa a la mesa. Ali siempre ha sido una apasionada de la astrología y cree fervientemente en el poder de las alineaciones planetarias y el misticismo de los eclipses—. Si esa energía se sabe canalizar bien —continuó, soñadora—, se puede traducir en abundancia. También en amor. —Alzó la copa, mirándome, como si tuviera que congratularme al escuchar sus palabras, y me observó esperando a que me rindiera a la evidencia.

Yo miré a Maca, que, en lugar de echarme una mano, se dedicó a avivar el fuego místico de nuestra amiga.

—No negaré que es, cuando menos, una curiosa coincidencia.

—Gracias, Maca —dije, irónica—. ¿Y tú, Ali?, ¿qué tenías que contarnos? —insistí para cambiar de tema.

—Redoble de tambores —dijo dando golpecitos en la mesa—: le he pedido a Jordi que se venga a vivir conmigo.

—¿QUÉ? —soltamos Maca y yo en un mismo golpe de voz.

—Vale, tranquilas, no os ilusionéis tanto, por favor... —No era esa la respuesta que esperaba de nosotras.

—Ali, claro que nos alegramos. Solo que, ¿no crees que vais demasiado rápido? —reflexionó Maca.

Yo estaba de acuerdo. Como decía mi abuela, «El amor es como el pan: mejor lento, sin prisa, para que sea del bueno».

—Ya tenemos una edad como para dormirnos en los laureles. Si te gusta alguien, ¿por qué no darte una oportunidad? —Pues también tenía razón...

—Darte una oportunidad, sí. Pero ¿lanzarte de cabeza? —Maca me miró de reojo. No dije nada.

Se hizo un incómodo silencio.

—Hace poco que os conocéis —siguió Maca en un tono más suave.

—Le conozco desde principios de verano —replicó Ali, muy convencida.

—¡Estamos en septiembre! —Maca no daba crédito.

—Finales de septiembre —matizó Ali—. Es buen tío, compartimos gustos y aficiones, y me gusta. Me gusta mucho. Además, hablo de vivir juntos, no de casarnos.

Silencio de nuevo.

A Ali le cambió la cara y dejó atrás su sonrisa durante el resto de la velada. Quizá por dentro ella también sentía que iban muy rápido. Nada nos garantiza que no vayamos a sufrir en el amor. Pero ¿eran tres meses suficiente tiempo como para dar un paso tan importante como irse a vivir juntos? Por otro lado, ¿quién era yo para juzgar sus decisiones? Que escribiese sobre el amor no me hacía menos desastre en la materia. De la misma forma que ser psicóloga tampoco me hacía una experta en las relaciones.

Nos quedamos calladas por unos minutos que, al menos a mí, me supieron a eternidad. Así que decidí que era hora de pasar al postre.

—Lo he preparado con la peque en brazos. Espero que esté rico —anunció Maca mientras portaba su creación: tiramisú servido en frascos de yogur convertidos en improvisados recipientes para dulces caseros.

Y entonces decidió que era el momento adecuado para decirnos:

—Chicas, yo también tengo algo que contaros... —Silencioso redoble de tambores—: Estoy embarazada.

—¿Qué? Pero ¡eso es fantástico, Maca! —Me levanté enseguida para abrazar a mi amiga.

—Enhorabuena, Maca —dijo Ali sin mucha emoción, mientras reproducía mi gesto.

Se alegraba, tanto Maca como yo lo sabíamos, pero en ese instante estaba lidiando con varios frentes a la vez: no habíamos recibido su decisión de irse a vivir con su pareja con el entusiasmo que esperaba; además, la noticia del embarazo de Maca debió de traerle recuerdos dolorosos: sus problemas de fertilidad habían causado la erosión del vínculo en su relación anterior.

Brindamos por el bebé y por la anunciada doble maternidad de Maca, aunque, en lugar de hacerlo con las copas de vino, lo hicimos con los tarros de yogur.

—Por el bebé que viene en camino —dijo Ali, alzando su postre.

—Por la valiente que será mamá por segunda vez —añadí yo.

Antes de despedirnos, Maca se acercó a mí, confidente.

—¿Crees que le ha sentado mal? —me preguntó, preocupada.

—Lo primero, sí. No estaba preparada para escucharlo. O quizá le has reflejado una realidad que no quiere ver —añadí, pensando en mis propias vivencias.

—¿Y lo segundo?

—Creo que le ha dolido no ser ella quien nos dé esa noticia. ¿Puedo? —Hice el ademán de tocarle la barriguita.

—¡Claro!

—Pero sabes que Ali nos quiere bonito y se alegrará de tener a un nuevo peque correteando. Si es la primera que se desvive por Ona: «Suerte que tengo amigas que me hacen tía, que si tengo que esperar a que lo haga mi hermano...» —la imité, y ambas reímos—. Estará bien, pero necesita digerirlo.

—Lo entiendo. No debe de ser fácil.

—No, desde luego. Y es todo muy reciente.

Ali se acercó por detrás.

—Chicas, yo debería irme.

—Yo también.

—Y yo. Os recuerdo que la que se levanta a las cinco es una servidora —protesté con humor.

—Recogemos rápido y cerramos —dijo Ali.

—Yo me voy ya, que la niña pronto se despertará y me reclamará. Lo siento. Os lo compensaré.

—Claro, ve, ve.

Nos despedimos con un abrazo y, por insistencia de ambas, con la promesa de que les escribiría si sucedía algo nuevo con Bruno.

8

BRUNO

Los domingos eran un día extraño para mí. Desde hacía unos años, sentía un nudo en el estómago que crecía a medida que se iba terminando el día, y llegaba a su punto álgido al anochecer. Recordaba que a la mañana siguiente era lunes y tenía que pasarme por la oficina.

Estudié Periodismo motivado por hallar la verdad y poder contarla. Pero con el tiempo aprendí —y me constaba que otros colegas opinaban lo mismo que yo— que la verdad solo podía ser contada si no era peligrosa para la imagen de quienes tienen dinero, poder e influencia. Eso se traducía en un conflicto interno que me llevaba a evitar los artículos más interesantes; prefería la autenticidad, aunque supusiera renunciar a temas de relevancia. Sin embargo, a veces el conflicto se instauraba entre la autenticidad y la obligación de pagar las facturas. Y entonces entraba en juego el orgullo: no quería darle la razón a mi padre, así que me mordía la lengua y aceptaba trabajos solo para llegar a fin de mes y no tener que pedirle ayuda a Octavio Martín, el empresario ebanista y director de la fábrica de muebles más importante de la región, para el que había trabajado durante algunos años como responsable de comunicación, cuyo cargo había dejado, muy a pesar de mi padre (y de

Núria, pues suponía vivir menos cómodamente), para perseguir aquello por lo que me licencié en Periodismo.

Tener a Llorenç conmigo los fines de semana me ayudaba a recordar qué era lo verdaderamente importante. Verle crecer tan rápido y sentir que, desde que Núria y yo nos habíamos separado, podía estar la mitad del tiempo con él me hacía valorar todavía más lo que me perdía si anteponía el trabajo a esos momentos con mi hijo.

Después de despedirnos de mi madre, mi padre se marchó a la casa de la Costa Brava. Mi hermana Laia y yo convinimos que un cambio de aires le iría bien; en el Vallés, en el domicilio familiar, había demasiados recuerdos con los que lidiar. Así que le convencimos, con la excusa de que se encargase del jardín, para que se marchase a llorar la pérdida de su amor tranquilo, lejos de donde habían pasado sus últimos días juntos. También le persuadimos de que se llevase a Sam, el perro de la familia. «Así no estarás solo», argumentamos. «Este chucho no es compañía, es más trabajo», refunfuñaba él. Pero eso era justo lo que queríamos, que se mantuviese ocupado y no se viniera demasiado abajo.

Era el primer domingo que pasaríamos juntos, como antes, después de que mamá falleciera. Todos sabíamos que no sería fácil sentarnos a la mesa sin ella.

Mi padre se había empeñado en demostrar una marcada autosuficiencia en las cosas de casa. Eran un matrimonio tradicional, con unos roles de género bastante marcados.

—¡Maldito sea este horno del demonio! —gritó desde la cocina.

Laia y yo nos apresuramos a acudir en su ayuda.

—¿Qué pasa, papá? —preguntó mi hermana, y encontró la respuesta por sí misma al ver a nuestro padre a punto de tirar a la basura la comida que había preparado, bandeja incluida—. Anda, trae. —Se la cogió de las manos, protegiéndose del calor con un trapo bordado por mamá, y la devolvió a la encimera.

—Este horno no me quiere. Solo quiere a vuestra madre.

—Papá, los hornos no tienen sentimientos —dije de forma bastante desacertada, a juzgar por el golpe que me dio Laia con el codo.

—No entiendo qué ha pasado —se quejó, impotente—. He seguido las instrucciones de vuestra madre al pie de la letra: precalentar el horno a doscientos grados y dejarlo noventa y cinco minutos.

—¿Noventa y cinco minutos? —dijo sorprendida mi hermana mientras buscaba con la mirada la libreta de recetas de mamá, una Moleskine de tapas rojas y contracubiertas de cuadros grises y blancos que recordaba al mantel que ella misma había cosido cuando éramos pequeños. Laia examinó la receta en busca de respuestas y pronto dio con ellas.

—Papá, aquí pone cuarenta y cinco minutos, no noventa y cinco.

—Soy un desastre, soy un desastre... Estoy perdido sin vuestra madre. —Se llevó las manos a la cabeza y se echó a llorar.

Laia y yo nos miramos.

«¿Cómo se consuela a un padre?», me pregunté. Apenas estaba aprendiendo a atender a las emociones de mi hijo...

—Papá, no digas eso. —Laia lo abrazó, llorando ella también—. No eres un desastre.

Él, en su empeño por permanecer fuerte e imperturbable, se apresuró a limpiarse las lágrimas, avergonzado, y quiso ponerse manos a la obra para solucionar el desaguisado. Pero no le dejé.

—Papá, ve con Llorenç, ya nos ocupamos nosotros.

Me hizo caso y salió de la cocina. Laia y yo observamos la bandeja de pollo asado y luego nos miramos el uno al otro. Sería difícil salvar algo, pero haríamos lo que hiciera falta para eso y, sobre todo, para salvar también la autoestima de nuestro padre.

Después de comer, cuando nos disponíamos a recoger los platos, papá nos detuvo:

—Dejadlo, ya lo haré más tarde.

Cuidarnos se entremezclaba con su necesidad por demostrar autosuficiencia: si mamá siguiese entre nosotros, de los platos se encargaría él. No quería que nada fuese distinto, ni que le cuidáramos, porque, según él, «todo está bien».

Salí a pasear a Sam, y a la vuelta entré en el despacho de mi padre. Me acerqué a la estantería dispuesto a echar un vistazo a los libros. Sentí el impulso de revisarlos uno a uno en busca de respuestas o, en su defecto, de más cartas. Pero las protestas de mi padre me interrumpieron, y al cabo de unos segundos apareció en el despacho tirando a Sam del collar.

—Estaba mordiendo mis zapatillas. —Sam movía la cola, alegre—. A ver si te lo llevas ya a tu casa.

—Pero, papá, esta es su casa —protesté.

—El perro es de tu madre... Era de tu madre —rectificó—. Ahora que ella no está, no tiene sentido que se quede aquí.

Él, que profesaba devoción por todos nosotros, no hubiese entendido por qué ya no se le quería en la que durante todos esos años también había sido su casa.

9

JÚLIA

Lunes. Vuelta al trabajo. Quién no necesita una buena dosis de café, ¿verdad? Que se lo pregunten a las decenas de personas que entraban en la cafetería desde que abríamos al público a las siete de la mañana hasta las once, más o menos la hora de desayunar de los oficinistas de la zona. Esas cuatro horas eran frenéticas. Aunque mi abuela, Nina y yo buscábamos que nuestro obrador-cafetería fuese un remanso de paz y tranquilidad, no permanecíamos ajenas al ritmo que nos pedía la clientela.

Había gente que empezaba a impacientarse cuando la cola superaba los cinco minutos, lo cual sucedía si era mi abuela quien atendía. Ella le echaba ganas, muchas, y era una mujer muy muy vital, y apañada también, pero había cuestiones a las que no llegaba: el uso del datáfono, el funcionamiento de la nueva caja registradora, los nombres con los que habíamos bautizado los cafés… Tenía una chuletilla en uno de los cajones del mostrador, pero su orgullo le impedía mirarla. Así que, por buenas que fuesen sus intenciones y por más empeño que le pusiera, no lograba recordar la diferencia entre un *caffè latte* y un *latte macchiato* (ambos le sonaban a chino, por muy italianos que fuesen sus nombres). Y sí, podría pedirles a los clientes que se lo dijeran en español, pero la pobre se sentía avergonzada: quería seguir al pie del cañón, pero ni el cuerpo ni la mente le seguían el ritmo a su joven espíritu.

—Julieta, cariño, ¿puedes atender a este chico tan majo que quiere un café? —dijo, evitando especificar cuál en concreto.

El chico sonrió. Por más que mi abuela se esforzase en disimular su inseguridad, era fácil de intuir. Y aunque ella no opinase lo mismo, ese empeño la hacía todavía más entrañable.

—Claro. —Me limpié las manos en el delantal y le pregunté—: ¿Qué te pongo?

—No estoy hecha para estas modernidades... —musitó cabizbaja entrando en el obrador, su refugio, el lugar donde más segura se sentía.

Más tarde, cuando ya no había clientes y las mesas estaban recogidas, hablé con ella.

—Abuela, no te enfades por lo que te voy a decir, pero... —hice una pausa tratando de preparar el terreno para un mensaje que no iba a ser bien recibido— tú no deberías estar aquí.

La miré con la máxima de las ternuras, pero ella me devolvió una mirada muy distinta, una de esas llenas de tristeza y realidad, como cuando te dicen algo que no quieres escuchar pero sabes que no puede ser más verdad.

—Quiero decir que es genial tenerte aquí —quise corregir mi brusquedad—, pero creo que deberías plantearte la posibilidad de jubilarte.

—Ya estoy jubilada —respondió, irreconociblemente seca, sin levantar la mirada de lo que estaba haciendo.

—Abuela, estás jubilada sobre el papel —le recordé—, pero sigues levantándote cada día a las cinco de la mañana.

Llegas a veces antes que yo, trabajas tan duro como yo y te marchas a casa a la vez que yo.

—No siempre —refunfuñó.

—Casi siempre. —Levanté las cejas—. Demasiado a menudo.

La abuela dejó lo que tenía entre manos y, con los brazos en jarras, se quejó:

—Y qué hago yo en casa tantas horas, ¿eh?

—Pues descansar. —Me parecía tan obvio que sonó un punto invalidante. Seguí—: Quedar con tus amigas para pasear por el bosque; leer mucho; ir a clases de yoga, que, por cierto, hace mil años que por allí no te ven el pelo —la reñí—; irte de viaje con el Imserso; y preparar algún que otro táper para tus nietas —añadí, guiñándole el ojo—. Vamos, lo que viene siendo disfrutar de una merecidísima jubilación.

—Filo y Clotilde tienen a sus nietos y maridos. Y yo os tengo a vosotras, a vuestra madre y el obrador. Por eso estoy aquí. Esta es mi casa, y vosotras, mi vida.

—Y puedes venir a visitarnos, pero como clienta. Como nuestra clienta más especial.

La abuela sonrió, pero sus ojos pronto se humedecieron.

—Ay, Julieta, cariño. Se me va a caer la casa encima...

—Mereces descansar. Y disfrutar de la vida. Además, tu cuerpo te lo agradecerá.

—Es verdad que el cuerpo ya no es lo que era... Pero no quiero renunciar a esto.

—No renuncias a esto, abuela. Lo colocas en otro lugar, en otro orden de prioridades.

—Suerte que el obrador se queda en las mejores manos... —suspiró—. Eso me deja más tranquila.

Sonó a promesa, y de hecho era lo que deseaba oír. Sin embargo, sentí una punzada en el estómago. ¿Quería, como la abuela, jubilarme allí? ¿Me veía trabajando entre esas cuatro paredes toda la vida? ¿Quería pasar mi vida levantándome cuando todavía no ha salido el sol y volviendo a casa cuando ya fuera de noche?

Sonreí nerviosa sin saber qué hacer con todos esos pensamientos y con una vocecilla que evidenciaba algo que había tratado de ignorar durante mucho tiempo: estaba atada a aquel lugar. Y, acto seguido, me sentí culpable por sentirme así.

Abracé a la abuela en silencio y le susurré:

—Estarás bien.

Y eso era justo lo que yo hubiese necesitado escuchar.

Esa misma tarde, mientras preparaba la hornada del día siguiente, me avisó la abuela:

—Julieta, querida, tu amiga.

Dejé lo que estaba haciendo, me lavé las manos, me las sequé con el primer paño que encontré y salí hacia el mostrador.

Maca me saludó con la mano. Estaba radiante. Menos despeinada que el otro día y sin rastro del sofoco que la acompañaba el viernes. En su caso, la maternidad vino acompañada de un cambio de look: se había cortado su melena castaña de forma radical hasta dejarla justo por encima de los hombros. Se ve que es algo que hacen las madres a menudo. «Para que la niña no me tire del pelo», dijo. Pero yo me temía que era también para no tener que dedicar tanto tiempo a arreglárselo. Un tiempo que ya no tenía.

—¿Tienes unos minutos o te pillo mal?

Asentí.

—¿Te apetece tomar algo?

—¿Tienes una manzanilla?

—Claro, ahora te la llevo. Elige mesa.

Le preparé la infusión y, para mí, un vaso de agua. Necesitaba hidratarme.

—¿Te encuentras bien? —Miré la manzanilla mientras dejaba sobre la mesa la pequeña tetera de hierro fundido de inspiración oriental.

—Tengo náuseas.

—El primer trimestre.

—Sí... —Se tocó la barriguita.

Desde que nos había contado que estaba embarazada, no podía dejar de mirársela. Siempre me ha impresionado eso que llaman «el milagro de la vida». Y es que para mí era así, literal. Y me entristecí al pensar en Ali y en lo mal que lo debía de haber pasado al desear tener una barriguita que le creciera poco a poco, y sostener a su bebé en brazos como hacía Maca tantas veces al día. Ali también quería quejarse por haber pasado una mala noche, por no dar abasto cambiando pañales cada media hora o por la impotencia que se siente cuando oyes llorar a tu bebé y no sabes lo que le pasa. Y entonces le pedí al universo y a la vida que, si algún día decidía ser madre, me ayudase a serlo.

—¿Has sabido algo de Ali? —me preguntó.

—No, nada. —Maca se sirvió con cuidado la infusión—. Me quedé preocupada. —Cogió la taza humeante con las manos y sopló—. ¿Crees que estará bien? Igual podríamos escribirle.

—Ya sabes que Ali es muy de buscarnos para lo bueno, pero cuando se trata de algo que tiene que digerir, se mete para dentro y luego, al cabo de unos días, podemos hablarlo con tranquilidad. Pero solo cuando ella vuelve a nosotras —enfaticé.

Maca, convencida con mis argumentos, asintió.

—Escucha, Júlia, he venido a proponerte una cosa —dijo tras una breve pausa.

«Miedo me da».

—Dime.

—Voy a necesitar a alguien que me sustituya en el centro.

—¿Ya? —Eché cuentas mentales—. Pero ¿de cuánto estás?

—No voy a coger la baja todavía, no es eso. Esta vez voy a hacerlo distinto. No pienso llevar el ritmo frenético del otro embarazo. Quiero tomármelo con calma: por salud, que ya sabes que llegué agotada al tercer trimestre, y por responsabilidad para con los pacientes.

—Entiendo.

—Por eso tengo que empezar a tomar decisiones ya, aunque parezca que todavía tengo mucho tiempo por delante.

Maca se quedó en silencio por unos segundos, que yo aproveché para dar un sorbo al vaso de agua.

—Quiero que tú lleves los nuevos grupos —prosiguió.

—¿CÓMO? —Del sobresalto, me tiré un poco de agua por encima.

—No te asustes, mujer. Yo estaría apoyándote en lo que necesitases.

No me lo esperaba, así que enmudecí.

—Verás, paso de empezar con nuevos grupos ahora y tener que dejarlos dentro de tres o cuatro meses, cuando el vínculo terapéutico esté ya formado. Había pensado en que me sustituyeras cuando cogiera la baja.

—¿Yo? —pregunté, sorprendida, como si no la hubiera entendido en la primera ocasión.

Me subió un calor de golpe y las manos me empezaron a sudar.

—Sí. Son dos grupos: uno de perinatal por la mañana y otro de adolescentes por la tarde. Sería muy poco procedente empezar las sesiones y tener que derivártelos al cabo de unos meses. No me siento cómoda con la idea. Seguiré con los procesos que ya están activos hasta que me coja la baja. Pero empezar nuevos procesos es otra historia. Así que prefiero que seas tú...

—Pero, Maca, te olvidas de algo: no tengo experiencia.

—Ya lo sé, por eso estaría yo detrás, como apoyo. Además, en el centro hacemos reuniones de equipo, y supervisamos los procesos y los grupos que llevamos juntas. —Hizo una pausa valorando cuán convencida estaba—. ¡Y que yo, Júlia, confío en ti plenamente!

—Ciegamente, dirás —respondí, irónica.

Me tomé unos segundos para digerir la propuesta que acababa de recibir.

—Jo, gracias, Maca. De verdad que agradezco mucho la confianza que depositas en mí, pero no me veo preparada.

—¿Y quién lo está? Esto es como tener hijos: nunca es un buen momento. Eso pensaba yo también. Y luego ¡mira! —rio.

—Si no te falta razón, pero...

—¡Ni peros ni peras! Jamás tendrás la suficiente formación si te dejas guiar por tus miedos. Necesitas un golpe de realidad, darte cuenta de que puedes hacerlo.

Seguramente tenía razón. Y aunque una parte de mí quería decirle que sí, otra me pedía a gritos salir corriendo.

—Prométeme que lo pensarás.

—No quiero prometerte nada, Maca...

—Piénsalo, no te pido más.

Me quedé en silencio.

—Escucha, me tengo que ir, pero espero una respuesta por tu parte. Todavía tienes tiempo, valóralo con tranquilidad. Sería una buena forma de empezar a ejercer: unas horitas a la semana, acompañada y en un espacio seguro. Los grupos son chulos, de verdad. Es muy agradable trabajar con las familias. Y con los adolescentes te tronchas.

«Suena bien. Pero no».

—Lo pienso y te digo —mentí.

—Vale. —Maca se levantó y, de pie, apuró la taza de un sorbo—. Me voy. Escríbenos, ¿eh? Ya sabes por qué lo digo... —Me guiñó un ojo.

La vi marcharse por la puerta y me quedé recogiendo la mesa, pensativa. Una de las cosas que más odio de la vida adulta es tener que tomar decisiones. Y ahí estaba, con más cuestiones a las que atender y más decisiones que tomar.

Al día siguiente se celebraba la primera sesión del club de lectura y, todavía más importante, el primer evento que organizábamos en el obrador. Nina se había quedado por la tarde para echarme una mano. No había tenido la valentía de llamar al teléfono que la señora Ferrer nos había dejado ni me había atrevido a usar uno de los medios de contacto que Google nos ofrecía para llegar hasta Bruno y aclarar si había o no intolerancias y preferencias alimentarias entre el grupo de asistentes, así que habíamos optado por preparar opciones veganas y otras para intolerancias varias. Mi cobardía y mi falta de asertividad me cargaban con más trabajo.

Por suerte, Nina estaba ahí para llegar adonde yo no podía. Estaba ilusionadísima. Sentía que se había salido con la suya —organizar tinglados en el obrador— y había enterrado el hacha de guerra. Quería que saliese todo perfecto para que «sentara un precedente positivo», decía. «Después del club de lectura vendrá el taller de elaboración de pan y, luego, ¿quién sabe?», añadía, soñadora.

—¿Estás nerviosa? —me preguntó mientras terminaba las tartaletas de merengue y limón.

—¿Yo? —Pero ¡qué absurdo!—. No —mentí—. ¿Por qué iba a estarlo? Bruno es tan solo un viejo amigo. Prácticamente un desconocido.

—No te preguntaba por Bruno —me miró con sospecha—, te preguntaba por el hecho de montar todo este tinglado, organizar un evento o como quieras llamarlo, aquí, por primera vez.

—Ah, por eso sí, claro —mentí de nuevo.

Nina esperaba que estuviera nerviosa por la organización. En realidad, yo estaba más nerviosa por verle a él y porque quedase contento con el resultado. Con suerte, si todo salía bien, le vería por allí más a menudo.

«Pero ¿para qué quieres tenerle por aquí más a menudo? No, no, no, no, no», me reñí.

—¿Qué le dirás a Maca? —me preguntó Nina, devolviéndome a la tierra.

—¿Qué le diré a Maca de qué? —La miré y, sin querer, se me escapó una mueca de desaprobación. No hizo falta que respondiera a mi pregunta, sabía muy bien a qué se refería. No le había comentado nada de la propuesta a la abuela, quería evitar que ella y Nina insistieran para que la aceptara, ni que me diesen la tabarra con eso del empujoncito. Pero debió de escucharnos y, una vez más, se confirmaba que en esta familia no hay secretos—. Que no —respondí con firmeza.

—¡Júlia! —exclamó, golpeando el suelo con el pie, frustrada.

La miré. Sabía lo que vendría después.

—No me siento preparada. Y no vamos a hablar del tema —zanjé, tajante.

—Vale, vale —reculó. No le había dejado mucha más opción—. Por cierto, Júlia, me ha dicho mamá que te ha estado llamando y que no se lo coges.

Era verdad. Desde que Regina había vuelto de París me había llamado varias veces sin que se lo cogiera.

—Pero ¿por qué te lo tiene que decir a ti? —chisté—, ¿para que vengas y me lo digas? ¿Qué eres ahora, su recadera? —Odiaba cuando Regina se aliaba con Nina o con la abuela.

—No es eso, Júlia. Dice que quiere hablar contigo, saber cómo estás —respondió en tono conciliador.

—Y contarme algo sobre su nuevo novio, ¿no?

Nina rio. Sabía que tenía razón. Una parte de mí quería hablar con mi madre, no lo negaré; era la misma que quería que estuviese más presente en mi vida. Quería escucharla, saber de ella y que ella supiese de mí. Pero para que la conversación se convirtiese en un monólogo que girase en torno a su último amorío, renunciaba al deseo de cogerle el teléfono. Al fin y al cabo, ya sabía qué sabor tenía vivir sin ella en mi vida.

«No la necesito», me repetía para autoconvencerme, con una sobredosis de orgullo.

—Pues que se pase un día por aquí —dije, molesta—. Es fácil localizarme. —Total, sabía que más pronto que tarde terminaría viniendo al obrador a contármelo.

—Dice que estás muy ocupada y que no te quiere molestar.

—Es cierto, estoy muy ocupada. Pero... —Paré de rallar limón y, desconcertada, lancé la pregunta al aire—: ¿Desde cuándo que esté ocupada es un impedimento para que me explique sus dramas?

Nina rio.

—No todo son dramas, Júlia —puntualizó.

—Vale, todo no. Todo no. Solo el noventa y nueve coma nueve, nueve, nueve, nueve... por ciento. —La miré con cara de «sabes que tengo razón».

Nina rio de nuevo.

—No sé. Está rara —añadió.

—¿Rara en qué sentido?

—Mmm, diferente. Más... —Se detuvo para buscar la palabra adecuada. Describir a Regina nunca había sido tarea fácil—. Más tranquila.

—¿Tranquila?, ¿mamá? ¿Estamos hablando de la misma persona? —Levanté las cejas en señal de sorpresa mientras dejaba las tartaletas de merengue y limón emplatadas con la ralladura a modo de decoración.

Nina sonrió, maliciosa.

—¿Está la masa preparada? —dije para cambiar de tema. No había tiempo que perder. Debíamos preparar los milhojas.

—Está preocupada por ti —insistió—. Y ya sé que mamá es difícil, pero no deja de ser nuestra madre.

—¡Pues vaya madre nos ha tocado! —Puse los ojos en blanco y nos echamos a reír las dos.

10

BRUNO

Nada más salir del coche, Llorenç encajó la cara entre los barrotes de la valla y llamó a su abuelo. No obtuvo respuesta. Nos dirigimos a la puerta de entrada del chalet y, poniéndose de puntillas, el crío alcanzó el timbre para anunciar nuestra llegada. Pero corrió la misma suerte.

Miré el reloj: según mis cálculos, mi padre debería haber llegado de la casa de la playa hacía rato, así que insistí. Esa vez los ladridos de Sam me confirmaron que, en efecto, mi padre había llegado. Al cabo de unos segundos apareció y, mientras avanzaba en la distancia, reparé en él: sin afeitar, el pelo alborotado y la ropa llena de restos de hojas secas y barro, caminaba descalzo con una ligera cojera.

Llorenç se soltó de mi mano y salió corriendo hacia su encuentro al grito de «¡Abuelo!».

—¡Hola, campeón! —le respondió, despeinándole tanto como pudo.

Después de fallecer mamá, la casa de mis padres se había sumido en una penumbra que solo él, con su energía inagotable y su alegría infantil, conseguía disipar.

—¿Dónde te habías metido, papá? Hemos llamado varias veces.

—Perdona, hijo, estaba preparando una sorpresa.

—¿Una sorpresa? —gritó Llorenç, dando saltitos.

—Una sorpresa de esas superguais. —Me producía ternura ver a mi padre haciéndose el moderno—. Ven —le indicó.

El niño se le colgó del brazo tan fuerte que creí que lo iba a desmontar (ya no era el tipo fuerte de antaño) y los seguí hasta el jardín trasero. Detrás del olivo centenario se escondía una especie de cabaña que había montado con esterillas de yoga de mamá, sábanas viejas, los cojines del comedor y algunas ramas que había recolectado del bosque.

—Abuelo, ¡te ha quedado chulísima! —exclamó Llorenç, sorprendido, entrando en la improvisada cabaña.

—Es una auténtica cabaña de *boy scout*. —Me miró, orgulloso de su creación.

¿Quién era ese hombre y dónde estaba mi padre? Ser abuelo había despertado en él una versión mejorada: más tierna, más divertida. Y juraría que, desde que mamá no estaba, se esforzaba para que mi hijo no notase tanto su ausencia. No sé si lo conseguía, pero sin duda le estaba agradecido.

En ese momento, la pizca de culpa que sentía por dejar a Llorenç para que pasase la noche allí se esfumó de repente. Mi padre siempre ha sido un hombre parco en palabras y más bien poco sensible. Pero con su nieto se convertía en otra persona. Se desvivía por él. Me hubiese gustado que no se mostrase tan serio, tan seco, tan rígido conmigo, aunque para mis adentros agradecía que el crío conociese esa otra versión de mi padre, le agradecía que fuese esa clase de abuelo para mi hijo. A veces la vida te da la oportunidad de redimirte y hacer las cosas mejor (incluso cuando antes las hacías pensando en el bien del otro). Quién sabe si esa sería una de esas oportunidades.

—No te preocupes. En cuanto se duerma, lo llevo a su cama —me informó en tono confidente.

Asentí despreocupado y los dejé en el jardín, explorando los rincones de la improvisada cabaña.

De camino a la salida, entré en el despacho. Allí estaba la biblioteca de mamá. Me acerqué a la estantería repleta de libros y eché un vistazo a los títulos; acaricié los lomos como tratando de impregnarme de las historias que escondían sus páginas, pero no las impresas en tinta, sino las vividas por su lectora. «¿Cuántos de ellos contendrán cartas manuscritas con palabras nada apropiadas para una mujer casada?», me dije. Pero por mucho que intentase no pensar en ello, aquel libro, el sobre sin abrir y las palabras que había escritas se habían convertido en una especie de obsesión para mí. Y pensé que quizá la respuesta estaba allí, entre los ejemplares que descansaban en aquel despacho.

Saqué uno al azar y lo hojeé rápidamente buscando cartas entre las páginas. Nada. Lo devolví a su sitio y saqué otro al azar. Repetí la operación, pero de nuevo nada. Seguí buscando entre los demás. Escudriñarlos todos me tomaría un tiempo del que no disponía, pero me bastaría con obtener algunas pistas para tirar del hilo y que me llevasen hasta el remitente misterioso..., es decir, al amante de mamá, pues casi no tenía dudas de que era así.

Miré el ejemplar de *La casa de los espíritus*, de Isabel Allende, y me pregunté: «¿Qué diablos estás haciendo, Bruno?». Cuando iba a dejarlo en su sitio, sucedió: un sobre cayó del libro. Me quedé mirando al suelo sin mover un músculo. En cuanto reaccioné, lo recogí y me fijé en las solapas: no estaban selladas.

No tuve tiempo de inspeccionarlo porque casi de inmediato escuché pasos que se acercaban y la voz de mi padre.

—Pero ¿tú no te ibas? —oí que me decía al ver la luz del despacho encendida.

Me apresuré a guardar el sobre en el bolsillo del pantalón y traté de disimular.

—¿Qué haces? —inquirió.

«Cojonudo, te ha pillado», pensé.

—Nada —dije, esforzándome para que la fingida indiferencia sonase creíble.

—Si quieres algún libro de tu madre, cógelo. Al final acabaré deshaciéndome de ellos. —¡Por los pelos! Respiré aliviado—. De verdad, llévate los que quieras. Me traen demasiados recuerdos...

«¿Recuerdos buenos que te confrontan con la realidad de la pérdida o recuerdos amargos del romance que mantenía mamá?», me hubiese gustado preguntarle. Le dejé hablar.

—Sí, ya sé. Ya sé lo que me vas a decir: que son los libros de tu madre, que su lugar está aquí, como me dijiste con Sam. —Entonces volvió la cabeza hacia el jardín, buscando con la mirada al perro, que jugaba con las hojas secas, animado por mi hijo—. Sam es un buen canguro. Debería vivir con vosotros.

Llorenç, que nos había estado escuchando a pesar de estar a unos metros de distancia y, aparentemente, en su mundo, exclamó al tiempo que cruzaba el umbral de la puerta que comunica con el jardín trasero:

—¡SÍÍÍ! —Esa vocal alargada era proporcional a la ilusión que le hacía tener un perro, que era mucha—. ¿Podemos papi?, ¿podemos? Porfa, porfa.

—Ya veremos.

Lancé una mirada furtiva a mi padre. Sabía de sobras que, si a un niño le pones el caramelo en la boca, tienes que dárselo. Había ejecutado una jugada maestra.

Abrí la puerta. El aroma a pan recién hecho no era tan intenso (supongo que se debía a que la última hornada del día ya quedaba lejos), pero seguía estando presente, como si de la identidad de aquel lugar se tratase. Unas campanillas colgando del dintel anunciaron mi llegada, volviendo hacia un servidor todas las miradas.

Al fondo estaba Júlia, moviéndose rápido y dando órdenes a Nina. Esta me vio y le dijo algo a su hermana. Júlia se giró, me saludó con un gesto de la mano y me pidió unos segundos.

Mi mirada se cruzó con un grupito de tres mujeres de la edad de mi madre que me inspeccionaron mientras hablaban entre sí. Me dirigí a ellas y, de camino, aproveché para observar el local con más detalle. Ventanales de estilo industrial a mi izquierda. Los últimos rayos de sol de septiembre inundando la estancia. Plantas de hojas grandes. Mesas de mármol blanco. El centro de la cafetería estaba despejado. Las sillas de ratán formaban un semicírculo. «¿Es esta la disposición de un club de lectura?», me dije, pero confiaba en el criterio de Júlia. Al menos, tenía lógica. Delante del semicírculo, una silla solitaria: la mía. Respiré hondo. «¿Estás seguro de esto, Bruno?, ¿estás preparado?». Definitivamente, no.

Palpé el bolsillo de mi chaqueta para comprobar que las llevaba conmigo: unas hojas arrugadas que contenían información que había buscado en internet sobre la autora, su época, su estilo literario, sus diferentes obras y el título que íbamos a comentar. Había tratado de memorizarlo y me había prometido no recurrir a ellas salvo en caso de fuerza mayor; de lo contrario, decepcionaría demasiado a las asistentes.

—Buenas tardes. Soy Bruno, el hijo de...

—En cuanto te hemos visto, te hemos reconocido de inmediato —respondió una de ellas, con ojos vivos y tono alegre, interrumpiéndome.

—No puedes negarlo: eres igualito a tu madre —dijo otra de las mujeres.

—La pobre Cecilia... Mira que a ganas de vivir no la superaba nadie, ¿eh? —añadió la tercera de ellas.

Extendí la mano invitándolas a que hicieran lo mismo.

—Hijo, aquí nos saludamos con dos besos. —Y la mujer de ojos vivos se acercó a mí y me dio dos sonoros besos en la mejilla, de esos que dan las abuelas a sus nietos—. Yo soy Luisa.

—Encantado.

Luisa, que parecía la cabecilla del grupo, presentó a las otras dos:

—Ellas son Dolores y Mercedes.

Se acercaron a mí y me dieron dos besos.

—Encantado —repetí.

Miré mi reloj de pulsera. Eran las 19.28.

—Esperaremos unos minutos más antes de empezar.

—Leonor siempre llega tarde, podemos empezar sin ella —me advirtió Luisa—. Ana María tiene a su nieto con fiebre, así que hoy no vendrá. —Me puse a hacer cálculos mentales y confirmé que, cuantas menos personas viniesen, más fácil sería para mí esa primera toma de contacto con el club de lectura—. Y Lourdes...

—Luisa —la riñó Mercedes, mirándola con censura.

—¿Qué? Tendremos que poner al pobre chico sobre aviso, ¿no?

Mercedes sacudió la cabeza, como diciendo «Esta mujer no tiene remedio», y la dejó hablar.

—Lourdes es un poco... —Hizo una pausa deseando que yo adivinase qué venía después para así ahorrarse tener que decirlo en voz alta—. Es un poco... especial.

—Ya que lo dices, dilo bien —se resignó Mercedes—. Es impertinente.

Se me hizo un nudo en la garganta. «Gracias, mamá, por meterme en este berenjenal».

Noté una mano en el hombro. Me giré. Era Júlia. Nos saludamos tímidamente y nos quedamos callados.

—*Xiqueta* —dijo Mercedes en catalán, como si Júlia fuese su nieta—, este lugar es perfecto para un club de lectura.

—Os lo dije. Estaremos muy bien aquí. Es un sitio muy agradable —dije mirando a mi alrededor—. La comida está riquísima y Júlia —añadí, presentándola— nos va a tratar de maravilla.

—Estamos deseosas de probar esas creaciones tan ricas que dicen que hacéis aquí.

—Hemos venido a comentar un libro, Mercedes —dijo Luisa, riñéndola.

—¿De qué libro hablaréis? —preguntó Júlia con una curiosidad que parecía genuina.

—*Persuasión*, de... —dije mostrando la portada.

—Jane Austen —respondió ella con seguridad—. «Ahora eran dos extraños. No; peor que extraños, porque jamás podrían llegar a conocerse. Era un exilio perpetuo» —citó sin pensarlo.

Luisa, Dolores y Mercedes se llevaron las manos a la cara. Yo me quedé perplejo.

—No me digas que lo has leído. —Mercedes cogió a Júlia del brazo—. ¿Qué digo, leído? ¡Te lo sabes de memoria! Debes de ser muy fan de la Austen.

—Un poco —sonrió Júlia, tímida, mirando al suelo.

—Pues estás invitadísima a sentarte con nosotras —añadió Luisa.

Tuve la tentación de cederle mi sitio, me parecía buena idea. Visto lo visto, seguro que ella no se hubiese tenido que preparar tanto para el club de lectura. Y menudas aportaciones sería capaz de hacer tratándose, además, de una psicóloga.

—Uy, no, no. Mi lugar está ahí —dijo señalando el mostrador y la zona que quedaba a la vista por la pared de cristal y forja de estilo industrial que separaba un área de la otra.

—*No siguis tonta, xiqueta* —insistió Mercedes—. Nos sobran sillas.

—No, no, de verdad. Gracias, pero no.

—Señoras, vamos a ir empezando, que ya pasa de la hora —intervine para salvar a Júlia.

Luisa, Dolores y Mercedes se sentaron muy cerca entre sí, y yo ocupé mi puesto en el centro.

«Es la hora de la verdad», me dije. Había llegado el momento de demostrar que era un digno heredero del club de lectura de mi madre. Y recordé las hojas de apuntes que me había preparado: contexto histórico, estilo de la autora, caracterización de los personajes principales... Pero fui torpe y empecé por una pregunta que tenía reservada para el final, haciendo que pareciera que no me había preparado nada.

—Señoras, ¿qué les ha parecido la obra?

Entonces me enteré de que *Persuasión* era un clásico

que leían una vez al año. Había alguna que otra fan de Austen, aparte de Júlia, en ese lugar. Por suerte, no tuve que intervenir mucho. Las tres amigas de mi madre, muy bien avenidas, se moderaban entre ellas. Así que durante los primeros minutos me limité a observar y escuchar con atención. Hasta que me incluyeron con un:

—Y a ti, joven, ¿qué te ha parecido? ¿Con qué te quedas?

—Me quedo con lo que, para mí, es el mensaje principal: cómo las opiniones de una persona pueden cambiar el curso de la vida de otra, si esta se deja persuadir.

«¿Cuál es la probabilidad de que el primer libro que se va a tratar en un club de lectura sea una historia de amor frustrada y un reencuentro años más tarde?», me pregunté. No podía evitar ver los paralelismos entre la historia de Anne y Frederick y la mía con Júlia. Si no fuese porque no creo en estas cosas, pensaría que mi madre me estaba enviando un mensaje desde el más allá.

—¿Con quién te has sentido más identificado: sir Walter Elliot, el señor William Elliot, el capitán Benwick o el capitán Wentworth? —preguntó Dolores, sin darme tiempo a descansar.

—En realidad, me he sentido identificado con los dos protagonistas.

Me miraron con curiosidad, muy atentas.

—Como a Anne Elliot, a mí también me persuadieron para que tomase decisiones de las que más tarde me arrepentí —repuse, y viendo que querían que siguiese, eso hice—: uno, cuando es joven, se deja convencer por quien considera más sabio.

Las tres mujeres asintieron. Quizá ellas habían vivido situaciones parecidas. Me quedé callado. Hasta ahí quería leer. Pero estaban más interesadas en mi historia que en la escrita por Austen, y siguieron preguntando. Como hizo Luisa, que fue directa al grano:

—¿Quién fue tu lady Russell, hijo?

Dudé un segundo si responder. «Bruno, no le convienes a esa chica. Es una buena niña. Es estudiosa y responsable. Tiene un buen futuro por delante. No se lo estropees. No le hagas daño. Si la quieres, déjala», recordé las palabras punzantes de mi padre. Tragué saliva y respondí:

—La persona que me persuadió, en mi caso, fue mi padre.

No esperaban mi respuesta y, con una sincronía excepcional, abrieron la boca en señal de sorpresa.

—Entonces ¿quién fue tu Anne Elliot? —indagó Mercedes.

No respondí. Miré a mi alrededor buscando a Júlia. Podría haberme inventado un nombre. Al fin y al cabo, las asistentes no conocían mi historia y cualquier respuesta les hubiese bastado. Pero no se me ocurrió mentirles y me quedé callado.

—¿Quién fue tu Anne Elliot? —repitió Luisa. Eran obstinadas.

—Señoras —dije con humor—, hasta aquí puedo leer.

Se lamentaron las tres a la vez.

—No nos puedes dejar así —rechistó Dolores.

—Me temo que sí. Hemos venido a hablar de literatura, no de mí.

—¿Y qué es la literatura sino un pretexto para entender mejor lo que nos sucede en la vida real? —rebatió Dolores con tanta seguridad que casi me persuadió.

Las otras dos asintieron. Tenían razón. Me sentía en una encrucijada, pero no estaba dispuesto a dar más información. Me recoloqué las gafas con la intención de seguir hablando de literatura y que dejasen de centrarse en mí, pero antes de que pudiera proseguir, Júlia nos interrumpió.

—Perdonad, no os lo he preguntado... ¿Qué queréis beber?

—Yo, un Nestea de limón sin azúcar, en un vaso de tubo con hielo —respondió Dolores.

—Yo, un café descafeinado, corto de café, con la leche fría y dos de sacarina. O Stevia, lo que tengas —añadió Luisa.

—Y yo tomaré una cerveza bien fría. Si tienes una copa de esas que ponéis a enfriar en el congelador, mejor.

Dolores y Mercedes se giraron hacia Luisa, inquisitivas.

—¡¿Qué?! —protestó esta, ofendida por la mirada de sus amigas—. ¿Dónde pone que en un club de lectura no se pueda tomar cerveza?

Miré a Júlia y me disculpé por esas tres peticiones tan exigentes. De haberme imaginado lo que pasaría, le hubiese pedido que dispusiera botellines de agua. Con eso habría bastado.

—¿Y tú? —me preguntó Júlia.

—Yo nada, estoy bien así. —No quería darle más trabajo ni ocasionar más gasto—. Gracias, Júlia.

—Gracias, Júlia —respondieron las asistentes, descompasadas.

Por la puerta aparecieron Leonor y Lourdes. Consulté mi reloj de pulsera: las 20.15. Ya quedaba menos para terminar. Quince minutos más y habría sobrevivido a mi primera sesión del club de lectura. Más tarde, las asistentes debatirían hasta dar con el siguiente título mientras degustaban la comida de Júlia.

—Señoras, me había preparado unas líneas sobre el contexto histórico de la autora, pero, por lo que veo, deben de saber ustedes más que yo al respecto.

—Por favor, joven, tutéanos —me pidió Luisa.

—Pues eso…, que debéis de saber más que yo al respecto. Así que, ¿por qué no aprovechamos los últimos minutos para debatir sobre la influencia de la autora en su tiempo?

Las cinco asintieron.

Durante quince minutos argumentaron sus propias opiniones y contraargumentaron las de las demás. Su mirada de la obra de Jane Austen cambió la que yo tenía, y por unos momentos sentí que, más que por obligación o compromiso con mi madre, estaba allí para aprender de esas mujeres.

Hacía rato que, de reojo, veía a Júlia sacar bandejas de comida del obrador, así que me levanté e, invitándolas a que hicieran lo mismo, nos desplazamos hacia las mesas que nos esperaban llenas de platos de cerámica y bandejas de madera con comida de aspecto delicioso y presentación muy cuidada.

—Pues yo no tengo mucha hambre, ¿eh? —dijo Lourdes, examinando las mesas.

—Pues no comas —la cortó Luisa sin miramientos.

Las cinco formaron un círculo y, de forma orgánica, quedé desplazado. No me importaba. Al fin y al cabo, las amigas eran ellas. Yo solamente era un sustituto, una figura de reemplazo que no estaría allí si no fuese porque mi madre ya no podía.

Júlia se acercó por detrás y me extendió un vaso de agua. Aprovechando su cercanía, Mercedes, con la boca llena, la felicitó:

—*Xiqueta*, está todo riquísimo.

Las demás asintieron. También Lourdes, que, para no tener hambre, había arrasado con parte de la bandeja del milhojas de hortalizas.

—Muchas gracias. —Júlia ladeó la cabeza con dulzura y en su rostro se dibujó una enorme sonrisa. De haber tenido que hablar con ella, me habría hecho tartamudear.

Mientras degustaban la comida, las mujeres debatieron sobre cuál sería la siguiente lectura. A pesar de que el club llevaba tiempo en marcha, seguían teniendo dificultades para ponerse de acuerdo. Cuando pasaban unos minutos de las nueve de la noche, les pregunté:

—Señoras, ¿tenemos veredicto?

—Sí —respondió Luisa, en su claro papel de líder—. Leeremos *Madame Bovary*.

Júlia, que estaba amontonando platos y bandejas vacíos para llevárselos dentro, no pudo evitar escucharlo.

—¿*Madame Bovary*? —preguntó, entusiasmada—. Es el libro que estoy leyendo en estos momentos.

—Bruno, hijo, ¿qué hace esta mujer, que no forma parte del club de lectura? —me riñó Luisa.

—¿Y te está gustando? —le preguntó Lourdes en un tono más amable que el que había usado antes.

—Bastante. Creo que aborda la insatisfacción crónica de una forma muy realista. A esto en concreto se refiere el término «bovarismo», a la insatisfacción crónica, acuñado tras la novela de Flaubert.

Júlia hizo una pausa valorando hasta qué punto había satisfecho su respuesta a las asistentes. En sus miradas encontró una creciente curiosidad que había avivado con su comentario, de modo que no las quiso decepcionar.

—Este es un tema con el que muchas personas nos podemos sentir identificadas —siguió explicando—, especialmente ahora, que podemos preguntarnos si nos sentimos bien en nuestras relaciones de pareja, que podemos decidir libremente. No como Emma, que se sentía atrapada en su relación con Charles. —Las asistentes escuchaban con atención—. Conozco a muchas personas que, por tener unas expectativas poco realistas de las relaciones de pareja, terminan rompiéndolas. —«¿Estará hablando de ella?», me pregunté—. Las expectativas que tenemos sobre nuestras relaciones marcan qué tan satisfechas o insatisfechas nos sentimos en ellas. Y las expectativas que tenemos no suelen ser muy sanas —prosiguió, cautivando a la audiencia—, en parte, como le sucedía a Emma, basadas en todas esas novelas románticas que nos venden el amor de una forma edulcorada, apasionada, sin dificultades, que dista mucho de la realidad. El amor de verdad, el amor maduro, el amor sano, no es perfecto. Pero, si esperamos que lo sea, que sea perfecto, que sea igual de apasionado que al inicio, ¿cómo no vamos a sentirnos insatisfechas?

Las cinco mujeres se quedaron boquiabiertas.

—¿De dónde has sacado a esta joya? —me preguntó Dolores.

—Júlia es psicóloga —me sorprendí respondiendo con orgullo, y descubrí que esta se ruborizaba.

Todas emitieron un ruido a caballo entre la sorpresa y la admiración.

—*Escolta, xiqueta*, no serás tú la que imparte el taller, ¿no?

—¿Qué taller? —pregunté.

—El de elaboración de pan y *mindfulness* —me aclaró Júlia—. Sí, yo misma —respondió a Mercedes.

—No sé qué es el *mainfules* ese, pero si lo imparte ella, seguro que es interesante —dijo, dedicándole una sonrisa a Júlia—. Y desde la pandemia que he querido aprender a hacer mi propio pan. ¡Apúntame!

Júlia empezó a explicar qué significaba aquel término inglés, pero pronto dejé de escucharla. Me cautivaba su forma de hablar, la seguridad con la que lo hacía, la melodía de su voz, sus gestos, la dulzura con la que ladeaba la cabeza cuando escuchaba, cómo sonreía de forma tímida cuando se sentía observada. Y entonces recordé cómo me ayudaba con los libros de inglés que nos mandaban leer en el instituto y cómo solo podía prestar atención a sus labios moviéndose al ritmo de las palabras. Y cómo en aquel momento, en una de las salas de la biblioteca municipal en la que pasábamos horas estudiando juntos, me di cuenta de lo mucho que deseaba besarla.

—¿Es ella? —me preguntó Dolores en voz baja, sacándome de mis recuerdos.

—¿Perdón? —dije sin entender a qué se refería.

—Que si es ella —reiteró, levantando una ceja y señalando a Júlia con la barbilla, como si eso bastase para entendernos—. Tu Anne Elliot —añadió.

¿Cómo lo había sabido? ¿Tanto se me notaba? ¿Acaso era tan evidente?

Me esforcé para reunir tanta indiferencia como me fue posible y respondí:

—No.

Quería que mi secreto quedase a salvo, pero una sonrisa poco oportuna me delató, y en aquel preciso momento Dolores supo que le había mentido.

11

JÚLIA

—¿Te espera alguien en casa? —Tuve dudas, pero lo hice. Me aventuré y se lo pregunté.

La impulsividad, esa misma que a menudo me mete en líos, a veces me lleva a explorar caminos que, de darme un tiempo para valorar las consecuencias de mis acciones con más calma, jamás descubriría.

—No —respondió Bruno al momento, como si estuviera aguardando esa pregunta—. ¿Y a ti?

—No, a mí tampoco me espera nadie en casa.

Un silencio se instauró entre nosotros.

—¿Te apetece una copa? —le propuse.

—Deberíamos recoger. No quiero que se te haga tarde.

—Nos vendrá bien descansar unos minutos antes de eso, ¿no?

No ofreció resistencia.

—Así tenemos tiempo para nosotros —añadió, subiendo la apuesta—. Para charlar un rato, digo.

«Claro, para charlar un rato. ¿Para qué, si no?».

Me dirigí al obrador, abrí el frigorífico, saqué la botella de vino blanco con los restos que habían sobrado de la cena de las chicas y me hice con un par de copas. Nos sentamos a una de las mesas situadas junto a la ventana, una de las pocas que conservaban espacio a su alrededor después de reordenar la cafetería para acoger el evento del club de lectura. Tras servir el vino, dimos un sorbo a nuestras respectivas copas y, de nuevo, silencio.

—Ha salido bien, ¿verdad? Las amigas de mi madre se han ido encantadas. La comida, el lugar, el trato...

—Eso me ha parecido. ¡Me alegro mucho!

—También les has encantado tú. —Hizo una pausa—. Ya has visto que querían ficharte —añadió. Yo reí sonoramente, pero no dije nada—. Veo que al final te has animado. A ejercer, digo. —Fruncí el ceño—. ¿No vas a impartir tú el taller?

—Ah, sí, sí, lo impartiré yo —dije como restando una importancia que no tenía.

—Es buena idea. Desde la pandemia que lo de hacer tu propio pan está moda. Y tú, siendo psicóloga, ofrecerás un valor añadido —arguyó Bruno.

«Un valor añadido». Sus palabras se repitieron en mi mente. Se esperaba de mí, como psicóloga, que aportase un valor añadido al taller. Aunque resultaba una obviedad, sentí una opresión en el pecho al pensarlo. Y la ilusión que había conseguido reunir durante los últimos días se transformó en vértigo. Traté de apartar el miedo y seguí con la conversación.

—Sí, es cierto. Los talleres online nos salvaron durante el confinamiento. Pero Nina lo hace, dice, para darme «un empujoncito». —Hice el gesto de las comillas mientras ponía los ojos para arriba.

Me recliné en la silla, de brazos cruzados, y me quedé mirando a la calle, a través de la ventana. Se había hecho de noche. Cada día anochecía más temprano. Escuché el ruido de su copa rozar contra el mármol de la mesa y lo miré fijamente.

—Todavía no me has contado a qué te dedicas —dije con renovada frescura, para cambiar de tema. Me sentía más cómoda si no se ponía el foco en mí y en mi carrera profesional.

—Soy periodista.

—Periodista —repetí, alzando las cejas para fingir sorpresa por un dato que ya conocía.

—Sí, soy autónomo y escribo artículos para varios medios.

—No pareces muy entusiasmado.

—No estoy en mi mejor momento, tampoco en lo profesional. Estoy atravesando algo así como una crisis. —«Anda, ¡pues ya somos dos!», pensé—. Cuando estudiaba la carrera tenía unas expectativas que no se han cumplido.

—Creo que eso nos pasa a todos...

—Quería acercar la verdad a la gente, y ahora veo que la verdad solo interesa si favorece a los que tienen dinero y poder.

Se dibujó una mueca de decepción en su cara. También en la mía.

—Vaya... Debe de ser frustrante...

—Mucho. Pero uno tiene que pagar las facturas. —Aquello sonó a resignación—. Así que a veces me toca pasar por el aro. Y no me gusta. No me gusta porque siento como que no soy fiel a mí mismo. Me siento como si...

—¿Como si te traicionaras?

—Sí, exacto.

Era una experta en traicionarme a mí misma, entendí a qué se refería.

—Así que esta es mi situación. —Levantó levemente los brazos, palmas arriba, y los dejó caer en señal de frustración.

Conocer más de él me hacía sentirle cerca, y mi cuerpo reaccionó en consecuencia: apoyé un brazo sobre la mesa, acortando así la distancia, y dejé reposar mi cabeza sobre la mano.

—Cuando teníamos quince años, queríamos crecer y ser adultos —recordé con nostalgia—. Tomar nuestras propias decisiones, tener libertad, no depender de nadie...

—¡Qué tiempos aquellos y qué equivocados estábamos! Ser adulto es una mierda —protestó.

—Amén.

Corregí mi postura, cogí la copa y la alcé. Ambos bebimos.

—Dijiste que no te espera nadie en casa... —Dejé entrever mi siguiente pregunta, y Bruno la pilló al vuelo.

—Rompí con mi pareja hace casi un año. Mi ex se quedó con el piso donde vivíamos y tuve que buscarme algo.

—La vida no te lo está poniendo fácil...

—No mucho. Pero, aunque parezca mentira, es ahora cuando más estoy conociéndome. Perder a mi madre ha cambiado algo en mí. Antes parecía ir como en piloto automático, tomando las decisiones que se esperaban de mí sin pensar en lo que quería en realidad. Y desde entonces trato de tomar decisiones desde otro lugar.

—Desde un lugar más... ¿consciente? —me aventuré a adivinar.

—Exacto.

—Tener a la muerte tan cerca, aunque suene contradictorio —maticé—, nos lleva a relacionarnos de otra forma con la vida.

Se quedó pensativo. No supe si cambiar de tema o si quedarme en silencio hasta que él decidiese que era el momento de romperlo. Alzó la mirada, dibujó una media sonrisa, se incorporó, cogió la botella e hizo el ademán de llenarme la copa.

—Solo un poco más, gracias —le indiqué.

Me sirvió y se sirvió él también.

—¿Y tú? —Apoyó los codos en la mesa, acortando, en ese instante él, la distancia que nos separaba.

—¿Yo qué?

Me miró a los ojos y me puse nerviosa.

—¿Cómo es que tampoco te espera nadie en casa?

—Bueno... Imagino que un gato y una tortuga no cuentan, ¿verdad? Se llaman Charlotte y Emily.

Reímos a la vez y me sirvió de excusa para desviar la mirada; me costaba mantenérsela.

—Contar, cuentan. Pero ambos sabemos que no nos referíamos a compañía animal... —*Touché*.

—No tengo pareja —aclaré al fin.

—¿Desde hace mucho?

—Te diría que sí, que oficialmente lo dejamos hace mucho, aunque tampoco sé si algo que no era «oficial» —hice el gesto de las comillas con las manos— puede dejarse oficialmente, no sé si me explico. Lo nuestro era... —traté de buscar la palabra adecuada—. Lo nuestro era complicado.

—¿Y no hay nadie en tu vida?... Ahora, quiero decir.

—No. No hay nadie. Aunque lo dejamos hace mucho, la historia siguió con idas y venidas hasta hace poco.

—¿Qué pasó?

—Cerré la puerta. Definitivamente.

—¿Te hizo daño?

—Sí. No queriendo —me apresuré a decir—. Pol no es un mal tío, pero no sabe lo que quiere. O no sabe relacionarse. O ambas cosas a la vez. —Me encogí de hombros.

—Ya, es que ahora es fácil encontrar a alguien, pero difícil construir algo sano.

—No puedo estar más de acuerdo —dije, exagerando mi respuesta con cierto dramatismo en los gestos.

—Las apps de citas han hecho mucho daño.

—No solo las apps. Pero sí. Tengo una relación de amor y odio con ellas.

—¿Y quién no? —rio.

—¿Tú también? Estoy harta del «hola, ¿qué tal?», «¿de dónde eres?», «¿cuánto llevas sin pareja?», «pregunta lo que quieras». Siempre lo mismo...

—Hombre, hay que conocerse, ¿no? —Se recolocó en la silla.

—Sí, lo sé, pero me molesta. Me aburre. Me cansa.

Reímos. Cogí la copa y la sostuve en la mano. Nos miramos. Él a mí y yo a él. Pero no por mucho tiempo, no quería que se diese cuenta de que me costaba sostenerle la mirada.

—Al menos me he quedado con algunas anécdotas graciosas —añadí, recordando momentos en los que la realidad superaba la ficción, casi de forma literal.

—A ver... —me retó mientras volvía a acortar la distancia entre nosotros—. Cuéntame alguna.

—Mmm... Vale. —Me recoloqué en la silla, acercándome más a él, sin darme cuenta—. Un chico (monísimo, por cierto), Sergio se llamaba, me propuso tener una primera cita en un *escape room*. Me sonó raro, pero me pareció divertido. Además, pensé que así podría ver si congeniábamos por eso de que las parejas deben formar equipo y que en los momentos de estrés ves cómo es la otra persona, ¿sabes? —Bruno asintió—. Pues bien, le mandé un mensaje informándole de que había llegado a la ubicación que me había mandado y me respondió que ya estaba dentro, que entrase yo también.

»Llegaba tarde, así que tenía sentido que él estuviera ya allí. Le hice caso y entré. Esperaba encontrarme una especie de recepción o algo así. Pero no. Accedías directamente al juego. —Bruno me escuchaba con atención e iba asintiendo sin dejar de mirarme expectante—. Había otras personas a mi alrededor. Otros participantes, vaya. Busqué a Sergio entre ellos, pero la sala estaba prácticamente a oscuras y, antes de que los ojos se me acomodaran a la poca luz que había, se escuchó una risa maléfica y apareció un payaso corriendo hacia mí con un cuchillo en la mano. No hacia los otros participantes, no; hacia mí —maticé, abriendo mucho los ojos.

»Chillé como si no hubiera un mañana. —Reproduje el gesto que acompañó al grito, adoptando un parecido razonable con el famoso cuadro de Munch. Bruno soltó una sonora carcajada—. Soy consciente de que debí parecer una energúmena, pero es que no me gustan los payasos. Pero nada de nada. —Negué con la cabeza de forma exagerada—. Me dan mucho miedo. ¿Qué digo, miedo? ¡Terror!

Bruno seguía riendo.

—No te rías, que lo pasé fatal... —dije, escurriéndome en el asiento.

—Es una anécdota divertida, sin duda —repuso—. ¿Y qué pasó con vuestra cita?

—Espera, espera, que todavía no he terminado. —Suspiré antes de continuar—. Después de soltar el chillido, busqué la salida y empecé a correr como si un asesino en serie viniese a matarme. Sergio salió corriendo detrás de mí al grito de «Júlia, ¡ESPERA!». Pero es que, para mí,

Bruno —me acerqué a él en busca de comprensión, mirándole a los ojos, y esta vez fue él quien no pudo aguantarme la mirada—, para mí, quien me perseguía no era Sergio. ¡Era un payaso asesino! —exclamé—. El terror se había apoderado de mí, y te juro que era incapaz de pensar de forma racional.

—Nota mental —dijo como pensando en voz alta—: nada de citas en un *escape room* y nada de disfrazarme de payaso para Halloween.

Reí fingiendo que no me había dado cuenta de que la palabra «cita» había salido de su boca. «¿Estará allanando el terreno? ¿Acaba de mandar un globo sonda?», me pregunté. Temí que aquel inocente comentario desencadenase uno de mis bucles obsesivos, que fuese el punto de partida de los escenarios hipotéticos que me llevaban a soñar despierta.

—¿Y te alcanzó?

—¿Eh? —Me había perdido en mis pensamientos—. Ah, sí... Pero porque de camino hacia el metro me topé con una pareja de policías que, viendo el terror en mi cara, me detuvieron para preguntarme si estaba bien.

—¡NO! —Bruno se llevó las manos a la cabeza imaginándose la escena, quizá también poniéndose en el papel del pobre chico.

—Al cabo de unos segundos apareció Sergio, cuchillo de atrezo en mano, persiguiéndome. Y ya te puedes imaginar el resto...

Reímos ambos.

—¿Cómo es tu relación con Tinder? —quise saber.

—Mis amigos me insistieron: «Descárgatelo, te ayudará a superar a Núria»... Núria es mi ex —aclaró.

—¿Y fue así?

—Qué va —rio—. Todavía me pregunto por qué les hice

caso. Mi cabeza no estaba para eso, así que, después de averiguar que podía herir los sentimientos de alguien, decidí que nada de citas por un tiempo.

Me gustó escuchar eso. La consideración que Bruno parecía demostrar era la misma que hubiese agradecido por parte de chicos como Agus, un ligue con «proyección de» que acababa de dejarlo con su ex y no paraba de hablarme de ella. «Eres su chica clínex», me advirtió mi amiga Ali. «¿Su chica qué?», le pregunté, pero enseguida entendí a qué se refería. Acababa de ponerle nombre a lo que sentía, así que no tardé en dejar atrás aquella historia.

—¿Todavía pensabas en ella?

Bruno bajó la mirada y se recolocó las gafas.

—Sí, pero no como tú crees.

Me gustó escuchar eso también.

—No estoy pensando en nada concreto —dije, levantando las manos en señal de rendición; luego apoyé los codos sobre la mesa y los puños debajo de la barbilla.

—Tenía una sensación extraña. Te sorprenderá, pero me sentía...

—¿Culpable?

—Sí, exacto. Como si la estuviera engañando.

—Es que hay personas que pueden separar lo físico de lo emocional... Yo soy incapaz —le confesé.

—Ese es mi amigo Miki —me interrumpió—, que está superando la ruptura (o eso dice) saliendo de fiesta y enrollándose con una chica distinta cada noche.

—Pero no es tan fácil tener algo con alguien después de una ruptura —proseguí—. Incluso cuando sabemos que la historia se ha terminado, a veces nos queda algo que nos ata emocionalmente a esa persona. Es como si, por alguna razón, todavía le debiéramos lealtad.

—Exacto.

Bruno se acercó, apoyándose igual que yo en la mesa, y nos quedamos en silencio. Yo me refugié en sus ojos y él en los míos. Entonces se me escapó una sonrisa bobalicona.

—Es complicado —sentencié en un tono suave.

—Lo es —afirmó en un susurro.

No hacía falta que hablásemos más alto. Estábamos cerca, muy cerca. Le tenía a unos veinte centímetros o menos. También su boca. Le miré a los ojos y, con timidez, descendí la vista hasta llegar a sus labios. Volví de nuevo a sus ojos y en ellos encontré una calidez que me asustó. Habíamos conectado. Parecíamos naturalmente sintonizados. Tan distintos a como éramos en el pasado, tantos años el uno lejos del otro, y ahí estábamos, entendiéndonos.

Noté cómo el corazón me retumbaba en el pecho. Una sensación extraña apareció en mi estómago. No quise saber de qué se trataba, solo me convencí de que aquello era peligroso. «Júlia, cuidado», me advertía una voz dentro de mí. Así que, aunque deseaba todo lo contrario, corrí a protegerme en un arrebato de falso empoderamiento:

—Por eso no quiero saber nada de los hombres.

Y me recliné en la silla, poniendo distancia entre los dos.

A Bruno se le esfumó la media sonrisa que hacía un rato se dibujaba su rostro y, demostrando que había captado el mensaje, dijo con cierto aire de ofensa:

—No todos los hombres somos iguales.

No lo decía por él. No podía hablar de él sin conocerlo. Porque, en realidad, no lo conocía. Conocía al Bruno adolescente, pero no al Bruno adulto. Y aunque la versión adulta me parecía madura, respetuosa y responsable, no caería en la trampa de sacar conclusiones precipitadas.

«No, Júlia. Nada de precipitarte de nuevo. No otra vez. No esta vez».

—Lo sé, pero paso —afirmé con una rotundidad que ya me gustaría haberla exhibido en anteriores relaciones, con alguna de mis exparejas.

Me cuestioné si lo que estaba haciendo era protegerme o boicotearme, pero ya era demasiado tarde para eso. Acababa de reventar cualquier posibilidad de tener un acercamiento.

—¿Renuncias a tener pareja? —preguntó, sorprendido.

—«Renunciar» es una palabra muy fuerte —dije para suavizar el mensaje—. He estado toda la vida enlazando relaciones, olvidándome de mí. Ahora quiero ser la protagonista de mi vida. Y, por un tiempo, quiero mantenerme alejada del amor y de sus quebraderos de cabeza.

Bruno no supo cómo seguir. Mi tono era tan tajante como el mensaje que se ocultaba detrás de mis palabras. Nos quedamos en silencio. Carraspeó y luego se pasó la mano por el cuello. Estaba incómodo. Aquella conversación había llegado a su fin, lo notaba. Aunque ambos quisiéramos quedarnos un poco más, el muro que había levantado entre nosotros cumplía demasiado bien su función.

Cogió la copa, observó cuánto vino le quedaba y, antes de dar el último sorbo, recondujo la conversación a una propuesta que no pudo sorprenderme más:

—No hemos brindado. —Sonaba conciliador, mientras que yo había sido distante, quizá en exceso—. Hagámoslo antes de terminarnos las copas —insistió.

—¿Y por qué brindamos? —pregunté en un tono muy distinto al que había usado hacía tan solo unos segundos—. ¿Por más clubes de lectura?

—Habrá más clubes de lectura. Brindemos por algo distinto.

—¿Por los reencuentros?
—Me parece bien.
Alzamos las copas y dijimos al unísono:
—Por los reencuentros.

12

BRUNO

—Llegaste tarde —me reprochó Miki cuando nos encontramos en la cocina, haciendo suyo el tono paternalista que tantas veces había usado yo con él.

—¿Quieres café? —le pregunté para esquivar su mala leche.

—Sí, gracias.

Se lo serví.

—Te estuve esperando para cenar.

—Tenía club de lectura, ¿recuerdas?

—Aun así, pensé que vendrías.

—Terminó tarde.

—¿Tanto duró? —preguntó, extrañado.

—Nos quedamos hablando hasta las tantas.

—¿Nos?

—Júlia y yo. —Lo miré de reojo, molesto por tener que contestar a una pregunta para la que él ya tenía respuesta.

—Ah, Júlia —fingió sorpresa—. ¿Y cómo fue?

—Muy bien. El club de lectura fue un éxito. Las asistentes quedaron encantadas.

—¿Cómo fue con Júlia? —matizó.

—Pues bien.

—¿Bien? —Alzó las cejas. Esa respuesta no le bastaba, quería saber más.

—Sí, bien. No sé, lo normal. Nos pusimos al día.

—Ya —respondió, escéptico.

Miki estaba empeñado en que, para reunir el valor de firmar el acuerdo de divorcio, necesitaba algo de «vidilla», algo de «acción» que me ayudase a pasar página.

—No sé qué esperas que te cuente. Si quieres, me invento que nos enrollamos, que lo hicimos tres veces y que terminamos rebozados en harina, como en *El cartero siempre llama dos veces*. —Noté una sensación extraña en el estómago al decirlo—. Pero no fue eso lo que pasó.

—Pues vaya... —chistó decepcionado.

Me terminé el café de un sorbo y salí de casa.

De camino al coche me crucé con la higuera que nos protegía del sol de primavera después de clase. Júlia solía apoyarse en mí; decía que, si lo hacía en el tronco, se le llenaría el pelo de hormigas. Sonreí al recordarlo. A mí las hormigas no me parecían tan terribles, pero me gustaba tenerla cerca. Saqué mi teléfono y le hice una foto. Mal encuadre, mala luz. Pero ahí estaba: la higuera. Nuestra higuera.

Entonces recordé que esa noche me había dado su teléfono. Cuando nos terminamos el vino, la ayudé a colocar las sillas y las mesas en su sitio. Y mientras ella limpiaba platos y bandejas dentro del obrador, yo me ofrecí a barrer la zona de la cafetería. Ella insistió en que no debía hacerlo, y yo, en que no me importaba. Cedió a lo que ella debió de interpretar como un acto de amabilidad. En realidad, detrás de ese gesto había puro egoísmo: no quería irme de allí, no tenía prisa alguna por volver a casa, y sentí la necesidad de alargar aquel momento tanto como me fuese posible, como si en aquel preciso instante no pudiera estar en otro lugar mejor que allí.

Después de despedirnos y de que cada uno iniciase su camino de regreso, cuando ya había torcido la esquina, oí su voz:

—¡Bruno, espera!

Me volví. Júlia caminaba hacia mí con paso acelerado. Al llegar a mi encuentro, me extendió un papel.

—Así podremos estar en contacto.

Vi que había un número anotado a lápiz. Al coger la nota mi dedo índice entró en contacto con el suyo. Tenía las manos frías. La miré a los ojos. Aquel instante duró unos segundos, pero me percaté de cada movimiento, como si todo hubiese pasado a cámara lenta. Júlia bajó la mirada con timidez y, sonriendo, dijo:

—Para que no tengas que venir al obrador para comunicarte conmigo.

Enseguida dio media vuelta y empezó a caminar en dirección opuesta a la mía.

Debajo de la foto de la higuera escribí:

¿Te acuerdas?

Pulsé «Enviar».

«Joder, Bruno, ¿en qué estás pensando?», me reprendí nada más hacerlo. «¿Qué pretendes con esto?», me pregunté, confuso.

No encontré respuestas. Y a la confusión se le añadió el temor de que aquel gesto provocase en Júlia la necesidad de erigir, de nuevo, un muro entre nosotros.

13

JÚLIA

En cuanto me percaté de que me estaba vibrando el teléfono, lo saqué del bolsillo de los tejanos. Era Regina. «Después le devuelvo la llamada», me prometí sabiendo que, una vez más, no lo haría, y guardé el móvil en uno de los cajones del mostrador. Pero Nina me pilló:

—¿Qué haces?

—Nada —mentí.

—Era mamá, ¿no?

Asentí.

—Te volverá a llamar.

Hice una mueca.

—¿Qué tal ayer? —me preguntó.

—¿Qué tal de qué? —le devolví la pregunta haciendo ver que no sabía de qué me hablaba. No funcionó.

—¿Os quedasteis hasta tarde?

—Nos quedamos charlando un rato, sí, pero no hasta tarde.

—Ese muchacho me gusta para ti —nos interrumpió la abuela, que ya sabía de quién estábamos hablando.

—Pues, abuela, vete olvidando —le respondí, cortante.

—¿Tiene pareja? —preguntó Nina.

—No.

—¿Entonces?

—No ha pasado página. Hace un año que ha salido de una relación larga y todavía piensa en ella.

—Ah, bueno, entonces es cuestión de tiempo —dijo la abuela, siempre haciendo gala de su nombre. Pero no quería que nadie sembrara semillas de esperanza por mí, ni recibir consuelo. Tan solo necesitaba recordarme la promesa que me había hecho a mí misma.

—Que no, abuela. Que no quiero saber nada de los hombres —protesté.

—Júlia —Nina se puso seria—, ¿no estás siendo demasiado radical?

—No, lo que estoy siendo es coherente. Si no sé tener relaciones sanas, pues no tendré relaciones de ningún tipo. Hasta que aprenda.

—¡Hala! ¡Ya está! ¡Problema resuelto! —exclamó mi hermana.

No, en realidad no estaba resuelto. Simplemente aparcaba el problema. Pero, mientras tanto, me mantenía a salvo. Y eso, de momento, me bastaba. Aunque me daba rabia reconocer que Nina tenía razón.

—Jovencita, no aprenderás a tener relaciones sanas si te mantienes alejada de ellas —me sermoneó la abuela, con Nina asintiendo enérgicamente por detrás.

Sus palabras resonaron en mi mente, recordándome a las de Maca. Quizá ninguna de las dos iba desencaminada, pero descubrirlo suponía exponerme a la posibilidad de sufrir, y no estaba dispuesta a averiguarlo.

Desde el interior del obrador distinguí una figura femenina con ínfulas de diva, digna de las noches ibicencas y de las cenas de la *jet set* marbellí de los noventa: camisa de seda holgada de un blanco impoluto, acompañada de pantalones fluidos del mismo tejido y color, aderezado con un gran collar dorado y un pañuelo en la cabeza de tonos fucsias, lilas y amarillos. Nada más cruzar el umbral, me buscó con la mirada. En cuanto me localizó, me saludó con un entusiasmo que —voy a ser brutalmente honesta— no compartía.

—Hola, mamá —dije, esforzándome por sonreír.

Regina cruzó el mostrador y me dio un beso en la mejilla.

—¿Qué quieres? —Mis palabras sonaron más bruscas de lo que deseaba, lo reconozco.

—¿Cómo que qué quiero, hija? He venido a verte. Te he estado llamando estos días. —Cierto.

—He estado ocupada. —Cierto también.

—Ya me ha contado Nina. Ahora vais a hacer también eventos, ¿no?

—No sé si «eventos» es la palabra. Pero sí, estamos organizando un taller y alguna cosa más. Veremos cómo va.

—Cuidado, hija, con sobrecargarte. Trabajas muy duro y apenas descansas. Además, este no ha sido un año fácil para ti…

—Gracias, mamá, pero no tienes de qué preocuparte. —Traté de ser cordial, aunque por dentro no pude evitar pensar que la preocupación de mi madre llegaba tarde. Ya era mayorcita y tomaba mis propias decisiones.

—Es que me ha dicho tu hermana que estás con otro curso, que te estás planteando ejercer de lo tuyo, que has dejado a Pol… Y ahora esto. —Hizo una pausa—. ¿No crees que es demasiado? La vida del obrador ya es de por sí muy sacrificada, cariño.

Razón no le faltaba. Había días en que me preguntaba de dónde sacaba las horas y la energía. Sarna con gusto no pica, dicen. Pero sí agota.

—Con Pol ya lo habíamos dejado hace mucho. Y lo de pasar consulta está más que descartado —la contradije.

—¿Sí? —preguntó entre sorprendida y desilusionada—. ¿Lo has descartado? —Volvió a preguntarlo como haciéndose a la idea—. Ay, no me digas eso. Me alegré mucho cuando me lo dijo tu hermana. Ella estaba muy entusiasmada con la idea. Ya sabes lo que piensa al respecto.

«Sí, lo sé. No hace falta que recorras toda Francia y media Cataluña para recordármelo». No se lo dije, pero bastó con pensarlo para que me sintiese mal, y por dentro me reñí: «Júlia, calma, no seas tan borde».

—Bueno, lo que decidas estará bien. Pero, tomes la decisión que tomes, que sea con cabeza.

«¿Con cabeza?». Parecía increíble que esas palabras viniesen de Regina. Precisamente ella, que no había tomado muy buenas decisiones a lo largo de su vida. Y sí, estaba juzgando a mi madre. Lo hacía a menudo.

Regina se acercó más y, usando un tono confidente, dijo:

—Oye, ¿y qué es eso de que hay un chico nuevo en tu vida? —Me dio un golpecito con el brazo, esperando de mí una respuesta en la misma línea.

—¿Qué chico? —Mi semblante serio, muy lejos de la ilusión que de mí esperaba, a buen seguro que la decepcionó.

—Bruno.

—¿Cómo sabes tú de la existencia de Bruno?

—Ay, hija, si tú no me cuentas nada, tendré que recurrir a otras fuentes. —«Nina, otra vez. ¡Será chivata!»—. ¿Y qué, con Bruno?

Me encogí de hombros e hice una mueca.

—Que qué hay entre vosotros...

—Nada.

—Eso no es lo que me ha dicho tu hermana. —Puso los brazos en jarras, levantó las cejas tanto como pudo y me lanzó una mirada inquisitiva.

—Somos amigos. Éramos amigos, mejor dicho. Del instituto. No creo que te acuerdes de él —añadí para ahorrarme la decepción.

—Sí que me acuerdo. —La miré como desafiándola, y aceptó el reto—: Ojos castaños y avellanados, cejas marcadas, pelo corto con pinchos, tejanos caídos, camisetas de grupos de rock y zapatillas blancas desatadas.

Sorpresa. Pues sí que se acordaba, sí.

—Como para no acordarme, lo tenías siempre en la boca: que si Bruno esto, que si Bruno lo otro... —imitó a una Júlia muy adolescente, y reconozco que me sacó una sonrisa—. ¿Y cómo es ahora?

—No sé, mamá. Pues un chico... normal, supongo.

—Ay, hija, qué escueta eres.

—Es que no sé qué quieres que te cuente.

—Pues si le encontraste guapo, si sentiste mariposas cuando le viste, si hubo química entre vosotros, si se alegró al verte... ¿Está soltero? ¿Cuándo os volveréis a ver? ¿Intercambiasteis teléfonos?

Se me escapó una sonrisilla.

—Se te ha iluminado la cara... —dijo en un tono infantil.

—Mamá, ¡frena!

—Ay, *ma chérie*. —Cuando mamá tiene un novio extranjero, incorpora palabras en su idioma. Nunca he sabido si es cuestión de esnobismo o consecuencia natural de la inmersión lingüística—. ¡A ver si va a ser el amor de tu vida, este Bruno! Con lo poco que nos gustaba a tu abuela y a mí.

¡Y mira! La vida cómo es, ¿eh? —dijo sin parar un segundo de alimentar su propia emoción. En su mente ya estábamos casados y viviendo en un chalet unifamiliar con un gran jardín y perro incluido.

—Mamá, ¡FRENA!

No quería dar paso a esa parte de Regina romántica y enamoradiza; era lo último que necesitaba, alguien que me animase, con su entusiasmo, a romper el compromiso adquirido conmigo misma. Ya tenía suficiente con lidiar con mi abuela, con Nina y con las chicas. Y con esa vocecilla interior que se ilusionaba prematuramente, claro. No estaba dispuesta a dejar entrar en mi cabeza a mi madre, «la doctora amor», pensé, sarcástica.

—Pero, hija, ¿qué pasa? ¿No te hizo ilusión verle? ¿No hubo química?

—Me gustó verle, sí. Y algo de conexión sí hubo. Pero no quiero conocer a nadie. —Y avanzándome a cualquier réplica, añadí—: No quiero tener pareja. Punto final.

—Pero ¿cómo dices eso, cariño? ¡Si el amor es lo más bonito que hay!

¿En serio creía eso? ¿En serio me estaba diciendo eso ella? Con lo tocada que se quedaba tras cada ruptura... Aunque no soy quién para juzgarla. De tal palo, tal astilla, supongo.

Entonces me di cuenta de cuánto me fastidiaba que se hubiese rendido tan rápido al decirle que, una vez más, descartaba ejercer como psicóloga. No era la primera vez que teníamos esa conversación y no era justo que, mostrándome tan tajante como lo hacía, se lo echase en cara en ese momento. Pero, aun así, me fastidiaba. Me fastidiaba porque, cuando se trataba de relaciones de pareja, insistía e insistía. No se daba por vencida tan rápido, al contrario. Y me irritaba. ¿Es que acaso las relaciones de pareja son el centro del universo? ¿Por qué Regina les daba tanta importancia?

Sin embargo, reparé en que yo hacía lo mismo, por mucho que me fastidiase. Y decidí darle una vuelta a la propuesta de Maca, aunque solo fuese como un acto de rebeldía hacia esa parte de mí, tan parecida a mi madre, que convierte las relaciones de pareja en el centro de su vida. Quizá podía probar, darme la oportunidad de centrarme más en mi profesión y menos en las relaciones de pareja.

—Mamá, tengo que volver al trabajo —dije como si durante todo ese rato hubiese dejado a un lado mis tareas—. ¿Tú estás bien? ¿Todo en orden? —Y me preparé para un larguísimo monólogo sobre sus apasionantes aventuras de galería en galería y de exposición en exposición, recorriendo Europa de la mano de Jean Claude. También me preparé para arrepentirme de haber abierto la veda.

—Sí, todo bien —respondió—. Jean Claude es maravilloso. La semana que viene me llevará a un *château* en la Borgoña.

—Ajá... —Sé que debería alegrarme, pero sentía más bien cierta indiferencia.

—Un palacete de esos rodeados de viñas, ¿sabes?

—Me alegro por ti. —Me esforcé en sonreír.

—Me marcho, hija —dijo mientras se dirigía al otro lado del mostrador—. Ya te traeré unas botellas de tu variedad favorita: Chardonnay, no se me olvida. —Me guiñó el ojo.

—Sauvignon blanco —la corregí, y me lanzó un beso.

En cuanto salió por la puerta, me di cuenta de que no había sido para tanto. Se había ahorrado su habitual monólogo, y me arrepentí de no haberle mostrado más interés.

«Eres una mala hija», me reñí.

«Es que mamá a veces se me hace bola: tantas historias,

tantos detalles. Todo tan maravilloso. Y, sobre todo, todo tan yo, yo, yo», me rescaté.

Al menos había sobrevivido a su visita. Aunque algo me decía que la doctora amor no se había quedado satisfecha con mis respuestas sobre Bruno y que pronto vendría a por más.

—Júlia, algo está vibrando aquí dentro —dijo Nina, señalándome con la barbilla el cajón de debajo del mostrador. Acababa de regresar del médico con la abuela, cada día más aquejada de sus articulaciones, justo a tiempo de cruzarse con mamá en la puerta.

Había recibido un mensaje de un número que no tenía guardado. Abrí el chat. Una foto por descargar seguida de un «¿Te acuerdas?». Le di a «Descargar» y enseguida apareció la higuera de al lado del instituto. Me detuve en seco, entorpeciendo el paso de Nina por el mostrador.

—¿Todo bien? —me preguntó.

No respondí. Me limité a mostrarle la foto.

—¿Un árbol? No entiendo.

No dije nada. Yo sostenía el móvil mientras ella leía el mensaje y ampliaba la foto de perfil del número que todavía no figuraba entre mis contactos.

—¿Es Bruno? ¿Te manda una foto de un árbol? —Su cara era de desconcierto.

—Es *nuestro* árbol —le aclaré—. Una higuera del parque de al lado del instituto.

—¿Es algo simbólico para vosotros?

Asentí.

—¿Y qué significa?

—No lo sé.

—¿Qué le vas a responder?

—No lo sé.

—¿Cómo es que tiene tu número?

—Se lo di ayer.

Nina enarcó las cejas.

—¿Con qué finalidad?

—No lo sé.

Me crucé de brazos mientras ella los ponía en jarras.

—Joder, Júlia. No sabes nada —replicó, frustrada—. No quieres ni oír hablar de talleres, pero aceptas celebrar aquí un club de lectura solo porque lo organiza él. —Quise replicar, pero no me dejó—. No quieres saber nada de hombres, pero le das tu número de teléfono. ¿A qué estás jugando? ¿Me lo puedes explicar?

Nina se me quedó mirando; esperaba una respuesta que no tenía. O, si la tenía, sabía que ni a ella ni a mí nos iba a gustar. Me llevé una mano a la frente para esconder la cara y así no tener que confrontar su mirada clavada en mí.

Tras unos segundos en silencio que no sirvieron para que Nina se rindiese, cogí aire, lo expulsé sonoramente y decidí ser honesta.

—Pienso una cosa, luego hago otra. Una parte de mí me dice una cosa, y otra parte de mí, otra. Estoy hecha un lío.

Nina asintió. Ella también lo veía.

—¿En qué estoy pensando? Si ni siquiera está disponible —añadí mientras recordaba nuestra conversación—. Esto no va ni tan siquiera de mí.

—Sí que va de ti, Júlia. Claro que va de ti. Va de ser coherente.

«Ser coherente», yo misma había presumido de ello.

—¿Coherente con qué, niñas? —preguntó la abuela, que había aparecido con una bandeja de cruasanes recién horneados para dejarla en la encimera.

—Coherente con lo que quiere y con lo que se promete a sí misma. —Las palabras de Nina se me clavaron como agujas en la piel. Me dolía que me recordase lo que ya sabía. Y me avergonzaba pensar que mi hermana pequeña fuese más sensata que yo y tuviera las cosas tan claras. Es cierto que desde fuera todo es más fácil, pero, al fin y al cabo, yo era la mayor. Y, encima, psicóloga. ¿Cómo querían que ayudase a la gente, cuando ni siquiera podía ayudarme a mí misma?

—¿Y si el problema es que no sé lo que quiero? —reconocí con una vocecilla.

—Sí lo sabes, hija. —La abuela me cogió por la barbilla y la levantó lo justo para que nuestras miradas se encontrasen, como hacía cuando era pequeña—. Pero te da miedo.

No supe qué responder. Tampoco pude: el móvil, que en esos momentos seguía en mis manos, empezó a vibrar. Era Ali. Rara vez me llama. Es más de enviar audios. O, mejor dicho, de mandar auténticos pódcast. En cualquier caso, la llamada me permitió escapar de la conversación.

—Hola, Ali —respondí, preparándome para cualquier respuesta.

La oí llorar al otro lado de la línea.

—Ali, ¿qué te ocurre? —dije, alarmada, mientras mi abuela y mi hermana me miraban confundidas.

Les señalé con la mano el obrador. Me refugiaría ahí para hablar con tranquilidad.

—Me ha dejado, Júlia —respondió entre sollozos.

—¿Quién? —pregunté no muy acertadamente.

—Pues Jordi, ¿quién va a ser? —Y volvió a romperse.

—¿Qué ha pasado?

Entre lágrimas, Ali apenas podía hablar. Más bien balbuceaba como podía.

—Ali, escucha. ¿Por qué no te vienes y me lo cuentas en persona? A las tres ya habremos servido la comida y hasta las cuatro y media, cuando salgan los niños del colegio, tenemos un rato para charlar. ¿Comemos juntas y me cuentas?

No obtuve respuesta. Le dejé unos segundos antes de insistir, pero solo escuchaba sollozos.

—¿Te parece bien?

Sorbió para ser capaz de contestar:

—Sí.

Cuando colgué, me acordé del mensaje de Bruno. Para no caer en aquello que tanto me fastidia, que me dejen en «visto», decidí reaccionar al mensaje con un corazón rojo a modo de «me gusta», pero sin escribir ningún mensaje. No me apetecía pensar en una respuesta más elaborada.

Ali llegó un poco antes de lo previsto. Dijo que la casa se le caía encima. Cuando la ola de clientes del mediodía se fue, nos sentamos a una de las mesas a comer la mejor tortilla de patatas y cebolla del mundo, la de mi abuela, bien acompañada con nuestro pan estrella, el de masa madre.

—Con la barriga llena se piensa mejor —dijo al traernos aceite y tomate del huerto del marido de la señora Clotilde. Esta mujer está en todo. Y tenía razón: aun con los ojos rojos e hinchados, mi amiga tenía mejor aspecto después de unos bocados de tortilla.

—Gracias, Esperanza. Te ha quedado espectacular, como siempre.

—Bueno, os dejo solas, cariño —me dijo—. Esta tarde me voy con Clotilde a yoga.

—Me has hecho caso, ¡bien! —Y aplaudí de forma tan exagerada que resultó cómica.

—Tampoco te me vengas arriba tú ahora, que no siempre tienes razón —me censuró con una sonrisa—. Que aproveche, cariño —dijo, dándome un beso en la cabeza—. Y cuídamela mucho —me pidió mientras abrazaba a mi amiga.

—Siempre lo hace, Esperanza. Las dos —dijo Ali, devolviéndole el abrazo.

Por fin nos habíamos quedado solas en el obrador.

—Qué suerte tenerla contigo —comentó Ali con un suspiro, entristecida al recordar a su abuela, que falleció durante la pandemia.

Tras unos segundos de silencio entre las dos, y aprovechando que parecía más serena, mi amiga empezó a contarme:

—Jordi me ha pedido un tiempo.

—¿Habéis roto o te ha pedido un tiempo? A ver, hay quien lo utiliza a modo de ruptura encubierta. Pero daros un tiempo es, en realidad, poner la relación en pausa, no poner fin al vínculo —repuse.

Ali se quedó pensativa.

—Me ha dicho que se ha agobiado, que estábamos yendo demasiado rápido y que necesitaba tiempo para pensar.

En ese momento no se lo dije, pero estaba de acuerdo con Jordi: para mí también estaban yendo muy rápido. Me sentía identificada con esa Ali soñadora que quería ir rápido, sin censurar lo que sentía y sin pensar en las consecuencias. Pero también sabía cómo acababa la historia. Y aunque no quería eso para ella, decidí que no le diría lo que pensaba si no me lo pedía; en ese momento necesitaba de mí otra cosa.

—¿Y habéis hablado de cómo llevaréis este tiempo de

separación? ¿De si estaréis en contacto mientras tanto? ¿De si podéis ver o no a otras personas?

Ali palideció.

—¿Ver a otras personas? —Se llevó una mano al pecho, con los ojos casi fuera de las órbitas.

—Perdona, no quería asustarte —le dije, buscando su mano para calmarla.

Me fastidiaba cuando Nina me avasallaba a preguntas, y resulta yo que acababa de hacer lo mismo con mi amiga. «Bravo, Júlia. ¿Y se supone que tú eres psicóloga?», me espetó la impostora, entrando de nuevo en escena. Sacudí la cabeza como si quisiera deshacerme de aquellos pensamientos intrusivos y volví a poner el foco en Ali.

Me levanté, cogí la silla y me la llevé conmigo al otro lado de la mesa para abrazarla.

—Llora tanto como necesites —le dije mientras le apartaba con suavidad el pelo de la cara y recogía su rubia melena en un improvisado moño.

—No sé qué haría sin ti —me dijo entre lágrimas.

—¿Sin mí?, pues muchas cosas. Sin la tortilla de mi abuela... —La hice reír y volví, con la silla a cuestas, a mi sitio.

—¿Y qué hago ahora? —me preguntó.

—No puedo decidir por ti.

—Pero tú, en mi lugar, ¿qué harías? —insistió. Se sentía perdida.

—Hablar con él.

Y rompió a llorar de nuevo.

—Pero es que estábamos tan bien... —suspiró.

—Os habéis dejado llevar por lo que sentíais, pero eso no significa que estuvierais preparados para dar ciertos pasos.

—¿Tú lo ves normal? —Levantó las cejas indicando extrañeza—. Quiero decir, si crees que es algo que puede pasar.

—Creo que tener dudas es humano —repetí, convencida—. Lo que nos han contado sobre el amor no siempre es una imagen fiel de lo que sucede en la vida real. Podemos querer a alguien y tener dudas porque nuestras necesidades no encajan, porque nos encontramos en puntos distintos, porque nuestros ritmos no van a la par...

—Visto así...

—La cuestión no es tener dudas —seguí—, sino cómo las interpretamos y qué hacemos con ellas.

Ali resopló.

—¿Por qué tiene que ser todo tan difícil?

—No es difícil. Es... —busqué una palabra más adecuada—, complejo.

—¿Y no es acaso lo mismo? —Frunció el ceño mientras hacía una mueca graciosa.

Ambas reímos.

—Creo que hablaré con él. Me disculparé por las formas y le pediré que concretemos todo eso que has dicho. Quizá sí que estábamos yendo muy rápido. Le metí en casa y, aunque sentía que todo fluía, no puedo decir que le conociera bien.

Me quedé en silencio, escuchándola mientras ordenaba sus ideas en voz alta.

—Jo, gracias, Júlia. Me has ayudado un montón... —Se levantó para darme un abrazo y yo hice lo mismo, esperando de pie a recibirlo.

—Para eso me tienes, ¿no? No puedo competir con la tortilla de mi abuela, peeeeero... algo es algo —dije, fundidas las dos en un abrazo acompañado de un ligero balanceo.

—Deberías dedicarte a esto, en serio —repuso mientras se separaba unos centímetros de mí para secarse las lágrimas con el dorso de una mano.

—¿A hacer tortillas?

—No, tonta. Me refiero a acompañar a la gente que necesita que alguien arroje algo de luz a su vida.

14

BRUNO

Dejé a medias el artículo en el que estaba trabajando y salí tan rápido como pude hacia casa de mis padres. Mi hermana me había llamado pidiendo ayuda. «Tete, ven rápido», habían sido sus palabras. Cuando Laia me llamaba así solo podía significar una cosa: me necesitaba en mi papel de hermano mayor, de solucionador de la familia.

Llegué a la masía y, en cuanto crucé el umbral, me llegó olor a humo. La casa estaba en penumbra, así que me resultó fácil saber dónde me esperaban: avancé siguiendo el rastro de luz que salía del salón y allí me encontré con mi padre sentado en el sillón orejero, con los codos apoyados en las rodillas y la cabeza escondida detrás de las manos. Laia estaba de pie, con los brazos cruzados.

—¿Qué pasa?

—Papá, que no está bien. —Mi hermana lo señaló con la cabeza—. Que quiere quemar los libros de mamá.

Luego me señaló la chimenea, donde ardían varios libros. Al lado, otros forman pilas esperando su turno.

—Esta es mi casa y tengo derecho a hacer lo que me dé la gana. Nadie los va a leer, ahora que ella no está. —Trató de decirlo con serenidad, pero se le quebró la voz—. ¿Para qué los quiero? Solo me traen recuerdos.

Laia y yo nos miramos. Le pedí que me siguiera hasta el pasillo.

—Papá no está bien —observé.

—Eso ya lo veo —repuso ella con cierta ironía.

—Tenemos que respetar su voluntad.

—Pero son los libros de mamá —protestó con indignación.

—Lo sé. Pero esta también es su casa y es él quien tiene que verlos cada día.

Laia se cruzó de brazos y puso los ojos en blanco. Mamá y ella siempre habían estado muy unidas, y que nuestro padre quisiera deshacerse de sus libros significaba que la pérdida era real y que ella jamás volvería.

Si algo había aprendido a raíz de la enfermedad y la muerte de mamá es que cada uno sobrellevamos la pérdida como podemos. Así se lo expresé a mi hermana, que asintió con los ojos llorosos.

—Sé que para ti también es doloroso, pero tenemos que encontrar un punto intermedio con el que todos nos sintamos bien.

Laia asintió.

—Ven aquí.

Nos dimos un abrazo y fue entonces cuando la noté más delgada de lo habitual. La pérdida de mamá nos afectaba a cada uno de forma distinta. Apoyé la barbilla en su cabeza y ella, la suya, en mi pecho. Otra vez olía a humo.

—Déjame hablar con él, ¿vale?

Regresé al salón me puse de cuclillas junto a mi padre para estar a su altura, como hago con Llorenç. Se me hacía raro verle tan vulnerable.

—Papá, sé que vivir en esta casa debe de ser doloroso. Y cruzarte todo el rato con las cosas de mamá...

—Ya te dije que no los quería —me interrumpió en un tono muy distinto al que yo había usado—. Te avisé de que me desharía de ellos.

—Lo sé, lo sé.

—Llévatelos. O los quemaré. —Le creí.

—Lo haré, me los llevaré.

—Llévatelos ahora mismo.

—Ahora mismo no puedo.

—Los quemaré —repitió su amenaza—. Y tu hermana se volverá a enfadar conmigo. Llévatelos todos hoy.

—Hoy no puedo llevármelos todos, pero te prometo que me encargaré de ello.

Refunfuñó algo que no logré entender.

—Papá, salgamos al jardín. Aquí dentro hace mucho calor.

Me hizo caso y se levantó del sillón mientras yo iba a por unos vasos de agua.

Quemar esos libros me parecía una barbaridad. Merecían un final distinto. Entonces me vino a la mente la carta que recibió mamá por correo, dentro de un libro; y la que encontré días antes en otro ejemplar. No sabía qué iba a hacer con los libros (seguramente, darles una segunda oportunidad, una nueva vida), pero debía llevármelos lo antes posible para evitar que mi padre se deshiciera de ellos y, al mismo tiempo, de posibles pruebas escondidas entre sus páginas.

—Papá, ¿por qué no te marchas unos días a la casa de la playa? —le propuse mientras le tendía un vaso para servirle agua—. Entretanto, prometo llevarme los libros de mamá. Pero necesito unos días. Y cambiar de aires te vino bien, ¿recuerdas?

No contestó. Dio un sorbo al vaso y se quedó mirando al horizonte. No me preocupé: el silencio como respuesta era muy propio de él. Significaba que le estaba dando vueltas y que, más tarde, tendríamos un veredicto.

«Hoy me llevaré tantos como pueda, por si acaso», me dije.

—¿Tienes cajas que pueda usar?

—Sí, en el garaje encontrarás varias.

Al cabo de un rato, cuando ya no me quedaban más cajas por llenar, me despedí de Laia.

—Me marcho.

—Vale, tete. Yo me quedo un rato más. Voy a ver si puedo bañar a Sam, que se le ha quedado impregnado el olor a humo —dijo, arrugando la nariz.

Le buscamos con la mirada. Sam, que un rato antes nos observaba con cara de no entender nada, le estaba llevando a mi padre palos que encontraba por el jardín para que se los tirase. Él trataba de cogerlos, pero Sam hacía fuerza y no se los daba.

—¿Para qué me traes palos?, ¿para que te los tire? Si después no los sueltas... —le decía, como esperando una respuesta por su parte.

Laia y yo reímos.

Mi padre lo negará, pero, aunque él y Sam no se habían acostumbrado a vivir sin mi madre, el perro le servía de distracción.

—Voy a despedirme de él —le dije a Laia y le di un beso en la frente.

Recorrí los metros que nos separaban.

—Papá, me marcho.

—Vale, hijo —me respondió sin mirarme, ocupado con Sam.

—¿Has decidido qué harás?

—Me iré a la Costa Brava unos días. No porque necesite despejarme, ¿eh? Me quedan cosas por hacer todavía en el jardín, y a este granuja —se refería a Sam— le sienta de maravilla el mar.

Abrí la puerta de casa como pude, con la mano que me quedaba libre. Con la otra cargaba una de las cajas de libros. Miki, que estaba al teléfono, me oyó entrar y acudió a mi encuentro.

—Te llamo en unos minutos —dijo a la persona del otro lado de la línea—. Tío, ¿qué haces con todo esto? ¿Adónde vas tan cargado? —me preguntó mientras cogía la caja que llevaba a cuestas, liberando mis manos para que yo pudiera coger otra.

—Son los libros de mi madre. Mi padre ha tenido un momento de crisis y ha decidido deshacerse de ellos —le respondí una vez hube dejado en el suelo la segunda caja—. Los he salvado de la hoguera.

Me miró con extrañeza.

—¿Cuántas cajas quedan? —preguntó, asomándose al descansillo.

—Unas cuantas. Y más que traeré. Todavía quedan libros en casa de mis padres.

—¿Qué harás con ellos?

—Pues no lo sé. Por el momento, revisarlos uno a uno en busca de más cartas.

—¿Cartas?

—Sí, como la que encontré en el libro que recogí en Correos.

—¿Todavía estás con eso? —preguntó como si le molestase. Días atrás me había pillado revisando el paquete de Correos en busca de alguna pista, y me había dejado claro que él lo resolvería «sin darle tantas vueltas».

—Ya te dije que quería averiguar quién lo mandaba. El otro día, cuando llevé a Llorenç a la masía, encontré otra carta entre las páginas de un libro. Quién sabe cuántas más habrá en estos.

—Mira, haz lo que quieras —se rindió—. Pero ¿los vas a dejar aquí? —preguntó señalando el rincón del comedor donde habíamos empezado a apilar las cajas.

—Sí, al menos hasta que sepa qué hacer con ellos.

—No cabemos —me advirtió, olvidándose de que era mi casa.

—Colega —me puse serio—, el piso tiene noventa metros cuadrados. Digo yo que porque ocupe un par no pasa nada.

Miki levantó las manos en señal de rendición.

—Es tu casa, tú verás lo que haces —repuso y cogió de nuevo el móvil para retomar la llamada que había interrumpido para ayudarme.

—Serán solo unos días hasta que los revise y decida qué hacer —dije mientras sostenía la última caja y cerraba la puerta de casa con el pie.

15

JÚLIA

Después de la visita de Ali, hablé con Maca. Ambas nos quedamos preocupadas y decidimos organizarle un plan de esos que siempre son una apuesta segura: cena y karaoke.

Confieso que yo prefiero cantar en la privacidad del coche, la ducha o en el obrador, cuando se han ido los clientes y no queda ni un alma. Pero, aunque Maca y yo acudimos al karaoke principalmente por Ali, debo reconocer que siempre salimos de allí revitalizadas por las risas y la energía que se genera entre nosotras.

Ir al karaoke es algo que nos tomamos muy en serio. Es nuestro momento de dar rienda suelta a la reina del pop que llevamos dentro. Y quizá esté mal que yo lo diga, pero nuestras actuaciones son siempre las más divertidas. Desde Gloria Gaynor y su «I Will Survive» y «A quién le importa» de Alaska y Dinarama, hasta «Can't Fight the Moonlight» de LeAnn Rimes (la banda sonora de *El bar Coyote*), pasando por «Single Ladies» de Beyoncé y «Despechá» de Rosalía. Un repertorio de lo más variado capaz de subir el ánimo a cualquiera.

Y eso sucedió con Ali.

—Gracias, chicas, me lo he pasado genial —nos dijo en la calle mientras nos poníamos las chaquetas, pues empezaba a refrescar—. Me ha venido muy bien este ratito.

Nos abrazamos las tres antes de despedirnos.

Volví a casa con la sensación de haber cumplido nuestra misión: apoyar a Ali, procurar que se lo pasase bien y que se distrajese un rato.

Al llegar, escribí a las chicas:

Ya he llegado, buenas noches.
Sois maravillosas 😘

Entre las últimas entradas aparecía un nombre, el de Bruno. Me metí en el chat y tomé conciencia de que nuestra conversación había terminado con mi respuesta a su mensaje. Una respuesta poco elaborada: un corazón rojo. Y ya está. Nada más. Ni una palabra.

«¿Debo escribirle?», me pregunté. ¿Y qué le diría? ¿Seguiría con la conversación, como si no hubiesen pasado ya varios días? ¿Me excusaría por mi escueto mensaje? ¿Acaso era necesario? Entonces recordé una palabra: «coherencia». Ahí estaba la respuesta a todas mis preguntas. Quizá no era coherente ofrecerle una contestación tan simple si había sido yo quien le había dado mi teléfono, pero sí lo era con lo que me había prometido a mí misma. Debía serlo. Y decidí que esa respuesta, fuese o no acertada, ya estaba bien. Lo dejaría así. Y, probablemente, tras el poco éxito de su mensaje, Bruno no me volvería a escribir. Nos veríamos en las sesiones del club de lectura hasta que terminase nuestro acuerdo y luego seguiríamos cada uno por su lado.

La seguridad con la que me dije todo lo anterior se entremezcló con un sabor amargo fruto de no dejar libre a esa otra parte de mí que quería más de Bruno y que se sentía más viva soñando despierta con un futuro juntos que esforzándose por no pensar en él.

A todo esto, se acercaba el día en que impartiría mi primer taller. Me subían cosquillitas por la barriga al pensarlo. Siempre me he preguntado si eran nervios o ilusión. Creo que, en ese caso, se trataba de ambas cosas.

Nina se había comprometido a ayudarme. O, mejor dicho, a prepararlo juntas. Ella también estaba nerviosa e ilusionada a partes iguales. Yo me encargaría de las cuestiones más técnicas y ella de que tuviéramos todo lo necesario.

Nos habíamos reservado unos minutos para terminar de perfilar la lista de los utensilios que necesitaríamos y, también, para acordar cómo dispondríamos las mesas. Nina cogió, orgullosa, la libreta donde constaba el listado de asistentes (habíamos llenado el cupo) y yo los apuntes con reflexiones y dinámicas que quería hacer durante el taller.

Últimamente la había visto más apagada de lo que acostumbraba, así que le pregunté cómo estaba.

—David y yo no pasamos por el mejor momento. No estamos mal, pero tampoco bien. Desde que mamá ha vuelto, no es lo mismo...

Nina vivía en casa de Regina, y David se había mudado tiempo atrás: como nuestra madre pasaba tantas semanas fuera de casa, sería, en la práctica, como vivir solos; una solución temporal hasta que ahorrasen lo suficiente para alquilar un piso por su cuenta. Pero desde que Regina había iniciado su relación con Jean Claude, pasaba más temporadas en casa y la situación había cambiado radicalmente.

—Claro que no es lo mismo, hermanita. Estabais acostumbrados a hacer y deshacer a vuestro aire. Erais dos. Ahora sois tres... Además, convivir con mamá es como tener en casa a una adolescente.

Nina rio.

—¡Mira que eres exagerada!

—¿Estás segura de que exagero?

Ambas recogimos espuma con la cuchara y nos la llevamos a la boca. Nos encantaba disfrutar primero de la espuma y luego del resto del té verde matcha.

—Mamá está rara: quiere prepararme el táper, apenas deja que nos ocupemos de las tareas de casa, dice que ya estamos suficientemente ocupados, me pide que pasemos más tiempo juntas, le enseña a David álbumes de fotos de cuando éramos pequeñas y no para de contarle anécdotas de nuestra infancia.

Abrí mucho los ojos en señal de sorpresa.

—Ayer, sin ir más lejos —continuó—, se sentó a mi lado y me dijo: «Hija, ¿cómo estás?, ¿eres feliz?» —Nina reprodujo sus palabras en tono solemne.

—Caray, ¿quién es esa mujer y qué ha hecho con nuestra madre?

Reímos.

—No sé, está rara —concluyó Nina.

Sí, lo estaba. Regina siempre volvía a casa cuando tenía el corazón roto, no cuando estaba bien o cuando mi hermana y yo necesitábamos tener a nuestra madre cerca. Era raro que hubiera vuelto estando bien en pareja. Era como si Jean Claude hubiese despertado en ella una parte más familiar, una versión de Regina más parecida a lo que se espera de una madre y que tenía adormecida en favor de su carrera, de sus grandes historias de amor y en contra del vínculo con sus hijas.

—Llega tarde —dije con cierto rechazo, fijando mi atención en la taza.

—¿Tarde?

—Sí, tarde. Llega tarde para hacer de madre.

Con Regina siempre me salía una parte de mí enfadada, dura, fría. Con el tiempo había entendido que era mi forma de protegerme de la decepción. Del dolor que esta me producía.

Nina empezó a dar vueltas al té con la cucharilla y se quedó pensativa.

—¿Tú crees que está intentando recuperar el tiempo perdido? —dijo en un tono muy distinto al mío.

—No lo sé. ¿A qué viene ese cambio de actitud, si no?

Nina se encogió de hombros. Nos tomamos un minuto para digerir la situación y, también, para darle un bocado al cruasán que teníamos delante.

—El otro día vino al obrador —le expliqué con la boca llena— y me dijo que me cuidase, y que tomase decisiones «con cabeza». Parecía preocupada por mí. Preocupada de verdad. —Hice una pausa para tragar, beber de la taza y seguí—: También me estuvo preguntando por Bruno. Que, por cierto, Nina, preferiría ser yo quien le hablase de mi vida.

—Ya, ya. Lo sé, lo sé. —Juntó las manos en señal de disculpa—. Lo siento. Es que me pregunta por ti. Dice que no sabe nada de tu vida y me da pena.

—Pues que no te la dé. Es ella quien ha decidido pasar tiempo lejos de nosotras.

Nina asintió con gesto triste. Estaba de acuerdo conmigo y a ambas nos dolía, aunque hiciésemos frente a la situación de forma distinta.

—A ver, que no pasa nada. Además, aunque me cueste reconocerlo, tengo que admitir que en el fondo me gusta ver que se preocupa, ¿sabes? Es... no sé, raro.

—Es raro, sí. Pero raro en plan bien, ¿no?

—Exacto —reí—. Aun así, no puedo evitar preguntarme: ¿hasta cuándo?

Llevaba el móvil encima, y en ese momento vibró. Un microsegundo más tarde lo hizo el de mi hermana. Cada una echó un vistazo al suyo. Era un mensaje de Regina en el grupo en el que estábamos las tres y la abuela.

—Hablando de la reina de Roma... —dijo Nina, enseñándome la pantalla.

En la foto aparecía Regina con Jean Claude en el *château* de la Borgoña. «Llegamos», decía el texto que acompañaba a la foto, seguido de varios emoticonos: copa de vino, árbol, uvas, corazón, corazón, corazón, abrazo y tres besos.

Me fijé en su sonrisa. Parecía pletórica. Rebosaba amor. Se la veía feliz.

Me gustaba verla así. Pero controlaba mi entusiasmo: tenía serias dudas respecto a cuánto le duraría ese estado, y se despertaba en mí una parte protectora. «Ay, mamá, qué dura va a ser la caída», pensé, pues así era como terminaban todas sus historias.

Siempre me ha dolido verla sufrir. Años atrás me llamaba en busca de calma y encontraba en mí consuelo para su corazón roto. Decía que no se lo contaba a la abuela para no preocuparla, y que yo siempre encontraba las palabras adecuadas. Pero no sentía que nuestra relación fuese recíproca. Aunque ella se esforzaba por parecer que estaba presente, en realidad no lo estaba. Con los años me di cuenta de que me implicaba demasiado, que hacía de madre de mi propia madre.

Un *sticker* personalizado con la abuela alzando los pulgares apareció en el chat, interrumpiendo así mi flujo de pensamientos. Gracias, Esperanza.

Mi abuela era la persona más analógica que conocía: seguía haciendo las cuentas con papel y lápiz. «Así no envejece el músculo de ahí arriba», decía. En cambio, nunca se separaba de su móvil y era siempre la primera en contestar.

Desde que descubrió que podíamos transformar una foto suya en un *sticker*, nos pedía cada dos por tres que le tomásemos una instantánea y la convirtiésemos en uno nuevo. «Así tengo repertorio suficiente para no tener que escribir. A mi edad, y con estas manos, no hay quien acierte a dar en la letra correcta».

—Se les ve bien —dijo Nina después de escribir un «Disfrutad» seguido de beso, beso, beso.

—Sí... —no podía decir lo contrario—, pero a ver cuánto les dura.

—¡No seas pesimista!

—Más bien soy realista.

—Es verdad que mamá siempre ha sido muy enamoradiza —reconoció Nina.

—¿Enamoradiza? Mamá es un desastre en el amor. —Arremetí duramente contra ella y me sentí mal al segundo de haberlo dicho, pero no pude evitarlo y pensé en voz alta—: ¿Cuántas parejas le hemos conocido? Es incapaz de estar sola. Es una dependiente emocional —sentencié con firmeza—. Y yo también. Por su culpa.

—¿No crees que estás siendo muy dura con ella?

—Alguien tenía que decirlo.

—Mamá tiene una forma de vivir el amor... —hizo una pausa en la que trató de encontrar la palabra correcta—... peculiar.

—Infantil —la corregí.

—Puede que infantil. —Nina se incomoda siempre que critico a mamá, aunque en el fondo piensa lo mismo que yo—. Pero es su vida y debemos aceptarla como es.

Me quedé pensando por un momento en aquello que me dijo mi psicóloga en una de las últimas sesiones que tuvimos: «Tu madre es madre, pero también es mujer y persona;

y, como tal, tiene su historia y sus heridas». En lo racional se lo compraba. Pero en lo emocional no estaba preparada para verla así.

Recurrí a mi mejor defensa, el sarcasmo:

—¿Has sacado esta frase de un azucarillo?

—Estoy haciendo terapia —replicó Nina—. Comencé la semana pasada.

Me quedé unos segundos en silencio. Había bromeado sobre algo que para ella era motivo de consulta, y de inmediato me arrepentí de haber apostado por el sarcasmo. Entonces me pregunté si habría herido sus sentimientos y le solté lo primero que se me ocurrió:

—¿Por qué no me has dicho nada?

—No quería preocuparte.

—Nina, si hay algo que necesites compartir conmigo, no me protejas, déjame estar para ti. Me parece genial que vayas a terapia. ¿Qué te voy a decir yo, siendo psicóloga? Pero cuenta conmigo, como hermana mayor, para lo que necesites.

Nina asintió y dibujó una tímida sonrisa en la cara. Volvía a ser mi hermana pequeña por un momento. Y en ese clima de vulnerabilidad, continuó:

—No sé cómo encajar algunos cambios en mi vida.

—Por «cambios», ¿te refieres al regreso de mamá?

—El regreso de mamá, mi futuro profesional y mi relación con David —especificó.

—No tienes por qué contarme nada que no quieras...

Apoyé con cuidado mi mano sobre la suya.

—Quiero contártelo, pero mejor en otro momento.

Asentí. De nuevo, el silencio. Ambas sorbimos el té. Dejé un tiempo prudencial para digerir todo lo que habíamos comentado, cambié el registro y aposté por el humor.

—Pues me han hablado de un taller de *mindfulness* donde puedes elaborar tu propio pan a la vez que mejoras tu estado de ánimo —me hice la interesante—. El taller lo imparte una psicóloga bueníííííisima. Deberías apuntarte —la imité—. Pero date prisa, me han dicho que quedan pocas plazas.

Nos reímos un buen rato y nos pusimos manos a la obra para ultimar los preparativos del taller.

16

BRUNO

Había cumplido con mi promesa y había vaciado casi en su totalidad la librería de mamá. *Orgullo y prejuicio*, *La señora Dalloway*, *Madame Bovary*, *Jane Eyre*, *Cumbres borrascosas*, *Lady Susan*, *El fantasma de la ópera*, *Agnes Grey*, *Mujercitas*, *La inquilina de Wildfell Hall*, *El amante de lady Chatterley*, *Grandes esperanzas*... Los libros ya no lucían en los estantes, ordenados por autor y género; estaban en cajas de cartón apiladas en el comedor de mi casa sin seguir ningún tipo de orden lógico. Mi mirada se cruzaba con ellos varias veces al día, lo cual me dificultaba, todavía más, olvidarme de las cartas misteriosas que recibía mamá.

Invertí mi poco tiempo libre en revisarlos, ejemplar por ejemplar, buscando alguna más, y encontré unas cuantas. Todas del mismo estilo: misma caligrafía, mismo sobre, mismas palabras. «Para mi amada, mi queridísima Cecilia». Cada carta hacía temblar los cimientos de lo que siempre había creído: que mis padres tenían un matrimonio bien avenido, que si seguían juntos era porque se querían, no solo por mi hermana y por mí. Sin embargo, con cada carta que encontraba, más dudas tenía. Y me dolía pensar que mamá no había sido feliz; que, con tal de protegernos, para preservar a la familia, hubiese vivido una mentira. Me dolía pensar que la única forma de acariciar la felicidad fuese refugiándose en aquellos libros, intercambiando esas cartas. Y me pregunté si yo debería haber hecho lo mismo: quedarme con Núria por Llorenç, sacrificar mi felicidad por mi familia. Pero dentro de mí había una parte crítica que no podía evitar juzgar a mamá: podría haberse divorciado. Laia y yo éramos mayores, podría haberlo hecho. Tenía otras opciones. Opciones distintas a vivir un romance epistolar a espaldas de papá.

Puse las cartas a buen recaudo, en una carpeta, y, con ellas, toda la incomodidad que habían traído a mi vida. La fuerza con la que dejé ir las gomas elásticas hablaba por sí sola: quería cerrar aquel capítulo y me enfadaba pensar que estaba lejos de hacerlo.

Por un momento deseé no haberlas encontrado. Incluso se me pasó por la cabeza quemarlas, como quiso hacer mi padre con los libros. Pero no lo hice por miedo. O por cautela. Quizá dentro de ellas encontraría la clave para resolver el enigma. Sentía que solo lo lograría si me decidía a leerlas. Algo que, sin duda, me generaba un conflicto interno más: ¿para qué quería saber la verdad? ¿Qué haría cuando la descubriera? ¿Estaba siquiera preparado para conocerla? ¿Se lo diría a papá? Para esta última pregunta ya tenía una respuesta: un «no» rotundo. ¿Informaría a la persona que se las escribía de que mamá había fallecido? Probablemente le gustaría saberlo... Pero antes debía preguntarme si tenía que leerlas. ¿Estaba bien invadir la privacidad de mamá, incluso si mi objetivo era descubrir al remitente e informarle de su muerte?

Aquello me empezaba a superar. Iba a necesitar ayuda para afrontarlo. No paraba de dar vueltas en círculos a las mismas preguntas. Yo solo no era capaz de encontrar respuestas. Mamá era precisamente la persona a quien habría recurrido si el problema hubiese sido otro, y ella siguiera con vida.

Entonces, sin esperarlo, me acordé de Júlia. Sí, ella podía ayudarme.

Puede que, de entrada, le resultase raro que le pidiera ayuda para algo tan íntimo, tan delicado, pero a la vez sentí que era la persona indicada. No conocía lo suficiente a mi madre para que su imagen se viese afectada, y había demostrado ser una persona sensible, con una visión profunda de las cosas.

No lo dudé ni un instante. Le pediría ayuda a Júlia.

Fui a escribirle y, cuando entré en el chat, vi la foto de la higuera, mi mensaje y su corazón rojo a modo de respuesta.

«Bruno, tío, ¿qué esperabas? Se te fue la pinza enviándole esa foto...», me reprendí.

¿Hubiese preferido una respuesta algo más elaborada por su parte? Sí. ¿Me arrepentía de haberle enviado aquel mensaje? No. Si pudiera volver atrás, no cambiaría nada; el miedo a arrepentirme de no mandarle el mensaje ganaba la partida.

«Necesito verte. ¿Puedo pasarme hoy por el obrador?», escribí mientras trataba de olvidarme del mensaje anterior. Ya no había vuelta atrás, era una tontería seguir pensando en ello.

«Necesito verte», repetí para mis adentros en tono burlón. «¿En serio, tío? Pero ¿en qué estás pensando?». Chasqué la lengua de forma sonora y borré el texto. «¡Se acabó! Nada de mensajes», decidí, frustrado por mi torpeza. Iría a verla al obrador y hablaría con ella en persona.

Las campanillas de la puerta anunciaron mi llegada y los ojos de la abuela de Júlia se clavaron en mí mientras me acercaba al mostrador.

—Buenos días, joven —me saludó, asomándose por encima del hombro de una señora de su misma edad con la que parecía mantener una conversación distendida.

—¿Está Júlia?

La otra mujer, que no se había percatado de mi presencia, se dio la vuelta y me observó de arriba abajo.

—Sí, está dentro. Voy a buscarla.

Su abuela volvió al cabo de unos segundos para informarme de que enseguida saldría. Asentí con la cabeza a modo de agradecimiento, le pedí un café solo y me invitó a sentarme.

Escogí una mesa desde la que veía a Júlia trabajar. Estaba concentrada, yendo arriba y abajo, moviendo las bandejas de comida de un lugar a otro. Por un momento me arrepentí de haberme presentado sin avisar. De pronto, enviarle un mensaje no me parecía tan mala idea.

Tardó un poco en salir, pero, cuando lo hizo, me buscó entre las mesas de la cafetería, nuestras miradas se cruzaron y entonces sonrió. Yo le devolví la sonrisa. Caminó hacia mí mientras se secaba las manos con el delantal, se quitaba la gorra con la que se cubría el pelo y se lo ahuecaba con las manos.

Nos saludamos con dos besos en las mejillas.

—¿Todo bien? —me preguntó con cierta preocupación mientras se sentaba en la silla libre—. ¿Ha pasado algo con el club de lectura?

—Todo está bien. Las amigas de mi madre esperan con ansias la siguiente sesión —respondí con entusiasmo. Júlia bajó la mirada y sonrió—. He venido por otra cosa. —Hice una breve pausa—. Necesitaba verte... Hablar contigo —rectifiqué rápidamente.

Intuí cierta satisfacción en sus ojos.

—Pues tú dirás. —Se recolocó en la silla.

—Hay algo que quiero contarte, para que me ayudes. O me des tu opinión.

—¿Yo? —preguntó, sorprendida.

—Sí, creo que eres la persona idónea.

Dada la delicadeza del asunto, no quería que nadie nos escuchase. Decirlo en voz alta, incluso, me suponía cierto reparo. Así que acorté la distancia entre los dos reclinándome sobre la mesa. Júlia me imitó. En ese momento apareció su abuela trayéndonos dos cafés. Nos recolocamos a la espera de que los dejase sobre la mesa y nos volviéramos a quedar solos.

—Joven, este es el tuyo. Un café solo. Y este es para ti, Julieta, cariño.

Ver a la abuela de Júlia desenvolverse por ahí, sin prisa, me transmitía una calma que en pocos lugares encontraba.

En cuanto se fue, retomé la conversación, esforzándome por hablar bajo.

—Creo que mi madre tiene un amante. Tenía, quiero decir.

Por un instante Júlia no dijo nada, mirándome con extrañeza. Tardó unos segundos en contestar:

—Mmm... Vale. —«¿Vale?, ¿cómo que vale?». Esa no era la respuesta que esperaba por su parte—. Sigue —añadió sin más.

—Pero no estoy seguro. Ni tan siquiera sé si lo quiero saber —me apresuré a añadir.

—Me lo imagino. —Alzó una ceja—. Es un asunto delicado. Y los asuntos delicados, si son de familia, son doblemente delicados.

Asentí. Me entendía. Sabía que lo haría.

—¿Y dónde encajo yo en todo esto? Quiero decir, ¿cómo puedo ayudarte?

—Soy incapaz de resolverlo por mí mismo.

—¿Resolver?

—Sí. Decidir. —Me estaba explicando como un libro cerrado—. Decidir si leo o no las cartas. Incluso si seguir o no adelante con este tema.

—¿Cartas?

Júlia no estaba entendiendo nada. La vergüenza me llevaba a estructurar el discurso de forma caótica, ininteligible.

—Perdona, Júlia, no sé explicarme mejor.

—Tranquilo. No debe de ser fácil verbalizar algo así. —Asentí—. Según he entendido, hay unas cartas, ¿verdad? —Asentí de nuevo—. Y las escribió el amante de tu madre, ¿correcto?

—Bueno, eso creo.

—¿Eso crees? —Enarcó las dos cejas—. Pero las has leído, ¿no?

—No.

—¿NO? —preguntó, sorprendida.

—No, no las he leído —repetí.

—¿No quieres saber qué dicen?

—No sé si quiero saberlo.

—Pero quieres confirmar si las escribió un amante del que no conocías su existencia, ¿cierto?

Asentí por tercera vez.

Júlia se quedó pensativa, como tratando de poner en orden mis respuestas. Tenía la sensación de haberme expresado mal. Sin embargo, ella había captado el mensaje.

—¿Las has traído? —me preguntó tras un breve silencio

durante el cual me había perdido en los círculos que hacía con la cucharilla removiendo mi café.

—¿El qué? —dije, alzando la mirada.

—Las cartas.

«Claro, las cartas. Bruno, tío, céntrate».

—No, no las he traído.

Las campanillas anunciaron la llegada de varias personas y, con ellas, un cambio en las prioridades de Júlia. Debía de ser hora punta en el obrador.

—Bruno, me sabe mal, pero tengo que volver al trabajo —se disculpó—. Pásate mañana a la hora de comer y me lo cuentas desde el principio, con tranquilidad. —Asentí—. ¿Eso es un «sí»? —preguntó, divertida.

Repetí el gesto y le devolví la sonrisa. Su propuesta no me venía del todo bien, pues ya había quedado con Laia para hablar de papá y de la gestión particular que estaba haciendo del duelo. Ambos estábamos preocupados, especialmente tras la crisis del otro día; pero haría lo posible por pasarme.

Júlia se levantó, se despidió y se llevó las tazas consigo.

Aunque no tenía respuesta para mis preguntas, sentí que regresaba a casa con un ánimo distinto, como si dentro de mí creciese la esperanza de ser capaz de cerrar aquel capítulo y dejarlo atrás de una vez por todas.

17

JÚLIA

Había llegado el día. Ese sábado sería distinto. En lugar de servir desayunos que se alargan hasta casi la hora de comer, iba a impartir un taller. Mi primer taller. Se habían apuntado un total de doce personas. Doce. Pueden parecer pocas, pero en ese momento me parecían una multitud.

—Julieta, cariño, come algo. Son dos horas y media de taller, tienes que coger fuerzas —me insistía la abuela, que había llegado muy temprano. Mi hermana y yo le teníamos del todo prohibido que viniese a trabajar los sábados, pero ella se resistía: «Prefiero venir y echaros una mano que aburrirme en casa como una ostra».

Los asistentes empezaron a llegar. Entre ellos, varias caras conocidas: Carmen, Luisa, Mercedes y Leonor. Se apuntó una amiga de mi hermana y esta, a su vez, trajo a tres mujeres más; y también un par de parejas treintañeras. Parecía un grupo bonito. «Estaremos bien», me tranquilicé.

Habíamos preparado el área de trabajo y dispuesto doce delantales, gorros para la cabeza, trapos y otros utensilios alrededor de la mesa, definiendo así cuál sería el espacio para cada uno.

Empezamos con extrema puntualidad. Caras sonrientes, expectantes. Yo, como un flan.

Primero les di la bienvenida y me presenté. Luego les resumí brevemente la historia del obrador de la familia y, con la boca más pequeña, les dije que había estudiado psicología (me resistía a decir que soy psicóloga, pues, en realidad, no era así como me sentía; al fin y al cabo, tampoco ejercía). A continuación, les pedí que se presentasen y que compartieran qué esperaban llevarse del taller, dándome la oportunidad de ajustar sus expectativas si era necesario.

—Las claves del *mindfulness* son tres —acompañé la enumeración con los dedos—: autoobservación, meditación y atención plena. La idea es que podáis practicarlo en situaciones concretas como, por ejemplo, lo que nos trae hoy aquí, la elaboración de pan, para, poco a poco, ir incorporándolo a la vida cotidiana. Estar presente y observarnos trae a la conciencia pensamientos, sensaciones y emociones que, de otra forma, nos pasarían desapercibidos. También pueden aparecer el juicio y la crítica. Porque no solo tenemos pensamientos, sino que reflexionamos sobre estos, nos juzgamos y, a veces, nos criticamos con dureza. Y lo mismo pasa con las emociones: no solo conectamos con ellas, sino que estas nos llevan a conectar, a su vez, con otras emociones.

Me esforzaba en mantener el contacto visual con los asistentes. Así, leyendo sus caras, podía saber si iba por buen camino. Como los vi algo confundidos, decidí poner ejemplos:

—Es posible que alguno de los pasos os resulte aburrido. Incluso puede que penséis: «Vaya chorrada» —rieron— o: «Jamás lograré estar presente», cuando os deis cuenta de que constantemente nos asaltan pensamientos que compiten por acaparar nuestra atención. No os preocupéis, es normal —los tranquilicé—. Simplemente, acompañad la atención de nuevo a lo que estáis haciendo. Sin juzgaros, sin criticaros.

Asintieron otra vez.

—Ahora que ya hemos hablado del *mindfulness*, que responde al «cómo», vamos a hablar del «qué», de lo que vamos a hacer: pan.

El grupo de amigas de mi hermana aplaudió en silencio. Vi la ilusión en sus caras.

—Prepararemos un pan clásico de masa madre. El pan de masa madre nos reporta varias ventajas: una mayor profundidad de sabor, una mejor conservación, una mayor biodisponibilidad de nutrientes y una mejor digestión.

Acto seguido, les expliqué las diferentes variedades de harina y para qué se usa cada una. Mi explicación debió de resultar demasiado monótona o demasiado técnica, pues detrás de mí oí carraspear a Nina, quien me miró con cara de «pasa a la acción, los estás aburriendo».

—¿Estamos preparados? —reaccioné. Todos asintieron—. Pues poneos los gorros y los delantales.

Nina se paseó alrededor de la mesa para ayudar a quien lo necesitase. Mientras, creí oportuno hacerles una introducción sobre la importancia de los procesos y los tiempos, y esa vez me aseguré de ser breve:

—A mí me gusta pensar que el proceso de elaboración del pan es como el amor —empecé, captando su atención—. Igual que en las relaciones de pareja no basta con la atracción, sino que hay que trabajar en el vínculo cada día, en la elaboración de pan no basta con tener una buena materia prima, también hay que cuidar cada paso del proceso. Y esto de cuidar los tempos no solo se aplica al horneado, sino también, y especialmente, a la fermentación.

Inspeccioné a los asistentes con la mirada para comprobar que todos lleváramos delantal y gorro. Comenzaba la aventura.

—¡Vamos a ello! Empezaremos con un paso previo que es opcional, pero altamente recomendable: la autólisis. Mezclaremos la masa madre con el agua hasta que se deshaga y después incorporaremos la harina. Una vez se haya integrado todo, lo dejaremos reposar unos treinta minutos. ¿De acuerdo?

Asintieron. Les indiqué que pesaran el agua y la vertieran en el recipiente que habían traído de casa. Luego les pedí que cogieran la masa madre activa para integrarla con el agua.

—¿Activa? —me preguntó Carmen.

—Sí, quiero decir que ya ha crecido. Una de las grandes claves del pan con masa madre es usarla únicamente cuando esté del todo activa y preparada. Solo así podremos utilizarla como levadura natural del pan. De lo contrario, no levará o levará poco, obtendremos una miga más compacta, con menos agujeros y conservará sus propiedades durante menos tiempo.

—¿Y cómo podemos saber que está preparada?

—Porque parece que se va a salir del recipiente donde la tenéis.

Los asistentes rieron. Yo también.

—No os riais, es cierto. Ahora lo comprobaréis. Pero antes fijaos: está esponjosa, burbujea, huele bien. —Todos pusieron cara de no entenderme—. Que nadie se asuste —los calmé—. Conocer a nuestra masa madre requiere paciencia, práctica y mucha observación. Quien quiera más detalles sobre la preparación de la masa madre, estaré encantada de dárselos al finalizar el taller.

—¿Tienes papel para tomar notas? —preguntó Luisa.

—No te preocupes por eso, he elaborado un pequeño cuadernillo con las instrucciones, paso a paso. Y os tengo una sorpresa preparada para dárosla al final del taller. Bueno, en realidad son dos. Pero hasta aquí puedo leer... —Los dejé con la intriga—. Venga, vamos a verter la masa madre en el bol del agua. —Lo hice yo primero y ellos me imitaron—. Prestad atención a cómo cambia la textura de la masa. Fijaos en los cambios sutiles: la masa va creando grumos y estos, a medida que vais trabajando en ella, van disolviéndose hasta quedar todo integrado.

Cuando, uno a uno, los participantes paraban de remover, me buscaban con la mirada a la espera de nuevas instrucciones.

—Vamos a coger ahora la harina y la añadiremos a la mezcla inicial. Prestad atención al cambio de color y textura. Recordad cómo era al inicio y cómo es ahora. Usad todos los sentidos, no solo la vista. Sentid cómo ofrece mayor resistencia a vuestros movimientos.

—¿A esto se le llama «amasar»? —me preguntó una de las amigas de mi hermana.

—No, ahora estamos integrando. Más tarde amasaremos —respondí, y seguí con las instrucciones—: En cuanto esté todo húmedo, cuando la harina haya absorbido el agua, nos detendremos.

Pasé a revisar el resultado de la mezcla y les fui dando paños de lino para cubrir la masa. Una opción era usar film transparente, pero creí que sería más fiel a lo tradicional y también más estético hacerlo con paños de lino.

—Ahora vamos a dejarla reposar entre treinta minutos y una hora.

Los asistentes se miraron entre sí.

—¡¿Una hora?! —exclamó Luisa.

—Sí. Ya os he dicho que los tempos son importantes —le recordé con una sonrisa—. No os preocupéis. He preparado varias dinámicas para que la espera os resulte más amena.

—Mujer prevenida vale por dos —me interrumpió Luisa. Yo sonreí y miré al suelo, con vergüenza.

—Por favor, lavaos las manos y sentaos en los taburetes.

Entonces, Nina, que había estado observando lo que sucedía en el obrador, fue repartiendo una uva pasa a cada uno de los asistentes a medida que volvían a ocupar sus sitios. Estos se miraban entre sí, tratando de anticipar qué haríamos a continuación. Por dentro, crucé los dedos para que nadie conociera esa práctica. Al fin y al cabo, la meditación de la uva pasa es un clásico.

Les pedí que prestasen atención a la postura de su cuerpo (varias personas se recolocaron en el asiento) y que observasen su respiración sin forzarla «para facilitar que vuestra atención se conecte con el presente», añadí. Esperé unos segundos antes de seguir y, a continuación, les pedí que pusieran la uva pasa sobre la palma de la mano y la observasen como si fuese la primera vez que veían una. Les indiqué que se fijasen en los cambios de textura, las asimetrías, los diferentes matices de color y su forma irregular.

—Es importante que la observéis con curiosidad —les recordé—. Si aparecen juicios respecto a esta práctica o su utilidad, es normal. Si os vienen pensamientos sobre todo lo que tenéis que hacer después de este taller, es normal. Lo estáis haciendo bien. Simplemente, dejadlos pasar y volved a centrar la atención en la uva pasa.

Seguimos con el ejercicio apretando la uva entre los dedos, acariciándola, recorriendo su superficie, prestando atención a las sensaciones táctiles. Les pedí que hicieran lo mismo con los ojos cerrados y que comparasen ambas experiencias.

Después de la vista y el tacto pasamos al olfato. Les pedí que cerrasen los ojos y que se impregnasen de su aroma, que tratasen de identificar las fragancias que percibían y que observasen las sensaciones que estas generaban en su cuerpo.

—Tenéis delante un fruto que habréis comido decenas de veces, pero este en particular, el que estáis oliendo ahora mismo, es único. Ha llegado hasta cada uno de vosotros gracias a la tierra que lo ha visto crecer, a la lluvia y al sol que le han ayudado a madurar, y a unas condiciones climatológicas específicas que le han permitido germinar.

Les dejé unos minutos para que tuvieran espacio suficiente para recoger las sensaciones y, más tarde, les pedí que se la llevasen a los labios, pero que no se la comieran. Simplemente, que la sintiesen con el tacto y que observasen si les aparecían o no las ganas de comérsela.

Finalmente, les pedí que se la metieran en la boca. Tras observar cómo era su textura, tamaño, forma y rugosidad al contacto con la lengua, después de más de quince minutos de ejercicio, les dije que la masticasen y se la tragasen, si así lo deseaban.

Cuando terminaron, pregunté:

—¿Qué tal?, ¿cómo ha ido?

—Yo me he dado cuenta de que tengo una mente muy saltarina, no ha parado de ir de un pensamiento a otro —dijo Luisa entre risas. Los demás también rieron.

—Nuestra mente va de un pensamiento a otro —comenté, validando su experiencia—. Tenemos decenas de miles de pensamientos al día. El *mindfulness* nos ayuda a vivir el presente con una mayor atención plena.

—Vivir el presente más plenamente —añadió una de las amigas de mi hermana—. Es curioso cómo algo tan básico nos resulta tan difícil.

Asentimos todos.

—Bien, después de este ejercicio vamos a hacer una breve pausa. Os hemos dejado unos botellines de agua y unos zumos, para quien quiera. También podéis ir al baño. Lo tenéis en la zona de cafetería, al fondo, a la izquierda.

Saqué del horno una de las sorpresas que les tenía preparadas. Nina acudió a mi encuentro.

—¿Qué?, ¿cómo está yendo? Bien, ¿no? —me preguntó, satisfecha.

Asentí con una amplia sonrisa mientras me dirigía a una zona más apartada del obrador, lejos de las miradas de los asistentes, para dejar la bandeja ardiendo.

—¿Qué tal, Clara?, ¿te está gustando? —preguntó Nina a su amiga, que la había visto acercarse a nosotras.

—Sí. Me está gustando mucho. El ejercicio ha sido muy agradable. Lo he disfrutado, de verdad que sí —afirmó, sincera.

Sonreí por inercia sin ser plenamente consciente de que sus palabras iban dirigidas a mí.

—Eres psicóloga, ¿verdad? —me preguntó de pronto.

—Estudié psicología, sí —respondí, prestando atención al matiz.

—¿Puedo hacerte una pregunta?

—Adelante, dime.

—¿Cuándo es el momento de pedir ayuda?

De pronto intuí cómo continuaría la conversación.

—Cuando experimentamos malestar y, después de intentar gestionarlo por nuestra cuenta, sentimos que no podemos solos —comenté, esforzándome por sonar profesional.

Clara bajó la mirada e hizo una mueca.

—Pues creo que ha llegado el momento de pedir ayuda —dijo como dudando, en un susurro.

—A veces, las situaciones que nos toca vivir superan los recursos emocionales con los que contamos. Está bien pedir ayuda —le confirmé.

Nos quedamos en silencio.

—¿Tú podrías ayudarme?

—¿Yo? —me sorprendí, aun cuando una parte dentro de mí había anticipado esa pregunta.

—¡Claro! Júlia es la mejor —irrumpió Nina. La quise matar. Menos mal que eran amigas y se lo tomó bien...

—Mi novio me ha dejado y estoy muy triste. Mis amigas intentan animarme —señaló a Nina y buscó al resto con la mirada; estaban en la zona de cafetería conversando de forma distendida con la abuela—, pero no levanto cabeza.

—Júlia es muy crack en esto de las relaciones de pareja —repuso mi hermana, haciéndome aún más publicidad.

—Por eso creo que me podrías ayudar —dijo, mirándome.

—Gracias por pensar en mí. Y por la confianza. Pero...

—Tiene la agenda llena —interrumpió otra vez Nina—, pero seguro que puede hacerte un hueco, ¿verdad, Júlia?

Lo había vuelto a hacer. De nuevo, una encerrona. El dichoso empujoncito.

—¿Verdad, Júlia? —insistió.

La miré y entendí que quería una respuesta afirmativa por mi parte. Luego miré a Clara y vi en sus ojos esperanza, como si fuese la única psicóloga en la faz de la Tierra capaz de ayudarla. Quise decir que no. Era lo mejor, por varias razones. No me sentía segura con cualquier otra opción. En cambio, respondí:

—Claro.

Una parte de mí estaba muerta de miedo. ¿Acompañar a alguien en su proceso de ruptura? ¿Yo, que había sufrido tanto, que era un desastre en esto del amor? ¿Sería capaz? ¿Lo haría bien? Otra parte de mí se sentía como cuando estás al borde de un trampolín deseando tirarte a la piscina, con la adrenalina bullendo en la sangre, pero con miedo a dar el salto y que sea demasiado tarde para arrepentirte.

—Gracias, muchas gracias.

Clara me dio un abrazo, después abrazó a mi hermana, salió del obrador y volvió con el resto del grupo en la cafetería.

—Nina, ¿qué acaba de pasar?

—Que tienes una paciente. Tu primera paciente —matizó en tono alegre.

Suspiré tratando de hacerme a la idea y vi que Nina se giraba, sonriente, con el pulgar hacia arriba en gesto de victoria. A pesar de que nos encontrábamos a unos metros de distancia y un cristal se interponía entre nosotras, vi cómo la abuela también alzaba su dedo pulgar y asentía con la cabeza. Disimuló en cuanto se dio cuenta de que me había percatado del gesto.

—Yo te mato —le susurré a Nina—. Os mato a ti y a la abuela.

—Si tú no lo haces, alguien tendrá que hacerlo por ti, ¿no? Me refiero a lanzarte a buscar pacientes, claro.

—Esto no funciona así, Nina.

—Todo en la vida funciona así. ¿Cómo me dijiste hace tiempo? —Hizo ver que rebuscaba en su memoria y exageró el gesto—. Ah, sí: «Nina, no dejes que el miedo te paralice» —me imitó usando un tono solemne—. Pues aplícate el cuento.

—¡Pero no estoy preparada!

—Ya oíste a Maca; estás preparada, solo que no te das la oportunidad de demostrarlo.

Volvimos de la pausa con ganas de amasar y de ensuciarnos. Comprobé las masas para asegurarme de que podíamos avanzar y nos pusimos a ello. Vertí harina sobre la mesa, pedí que la extendieran, añadimos sal a la mezcla, sacamos la masa de los recipientes y procedimos a la parte más chula, en mi opinión, de todo el proceso.

—Estiraremos la masa y lo llevaremos todo hacia el centro. Con los cantos de la mano, le vamos a dar algo más de tensión, así —se lo mostré—, dándole forma redonda, pero sin apretar mucho.

Les pedí que se impregnasen de todas las sensaciones posibles mientras plegaban la masa sobre sí misma, tal y como habían hecho con la uva pasa. Los asistentes se miraban las manos, con los dedos llenos de masa. Unos trataban de deshacerse de ella, otros disfrutaban de aquellas nuevas sensaciones.

—La masa no debe estar ni demasiado seca ni demasiado húmeda. —Me miraron con cara de no entender—. Que se sienta pegajosa es normal. Será tanto o más pegajosa según la humedad. Pero es preferible que tenga una consistencia más bien pegajosa a que esté demasiado seca —les expliqué—. Si la notáis demasiado seca, humedeceos las manos.

—*Xiqueta*, esto del pan me parece todo un arte —dijo Mercedes mientras trabajaba en su masa.

—¿Verdad? —dije, sonriendo.

Empecé a pasearme alrededor de la mesa, revisando que la masa fuese suave y sedosa al tacto, que tuviera cuerpo y estructura, haciendo correcciones cuando eran oportunas y ofreciendo las explicaciones pertinentes. Después dejamos que la masa reposase, que creciese. Cuando les dije que teníamos que esperar entre cuatro y veinticuatro horas, dependiendo de las condiciones de temperatura, más de uno se llevó las manos a la cabeza.

—No os preocupéis, que no os quedaréis a dormir aquí —aclaré entre risas—. Seguiréis con el horneado en casa. Os explicaré todo lo que debéis saber al respecto. Pero para que os vayáis a casa con buen sabor de boca —dije mientras descubría una de las sorpresas—, vamos a dedicar los últimos minutos a degustar, con atención plena, como hemos hecho antes con la uva pasa, este pan elaborado siguiendo el proceso de integración y amasado que acabáis de conocer. —Me dispuse a cortar el pan—. Es importante que esté bien frío cuando lo cortéis.

—¿Y cuál es la otra sorpresa? —preguntó Luisa.

Me detuve un momento porque me hacía especial ilusión mostrarles la segunda sorpresa, así que me dirigí al frigorífico y saqué una bandeja llena de tarros de cristal cubiertos por un pequeño trapo de lino sujeto con un cordel de yute.

—Os he preparado esto: tarros con nuestra masa madre, para que os la podáis llevar a casa y la cuidéis para elaborar tantos panes como queráis.

Los asistentes se miraron entre sí, sonriendo, como si de repente se hubiesen convertido en niños y acabasen de ver una piñata. Leonor, Mercedes y Luisa aplaudieron. Los demás no tardaron ni medio segundo en secundar el aplauso.

Bruno llegó un poco más temprano de lo que esperaba. Justo a tiempo para ser testigo de cuánto me sonrojaba con el aplauso que me regalaron los asistentes. Le vi de reojo, al otro lado del mostrador, buscándome con la mirada entre todas las personas que ese día nos acompañaban. Cuando estimé que ya se me habría pasado el rubor, me giré para saludarle con la mano y le dije, con señas, que necesitaba unos minutos.

Nos despedimos de los asistentes, uno a uno. Algunos aprovecharon para hacerme preguntas sobre los últimos pasos del proceso. Les dije que nos escribiesen a través de las redes sociales del obrador, si les surgían dudas. Y les pedí que, si subían fotos, nos etiquetasen (toda publicidad sería más que bienvenida). Una parte de mí deseaba repetir aquella experiencia, y no era la que quería amortizar el material que habíamos comprado a propósito para el taller, sino una que había disfrutado de lo lindo impartiéndolo.

Salí del obrador y me dirigí a la zona de cafetería, al encuentro de Bruno, que estaba ocupado conversando con las amigas de su madre, así que aproveché para hablar con Nina.

—¿Qué le has comentado a Clara sobre mis honorarios? —Las había visto hablar y había supuesto que mi hermana seguiría interpretando el papel de relaciones públicas de una servidora.

—Nada. Le he dicho que mirase la web.

—¿Qué web?

—La tuya.

Abrí los ojos, mucho, en señal de desconcierto.

—Nina, no tengo ninguna web.

—¿Cómo que no tienes una web? David y yo te montaremos una web de esas que se hacen con una plantilla en un pispás. Tú ponte guapa y avisa a Ali.

—¿A Ali para qué?

—Tú estate lista sobre las seis de la tarde.

18

BRUNO

—No sé qué les has hecho —dije a modo de saludo, refiriéndome a las amigas de mi madre, que también habían asistido al taller y de las que me acababa de despedir—, pero las tienes encantadas. —Júlia sonrió y miró rápidamente al suelo—. ¿Cómo ha ido?

—Bien. —Se encogió de hombros—. Diría que muy bien, de hecho.

—¡Enhorabuena! Me hubiese gustado asistir —me excusé—. Pero imagino que, como ha ido tan bien, tendré más oportunidades.

—No te sientas obligado...

—No lo digo por cumplir. Me llama la atención eso de elaborar tu propio pan.

—Puedo enseñarte.

—Me gustaría.

Ella sonrió. Yo también. Y nos quedamos mirando como esperando a que la propuesta se materializase en aquel preciso momento. Me imaginé trabajando la masa, rodeándola con mis brazos, sintiéndola muy cerca de mí.

—¿Qué quieres tomar? —me preguntó mientras se dirigía al mostrador—. ¿Te apetece un sándwich vegetal? Están riquísimos. No lo digo yo. —Levantó una ceja haciéndose la interesante. Me encantaba cuando lo hacía—. Lo dice la clientela.

—Te creo —reí—. Un sándwich vegetal está bien.

Sirvió dos platos que me llevé a la mesa mientras ella cogía dos vasos y una jarra de agua fría.

—¿Las has traído?

Asentí. Entonces aparté los platos a un lado, haciendo espacio para la carpeta donde había guardado las cartas, retiré la goma elástica y las saqué.

—Son todas iguales —observó—. Mismo sobre, misma letra.

—«Para mi amada, mi queridísima Cecilia» —leyó en voz alta. Me estremecí—. Guau.

—Eso mismo pensé yo.

—¿Dónde las has encontrado?

—Dentro de libros. —Enarcó de nuevo una ceja—. Pero mejor te lo cuento todo desde el principio: fui a buscar un paquete a Correos dirigido a mi madre, el paquete contenía un libro y entre sus páginas había una carta. Esta.

La busqué entre las demás y se la mostré. No me costó identificarla: era la única que mantenía la solapa del sobre pegada.

—¿Y ese paquete que fuiste a buscar a Correos tenía algún remite?

—Sí, pero era un apartado de correos.

—¿Y? ¿No puedes saber a quién pertenece?

—Puedo saber dónde se encuentra, pero no quién lo envía. Los apartados de correos ofrecen esa ventaja: el anonimato.

—Ya comprendo —dijo, frustrada—. ¿Y no tienes ni idea de quién puede haber mandado todas estas cartas a tu madre? —preguntó mientras revisaba de nuevo los sobres.

—No, ni idea.

—No sé, quizá te hablase alguna vez de alguien especial para ella...

Negué con la cabeza.

—¿Y crees que se las manda una especie de amante o algo así?

—Sí, ¿de quién podrían ser, si no? «Mi amada» —reproduje—. «Mi queridísima Cecilia». ¿A quién le dirías tú esto?

—¿Y te encaja que tu madre tuviese un amante? —preguntó con cautela—. Quiero decir, ¿la veías capaz?

—Te diría que no. A ver, es cierto que mi padre y ella pasaron una muy mala época hace años: discutían a menudo, incluso estuvieron a punto de divorciarse. Y es cierto que mi padre no es el hombre más cariñoso y detallista del mundo. Puede que mi madre tuviera ciertas... ¿Cómo se dice?

—¿Carencias?

—Carencias, exacto. Pero la situación cambió cuando a mamá le diagnosticaron el cáncer. Fueron a terapia de pareja y dejaron de discutir. Y desde hacía unos años que se les veía bien. No sé —me encogí de hombros—, al menos a mí me lo parecía. Aunque ya no sé qué pensar... —Torcí el gesto—. Además, para mi madre, la familia tiene un valor muy importante. Tenía —corregí—. Pero a las pruebas me remito —dije, señalando las cartas.

Júlia me escuchaba con atención, con los codos apoyados en la mesa y sin quitarme ojo de encima. Su mirada, compasiva y tierna, me invitaba a seguir.

—No veo a mi madre teniendo un amante. Pero a veces las personas te sorprenden.

—Eso es cierto.

—Quizá no eran felices... —añadí con cierta tristeza.

—Hay personas que se sienten atrapadas en sus relaciones —explicó Júlia—. La costumbre, la rutina, el pasado compartido, el futuro que imaginamos... Todo eso pesa mucho. — «Joder, si pesa», reflexioné, pensando en mi historia—. Y cuando hay hijos de por medio, incluso si son adultos, uno cree que debe ponerlos por delante de su propia felicidad.

—Mi madre se desvivía por mi hermana y por mí. Pero me fastidiaría que tuvieras razón. Ella también tenía derecho a ser feliz —protesté.

Nos quedamos en silencio. Júlia me dio espacio para digerir todo lo que habíamos puesto sobre la mesa. Yo se lo agradecí.

—Bruno —continuó al cabo de unos minutos—, ¿estás seguro de que quieres saber quién escribe estas cartas?

Me encogí de hombros.

—No sé si quiero. En realidad, creo que hubiera preferido no descubrir nada de todo esto. Pero, ahora que lo sé, no sé si puedo ignorarlo. A decir verdad, tampoco sé si tengo elección.

—¿Qué quieres decir? Siempre tenemos elección...

—Imaginemos que tú eres mi madre y que las cartas te las escribe tu amante.

—Supuesto amante —precisó Júlia.

—Desconozco si mi madre y su supuesto amante tuvieron o no la oportunidad de despedirse. Si tú fueras mi madre, ¿no querrías que él supiera que ya no estás? Y él, ¿no tendría derecho a saber que te has marchado?

—Supongo —respondió después de pensarlo un instante—. Supongo que tienes razón, que tiene derecho a saberlo. Pero ¿tú estás preparado para lo que puedas descubrir?

—Mejor descubrir la verdad que quedarme con la intriga, ¿no? Así podré cerrar este capítulo.

—Supongo —respondió de nuevo, con la boca pequeña—. Pero no siempre estamos preparados para descubrir la verdad, incluso si una parte de nosotros cree que así podrá descansar. La verdad a veces es difícil de sostener.

Tenía mucha razón. Sus palabras me dejaron pensativo.

—Asumo el riesgo —concluí.

—¿Estás seguro? Una vez descubras algo, sea lo que sea, no habrá vuelta atrás. No podrás borrar esa información de tu mente.

—Lo sé. Y lo asumo.

—Entonces ¿ha llegado el momento? —«¿El momento de qué?», me pregunté.

No tardaría en descubrir a qué se refería: Júlia me extendió la carta que todavía tenía las solapas pegadas. Y yo la cogí.

—Voy a por servilletas—dijo mientras se levantaba—. Te dejo que la leas tranquilo.

—No —la sujeté del brazo con suavidad, lo justo para frenarla—, quédate. Quiero que estés aquí cuando lo haga.

Júlia no dijo nada. Retrocedió, se volvió a sentar y se quedó en silencio. Cuando terminé de leer la carta, alcé los ojos. Ella me miraba con atención. Se la tendí como dándole permiso para que la leyera ella también. La tomó en silencio. Y yo, en silencio también, tomé otro sobre, lo abrí y leí lo que contenía. Repetimos el proceso en tres ocasiones. Estuvimos un buen rato sin decir nada, comunicándonos con los gestos, con la mirada. Entendiéndonos sin palabras, tan solo con la conexión que tan rápidamente habíamos recuperado.

Me quedé pensativo, mirando hacia fuera, hacia la calle. Tenía mucho que digerir.

—Tu madre era, aparte de madre, mujer. Tú no la conocías en todas sus facetas. Y es normal que sea así —me dijo mientras acercaba el cuerpo a la mesa, extendía el brazo y colocaba una mano sobre la mía, rompiendo así el silencio.

Me recliné en el asiento, retirando, sin darme cuenta, mi mano de debajo de la suya, lo que Júlia interpretó como un reclamo de mi espacio. Me supo mal. No era esa mi intención. En realidad, agradecí su gesto.

—Tienes razón. Pero me enfada pensar que hay cosas de ella que no conocía.

—¿Te enfada o te entristece?

Sonreí. No porque me hiciera gracia, sino porque en ese momento sentí que Júlia me comprendía mejor que yo.

Me enfadaba pensar que ya no tendría la oportunidad de preguntarle a mi madre por su matrimonio ni por el hombre que le escribía las cartas. Y me enfadaba que hubiese tenido una relación tan estrecha con otro hombre, a escondidas de mi padre. Él nunca ha sido un hombre cariñoso, cercano, pero tampoco se merecía eso. Y me sentí culpable por estar enfadado, y por juzgar a mi madre sin conocer su versión de la historia. Júlia tenía razón: me entristeció pensar en todo aquello.

Guardé las cartas en la carpeta y la dejé en la mesa que quedaba a nuestra izquierda.

—¿Comemos?

Júlia asintió.

—¿Qué vas a hacer con ellas? —preguntó mientras daba el primer bocado al sándwich vegetal.

—Las volveré a leer con tranquilidad, por si pudiera recabar algo más de información. Pero, si te digo la verdad, no tengo muchas esperanzas.

Di un bocado al sándwich y entonces me acordé de los

libros. Ahora que había recopilado todas las cartas, podría decidir qué hacer con ellos.

—Y en cuanto a los libros... —pensé en voz alta—. Creo que los voy a llevar al Mercat de Sant Antoni.

—¿Adónde?

—Al mercado dominical. —Me miró confusa—. ¿No has ido nunca? —pregunté, sorprendido.

Júlia negó con la cabeza.

—Pero a ti te gusta leer, ¿no?

Júlia asintió mientras se limpiaba restos de mayonesa de la comisura de los labios.

—Apenas bajo a Barcelona.

—No puede ser. Tienes que ir. Te encantará. —Me la imaginaba hojeando las páginas de libros de segunda mano esperando a que alguien les diese una nueva oportunidad—. ¡Vayamos mañana! —exclamé sin pensarlo.

—¿Qué?

Júlia rio. Quizá creyó que bromeaba.

—Lo digo en serio. Así me ayudas con los libros, que hay muchos y yo solo no puedo.

—Vale —dijo entre risas, como quien acepta hacer una travesura.

—Vale —dije yo, tratando de no ser demasiado transparente y disimulando la satisfacción que sentía al pensar en pasear con ella por Sant Antoni.

19

JÚLIA

—Mira qué hora es —protestó Nina mientras señalaba su reloj de pulsera, dando así la bienvenida a Ali—. Hace rato que te estamos esperando.

—Lo sé, lo siento. Se me ha complicado la tarde —respondió ella—. He estado hablando con Jordi —me dijo susurrando cuando pasó por mi lado, mientras yo escogía qué ropa disimulaba mejor a la impostora que llevaba dentro.

—Luego me cuentas —le pedí.

—Sí, luego le cuentas. Ahora, metámonos en faena. —Nina era una mujer de acción.

Ali abrió el maletín en el que llevaba la cámara y la sacó dispuesta a comenzar la sesión de fotos corporativas que tendría lugar en una esquina del salón de mi casa. Luego me enseñó varios ejemplos en su móvil. Escogí las que me gustaron más y me pidió que imitara las posiciones de las chicas que aparecían en ellas.

—¡Espera! —le dijo Nina a Ali—. Que tiene un pelo de Charlotte. —Los pelos de la gata parlanchina estaban por todas partes. Era imposible librarnos de ellos—. Vale, ya está.

Mi hermana se apartó y Ali tomó posición.

—¡Espera! —exclamó de nuevo, se acercó a mí y me retiró un mechón de la cara—. Ahora sí.

Allí estaba yo, vestida con una camisa blanca y una americana de color crema, posando de brazos cruzados con la librería de fondo.

Cuando terminamos la improvisada sesión de fotos, me quité la americana, me recogí el pelo y me fui a la cocina a preparar una infusión al gusto de cada uno. ¡Qué menos, con todo lo que estaban haciendo por mí!

Regresé al comedor cargada con las infusiones y un bol gigante de palomitas. Ali estaba editando la luz de las fotografías, Nina trabajaba en los textos y David, en la web. Me sentí afortunada de contar con su apoyo. Repartí las tazas, cogí la mía y me senté al lado de Nina para ver lo que escribía.

—¿A ver? —Casi me tiro la infusión por encima—. Nina, yo nunca diría eso —protesté, señalando un párrafo.

—¿Quién es la experta en marketing aquí? Yo, ¿verdad? Pues hazme caso.

—Pero es mi web, ¿no? —Ali, que estaba sentada a mi derecha, me miró por encima de la pantalla de su portátil negando con la cabeza. Sabía cómo se las gastaba mi hermana—. Entonces me tocará a mí decidir qué dicen los textos, ¿no?

—No se llaman «textos», se llama *copy* —me corrigió—. Los textos —me imitó— tienen que ser persuasivos. Y, conociéndote, intentarás pasar de puntillas.

—No te preocupes, Júlia; una vez termine, podrás editar lo que quieras —me dijo David. Ambos conocemos a Nina y sabemos que poco se puede hacer para disuadirla cuando algo se le mete entre ceja y ceja.

Tres horas después, terminamos aquella intensa sesión de trabajo con el objetivo inicial cumplido.

Salí al balcón, me arremangué la camisa, cerré los ojos y respiré hondo. Agradecí el aire fresco de finales de septiembre.

Ali, que me había seguido, estaba recostada sobre el marco de la puerta del balcón.

—¿Estás bien? —Di un respingo. No la había oído acercarse.

—Sí, es solo que estoy un poco agobiada.

—Es normal. Llevas años huyendo de esto, y ahora, de repente, es una realidad.

Bajé la mirada. Tenía razón.

—¿Cómo estás tú?

—Luego te cuento. Pero, primero, dime: ¿cómo fue el otro día?

La miré con extrañeza.

—Tíaaaaaa —alargó mucho la última vocal—. El eclipse, el club de lectura, Bruno.

—Fue bien.

—¿Solo bien? —Sonó decepcionada.

—Que no te mienta —nos interrumpió mi hermana con un vaso de agua para mí, lo cual agradecí—. Fue muy bien.

—Nina, a propósito, ¿te importa si mañana no voy al obrador?

—¿Ha pasado algo? —me preguntó, extrañada.

—No, nada. Me ha surgido un plan.

Ambas me miraron con mucha atención.

—Voy a ir al Mercat de Sant Jeroni —añadí.

—¿No será de Sant Antoni? —corrigió Nina.

—¡Eso!

—¿No has ido nunca? —me preguntó Ali, y yo negué con la cabeza—. Pues te va a encantar.

—Eso mismo dijo Bruno —comenté como quien no quiere la cosa.

—¿Vais a ir juntos? Ya te lo dije, eso es cosa del eclipse. ¿Y qué tal con él?

—Muy bien —respondió por mí Nina.

—Somos amigos, nada más.

—Ya, amigos —repitieron las dos con sarcasmo.

—Sí. Le estoy ayudando con algo. Nada más.

—¿Ayudando con qué? —me interrogó mi hermana.

—Es un secreto. No os lo puedo decir. Pero vamos, que entre nosotros no hay nada.

—¿Nada de nada? —preguntó Ali, alzando las cejas.

—Nada de nada —repetí de forma tan tajante, y un segundo después pensé si lo había dicho con tanta rotundidad, porque en realidad no trataba de convencerlas a ellas, sino a mí.

20

BRUNO

Delante de nosotros se erigía el Mercat de Sant Antoni, un edificio de finales del siglo XIX cuya fachada había sido reconstruida recientemente con piezas de cerámica esmaltadas y decoradas a mano, de color rojizo.

—¿Y dices que no habías venido nunca? —le pregunté a Júlia mientras nos adentrábamos en él, sorteando a clientes de todas las edades enfrascados en escudriñar entre los diferentes puestos.

Júlia negó con la cabeza por encima de la caja repleta de libros que cargaba. Me detuve en una parada de cómics y apoyé como pude la que llevaba yo. Ella hizo lo mismo. Al acercarme, me llegó olor a libro antiguo, a cartón, a madera.

—Yo venía por lo menos una vez al mes buscando, primero, los cromos que me faltaban para completar la colección de turno, y más tarde, cuando tenía unos diez u once años, un número concreto de mis colecciones de cómics.

—¿Venías con tus padres? —me preguntó Júlia con curiosidad mientras hojeábamos algunos.

—Con mi madre —respondí, trayendo a la mente recuerdos que parecían de otra vida—. Íbamos en tren hasta plaza Catalunya y luego cogíamos la L2. —Volvimos a cargar con las cajas y seguimos abriéndonos paso entre la gente—. Mi madre conducía, pero no le hacía gracia venir en coche a Barcelona. Y a mí, ir en tren y coger luego el metro me parecía una aventura. —La miré y vi cómo se dibujaba una sonrisa en el rostro—. Después íbamos a hacer el vermut en Els Tres Tombs.

Júlia parecía no saber de qué le estaba hablando.

—Es un clásico del vermut de los domingos —le expliqué.

—Venir aquí con tu madre debía de ser un planazo.

—Lo era —confirmé mientras me invadía la nostalgia—. Pero crecí, la situación se complicó y ya conoces el resto. Mira —le señalé con la cabeza uno de los puestos en la que solíamos detenernos con mi madre—, vayamos a ese.

Saludamos al comerciante y fui al grano:

—¿Compran libros de segunda mano?

—En efecto, joven.

—Traigo unos cuantos, por si le pudieran interesar.

—Trae. —Me pidió que nos acercásemos por el lateral de su puesto y empezó a echar un vistazo a los libros que traíamos en las cajas—. Vamos a ver.

El hombre examinaba cuidadosamente los ejemplares, apilando a un lado los que le suscitaban interés y, al otro, los que probablemente iba a descartar.

—Tengo más en casa. Por lo menos seis o siete cajas como estas —le indiqué.

El librero ignoró mis palabras, concentrado en un volumen en concreto.

—Muchacho, ¿a quién pertenecen estos libros?

—Pertenecían —corregí— a mi madre.

—Tu madre debe de ser una gran amante de los libros.

—Sí, lo *era*…

Miré a Júlia y, como si pudiera adivinar cómo me sentía, me cogió de la mano y me la apretó.

El hombre alzó la mirada y se dirigió a nosotros:

—Tu madre tenía en su biblioteca algunas joyas difíciles de encontrar. —Tan pronto como Júlia le escuchó, como si interrumpiese un momento de intimidad no apto para ser compartido con otros seres humanos, me soltó la mano y ambos nos recolocamos—. Este, por ejemplo, es la primera edición en español con las treinta y cinco ilustraciones originales de Hugh Thomson, el célebre ilustrador victoriano —dijo mientras nos extendía un ejemplar de *Orgullo y prejuicio* de tapa dura y las esquinas algo estropeadas.

Lo cogí y lo examiné con curiosidad, como si fuese la primera vez que lo veía. En realidad, no lo era, pero nunca le había prestado tanta atención. Me había quedado con los títulos de los que mi madre me había hablado: *La guerra de los mundos* y el progreso científico incontrolado, la civilización en ruinas de *La máquina del tiempo*, los peligros de la codicia de *El Señor de los Anillos*, las limitaciones de un sistema patriarcal de *Ann Veronica*, los nobles objetivos de *Don Quijote de la Mancha*, los límites éticos de la ciencia y la condena a la soledad y el aburrimiento de *Frankenstein*...

—Le prometí a mi padre que me desharía de ellos —pensé en voz alta—. Pero ¿y si me quedo con algunos más? —compartí con Júlia.

El librero quiso comprobar que no se equivocaba y me pidió que le devolviera el libro para echar un vistazo a los créditos. Entonces se percató de algo. Se puso las gafas que llevaba colgadas de una cadena sobre la camiseta de un grupo de rock de los ochenta y levantó el ejemplar hasta llevarlo a la altura de los ojos. Júlia y yo nos miramos. Lo dejó sobre la mesa, cogió otro de los que había apilado y lo examinó como había hecho con el primero.

—Muchacho, ¿estás seguro de que quieres deshacerte de estos libros?

—¿Por qué lo pregunta? —Había despertado mi curiosidad.

—Por el exlibris.

—¿El qué?

—¿A ver? —Júlia le pidió que le diera el libro.

Aproveché que estaba muy cerca de ella para examinarlo juntos. Aunque parte de la tinta se había borrado, se leía algo así como: EX LIBRIS, OTI., SEMPITERNUM, CAE.

—El exlibris es un sello que sirve para saber a quién pertenece un ejemplar, para que pueda ser devuelto a su legítimo dueño. Si no recuerdo mal, empezó a usarse en el antiguo Egipto, pero no fue hasta el modernismo, cuando aparecieron los primeros coleccionistas de libros, que estuvo en auge.

—Así es, señorita. No lo podía haber explicado usted mejor —halagó el librero a Júlia, haciendo que se ruborizara—. Un exlibris aumenta el valor sentimental del libro, pero también el económico —añadió—. Estos ejemplares no solo cuentan la historia de sus páginas, sino también la de quien los lee.

—¿Y cómo podemos saber a quién pertenece este exlibris? —pregunté, tratando de valorar cuán útil era ese hallazgo.

El hombre sacó un bloc de notas del delantal que lucía al más puro estilo de librero, cogió un bolígrafo del mostrador y escribió algo.

—Esta es la dirección de un amigo —explicó mientras me extendía un trozo de papel—. Tiene una tienda de libros de segunda mano y es un apasionado de los exlibris. Si alguien os puede ayudar en esta ciudad es él.

—¿Te apetece un aperitivo?

Júlia interrumpió el silencio al cruzar la calle y pasar junto a la terraza de Els Tres Tombs. No me pude resistir a su propuesta y nos acercamos a la mesa que ella había escogido. Dejamos las cajas en dos de las sillas y nos sentamos en las otras dos, uno al lado del otro.

—¿Cómo era? —me preguntó, recostándose en el incómodo reposabrazos de metal, acortando la distancia entre nosotros.

—¿Cómo era quién? —La miré a los ojos. Estaba muy cerca.

—Tu madre.

Desvié la mirada y me imbuí en mis recuerdos para describirla. Me dolió darme cuenta de que ella, su recuerdo, iría quedando poco a poco en el pasado, que nunca más la recordaría con tanta nitidez como en ese instante. Y temí que un día ya no me acordaría voz, de la calidez de su sonrisa o de la expresión de su cara.

—Mi madre era una persona optimista, de esas que siempre te suben el ánimo. Amable, comprensiva, afectuosa. Comprometida con las causas sociales. Un poco dura, especialmente con lo académico. —Miré a Júlia, que me escuchaba con atención—. Supongo que era deformación profesional. Pero se podía hablar con ella de todo.

—No coincidí mucho con ella, pero recuerdo lo atenta que era y cuánto se preocupaba por tu hermana y por ti. Qué suerte tener una madre así... —Júlia parecía inmersa en un arrebato de honestidad, y me pregunté si todavía estábamos hablando de mi madre o si habíamos pasado a la suya.

—Sí. Pero, si te soy sincero —bajé la mirada—, nunca he sido tan consciente de la suerte que he tenido hasta ahora, que ya no está.

—No sabemos lo que tenemos...

—... hasta que lo perdemos —terminé la frase por ella—. Exacto. Y me arrepiento de no haberle dicho que la quería.

—Estoy segura de que lo sabía.

—Sí, pero me gustaría habérselo dicho más a menudo. —Emocionado, me recoloqué las gafas—. Tú, en cambio —dije en un tono distinto, cargado de esperanza—, todavía estás a tiempo.

—¿Yo?

—Seguro que tienes muchas cosas que decirle a tu madre. Cosas de esas que se sienten pero que no se dicen porque se dan por sentadas. O porque crees que tienes toda la vida por delante para decírselas.

—No te creas... —Júlia se removió en la silla.

—Al menos tienes la oportunidad. Puedes no hacerlo —añadí, intuyendo que no se sentía muy cómoda con la idea—, pero puedes, si lo deseas. La vida te está dando esa oportunidad —insistí, tratando de evitar que ella incurriera en el mismo error que yo.

—Sí, pero mi madre... mi madre es especial.

—Todos somos especiales —reí.

—No. No en ese sentido... No sé cómo explicarlo.

—A ver, prueba —la desafié—. Todavía no nos han tomado nota. —Miré a nuestro alrededor y me acerqué a ella para decirle, susurrando—: Me temo que tenemos para un buen rato. No tienen pinta de ser muy rápidos sirviendo.

Ambos reímos. En realidad, ya me parecía bien que tardasen: estaba a gusto en aquella terraza, en el último domingo de septiembre, con ella al lado.

—A ver, quiero decir que mi madre es poco... madre.

—¿Poco madre? ¿Cómo se come eso? —Se me escapó una sonrisa burlona.

—Sí, poco madre. —Ella hablaba en serio—. No es una madre como lo era la tuya.

—Se dedica al mundo del arte, ¿no?

—Ajá.

—Tener a una artista de renombre como madre ha debido de ser muy...

—... solitario.

—Emocionante, iba a decir. Pero ya veo que quizá no tanto...

—No es oro todo lo que reluce.

—No exageres... —dije para restarle importancia.

—¿Que no? —Creo que la ofendí—. Mi madre es infantil, enamoradiza, solo le importa su trabajo y siempre da prioridad a lo que cree que será su gran historia de amor.

Se me escapó la risa, pero la ahogué rápidamente cuando vi que seguía hablando muy en serio.

—No sé qué decirte, Júlia.

—No tienes que decirme nada. Estoy bien, de verdad. —Algo me decía que detrás de esa fachada había algo más—. Pero reconozco que me ha costado años hablar de esto así de serena.

Me quedé callado por un momento, valorando la situación.

—¿Puedo decirte algo? —le pregunté.

—Claro.

—A mí no me pareces serena.

—¿Ah, no? —Se reclinó en el asiento, alejándose de mí, y cruzó los brazos confirmando mi hipótesis: hablar de su madre la incomodaba, y yo no era el único que dudaba de esa serenidad, muy probablemente impostada.

—No sé cómo describirlo, pero no me transmites serenidad. Más bien, enfado. O dolor.

—¿Cómo no quieres que me enfade? —Se incorporó de repente.

—Yo no siempre tuve una buena relación con mi madre —le expliqué—. También estaba enfadado con ella. Sentía que me controlaba. Pero con el tiempo me di cuenta de que no se lo había puesto fácil y que ella me cuidaba como mejor sabía. Solo que, cuando era un adolescente, su amor en forma de protección no me llegaba.

—Es justo eso. El amor de mi madre no me llega, ni me llegaba, porque no estaba. O, si estaba, me necesitaba más ella a mí que yo a ella. —Hizo una pequeña pausa—. Con los años aprendí a no necesitarla, ¿sabes?

—No te enfades por lo que te voy a decir... pero ¿dejas que te llegue? El amor de tu madre, su cuidado, quiero decir.

Nos quedamos en silencio. Temía que Júlia estuviese siendo demasiado juiciosa o rígida con su madre, que perdiese la oportunidad de hacer las paces y aceptar el amor que pudiera ofrecerle. Sin embargo, sentí que me había equivocado, que había llegado demasiado lejos.

El silencio empezó a ser incómodo, y que los camareros tardasen tanto en venir dejó de resultarme divertido. Así que tomé la iniciativa.

—Voy a ir dentro a pedir. —Me levanté—. ¿Qué quieres tomar?

21

JÚLIA

Cuando salió del bar, Bruno se sentó a mi lado, cabizbajo.

—Discúlpame, te he querido dar lecciones respecto a tu madre cuando, en realidad, no tengo ni idea de vuestra relación...

No dije nada. Solo dibujé una media sonrisa en señal de conformidad con lo que decía.

—Solo quiero que no caigas en los mismos errores que yo. Que aproveches la oportunidad que te da la vida de tenerla a tu lado, tú que puedes.

—Bruno, tú y yo estamos en momentos muy distintos —le aclaré.

—Tienes razón, Júlia. Y siento haber hablado de más —se disculpó de nuevo.

Llegó el camarero y trajo dos Aperol Spritz y unas patatas. Bruno abrió la bolsa y la volcó llenando el plato. Algunas cayeron sobre la mesa y me apresuré a cogerlas, en un gesto travieso, como si estuviese compitiendo con él por ver quién era más rápido. Ambos reímos.

—Lo siento mucho, de verdad —prosiguió—. Con lo que me estás ayudando, voy yo y la fastidio.

—Lo importante es que, ahora que sabes que me molesta que me den lecciones sobre mi madre, no lo vuelvas a hacer.

Bruno movió la cabeza de un lado a otro.

—Gracias —susurró.

—¿Gracias por qué? —le pregunté con la boca llena de patatas.

—Por todo. Estás siendo de gran ayuda para mí. Estoy a gusto contigo, y lo último que querría es estropear esto.

Nos quedamos en silencio. Era el momento de decir «yo también». Pero había atado en corto esa parte de mí que reclamaba más de él, así que de mi boca no salió más que una sonrisa. Tras ese punto y aparte en nuestra charla, cogí la copa y di un sorbo. Él me imitó y se nos escapó una relajada sonrisa.

—Deberías dedicarte a esto. —Bruno se recolocó en la incómoda silla de metal—. Tu mera presencia es reconfortante.

—Lo haré. —Casi le pisé las palabras respondiendo a lo primero, ignorando el impacto que había tenido en mí lo segundo.

—¿En serio? —exclamó, sorprendido.

Asentí con una sonrisa llena de ilusión que dejó entrever lo que en realidad sentía bajo todas las capas de miedo.

—Tengo una sesión —dije mientras devolvía la copa a la mesa—. Una primera sesión —maticé, alzando la barbilla y entornando los ojos en un gesto a caballo entre la satisfacción y la comedia.

—Me alegro mucho por ti, Júlia, de verdad que sí.

—Bueno, todavía no he concretado el día ni nada con ella... De hecho, estoy muerta de miedo.

—Irá genial, ya lo verás.

—¿Y cómo lo sabes?

—No sé decirte cómo lo sé. Pero lo sé —dijo, haciéndose el interesante. Dio un trago al vermut y cogió aire antes de continuar—: Mira, vamos a hacer una apuesta.

Corregí mi postura en la silla.

—Si esa primera sesión va bien...

—Espera —le interrumpí—, define «bien».

—Mmm... —Hizo una mueca mientras buscaba una respuesta—. Vale: «bien» en el sentido de que la paciente esté contenta y agende una segunda sesión.

—Trato hecho. —Acababa de elevar el nivel de dificultad—. Sigue.

—Si esa primera sesión va bien, me enseñas a hacer pan.

—Mmm... —Le imité fingiendo que yo también buscaba una respuesta—. Vale —concluí como si hiciera un gran esfuerzo aceptando aquella condición—. ¿Y si no va bien?

—No existe esa posibilidad. Irá bien.

Solté una sonora carcajada.

—Eso no vale, eres un tramposo —protesté, y él rio.

—De acuerdo. Si no va bien... —Bruno se tomó unos segundos para pensar—, te preparé un sándwich vegetal. —Cuando me disponía a responderle, él elevó la apuesta—: Te prepararé un sándwich vegetal mejor que el que comimos el otro día.

—¿Mejor? —Le lancé una mirada retadora sosteniendo la copa en el aire. «Júlia, ¿qué haces?, ¿estás coqueteando con él?».

—No, eso es imposible —dijo entre risas—. No tengo ni idea de hacer sándwiches vegetales —confesó.

—Entonces ¿qué sentido tiene? Harás el ridículo. Lo sabes, ¿verdad? —Sorbí de la copa con un gesto que confirmó mi sospecha: estábamos tonteando.

—No. Porque no voy a perder —respondió con rotundidad—. Y si pierdo, también gano: o me enseñas a hacer pan o descubres que soy un desastre preparando sándwiches vegetales y me enseñas a hacerlos.

Bruno respondió a mi coqueteo acercándose mucho más, y nos quedamos mirando unos segundos. Los ojos se me fueron a sus labios. Subí la mirada para volver a encontrarme con la suya y fui incapaz de sostenerla más de dos segundos. De pronto empecé a ponerme nerviosa y me dejé caer en la silla hasta que mi espalda se encontró con el respaldo.

—Lo tienes todo pensando, ¿eh? —No lograba borrar la sonrisa boba de mi cara—. Pero vas a perder.

—Eso ya lo veremos.

—¡Au! —exclamé mientras daba un respingo. Mi piel había entrado en contacto con el café hirviendo. No había prestado suficiente atención y parte del chorro caía fuera de la taza.

—Cuidado, cariño, a ver si te vas a quemar —me dijo la abuela, pero su advertencia llegaba tarde—. ¿Dónde tienes la cabeza hoy, Julieta, hija mía? —me recriminó con dulzura cuando se percató de que mi muñeca estaba roja.

No respondí, pero conocía la respuesta y no me gustaba nada. Mi mente estaba en otro lugar, colgada de las sensaciones que había experimentado el día anterior: el calor de mi mano entrando en contacto con la de Bruno, la dificultad que teníamos ambos para aguantarnos la mirada, el escalofrío que había recorrido mi cuerpo al sentirlo tan cerca, su boca a unos centímetros de la mía.

Me esforzaba por centrarme en el presente y evitar revivir una y otra vez esa escena, esas sensaciones, convencida de que, cuanto más las reviviera, más difícil sería mantener a raya a la parte de mí que quería más de Bruno. Pero no siempre tenía éxito.

—Bueno, bueno, bueno... —Me giré enseguida. Era la voz de Maca—. ¡Pero si es la psicóloga debutante! —exclamó, y me sonrojé—. Júlia —se puso seria—, ¿qué haces aquí? ¿No te estás preparando la sesión con tu primera paciente?

—¡¿Debería prepararme algo?! —El miedo me invadió de repente.

—Que no, mujer, que estaba bromeando.

—No, Maca, en serio, ¿debería prepararme algo para la primera sesión? —insistí.

—Que no, Júlia; tú recoge motivo de consulta, genograma, historia de los síntomas, etcétera. Pero, sobre todo, procura construir un vínculo con la paciente. Que se sienta escuchada, acogida, cuidada.

—Ahora mismo tengo serias dudas de ser capaz de hacerlo. —Puse los ojos en blanco.

—Tú escúchala con empatía, compasión, aceptación incondicional. —Yo asentía mientras tomaba apuntes mentalmente—. Valídala, acompáñala para dar sentido a lo que siente.

—¡Ay, madre! —Me llevé las manos a la cabeza en un gesto que denotó agobio.

—Nada, solo he venido a verte.

Las campanillas de la puerta interrumpieron la conversación y anunciaron a un nuevo cliente. Después de tres semanas de viaje por la Borgoña, Regina hizo una de sus apariciones en el obrador. Venía cargada con una caja de madera que supuse que contenía botellas de vino. Entonces recordé lo que me había prometido la última vez que nos vimos, y una parte de mí se preparó para la decepción.

Como si de una armadura se tratase, me dije: «Seguro que me trae botellas de Chardonnay». Tenía muy poca fe en que se hubiera acordado de mi preferencia y no quería hacerme ilusiones.

—Júlia, me marcho. Cuando termines la sesión, llámame —se despidió Maca, haciendo el gesto del teléfono con la mano.

—¿No quieres llevarte nada? Invita la casa —traté de convencerla.

—No quiero pasarme con el azúcar. —Se tocó la barriga—. Llámame, ¿vale?

Cuando se cruzó con Regina, se saludaron con afecto. Mi madre tenía eso: de puertas afuera se mostraba como la persona más amorosa y encantadora del mundo, pero de puertas adentro, no era que no lo fuese, sino que, simplemente, apenas estaba.

—Cariño —acudió a mi encuentro con los brazos abiertos tras dejar la caja en la mesa más cercana al mostrador—. ¿Cómo fue?

—¿El qué, mamá? —repliqué con la barbilla justo por encima de su hombro, devolviéndole el abrazo.

—El taller. —Cuando nos separamos, me cogió de las manos y las sostuvo junto a su cintura—. Me dijo tu hermana que fue un éxito.

—Entonces ya tienes la respuesta.

—Ay, hija, qué seca eres.

En ese momento recordé las palabras de Bruno y decidí elaborar mi respuesta más de lo habitual:

—La verdad es que fue mejor de lo que esperaba. Creo que las personas que vinieron quedaron satisfechas. Y yo me lo pasé bien. Si volviera atrás, repetiría sin dudarlo.

—Qué bien, cariño. —Me apretó las manos con suavidad—. ¡Cuánto me alegro! —La creí. Sonaba sincera. Y me gustaba que se hubiese acordado.

—¿Quieres ver algunas fotos?

—¿De qué, *ma chérie*?

—Del resultado. De los panes que se llevaron para hornear en casa —respondí mientras me soltaba para buscarlas en el móvil.

—¡Pero bueno, si te mandaron fotos y todo! —dijo, llevándose una mano al pecho, y comenzó a examinar con curiosidad las imágenes que le mostraba, una a una—. ¡Cuánto me alegro por ti, hija!

—Y tú, ¿cómo estás?, ¿cómo ha ido por la Borgoña?

—Ay, muy bien, ¡muy bien! Todo precioso. El *château*, los viñedos… y el vino. ¡Ay, el vino!

Ella siempre tan expresiva. Me hizo reír.

—¿Y Jean Claude?, ¿cómo está?

Era curioso cómo siempre había deseado que abandonase esos monólogos infinitos tan propios de ella y que me preguntase más por mí, por mi vida. Y cuando lo hacía, cuando era más escueta en sus explicaciones, parecía que echaba de menos saber más de ella.

—Muy bien. Dice que tiene ganas de veros. Siempre me manda recuerdos para vosotras. Le gustó mucho conoceros en verano.

—Cuando venga, podemos organizar algo. —No supe de dónde surgió la propuesta, pero la hice.

—¡Eso sería fantástico, cariño! —Regina tampoco daba crédito y necesitó unos segundos para procesar lo que acababa de pasar—. Te he traído una cosita —dijo, señalando la caja de madera.

—A ver… —fingí sorpresa, como si no recordara nuestra conversación de hacía unas semanas.

Abrí la caja, y sí, era una sorpresa: DOMAINE LA PETITE REINE, BOURGOGNE, SAUVIGNON BLANC.

Alcé la mirada, Regina esperaba una respuesta por mi parte. Volví a leer las palabras SAUVIGNON BLANC. En efecto, se había acordado. «¿No querías ponerla a prueba? —me recordé con cierto recochineo—. Pues la ha superado, tienes que reconocerlo».

—¿He hecho algo mal, hija? —preguntó, preocupada por mi silencio.

¿Cómo le dices a una madre que tienes cero esperanzas de que se acuerde de lo que le dices, de tus preferencias, y que, cuando lo hace, te invade una sensación desconocida? Moví la cabeza de un lado a otro, como diciendo que no.

—¿Por qué no abres una botella y te tomas un vinito con tu madre?

—No puedo, mamá. Tengo que trabajar. Mejor otro día.

—¡Júlia! —La voz de Nina salía del obrador—. ¡Júlia! —insistió, y esta vez la escuché más cerca—. Uy, ¡hola, mamá! No te había visto llegar.

Con un beso se saludaron y despidieron a la vez.

—Júlia, te necesito dentro.

—Ve, cariño. Ve con tu hermana.

—Mamá, pásate otro día y hablamos. —De nuevo, me sorprendí a mí misma—. Hay algo que quiero contarte. —De repente me apetecía hablarle de la web y de la existencia de mi nueva paciente. Mi primera paciente.

—¿El qué, cariño?

—Júlia, vamos —insistía Nina. ¡Ni que estuviéramos en plena operación a corazón abierto!

Seguí a mi hermana mientras me despedía de Regina con la mano.

—¡Hablamos! —dijo, lanzándome un beso al aire.

Acordé con Clara vernos a final de semana. Su nombre y apellidos fueron los primeros que anoté en la agenda recién comprada. Me sentía como cuando empiezas el colegio y tienes el material por estrenar. Olía a nuevo, a ilusiones y a mucho por vivir. La cerré y me abracé a ella por un momento. Aquello era real.

Me estremecí al pensar qué pasaría si la sesión no iba bien, si descubría que mis temores eran ciertos y que, por más formaciones que vistieran mi currículum, lo mío no era eso de acompañar a personas en sus procesos. Había vivido muy tranquila refugiada en el obrador, dejando que mi miedo me inscribiera a un curso tras otro, diciéndome a mí misma que con el siguiente me sentiría preparada para iniciar mi andadura como psicóloga.

Así me había mantenido al margen durante casi diez años; al margen de descubrir si tanta formación había servido para algo; al margen de la posibilidad de fracasar. Y es que es más fácil no intentarlo y decirte que no lo has conseguido porque no lo has probado que darte una oportunidad y descubrir que, en realidad, no se te da bien y tener que renunciar a ello.

Tan pronto como agendamos la primera sesión, llamé a la abuela y escribí a Nina, a las chicas y a Bruno. «Pero solo por lo de mantenerle al corriente de la apuesta, no porque me haga ilusión compartir mis avances con él, no», quise convencerme. Por un momento me sentí ridícula al pensar que hacía un mundo de aquella noticia cuando era el día a día de mis compañeros de profesión. «Ni que se tratase del avistamiento del cometa Halley, algo que sucede una vez cada setenta y seis años», me dije con cierta ironía. Pero esa crítica interior, lejos de amargarme, me arrancó una sonrisa.

Acompañar a personas en sus procesos era algo a lo que una parte de mí, por miedo al fracaso, había renunciado por completo. Así que vivía aquella primera sesión como si de todo un evento se tratase, y me di permiso para otorgarle la importancia que merecía.

22

BRUNO

Agradecí haber hecho un inventario de los libros de mamá que contenían una carta. Después de la visita al Mercat de Sant Antoni, añadiría una nueva columna, «Títulos con la estampación del exlibris», y cruzaría los datos.

A pesar de que no todos los libros con exlibris guardaban entre sus páginas una carta del supuesto amante de mamá, todos los que sí las incluían llevaban un exlibris estampado en la primera página en blanco. Se confirmaba mi teoría: las cartas y los exlibris estaban relacionados, y estos últimos se convirtieron en mi nueva obsesión.

Adelanté el despertador una hora para tener tiempo de indagar más al respecto antes de ponerme a trabajar. «Cómo descubrir a quién pertenece un exlibris», tecleé en el buscador. Delante de mí aparecieron un montón de sitios web explicando qué era un exlibris, pero ninguno que me proporcionase la información que necesitaba. Por suerte, contaba con la dirección que me había dado el librero del Mercat de Sant Antoni. «Porque todavía conservas el papel, ¿no?», me pregunté. Revisé mi agenda. Nada. «A ver, Bruno, piensa, piensa». Dejé de buscar de forma compulsiva y traté de acordarme.

—¿Qué buscas?

—¡Joder! —Me dio un vuelco el corazón. Había despertado a Miki con tanto trajín—. Un trozo de papel con una dirección anotada. Ayúdame a encontrarlo.

—¿Es posible que lo pusieras en el bolsillo del pantalón?

—¡Pues claro!

—¿Buscas los tejanos deshilachados?

Me detuve y me giré. Asentí. Miki puso una cara que no me gustó nada.

—Pues ayer los eché a lavar.

Me llevé las manos a la cabeza.

—Joder, joder, joder.

—Lo siento, tío —dijo Miki con visible arrepentimiento—. Haces tanto por mí que pensé que...

Ya no le escuchaba: me dirigí al tendedero del balcón. Rebusqué en los bolsillos de los pantalones y encontré el papel o, mejor dicho, lo que quedaba de él.

Entré de nuevo en el comedor, donde Miki seguía hablando, y me senté en el sofá, con la cabeza hundida entre las manos.

—Mierda.

—Pensé que, si los dejabas fuera del armario, era para lavarlos, discúlpame.

—Pues pensaste mal —le dije, asomando la cabeza entre las manos.

—Trae. —Miki se acercó y me arrebató el papel. Lo inspeccionó durante unos segundos y exclamó—: ¡Tío, mira!

Me levanté y caminé hacia él.

—Nueve, ocho... ¿O es un tres? —pensó en voz alta—. No se lee muy bien que digamos, pero algo sí puedes sacar.

—¿A ver? —le pedí, recuperando el papel.

Tenía razón. No se veían bien todos los dígitos, pero sí lo suficiente para probar hasta dar con el número correcto.

Había magnificado el asunto. De no haber encontrado la nota, siempre podría haber ido al puesto del librero y pedírsela de nuevo.

—Solo se lava —levanté el dedo índice a modo de advertencia— lo que está en el cubo de la ropa sucia.

—Sí, mi general —respondió Miki, burlón, haciendo el saludo militar.

—Llegáis tarde. —Laia dibujó una mueca de desaprobación—. Acabo de sacar los canelones del horno, justo a tiempo de quedarnos sin bechamel. Cinco minutos más y tenemos que escoger entre comerlos fríos o secos. —Mi hermana siempre ha sido muy estricta para algunas cosas; entre ellas, la puntualidad y la comida caliente.

Mis disculpas quedaron eclipsadas por el torbellino de energía de Llorenç.

—*Tieta!* —Fue corriendo hacia Laia, quien, para no caerse al suelo, tuvo que dejar la espátula con la que servía los canelones y apoyarse en la encimera de la cocina de casa de mis padres.

—Llorenç, cariño, ve con el abuelo —le pedí.

—¿Has visto? —Laia señaló la bandeja con la barbilla—. He seguido la receta de mamá.

Ni ella ni yo éramos muy cocinillas. Podríamos decir que ambos nos apañábamos. Pero darle vida a la Moleskine de tapas rojas que mamá usaba a modo de recetario era un buen motivo para ponernos a cocinar. También, una buena forma de honrar su ausencia.

—Tienen muy buena pinta. Y huelen como los que ella preparaba.

—Me recorrí tres supermercados en busca de nuez moscada de verdad, ¡no esos polvos que no saben a nada! —exclamó, esperando reconocimiento por su hazaña—. Mamá insistía en que era la clave... ¿Recuerdas?

Asentí en silencio y noté cómo el ambiente se cargaba de nostalgia. Teníamos a mamá muy presente en muchos momentos del día. Ahora que no estaba, pensaba en ella incluso más que cuando seguía entre nosotros. Oí cómo Laia sorbía para dentro y, aunque trató de disimularlo, una lágrima resbaló por su mejilla. Se la secó rápidamente con el hombro, sin dejar de servir canelones.

—Laia... —Solo cuando me miró, le pregunté—: ¿Tú crees que mamá era feliz?

Mi hermana frunció el ceño.

—¿A qué viene eso, Bruno? —Me encogí de hombros—. Supongo que sí. ¿Por qué no iba a serlo?

—No sé... El otro día lo pensaba. —Le acerqué un plato con la mano izquierda mientras con la derecha sostenía el que acababa de servir—. ¿Y si escondía a una persona infeliz bajo esa fachada tan amable, afectuosa y comprensiva?

—¿Qué te hace pensar que mamá no era feliz?

No respondí, no podía darle detalles.

Laia carraspeó sacándome de mis pensamientos. La miré confundido.

—El otro plato, Bruno.

—Pero... tú, que te fuiste más tarde de casa y que pasabas más tiempo con ellos, ¿los veías felices?

—Mamá y papá eran felices a su manera. —¿«A su manera»? ¿Qué significaba «a su manera»? Asentí, poco convencido—. No sé qué mosca te ha picado, pero sea lo que sea en lo que estés pensando, Bruno —alcé la mirada—, no le des más vueltas, que te conozco. —Asentí de nuevo—. Venga, va. Vamos a comer, que se enfrían.

23

JÚLIA

Nada más colgar la videollamada, me permití que el semblante afectuoso pero profesional con el que me había despedido de Clara diese paso a una sonrisa de oreja a oreja acompañada de aquel leve grito agudo que se me escapa cuando algo me entusiasma.

Me levanté, me quité la americana (había pasado calor con ella puesta, pero sentía que era pronto para renunciar al punto extra de profesionalidad que me aportaba) y me puse a bailar, moviendo piernas y brazos siguiendo la canción que mi mente acababa de componer a ritmo de «Toma, toma, toma».

Charlotte me miró asustada. Hacía tiempo que no me veía así, rebosando alegría, pletórica, satisfecha y orgullosa. Empezó a maullar. La cogí en brazos y empecé a dar vueltas con ella por el comedor, como si estuviéramos bailando un vals vienés, esquivando muebles y macetas, hasta que se agobió y me lo hizo saber clavándome las uñas.

—¡Au! —exclamé, a lo que ella respondió con un maullido al aterrizar de nuevo en el sofá.

Miré el reloj. Era hora de irme.

Había quedado con las chicas para cenar en nuestro restaurante favorito. Se encontraba en una antigua casa de estilo modernista situada en la calle Mayor, a unos escasos cien metros del obrador.

Los cristales de colores vestidos con forja ornamental eran su seña de identidad. En cuanto entré, mi atención se dirigió a la música de fondo, una mezcla entre jazz y swing. En la barra, Gerard, el barman y propietario del local, me dio la bienvenida como se hace con la clientela de siempre. Añadió un «Te están esperando», señalando con la cabeza al fondo del restaurante, mientras continuaba secando una copa.

Maca y Ali conversaban de forma distendida en la mesa en la que tantas historias y risas habíamos compartido, la más alejada de la entrada y la que contaba con el sofá tapizado de terciopelo granate más cómodo de todo el local (dato acreditable por propia experiencia).

En cuanto me vieron, se levantaron y corrieron a abrazarme.

—Estoy muy orgullosa de ti —me susurró Maca al oído.

—Pero si todavía no os he dicho cómo ha ido —protesté con una sonrisa en la cara mientras me dejaba achuchar.

—No hace falta —añadió Ali.

Me senté en la silla (Ali y Maca ya ocupaban el sofá, y no las culpaba por haberlo preferido a la silla, yo habría hecho lo mismo) y apoyé los brazos en la mesa.

—Bueno, va, cuéntanos —dijo Maca, animándome a empezar.

Ali imitó un redoble de tambores dando golpecitos. Junté las palmas y las llevé hasta la punta de la nariz, hice una pausa dramática y cogí aire de forma sonora.

—Ha ido muy bien —dije con satisfacción.

Mis amigas, que parecían alegrarse incluso más que yo, aplaudieron de forma energética y sonora.

—¿Y cómo te has sentido? —preguntó Ali.

Apreté los labios, me encogí de hombros y alcé las manos, palmas arriba, rindiéndome a la realidad que parecía remotamente probable unas horas antes.

—Muy bien.

—Pero cuenta, cuenta más —insistió Ali.

—Pues al principio estaba nerviosa. No podía ni tomar notas, imaginad si temblaba... Temí balbucear y que se me notase —observé—. ¿Qué hubiese pensado la paciente? Pero, una vez superados los primeros minutos, me sentí muy cómoda. Como si llevase toda la vida haciéndolo. Te hice caso, Maca, y me centré en el vínculo. Y tengo que decirte que todo fue menos clínico de lo que pensaba.

—No te sigo —repuso ella.

—No pensé en términos de clasificaciones ni entidades diagnósticas, manuales, evaluaciones y demás. —Ali nos miraba como si hablásemos en otro idioma—. Me centré en ella, en cómo se sentía, en lo que necesitaba de esa sesión.

—Bien —observó Maca.

—Si quiero supervisar el proceso, ¿me ayudarás? Firmando los documentos de protección de datos pertinentes, claro —le sugerí a Maca.

—Ya te dije que sí, que podías contar conmigo. También puedes venirte a las sesiones clínicas del centro. Aunque no trabajes allí, serás bienvenida —añadió ella.

Sentí una calma inmensa al saber que contaba con esa opción.

—Chicas, ¿lo tenemos? —nos preguntó Gerard, que se había acercado para tomarnos nota.

—No hemos mirado la carta —respondió Ali—. Estamos de celebración, ¿sabes? Júlia —me señaló con la cabeza— ha empezado hoy en un nuevo trabajo.

Sonó muy oficial. Demasiado. «Un nuevo trabajo». ¿Qué significaba aquello? ¿Qué sucedería si la lista de pacientes crecía y, con ella, se llenaba la agenda de sesiones? ¿Dónde quedaba el obrador? ¿Qué pensaría la abuela? ¿Podría considerarse una traición al legado familiar? Me costó tragar saliva.

Estaba contenta, orgullosa y satisfecha. Sin embargo, que la sesión hubiese ido tan bien significaba que habría otras. Y en mí nació el comprensible deseo de acompañar a más personas; en otras palabras, de buscar más pacientes. Y eso me situaba en otro escenario.

Al cabo de unos minutos apareció Gerard con tres cócteles sin alcohol: «Hoy es un día importante; invita la casa», dijo. Dejó las copas sobre la mesa y se marchó después de prometer que volvería en unos minutos, cuando hubiésemos tenido tiempo de decidir qué queríamos.

—Por cierto, Júlia, tengo algo que decirte —comentó Ali en un tono muy distinto al que teníamos hasta ese momento.

—Dime.

—No es agradable. Quiero decir, que a lo mejor no... —Tanta prudencia me asustó, pero quise pensar que trataba de hacerse la interesante.

—Venga, va, dímelo, o volverá Gerard y aún no tendremos nada que pedirle —bromeé mientras cogía la carta.

—Vi a Pol hace unos días...

—¿Y? —pregunté mientras pasaba de los entrantes a los primeros platos.

—... con otra chica.

Levanté los ojos por encima de la carta. Ali estaba mirando a Maca, como esperando que le confirmase que había hecho bien contándomelo. Luego me miró a mí. Yo miré a Maca. Y volví a concentrarme en la carta.

—No me importa.

De reojo vi que las dos se miraban sorprendidas.

—¿No te importa? —me preguntó Maca.

—No me afecta —corregí.

—Eso es buena señal, ¿no? —observó Ali—. Significa que lo has superado, ¿verdad? —Miró a Maca esperando su confirmación como experta en la mente humana.

—No quiero saber nada más de Pol —dije, tajante.

—No más Pol —repitió Ali.

—No más Pol —secundó Maca.

La abuela me animó a dar el siguiente paso: conseguir nuevos pacientes. Me pregunté si sería consciente de lo que significaba: llenar la agenda de sesiones supondría decidir qué implicación tendría en el obrador desde ese momento. Pero no quise anticiparme y recordé cuántos nombres había en mi agenda: uno, solo uno. Quería que la lista creciera, y para ello necesitaría la inestimable ayuda de Nina. Ahora sí que el cuerpo me pedía uno de sus empujoncitos.

—Me parece mentira que me hagas esa pregunta.

—Nina, no te hagas de rogar —le pedí, bajito, pues teníamos clientes delante.

—¿Estás segura de que no sabes cómo conseguir nuevos pacientes?

Alcé los brazos en señal de rendición.

—Gracias, que tenga un buen día —se despidió de la clienta con una sonrisa, se volvió hacia mí y se apoyó en el mostrador—. Mira, cualquier persona que quiere vender un producto...

—Lo mío no es un producto —la corregí con cierta ofensa en el tono.

—Lo sé. Déjame terminar.

Me crucé de brazos.

—Cualquier persona que quiere vender un producto o un servicio necesita una audiencia.

—Entonces, necesito construir una audiencia, ¿no?

Soltó un sonoro suspiro que derrochaba frustración. O impotencia.

—No me lo puedo creer. ¿De verdad que no tienes ni idea? —Negué con la cabeza. Nina enarcó las cejas—. Júlia, ¡tú *ya* tienes una audiencia! ¡El blog!

—¿Te refieres a las lectoras del blog?

—Por el amor de Dios. —Golpeó el suelo con un pie—. ¿Es que se te tiene que explicar todo de pe a pa?

—Pero... escribo el blog de forma anónima —le dije en un susurro, como confesándole un secreto.

—¿Tú quieres más pacientes? —inquirió, también en un susurro, imitándome. Asentí con energía—. ¿Y no es cierto que, en más de una ocasión, en los mensajes que te mandan las lectoras te dicen que les gustaría que fueses tú quien las acompañase? —Asentí de nuevo—. Pues tendrás que salir del anonimato.

24

JÚLIA

El reloj del obrador marcaba las 19.25 cuando oí las campanillas de la puerta. Salí hacia la zona de cafetería y vi que eran Luisa, Dolores, Mercedes y Lourdes. Me saludaron desde la entrada con un entusiasmo que me resultó entrañable: me habían cogido cariño, y yo a ellas. Acudí a su encuentro y, cuando extendí la mano para darles la bienvenida, Luisa interrumpió el movimiento.

—Déjate de tantos formalismos —dijo mientras me abrazaba tan fuerte que parecía empeñada en desencajarme algún hueso.

Por suerte, las demás tenían para mí abrazos menos efusivos. Las acompañé a las sillas que había dispuesto como en la anterior ocasión.

—*Xiqueta*, aquí falta una silla —observó Mercedes. Las conté en voz baja sirviéndome del dedo índice—. No, no, ahí no —señaló las sillas de las asistentes—, ahí —dijo, refiriéndose a la silla donde se sentaría Bruno.

Entonces caí en la cuenta y, sonriendo, moví la cabeza de un lado a otro.

—¿Cómo que no? —intervino Luisa mientras cogía una silla y la plantaba al lado de la de Bruno—. Ahora sí que está todo preparado.

Las otras tres mujeres secundaron la acción de su amiga asintiendo con efusividad. Cualquiera diría que lo tenían ya pactado. No lo luché, era una batalla perdida.

Terminó la sesión y las asistentes se despidieron de mí con unos achuchones que casi me desmontaron y la promesa de que volvería a ocupar el mismo lugar en la siguiente ocasión.

Bruno se volvió hacia mí nada más salir por la puerta la última de las amigas de su madre.

—Te lo dije, las tienes encantadas.

—Soy la novedad, eso es todo. —Me encogí de hombros—. Y mira que tengo la sensación de que hablo demasiado... —Dejé caer el comentario para invitarle a compartir conmigo sus impresiones.

—No sé, escucharte resulta adictivo. —Solté una carcajada—. Te lo digo en serio. Solo hay que ver lo atentas que están cuando hablas. Hasta parece que Luisa y Lourdes se lleven mejor. —Aquella utopía nos hizo reír aún más—. Les encanta escucharte. Y a mí también. Tus aportaciones son siempre interesantes.

—Me alegro de que pienses eso.

—Es la realidad. —Parpadeé sin decir nada—. Bueno, ¿qué? ¿Quién tenía razón al final? —Me quedé pensando por un segundo; por más que me esfuerce, no soy capaz de entender los cambios de tema repentinos—. Respecto a la apuesta, digo. ¿Quién ha ganado? —preguntó, señalándose a modo de respuesta.

Reí.

—Sí, es verdad. Has ganado tú —admití.

—¿Y bien?

—¿Y bien qué? —le devolví la pregunta entre risas.

—¿Dónde está mi premio? —Hice ver que rebuscaba en mi memoria—. Prometiste que me enseñarías a hacer pan. —Chisté—. Lo prometiste —insistió, alzando los brazos, palmas arriba.

—Es verdad, es verdad —acepté con un fingido tono de resignación.

—Si no quieres, no, ¿eh? —se apresuró a decir.

En realidad, me estaba haciendo de rogar.

—Ven —le ordené.

Me dirigí hacia el obrador, pero no me dio la sensación de que estuviera caminando detrás de mí, así que me di la vuelta para comprobarlo y, en efecto, se había quedado de pie, sin mover un músculo.

—Ven —insistí.

—¿Adónde vas? —me preguntó, caminando hacia mí.

—A cumplir con mi parte de la apuesta. Vamos a hacer pan.

—¿Ahora?

—Sí. —Me detuve en seco y me volví hacia él—. ¿O tienes algo mejor que hacer? —Era una pregunta trampa.

Negó con la cabeza.

—¿Así que es aquí donde sucede la magia? —preguntó mientras miraba a su alrededor con curiosidad, inspeccionando el lugar.

Asentí alzando la barbilla con un gesto de orgullo exagerado que resultó cómico.

—Ten, ponte esto. —Le lancé un delantal—. Y lávate las manos como si fueras un cirujano a punto de entrar en el quirófano.

—No sé cómo se lavan las manos los cirujanos.

—¿No os lo enseñan en la facultad de Periodismo?

—Ambos reímos ante lo absurdo de mi comentario. Estaba nerviosa.

Tras lavarse las manos con empeño, Bruno trató de atarse el delantal, con poco éxito. Se estaba peleando con las tiras. Decidí intervenir.

—Nunca se me ha dado bien atarme los zapatos, ¿recuerdas?

—Sí —reí—. Anda, trae. —Le ayudé—. Recuerdo que me dijiste que llevaste zapatillas con velcro durante años.

—Y gracias a eso fui el hazmerreír de la clase...

—Los niños pueden ser muy crueles —comenté—. Ya está. —Bruno se giró y quedamos frente a frente—. ¿Por eso tuviste ese cambio de actitud? —pregunté, dubitativa—. Quiero decir, convertirte en un chico malo puede resultar una estrategia de autoprotección para un niño que ha sido objeto de burlas.

—Fue uno de los motivos, sí, pero no el único. Mis padres —carraspeó—, ya sabes... Discutían mucho. Había tensión en casa.

Agachó la cabeza y se pasó la mano por la nuca.

—Lamento mucho que tuvieras que vivir todo aquello...

Alargué el brazo, busqué su mano y la acaricié. Entonces él alzó la cabeza y nuestras miradas se cruzaron. Estaba cerca, muy cerca. Podía oler su perfume y sentir el calor de su cuerpo.

Dentro de mí había una Júlia deseando que se inclinase hacia mí, que me soltase la mano y la usara para acompañar mi cabeza hacia la suya, y que nos encontrásemos en un beso largo y dulce. Sentí mariposas en el estómago al imaginarlo, y me asustó el mero hecho de pensarlo.

Di un paso atrás y choqué con la mesa de trabajo. Bruno debió de percibir mi incomodidad, porque también dio un paso atrás.

No quería ofenderle. En realidad, ni me incomodaba él ni tampoco la poca distancia que nos separaba, sino el darme cuenta de que me apetecía besarle y lo cerca que estaba de romper la promesa que me había hecho.

—¿Nos ponemos manos a la obra? —dije de forma distendida, tratando de que no se quedase con la sensación de que estaba incómoda en su compañía.

—Manos a la masa, querrás decir —me respondió en el mismo tono. No se lo había tomado a mal, y respiré aliviada.

Le expliqué que haríamos un pan distinto al que habíamos elaborado en el taller de hacía unas semanas (¡qué rápido pasaba el tiempo y cuántas cosas habían sucedido desde entonces!) y empezamos mezclando los ingredientes tal como indica la teoría.

Me esforzaba por estar presente y no quedarme atrapada en mis pensamientos, en lo mucho que me gustaba tenerle cerca y en cuánto me asustaba que fuese así. A él tampoco lo vi muy concentrado, pues me hacía preguntas que no venían a cuento, lo cual demostraba que no me estaba escuchando con mucha atención, por más que se esforzase en aparentar lo contrario.

Le pillé mirándome con los mismos ojos que se deshacían bajo la higuera. En cuanto nuestras miradas se cruzaron, se me escapó una sonrisa bobalicona que traté de disimular con torpeza, sin éxito. Tenía miedo. Miedo a estar demasiado cerca y a que no hubiera marcha atrás. Él también. Lo notaba. Cada vez que me movía para coger un ingrediente, él retrocedía un paso, como tratando de mantener cierta distancia. Ambos sabíamos que al mínimo roce saltarían las chispas.

Y, como si el destino quisiera ponerme a prueba, llegó el paso más especial del proceso: el amasado.

—Ahora lo que haremos es desarrollar el gluten. Trabajaremos la masa para que gane elasticidad e incorpore aire. —Le miré para asegurarme de que me escuchaba mientras enharinaba la mesa de trabajo—. ¿Preparado?

Bruno asintió y coloqué la masa sobre la fina capa de harina.

—Con una mano estiramos la masa y la doblamos sobre sí misma. Así. Luego giramos la masa un cuarto de vuelta y repetimos: la estiramos y la doblamos sobre sí misma. ¿Ves? —Bruno asentía sin quitar los ojos del baile que protagonizaban mis manos—. La giramos de nuevo, la estiramos y la doblamos, ¿sí? —No parpadeaba; parecía como si tratase de memorizar mis movimientos—. Ahora tú.

Dejé la masa en la que había trabajado dentro del banetón, esparcí un poco más de harina sobre la mesa, saqué su masa del recipiente en el que reposaba y me moví hacia la derecha unos centímetros para darle paso.

Bruno lo intentaba. No sé si se esforzaba, pero no lo conseguía.

—Se trata de que la masa atrape el aire —reí, y él se detuvo—. Hazlo mejor así. —Se retiró para que pudiera mostrárselo—. ¿Ves?

Bruno asintió, pero ninguno de los dos parecía muy convencido de que en ese nuevo intento fuese a hacerlo mejor.

—No se me da bien esto, Júlia —soltó un suspiro; parecía frustrado.

—No es difícil: girar, estirar, doblar y repetir.

Bruno negó con la cabeza y volví a hacerme cargo de su masa. Los tiempos son importantes, y no podíamos demorarnos mucho más. Procedí a repetir la operación mientras verbalizaba en voz alta los pasos, como si eso facilitase que los aprendiera.

Entonces él se acercó por detrás y, rodeándome con sus brazos, empezó a acompañar el movimiento de mis manos con las suyas. Enmudecí por unos segundos, sin saber cómo reaccionar. Su cuerpo estaba muy cerca del mío; tanto, que su calor me envolvía.

—Girar, estirar, doblar y repetir —dije tras recuperar el habla, pero esa vez más bajito.

Sentía su aliento en mi cuello y el tacto de sus manos llenas de harina y restos de masa sobre las mías. Bruno dejó de seguir mis movimientos y comenzó a pasear las suyas hasta llegar a mi antebrazo, y luego procedió a deshacer el recorrido.

—Bruno... —dije en un susurro, percatándome de que había perdido la noción del tiempo y de que, si seguíamos amasando, se formaría una red de gluten demasiado firme.

—Júlia... —pronunció mi nombre, imitándome, también en un susurro. Sentir su voz tan cerca me erizó la piel.

A pesar de no pedírselo, no tardó en dejar de pasear sus manos por las mías y dio un pasito hacia atrás, permitiéndome que detuviera la escena, si era eso lo que había querido pedirle. Pero no lo hice. Me quedé quieta observando cómo esa parte de mí que se sentía decepcionada por estar a un paso de romper la promesa luchaba contra esa otra parte que en ese instante se sentía clavada en el centro del universo.

Antes de que la lógica impusiera un poco de cordura a la situación, mi cuerpo ya estaba rogando su regreso: volví ligeramente la cabeza hacia él, invitándole a unir de nuevo su cuerpo al mío.

No nos hicieron falta palabras para entendernos. Mi gesto bastó para que se acercara y me rodeara con los brazos. Cuando sus manos se encontraron con las mías, completamente llenas de harina, nuestros dedos se entrelazaron con firmeza, como si llevasen tiempo echándose de menos. Un escalofrío me subió por la espalda. Busqué su mirada y me di cuenta de que, si seguía adelante, nuestros labios se encontrarían mucho antes de que lo hicieran nuestros ojos. Mi cuerpo lo deseaba con mucha fuerza. Pero sabía que un beso significaba un punto de inflexión, y algo me decía que aquello no era buena idea. Así que frustré mi deseo con un ligero movimiento que rozó mi cara con la suya. Supo a abrazo, a beso, a deseo reprimido y a sentimientos comedidos.

Bruno entrelazó sus manos con las mías una última vez y, sin prisa pero sin vacilar un ápice, las llevó hacia mi cuerpo en lo que terminaría siendo un abrazo. Sentí un cosquilleo en el estómago y cogí aire con fuerza, como si antes me hubiese quedado sin aliento.

Recibí el abrazo con un balanceo que Bruno secundó, y en ese movimiento pareció extinguir cualquier posibilidad de bailar de otra forma. Recosté la cabeza sobre su pecho y cerré los ojos rindiéndome a aquel momento que no quería que terminase.

El sonido de las campanillas nos interrumpió. Abrí los ojos como si me despertase de un sueño profundo. Me costó unos segundos reaccionar.

—¿Hola? —se oyó una voz en la zona de cafetería.

¿Quién sería a aquellas horas? Hacía rato que habíamos cerrado y no esperaba a nadie.

Bruno separó su cuerpo del mío. Me volví y le miré. Carraspeé con cierta vergüenza antes de decirle con un hilillo de voz:

—Tengo que...

—Claro, ve, ve.

Me abrí paso entre su cuerpo y la mesa de trabajo, cogí un trapo, me limpié las manos como pude y salí a atender. De camino me miré en el reflejo de los cristales que separan el mostrador del obrador, y me llevé las manos a las mejillas preguntándome si esa persona las notaría rojas.

Al final, era un hombre trajeado que solo quería una *baguette* y que parecía tener prisa por volver a casa. Le informé de que ya habíamos cerrado y que no nos quedaba ninguna barra de pan, pero el tipo no estaba dispuesto a rendirse.

—¿Y qué tienes? —preguntó de mala gana.

Le ofrecí nuestro pan de molde. Mi sugerencia no pareció satisfacerle, pero se la llevó (a regañadientes, eso sí).

Cuando se fue, le seguí hasta la puerta para asegurarme de que esa vez cerraba con llave.

Volví al obrador para reunirme con Bruno. Mientras caminaba con la cabeza gacha, iba limpiándome con los dedos los restos de masa de las manos. Él caminó hacia mí y me acarició la mano, subió por el brazo recreándose en los movimientos y erizando mi piel a su paso. Yo seguí aquella procesión con la mirada hasta que llegó al cuello, y entonces le miré a los ojos deseando que no pudiese ver a través de los míos. Bruno pasó la mano por detrás de mi nuca y, con suma delicadeza, la sostuvo mientras reducía el espacio que separaban sus labios de los míos. En ese preciso instante supe qué iba a suceder, y justo cuando él cerraba los ojos, esperando a que nuestros labios se encontrasen, le detuve.

—No puedo, Bruno. —Abrió los ojos e, inmóvil, me miró fijamente, tratando de entender el porqué de mi reacción—. Lo siento, pero no puedo.

Sacó la mano de mi pelo, tomó distancia y, con un gesto, me invitó a ahorrarme las disculpas.

—Perdona, no quería incomodarte —se disculpó, mirando al suelo.

—No es culpa tuya. Quiero decir que no es por ti, es por mí. —Y entonces me percaté de que había recurrido al tópico de turno en esas situaciones.

—No tienes que darme explicaciones —me interrumpió y se llevó la mano a la sien, la misma mano que hacía unos segundos reposaba sobre mi cuerpo.

Un incómodo silencio se extendió por el obrador. Quizá creía que me había molestado. O, tal vez, que no quería nada con él. Dentro de mí, en cambio, se estaba librando una batalla de la que solo podía salir perjudicada: o me dejaba llevar traicionándome a mí misma, o lo dejaba pasar, perdiendo la oportunidad de vivir algo que prometía ser bonito. Y me pregunté si quien quería que pasase algo era mi adolescente interior buscando un final alternativo para lo nuestro, mi parte enamoradiza deseando vivir una gran historia de amor o la adulta decidida a dar una oportunidad a lo que sentía, confiando en mi capacidad para vincularme de una forma distinta.

—¿Ya hemos terminado con el pan? —Bruno me sacó de mis pensamientos.

—Sí, bueno, queda el horneado. Pero no lo vamos a hacer ahora. —La confusión tiñó su gesto; quizá pensó que lo estaba echando—. Hay que esperar unas horas antes de hornearlo —aclaré.

Si antes había tenido la sensación de que Bruno no me escuchaba, en ese momento estaba más que convencida de ello.

Cuando fuimos a despedirnos, nos percatamos del dilema que suponía decirnos adiós después de lo que había pasado entre nosotros. Le di dos besos que acompañé de movimientos lentos, como queriendo alargar el instante. Tardé unos segundos en retroceder y alejar mi cara de la suya. No lo hice adrede, pero quizá era la manera que tenía mi cuerpo de pedirme que me repensara aquella decisión antes de dejar que se marchara.

Me quedé a escasos centímetros de su boca. Mi nariz casi tocaba la suya. Bajé la mirada hasta encontrar sus labios. Me humedecí los míos como si acabase de ofrecerme una fruta apetitosa. Mis palabras decían una cosa, pero mi cuerpo y mi alma me pedían otra.

—Me voy... —dijo Bruno, anunciando lo evidente. Sonó a última llamada. ¿Se habría dado cuenta de la pugna que se estaba librando en mi interior?

No dije nada. Ni siquiera asentí con la cabeza. No quería que se marchase, pero dejé que lo hiciera. Y me arrepentí tan pronto como cesó el repicar de las campanillas de la puerta advirtiendo que ya no había vuelta atrás.

25

BRUNO

—Mmm... —Un desgreñado Miki, que parecía despertar de un largo periodo de hibernación, irrumpió en el comedor—. Huele a... —Todavía con los ojos entornados, pegados por las legañas, aspiró un par de veces de forma sonora—. ¿Huele a pan recién hecho?

El aroma había inundado la casa en cuestión de minutos. En cuanto Miki pudo abrir los ojos con normalidad, dio con el origen de aquel olor y se tiró de cabeza sin pensarlo.

—¡Quema! —se quejó al tocar el pan.

—Acabo de sacarlo del horno —le expliqué.

Cogió un trapo y un cuchillo. Lo vi venir.

—¿Qué haces?

—Cortarlo.

—No puedes —le interrumpí a tiempo de que hiciera un rasguño en la corteza. Me miró sin entender—. No se puede cortar cuando todavía está caliente. Si quieres una rebanada para desayunar, tendrás que esperar unos minutos.

Miki dio unos pasos hacia atrás, levantando los brazos en señal de rendición.

—Usted perdone —dijo, frustrado—. ¿Desde cuándo te ha dado por el pan? —Se sentó en el taburete de la barra de la cocina, a escasos centímetros de su objeto de deseo, esperando impaciente a que se enfriara.

—¿Tiene que haber un motivo para todo?

—Mmm... sí. Reconócelo, tío: a ti lo de cocinar te cuesta. Y hacer pan es... no sé... —Se agarró de la mesa para coger impulso y dar una vuelta de trescientos sesenta grados sobre el taburete—. Hacer pan está a otro nivel —concluyó en cuanto volvió a su posición inicial.

—Pues en pandemia todo el mundo lo hacía —protesté.

Cogí el móvil, abrí la aplicación de la cámara y me dispuse a hacer una foto. Quería conseguir el mejor ángulo. Moví el pan con cuidado para no quemarme.

—Ah, o sea que no solo cocinas pan...

—El pan no se cocina, se hornea —le corregí sin levantar la mirada de la cámara.

—Resulta que ahora no solo horneas pan —Miki empezó de nuevo—, sino que también le tomas fotos. Ahora me dirás que te has creado una cuenta de recetas.

Chisté interrumpiendo sus elucubraciones.

—Que no, Miki, que no. Simplemente quiero hacer una foto para enviársela a Júlia.

—Aaah —dijo mientras daba otra vuelta sobre el taburete—. Ahora encaja todo.

—¿Puedes, por favor, parar de dar vueltas? —le pedí, algo molesto; trataba de concentrarme para dar con el mensaje perfecto que acompañara a la foto que le iba a mandar a Júlia.

—¿Qué te pasa hoy, que todo te molesta? —No respondí—. ¿Puedo cortar ya el pan?

—Lo haré yo —repliqué; no me fiaba de él.

No lograba dar con las palabras adecuadas. Dejé el mensaje para más tarde y me dispuse a rebanarlo.

—Entonces ¿estás viéndote con Júlia?

—Sí. Pero porque me está ayudando con lo de mi madre, nada más —me apresuré a añadir.

—Sí, sí hay algo más —dijo mientras se apoyaba en la barra de la cocina y recostaba la cabeza en las manos, sin perderse ni uno de mis movimientos—. También te ha ayudado con esto. —Y señaló el pan con la vista.

—Es verdad.

—¿Cómo es Júlia? Nunca me has hablado de ella.

—Mmm... —Me tomé unos segundos para pensar—. Júlia es alegre, divertida. Y tiene carácter. No se corta un pelo —dije riendo mientras recordaba nuestro reencuentro—. Sabe lo que quiere, pero le cuesta luchar por sus sueños; no consigue ver todo lo bueno que puede aportar. —Hice una breve pausa—. Es una amante de las plantas y de los animales. Le gusta leer. Y tiene una forma de hablar que resulta casi hipnótica. Pero Júlia también escucha. Y no sé cómo lo hace, pero siempre me arranca una sonrisa. Y hace que lo triste me parezca menos triste. Con su sola presencia, consigue que me olvide de mis problemas, como si en el mundo solo existiéramos ella y yo. —Miré a Miki a los ojos—. Con ella, el tiempo se me pasa volando y no hago más que pensar en la siguiente vez que nos veamos.

—Tío... —me miró a los ojos sin pestañear—, tú te estás pillando.

—¿Eso crees?

—Pero ¿tú te has escuchado? Te brillan los ojos desde que ella está en tu vida, y cada vez que la nombro te pones nervioso. —Pensé que no se me notaba y que Miki no prestaba atención a esos detalles—. ¿Te gusta?

—Creo que sí —dije con la boca pequeña.

Miki alzó las cejas.

—Parece que quieras que no te guste.

Le hice un gesto con la cabeza en dirección a los malditos papeles del divorcio, que seguían cogiendo polvo sobre la mesa del comedor. Me molestaba no ser capaz de firmarlos.

—Pues, si tanto te pesa —Miki se levantó del taburete y los fue a buscar—, ¡fírmalos de una vez! —Los dejó sobre la mesa con energía. Trajo un bolígrafo consigo, le quitó el tapón y lo depositó, también de forma energética, sobre los documentos.

Estaba a un paso de hacerlo y se me aceleró el corazón. Algo dentro de mí me decía que lo mejor era firmarlos en ese preciso momento, acompañado de mi fiel escudero. En cambio, algo me impedía mover un músculo, una fuerza que se interponía entre esos papeles y yo. Y me rendí como quien da un pulso por perdido.

—No es tan fácil, Miki. No es tan fácil.

—¿Por qué no?

—Porque, una vez los firme, no habrá marcha atrás.

—A ver, tío, ¿tú quieres volver con Núria? —Miki se empezaba a impacientar, no sabía si porque no lograba entender la complejidad de mi situación o porque aún no podía catar el pan.

—No.

—¡¿Entonces?!

Cogí una rebanada y mi amigo otra.

—Déjalo —le respondí con cierta demora y la boca llena—. Tengo que darle una vuelta.

Miki no tardó en morder el trozo de pan que sostenía en la mano.

—Pues te ha quedado riquísimo —sentenció, masticando—. Así, sin aceite, sin tomate, ya está buenísimo.

Al segundo mordisco, se olvidó del tema que nos ocupaba.

Tenía varios frentes abiertos: hacer oficial el divorcio, resolver el misterio de las cartas de mi madre y decidir respecto a la amistad con Júlia (¿podríamos considerarnos amigos o éramos algo más?, ¿existía la posibilidad de serlo después de que me negase el beso el día anterior?). Y en ese momento maldije la cafeína y la responsabilicé del nerviosismo que me atenazaba, y me decidí a escribirle de camino a una entrevista que tenía programada para uno de los artículos en los que trabajaba.

Gracias por lo de ayer. Lo pasé muy bien. El pan está riquísimo

Le di a «Enviar» y, antes de que me diera tiempo a guardar el móvil en el bolsillo, empezó a vibrar.

Júlia me estaba llamando.

—¿Este no es...? —Hice que sí con la cabeza sin desviar la mirada de la carretera.

Júlia había cogido el trozo de papel con la dirección de la librería, medio deshecho tras pasar por la lavadora. Lo había llevado conmigo y lo había dejado encima del móvil, justo en el espacio libre delante del cambio de marchas.

—Pero ¿qué le ha pasado? —inquirió entre risas.

—No preguntes, es una larga historia... —le respondí, volviendo un instante la cabeza hacia ella.

Había recogido a Júlia en el obrador y habíamos puesto rumbo a Barcelona para ir a la librería, donde esperábamos encontrar información sobre el exlibris.

Yo estaba nervioso, y diría que ella también: no paraba de mirar el móvil, luego al frente y, a veces, a mí. Era la primera vez que estábamos juntos después de lo sucedido en la clase privada de elaboración de pan. O, mejor dicho, de lo que estuvo a punto de pasar, pero no sucedió...

Tenía la radio puesta. Júlia empezó a tararear la canción que sonaba. Parecía cohibida. Juraría que, de no ser por mi presencia, la hubiera cantado a pleno pulmón.

La miré. Estaba guapísima. Llevaba una camiseta básica blanca y unos tejanos de tiro alto. El pelo suelto, alborotado por el viento que entraba por la ventanilla.

Quise complacerla y subí el volumen. Entonces vi que había interpretado mi gesto como un permiso para tararear más y más fuerte. Se me escapó una sonrisa.

De reojo vi cómo cogía una botella de agua que tenía justo detrás del cambio de marchas y la usaba como micrófono; lo estaba dando todo. No quería apartar los ojos de la carretera, pero me resultaba difícil no mirarla.

Y, como quien no quiere la cosa, me encontré haciéndole los coros.

A Júlia le gustó mi intervención y me prestó el improvisado micrófono. Se me da fatal cantar, pero en ese momento me importaba más bien poco.

Y así, moviendo la botella de una boca a otra, se terminó la canción y nos desinflamos al escuchar lo que seguía: un aburrido anuncio de aseguradoras del hogar. Bajé el volumen y, de sopetón, la vergüenza se apoderó de nosotros.

Entramos en Barcelona en completo silencio.

Cuando detuve el coche a la espera de que el semáforo se pusiera en verde, giré la cabeza hacia Júlia y la pillé mirándome. Sonreí y volví a centrarme en la carretera de forma casi automática, como huyendo de lo evidente.

Me moría de ganas de preguntarle qué había pasado entre nosotros y si había alguna posibilidad de que ocurriera algo más. Entonces recordé que ella me había frenado: no quiso ir a más, ni siquiera que nos besáramos. Y también me vino a la memoria lo que me había dicho unas semanas antes sobre mantenerse alejada de los hombres. El mensaje había sido muy claro. «Bruno, déjalo, no hay nada que hacer», me disuadí. Sin embargo, recordé cómo me miraba, lo cerca que estuvimos y cómo siempre me había dicho que sí a pasar un rato juntos. Tenía muchas preguntas, pero no me atrevía a hacerlas por miedo a sus respuestas, o por miedo a cargarme lo que teníamos.

Nos detuvimos en otro semáforo, y después vino otro, y otro más. Cada vez que lo hacíamos, notaba que Júlia me miraba en silencio. Sentía que ella también necesitaba que hablásemos.

—Bruno, estaba pensando en...

Bingo. Quería tener *esa* conversación.

Sin embargo, la voz del GPS se interpuso entre sus intenciones y yo:

«A veinte metros, gire a la derecha. Llegará a su destino por la izquierda».

Aun así, la invité a seguir, sin mirarla, atento a la carretera, las señalizaciones y los peatones:

—Dime.

—No, nada. Mejor lo comentamos más tarde.

La conversación tendría que esperar.

Después de aparcar, callejeamos por el Barri Gòtic hasta llegar a nuestro destino: una librería de portones de madera que se abrían hacia fuera como si te invitasen a entrar, un desgastado cartel amarillento y un escaparate que acogía tantos títulos que resultaba embriagador.

Nos detuvimos antes de entrar. Esperábamos mucho de aquella visita y ambos lo sabíamos.

—¿Estás preparado? —me preguntó Júlia.

Asentí y avancé hasta alcanzar el pintoresco picaporte dorado.

Olía a libro antiguo. Unas estanterías altísimas de madera llegaban hasta el techo. Los suelos eran irregulares y estaban parcheados con baldosas de distintos estilos y colores. Al fondo se intuía un mostrador en el que también reposaban decenas de libros, como si no hubiera suficientes metros de pared para albergar todos los ejemplares.

No tardó en aparecer un hombre de unos sesenta años, de pelo cano y barba poblada. Vestía una camisa de cuadros rojos y azules arremangada hasta el codo y, encima, un delantal de color verde oscuro sujeto detrás del cuello con tiras de color marrón.

Nos saludamos con un «buenas tardes» y dedujimos por su acento que el español no era su lengua materna. Le comenté que veníamos de parte de un librero del Mercat de Sant Antoni, quien nos había facilitado su dirección.

—Ah, sí. Os envía Ignacio, sí. Es un buen amigo mío —musitó.

Entonces saqué el ejemplar ilustrado de *Orgullo y prejuicio*, lo abrí por la primera página en blanco, allí donde se encontraba el exlibris, y se lo pasé al librero. Este se recolocó las gafas y lo examinó de cerca.

—Joven —se dirigió a mí, moviendo la cabeza de un lado a otro mientras fruncía el ceño—, no sabría decirle a quién pertenece.

—Mírelo bien, por favor. Cualquier información que nos pueda dar nos resultará útil. Incluso si no sabe decirnos a quién pertenece, pero sí quien lo hizo.

—Hace unas décadas se popularizó el uso de los exlibris. Ahora incluso puedes pedirlos por internet y te llegan en unos días a muy bajo coste —añadió con cierto hastío—. La tecnología, que lo pone todo demasiado fácil, y esta sociedad, que lo quiere todo rápido, hacen que se pierda la magia —refunfuñó—. Los exlibris ya no son algo tan exclusivo como antes —concluyó mientras me devolvía el libro.

—Pero este en concreto, según su amigo Ignacio, tiene más de dos décadas —terció Júlia—. Entonces no era tan fácil conseguir un exlibris, ¿verdad?

La miré y le di las gracias en silencio, solo moviendo los labios. Ella me respondió de igual manera con un «De nada». Anotaría el inconformismo a la lista de cualidades que la hacían atractiva.

El hombre hizo caso de su observación y se llevó el ejemplar consigo a uno de los únicos puntos de luz que había en la librería: una lámpara de escritorio de cristal verde. Se sirvió de una lupa y examinó el exlibris durante unos minutos que se me hicieron eternos.

Júlia y yo nos miramos. Todavía había esperanzas y, con suerte, obtendríamos de esa visita las respuestas que habíamos ido a buscar.

Cuando el librero volvió a nuestro encuentro, nos ofreció su veredicto:

—En efecto, señorita. —El uso de la erre delató su origen germano—. Este exlibris fue creado hace muchos años.

—¿Cómo lo sabe? —preguntó Júlia. Además del atractivo inconformismo, había que añadir a la lista la curiosidad.

—Por el diseño del grabado. —El librero se lo enseñó para que entendiera a qué se refería—. Debido a las limitaciones en las técnicas de grabado y a la calidad del caucho, los diseños de los sellos solían ser más simples y menos detallados que los actuales, que son más precisos y tienen mayor calidad de imagen. Ahora el grabado se hace con láser o con impresoras 3D.

—¿Y usted sabría decirnos quién pudo fabricar un exlibris como este? —le pregunté.

—¿Aquí?, ¿en Barcelona? —Júlia y yo asentimos a la vez—. Se podría conseguir en la Llibreria del Mar, pero cerró por jubilación hace tres años. O pudo encargarse aquí.

Se nos iluminó la cara.

—¿Y podría decirnos si recuerda haberlo hecho usted? —le pregunté.

El librero rio como si hubiera escuchado algo inverosímil.

—Joven, llevo más de cuarenta años dedicando mi vida a los libros. He podido tallar centenares de sellos como este.

—Pero ¿podría mirar en su base de datos para comprobar si es suyo? —intervino Júlia

—Señorita, ¿qué le hace pensar que un servidor cuenta con una base de datos que refleje las ventas de las últimas décadas?

Volví la cabeza hacia ella, confuso. Y ella, con la mirada, me señaló la placa que llevaba sujeta del bolsillo del delantal.

OTIS SCHNEIDER.

La miré sin entender qué me quería decir. ¿Es que acaso había descubierto algo?

Ella abrió mucho los ojos, como si le costara creer que no me estaba enterando de nada. Después me señaló con la barbilla el libro y recordé las palabras estampadas como parte del sello: EX LIBRIS, OTI., SEMPITERNUM, CAE.

«¿Es esto lo que me quieres decir, Júlia? ¿Es "Oti" la abreviatura de su nombre? ¿Es el librero el hombre con quien mi madre tenía una historia?», me pregunté.

Entonces la miré con una expresión de sorpresa que no pude ocultar. Júlia asintió con la cabeza, congratulándose de que yo también hubiese visto la relación.

—Lamento no poder ser de más ayuda —dijo el librero, y nos devolvió el ejemplar.

Yo me quedé inmóvil delante de él. Quería preguntárselo directamente; quería saber si era el amante de mamá. Si nos estaba mintiendo para preservar su secreto, no hacía falta: ya lo sabía. Al contrario, prefería que fuese honesto para poder informarle sobre su fallecimiento y así cerrar ese capítulo.

Pero no dije nada. Permanecí inmóvil durante unos larguísimos segundos.

—¿Nos vamos? —me preguntó Júlia en un susurro casi imperceptible mientras me cogía del brazo, como si quisiera sacarme del estado en el que había entrado.

Le agradeció al librero el tiempo que nos había dedicado y nos dirigimos, cabizbajos, hacia la salida tratando de recomponernos tras el nuevo hallazgo. Pero no podía irme de allí sin respuestas, así que, antes de cruzar el umbral, me detuve.

—¿Bruno?, ¿qué pasa? —me preguntó Júlia, confusa.

No le respondí.

Me giré, me dirigí de nuevo al mostrador, saqué el móvil, busqué una foto de mi madre y se la mostré.

—¿La conoce? —le pregunté extendiéndole el teléfono.

El librero se recolocó las gafas.

—No, lo lamento.

—Por favor, mire bien la foto —insistí. El hombre cogió el móvil y se lo acercó—. Por favor, dígame la verdad.

Sonó a súplica. Y lo era. No estaba dispuesto a aceptar una respuesta que no fuese afirmativa.

—Joven —me miró a los ojos—, le estoy diciendo la verdad. No he visto a esta mujer en mi vida.

El librero me sostuvo la mirada a la espera de que tomara el móvil de su mano, mientras negaba con la cabeza y apretaba los labios en señal de frustración, alimentando todavía más mi desesperanza.

Júlia, que se había acercado por detrás, me puso la mano en la espalda.

—Bruno —me dijo con suavidad—, vámonos.

Me resigné, tomé el móvil, lo bloqueé y lo guardé en el bolsillo.

—Discúlpeme. No sé en qué estaba pensando. —Me llevé la mano a la frente y me froté justo debajo del nacimiento del pelo—. Para mí es un asunto importante y estoy desesperado por encontrar respuestas.

—Lamento no poder dárselas, joven —me dijo, como compadeciéndose de mí, y después se encogió de hombros hacia Júlia.

Di media vuelta, dije adiós con la mano sin mirar atrás y salimos de la librería tristes, en silencio.

26

JÚLIA

—¿Cómo lo has sabido? —soltó Bruno de repente, tras no haber abierto la boca en casi todo el trayecto de vuelta.

—«En efecto, señorita» —reproduje las palabras del librero, poniendo énfasis en el acento germano—. La forma en que pronunció la erre me recordó a uno de los novios de mi madre. —Arqueé una ceja—. La curiosidad me llevó a querer saber cómo se llamaba, por si pudiera confirmar mi hipótesis, y *voilà!*

Bruno dibujó una tímida sonrisa y no dijo nada más. En su expresión pude entrever tristeza, frustración e impotencia. Quise abrazarle, decirle que todo iba a ir bien, pero me quedé en silencio, mirándole.

Estaba anocheciendo y la luz del sol entraba en el coche en perpendicular. Resultaba algo molesta, pero dejaba a su paso un precioso color dorado. Bruno llevaba puestas unas gafas de sol de estilo aviador. El aire que entraba por la ventanilla lo despeinaba. Parecía un fotograma sacado de una película. Me fijé en su cuello y en sus labios. De repente, me parecieron altamente comestibles. Y en ese momento fui consciente de cuánto me arrepentía de no haberme dejado llevar, de no haberle besado aquella noche, en el obrador.

«Si le hubieras besado, Júlia, después de decirle que no querías saber nada de los hombres, le habrías mandado señales confusas. Y ¿tengo que recordarte cuánto las odiamos?». No, no hacía falta. Me enorgullecía haber sido coherente conmigo misma. Pero no podía dejar de fantasear con una realidad paralela en la que daba rienda suelta al deseo y terminábamos llenos de harina. «¿Es que acaso te has olvidado de lo que sucede cuando te dejas llevar?». De nuevo, mi parte más crítica e incisiva, que si fuera una persona de carne y hueso pondría los brazos en jarras y me lanzaría una mirada severa. «Hay personas que pueden dejarse llevar y mantener sus sentimientos a raya. Pero tú no eres de esas».

Mientras trataba de resolver mentalmente aquel conflicto interno, mi cuerpo se sentía atraído por el de Bruno y era incapaz de apartar la mirada de él.

Él me miró de reojo y me pilló in fraganti.

—¿Qué? —me preguntó con una sonrisa nerviosa.

—Nada. —Me encogí de hombros—. Que estás muy guapo —se me escapó.

«Júlia, ¡la impulsividad!», me reñí.

Bruno volvió la cabeza hacia mí.

—Tú también lo estás.

En ese momento me deshice y decidí que debía dejar de mirarle. Por precaución. Por su bien. Y por el mío. Mientras, en mi mente, la situación se tensionaba y el conflicto interno escalaba.

«Pero ¿a qué estás jugando?», me reprendió la voz crítica.

«¿Yo? ¡A nada!», fingí inocencia.

«Le dices que no quieres saber nada de los hombres, pero coqueteas con él. Le rechazas justo antes de daros un beso, y hoy le dices que está guapo».

«Pero si solo ha sido un piropo —me quejé—. Un tonteo inocente, nada más».

«De inocente, nada, Júlia, que nos conocemos. Estás actuando de forma confusa. Le estás tratando justo como detestas que te traten a ti».

A esa parte crítica no le faltaba razón. Estaba siendo incoherente. Y Bruno no merecía que le tratase así. No era justo para él. Ni era sano para ninguno de los dos. Tenía que hablar con él, aclararle lo que estaba pasando. Y, ya de paso, aclararme yo misma.

«Y, mientras tanto, mantendrás un perfil bajo», añadió la voz crítica.

«¿Un perfil bajo?», me hice la tonta.

«Sí. Un perfil bajo, ya sabes: nada de besos, nada de coqueteos, nada de miradas hambrientas».

«¿Miradas hambrientas, tampoco?».

«Tampoco».

«Jo —lamenté—. Pero ¿y si se me escapan?».

«Tú procura que no se te escapen».

«OK. Nada de besos. Nada de coqueteos. Nada de miradas hambrientas», accedí a regañadientes.

—Es aquí —le indiqué cuando torcimos la esquina antes de llegar a mi portal.

Bruno estacionó en la zona de carga y descarga del supermercado de abajo. En cuanto echó el freno de mano y detuvo el motor, supe que había llegado el momento de despedirnos y me envolvió la misma sensación de melancolía que sentí cuando se fue del obrador, unas noches antes.

No quería separarme de él. Pero, a la vez, sabía que debíamos mantener una conversación.

—¿Te apetece subir? —le pregunté sin ser consciente de que podría malinterpretarse, aunque nada más lejos de mi intención. Me miró con desconcierto—. Podemos comer algo, nos vendrá bien.

—No tengo hambre —respondió, y su negativa me decepcionó—. Pero me parece bien. No me apetece irme a casa. Aunque te advierto que ahora mismo no puedo ser una buena compañía.

—Asumo el riesgo —dije, y dejé entrever cierta satisfacción al escuchar su respuesta.

Antes de que pudiera sacar las llaves, la vecina del segundo salía del portal, arrastrada por el perro que llevaba atado de una correa de cuadros escoceses. El can saludó a Bruno con efusividad, como si quien viviera en esa finca fuese él y no yo.

—Le has caído bien —murmuré mientras le sujetaba la puerta para que entrase.

—Ha debido de oler a Sam —dijo, restándole importancia.

—¿Sam? —pregunté mientras subíamos al viejo ascensor.

—Sam es mi perro.

—No sabía que tenías perro.

—Bueno, en realidad es el perro de la familia. Mi madre era quien se encargaba de él.

—Y ahora, ¿quién lo cuida? —pregunté con curiosidad mientras pulsaba el botón del ático.

—Mi padre. Están intentando entenderse, aunque no siempre lo consiguen.

Ya en el descansillo, introduje la llave en la cerradura y, en cuanto la giré, me acordé de que la casa no estaba tan recogida como me gustaría para recibir una visita. Me giré hacia él y le previne:

—Antes de entrar, debo advertirte de algo: no soy la persona más ordenada del mundo.

Enseguida se acercó Charlotte, maullando.

—Hola, gordita. —Me agaché para acariciarle el lomo, y dije, dirigiéndome a Bruno—: Adelante, pasa, pasa. Como si estuvieras en tu casa.

Charlotte serpenteó entre sus piernas, escoltándolo hasta el comedor.

—¿Ella es Emily? —me preguntó, señalando la pecera. Asentí. Se acercó para examinarla. Bruno parecía querer comunicarse con la tortuga y alargaba el dedo para que esta se acariciase con él—. ¿Y dónde tienes a Anne?

—¿Qué Anne? —inquirí, cruzándome de brazos, con la espalda apoyada en el marco de la puerta.

—Charlotte, Emily... —Bruno se incorporó y se volvió hacia donde estaba—. ¿No las has llamado así por las hermanas Brontë? —La sonrisa que se dibujó en mi cara respondía por sí sola. Pocas personas habían llegado a aquella conclusión—. Solo te falta Anne.

Aplaudí de forma teatral. Había hecho los deberes.

Bruno hizo una pequeña reverencia.

—Estoy impresionada —reconocí.

Aparecí en el balcón con dos tazas de chocolate caliente y una bolsa de *melindros*. Todo muy nutritivo, cierto, e ideal para la hora de la cena, lo sé.

—Estos no los habéis hecho vosotras en el obrador —observó al ver la bolsa que acompañaba a las tazas.

—No —reí—. Son del supermercado de abajo. Por favor, no se lo digas a la abuela —le supliqué con cierto dramatismo.

—Tu secreto está a salvo conmigo —me siguió la corriente y, en cuanto mojó uno en el chocolate, dijo—: Gracias por lo de esta tarde.

—De nada —sonreí y bajé la mirada—. ¿Cómo estás?

—Estoy tratando de encajar las piezas y digerir la nueva información. —Asentí con la cabeza mientras masticaba—. ¿Tú crees que el librero era el amante de mi madre?

—Creo que es una extraña coincidencia.

—Pero ¿tú crees que me mintió y que en realidad era él?

—No lo sé, Bruno. Siento no poder darte otra respuesta.

—No lo sientas. —Alzó la mirada y, manteniéndose sentado en la silla del balcón de mi casa, acercó su cuerpo al mío—. Bastante estás haciendo.

Me acerqué y le cogí de la mano, apretándosela con suavidad. Nos miramos en silencio. A aquellas horas solo se escuchaba la televisión de los vecinos de abajo y a la vecina de enfrente, ensayando al piano una nueva partitura.

—¿Qué crees que habría pasado? —Lancé la pregunta al aire sin pensar por un segundo en las consecuencias—. Me refiero a si tú y yo hubiésemos seguido juntos.

—No lo sé, Júlia.

—¿Te hubiera gustado averiguarlo?

—¡Claro! —exclamó, casi ofendido.

—Entonces ¿por qué me dejaste? —Sonó a pulla, fui consciente. Pero mi curiosidad era genuina. Bruno apartó la mirada, como si no quisiera recordarlo—. ¿Por qué me dejaste? —repetí mientras me cruzaba de brazos, dejando que la Júlia adolescente apareciera en escena.

Antes de responder, Bruno cogió aire, como barajando si seguir con esa conversación era una buena idea.

—No te merecía, Júlia —empezó con mucha seguridad. Yo fruncí el ceño con desconcierto—. Te hubiese complicado la vida.

—Pero ¿qué dices?

Descrucé los brazos.

—Mi padre tenía razón. No era una buena influencia para ti.

—¿Me dejaste porque tu padre te dijo que no eras una buena influencia para mí?

Bruno asintió, haciendo una mueca. Me llevé las manos a la cabeza y me quedé pensativa.

—No me lo puedo creer —dije, removiéndome en la silla de mimbre—. Todas las historias que me había contado para tratar de entender por qué desapareciste de golpe: que si te habías enamorado de otra, que si querías pasar el verano sin mí...

—Siento haberte hecho daño, pero quería protegerte de mí. —Extendió la mano y la apoyó sobre mi rodilla—. Fui un estúpido, pero yo también llegué a pensar que era lo mejor...

Le miré de reojo y vi la verdad en su mirada.

—Parte de razón no le faltaba a tu padre —reconocí con una mueca.

Bruno llevó su mano de mi rodilla a mi brazo.

—Estás fría, ¿quieres que entremos?

27

BRUNO

Empezaba a refrescar, así que decidimos seguir nuestra conversación dentro.

Recogimos los *melindros* que habían sobrado y las tazas con los restos de chocolate. Júlia las enjabonó y yo las enjuagué y sequé. Mientras, me fijé en la cocina: pequeña, acogedora e igual de desordenada que el resto de la casa. Júlia tenía muchas virtudes, pero el orden no era una de ellas.

Cuando terminamos, nos sentamos en el sofá, cerca, el uno frente del otro.

Júlia bostezó.

—Perdona, me levanto muy temprano. Aunque para el resto de los mortales no sea tarde, para mi cuerpo sí lo es… —se excusó.

Charlotte, que se había acurrucado en el sillón de al lado, levantó la vista al oír a su dueña bostezar.

Quería besarla, tocarla, acariciarla. Pero no solo quería eso. Me imaginé yendo a cenar con ella, caminar por la montaña, pasear por la playa y salir a correr con Sam. Me imaginé cocinando a su lado, fregando los platos los dos juntos mientras ella cantaba y yo le hacía los coros. La imaginé leyendo mis artículos y dándome su opinión. La imaginé compartiendo conmigo sus logros como psicóloga, haciéndome partícipe de lo bien que se lo había pasado en los talleres que estaban por venir. También de cuánto le aterraba dar los pasos necesarios para cumplir sus sueños. Y la imaginé jugando con Llorenç, montando Legos y preparando galletas con forma de dinosaurio. Y en ese momento me estremecí al caer en la cuenta de que todavía no sabía de la existencia de Llorenç.

¿Había llegado el momento de contarle que tenía un hijo?

En realidad, debería habérselo dicho antes. Dejar que saliera de forma natural en una de nuestras conversaciones. Pero llegaba tarde para eso. Y ahora, dijera lo que dijera, sonaría raro: «Júlia, a propósito, tengo un hijo».

Me recoloqué las gafas como si ese gesto me fuese a ayudar a verlo todo con mayor claridad.

Una mancha de chocolate en la comisura de los labios de Júlia distrajo mi atención, y me vino como anillo al dedo para usar la estrategia que tanto me ayuda con Llorenç: ganar tiempo.

—Ven —le pedí. Júlia me miró sin entender, pero me hizo caso y se acercó—. Tienes un poco de chocolate aquí. —Me recliné hacia ella, acerqué mi mano a su cara y paseé el dedo por la comisura del labio, llevándome con él los restos de chocolate.

Júlia, atenta a cada movimiento, no me quitaba los ojos de encima.

—Sobre lo del otro día... —dijo cuando todavía estaba deshaciéndome de los restos de chocolate de sus labios—. Sobre el beso del obrador. Bueno, el no beso —rectificó—, ya me entiendes.

—No tienes que decir nada, Júlia. Está todo bien.

—En otras relaciones —ignoró mi comentario y prosiguió—, quiero decir, con otros hombres, no he hablado de estas cosas, de lo que pasaba entre nosotros, por miedo. Pero contigo —hizo otra pausa—, sea lo que sea que tengamos —añadió con cautela—, quiero que sea distinto.

Asentí. Me gustaba lo que escuchaba. Yo tampoco sabía qué teníamos, pero, sin duda, había algo entre nosotros.

—Y quiero decirte que el otro día me moría de ganas de besarte. —Bajó la mirada, con timidez—. Me hubiese encantado que me besaras. —Se le escapó una sonrisa que me desmontó entero—. Me entran cosquillas solo de pensarlo —añadió en voz baja, de forma casi imperceptible, y dos segundos más tarde se ruborizó—. Pero...

—Júlia, estás en todo tu derecho de negarme un beso —aclaré. No quería que se sintiera incómoda, y mucho menos forzada a darme una explicación.

—Déjame terminar. —Alzó la mirada. Asentí. No volvería a interrumpirla—. Pero me da miedo sentir lo que estoy sintiendo. Te he estado mandando señales confusas, soy consciente, y no es justo. Por eso quería explicártelo.

—Y te lo agradezco. La verdad es que yo también he notado algo...

Júlia volvió a bostezar y me pidió disculpas, uniendo las palmas de las manos.

—Me gustas, Bruno. No sé qué es lo que siento por ti, si nostalgia de lo que no llegamos a tener o si me estoy colgando de ti... —Se llevó las manos a la frente; parecía realmente confundida—. Solo sé que te tengo en la cabeza a todas horas, que quiero pasar más tiempo contigo... —Y cogiendo aire, añadió—: Me muero de ganas de besarte.

Agradecí el ruido de las manillas del reloj de la cocina, de ese modo Júlia no podría escuchar los latidos de mi corazón, que estaba a punto de salírseme por la boca. Pero, antes de que pudiera decir nada, Júlia continuó:

—Pero, Bruno, tengo miedo. Todo lo que te he dicho convive con el miedo. Reencontrarme contigo no entraba en mis planes. —«Tampoco en los míos», pensé—. Y lo que te decía antes: aunque nos conozcamos desde hace años, ahora somos prácticamente dos extraños. Hay muchas cosas de ti que no sé. —Hice una mueca. Júlia tenía razón. Quienes se conocían eran el Bruno y la Júlia adolescentes; nuestra versión adulta era todavía una desconocida, pero la conexión era innegable—. Y quiero saber más de ti, de tu vida, de cómo te han ido las cosas todo este tiempo, de quién eres ahora... antes de dejarme llevar por lo que siento. Quiero hacer las cosas de forma distinta. No quiero sufrir. Me da miedo sentir y que me hagas daño... —dijo en un murmullo.

Me acerqué a ella, llevé la mano a su cuello, la paseé lentamente por la línea de la mandíbula hasta llegar a su mejilla y la acaricié. Júlia inclinó la cabeza hacia mi mano, indicándome que aquel gesto era bienvenido.

Mi pulgar llegó a sus labios y los rozó con suavidad. Júlia abrió ligeramente la boca y cerró los ojos como si quisiera empaparse de todas las sensaciones que traía consigo aquel momento. Yo también quería empaparme de ellas.

—No quiero hacerte daño —le dije, también en un susurro.

Dejé de acariciarla y, cuando fui a apartar mi mano, temeroso de haber cruzado una frontera prohibida, Júlia alzó la suya y me impidió que la alejara.

Abrió los ojos y en ellos me vi reflejado: ambos nos moríamos de ganas de besarnos, de sentirnos. Pero teníamos dudas que nos frenaban.

—Yo tampoco sé lo que siento por ti. Solo sé que no quisiera estar en otro lugar en este momento —me sinceré.

Júlia cerró los ojos en lo que intuí que era un gesto que la preparaba para recibir un beso y me acerqué a ella, con la mano pegada a su mejilla, mientras yo cerraba también los míos. Avancé hacia su boca lentamente, disfrutando de cada segundo que tardábamos en reducir la poca distancia que nos separaba.

El sonido de las manillas del reloj de fondo.

Los latidos del corazón reventándome el pecho.

Entonces noté un peso sobre mi hombro. La cabeza de Júlia recostada sobre mí, con los ojos cerrados. La mano que sostenía la mía fue resbalando hasta que se rindió a la gravedad, confirmando mis sospechas: se había quedado dormida.

Solté un suspiro que liberó la tensión acumulada durante los últimos minutos. Cerré los ojos mientras negaba con la cabeza. Me costaba creer lo que acababa de pasar. Y reí por dentro.

—¿Júlia? —susurré para valorar hasta qué punto estaba dormida.

Emitió un ruido a modo de respuesta.

Aparté la mano de su mejilla y la llevé hasta su nuca. Acompañé su cuerpo con el mío hasta que quedó completamente recostado en el sofá. Entonces me incorporé y me levanté. Le subí las piernas a los cojines y ella misma, como si entendiese qué buscaba con ese movimiento, terminó de acomodarse.

Escudriñé el comedor en busca de una manta para taparla. Justo había una debajo de la gata.

—No me odies por esto —le dije en voz baja mientras trataba de despegarla de la manta. Era la primera vez que cogía a un gato. Al levantarla, sentí como si se escurriese de entre mis manos, como si se me fuese desmontar.

—Miau —protestó.

Me rendí a sus movimientos y la solté. La gata aterrizó en el suelo con la elegancia propia de los felinos, se sacudió y me miró como si me reprochara haberla despeinado. Acto seguido, se subió al sofá donde estaba Júlia y se acurrucó a sus pies.

Ya con la manta en las manos, tapé a Júlia, me agaché y le susurré un «Buenas noches»; ella soltó un ligero susurro, como si me respondiera. Charlotte, en cambio, me lanzó una mirada severa mientras se lamía el lomo; al parecer, no solo la había despeinado, sino que también la había ensuciado.

Ya en el coche, antes de encender el motor, le escribí un mensaje:

Te has quedado dormida. No he querido despertarte. Gracias por el chocolate, por la compañía y por tu sinceridad. Seguiremos con nuestra conversación en otro momento. Buenas noches, descansa.
P. D.: Si Charlotte me acusa de haberle robado la manta, está en lo cierto. Pero era por una buena causa 😉

28

JÚLIA

Me desperté en el sofá con la primera luz del día. «¿Qué hora es?», me pregunté. Miré a mi alrededor. ¿Había dormido en el sofá? Busqué el móvil. Lo alcancé y lo desbloqueé. Había un mensaje. Era de Bruno. Entonces entendí qué hacía allí durmiendo. Volví a leerlo tratando de recordar, con cada palabra, los últimos minutos antes de quedarme dormida.

Me incorporé. Enroscada a mis pies, Charlotte. En el suelo, la manta que Bruno le había robado y con la que me tapó hasta que dejé de necesitarla y la tiré al suelo sin darme cuenta.

Me levanté del sofá y fui al baño. Mientras me cepillaba los dientes, delante del espejo, iba recordando nuestra conversación. La que se quedó a medias, el monólogo en el que le confesé lo que sentía.

Entonces recordé el tacto de su mano recorriendo mi cuello y mi mejilla, hasta llegar a mis labios. Y después, nada. No tenía más recuerdos. ¿Fue entonces cuando me quedé dormida?

Respondí a su mensaje mientras esperaba que se hiciera una tostada:

Tienes razón, Charlotte te acusa de robarle la manta 😉 Gracias por no despertarme. Buenos días

Las campanillas del obrador anunciaron la llegada de mi madre. Anduvo hacia mí mientras se recolocaba un fular de colores estridentes con movimientos propios de una estrella de cine.

—Tendríais que inventar una fragancia de pan recién hecho —bromeó mientras hacía por impregnarse del aroma del obrador—. Mucha gente os lo compraría. Yo, la primera.

«¿Para qué?, ¿para recordar lo mucho que te has esforzado por alejarte de tus orígenes?», arguyó esa parte de mí enfadada, dolida, por pensar en cómo la abuela se habría sentido todos estos años: rechazada.

«Júlia, ¡PARA!», me detuve; no quería albergar rencor hacia mi madre, y me esforcé por recordar que tenía derecho a desvincularse del obrador, si eso era lo que deseaba. Que yo tuviera dificultades para seguir mi camino al margen del negocio familiar no significaba que ella también debiera sentirse atada.

—¿Cómo va esa agenda, hija? —preguntó con entusiasmo.

—Bien, mamá. —Crucé el mostrador hasta alcanzarla y darle dos besos.

—¿Se va llenando?

—Bueno, en realidad, solo tengo una paciente.

—Todavía —añadió, elevando el dedo índice.

—Todavía —sonreí—. ¿Tienes unos minutos?

—Yo sí —respondió con la ilusión en los ojos—, ¿y tú? Asentí.

Preparé un par de cafés y nos sentamos a una mesa.

Empecé a dar vueltas a la cucharilla. Se me hacía raro estar sentada con mi madre, en silencio. Ella me miraba expectante, esperando a que empezara a hablar. Al fin y al cabo, había sido yo quien le había propuesto sentarnos y le había dicho que tenía algo que contarle, días atrás.

Di un par de golpecitos a la cucharilla, sacudiendo cualquier rastro de café, y la dejé en el plato, junto a la taza.

—Nina me va a ayudar a conseguir pacientes —dije mientras cogía la taza humeante y soplaba para que se enfriara.

—¿Ah, sí? ¿Y cómo lo vais a hacer?

—Verás, mamá, desde hace unos años escribo un blog sobre relaciones de pareja.

Regina abrió mucho los ojos, asombrada.

—¿Por qué no lo he sabido antes? —Parecía dolida. Y me sentí culpable. Culpable por no haberlo compartido con ella, culpable por mantenerla ajena a mi vida.

—En realidad, lo escribía de forma anónima —aclaré, y seguí soplando—, hasta que Nina me sugirió fusionarlo con la web.

—¿Y cómo está yendo? —quiso saber, como si se esforzara por dejar atrás la incomodidad que había aparecido unos segundos antes.

—Todavía no lo hemos podido implementar. —Por fin me aventuré a dar un sorbo—. Se ve que, desde un punto de vista técnico, no es tan fácil como parece...

—Entiendo... —Regina me imitó, bebió de su taza y la devolvió a la mesa—. ¿Y cómo va por aquí? —Hizo un círculo con el índice, refiriéndose al obrador—. ¿Tenéis pensado hacer algo para Halloween? ¿O para la *Castanyada*?

—¿Algo como qué?

—No sé... Podríamos decorar la cafetería con hojas secas, castañas, calabazas de distintos colores y tamaños... —Parecía imaginarlo a medida que paseaba la mirada por cada rincón de la cafetería—. Una amiga de la abuela tiene un huerto... —observó.

—Sí, el marido de la señora Clotilde —la interrumpí.

—¿No podría conseguirte unas calabazas chulas? ¡Y así podríamos decorarlo juntas! —Miró de nuevo a nuestro alrededor, con los mismos ojos soñadores de Nina—. ¿Cómo lo ves? —Yo la imité, tratando de imaginarme cómo se vería aquel lugar vestido de otoño—. ¡Incluso podríamos hacer un taller de elaboración de *panellets*! —exclamó, ilusionada—. Que se están perdiendo las tradiciones...

—¿«Podríamos»? —repetí sin pensarlo.

—Sí, quiero decir que podríais organizarlo tú y tu hermana. Yo estaría encantada de colaborar en lo que hiciera falta. —Cogió la taza y la colocó justo delante de los labios, a punto de darle un sorbo—, si queréis, claro. —Dio el sorbo y volvió a dejar la taza sobre la mesa—. ¿Qué me dices? —preguntó como si ya hubiese tenido tiempo suficiente para pensárselo.

Me impregné de su ilusión y me dejé conquistar por su espíritu soñador.

—Vale —respondí mientras me encogía de hombros.

—¿Eso es un sí? —preguntó, alzando mucho las cejas y dejando que se le dibujase una gran sonrisa en su cara.

Asentí sin reparar en todo el trabajo que supondría.

Regina aplaudió de forma infantil, se levantó y empezó a pasearse por la zona de cafetería, soñando despierta.

Tardé unos segundos en reaccionar sobre lo que acababa de hacer: complicarme la vida.

Me levanté y la seguí.

—Ahí podríamos poner unas ramas con hojas secas. —Señaló la pared del fondo de la cafetería. Daba vueltas mirando aquí y allá, pasando entre las mesas sin atender adónde iba, como si danzara en medio de un bosque, poseída por la ilusión. Yo seguía el rastro que dejaba tras de sí: fragancia de camelia con notas atalcadas—. Y aquí una mesa con calabazas y la publicidad para el taller de *panellets*, —Salió a la calle y se detuvo delante del escaparate, conmigo detrás—. Podemos hacer unos pasteles de tonos amarillos, ocres y naranjas, a juego con la decoración... ¿Cómo lo ves?

Se giró hacia mí esperando una respuesta. Yo me hallaba en medio de un debate interno tratando de encontrar el equilibrio entre la parte soñadora que Regina me había despertado y la parte que me advertía de todo el trabajo que se me venía encima. Y, por si fuera poco, un rinconcito de mi ser también estaba preocupado por la fragilidad de mi compromiso con la idea de desvincularme del obrador para ejercer como psicóloga. Si quería hacer una transición, aunque no tuviese prisa por colgar el delantal y llenar mi agenda, complicarme con más talleres y horas decorando el local no era la decisión más coherente.

De nuevo, la falta de coherencia.

«Todavía no tienes pacientes, en plural, sino una paciente, en singular —me recordé—. Aceptar su propuesta no cambia tanto tu situación», reconocí.

Regina carraspeó de forma exagerada y, al mismo tiempo, cómica.

—¿Y bien? ¿Crees que puede quedar chulo?

—Sí, mucho —respondí con sinceridad; de verdad lo creía—. Pero todo esto supondrá un tiempo del que no sé si dispongo, mamá —añadí, corriendo el riesgo de desinflarnos las dos.

—Yo te ayudaré. —Fruncí el ceño—. Lo digo en serio.

—Pero ¿no estás ocupada preparando la nueva exposición?

—Jean Claude se puede encargar de lo que queda. Confío en él plenamente.

—¿Estás segura, mamá? Si no recuerdo mal, dijiste que era una exposición en una galería importante...

—También es importante pasar tiempo aquí contigo —miró hacia el obrador a través de los cristales del escaparate—, con vosotras.

Traté de ocultar la emoción que había causado en mí aquel comentario, pero una sonrisa satisfecha me delató.

—Gracias, mamá.

—Dámelas cuando terminemos. —Me guiñó el ojo—. ¡Mira quién viene por ahí! —exclamó. Me giré—. Señora Clotilde, ¿adónde va usted tan elegante? —Puso los brazos en jarras y movió los hombros de forma coqueta como imitando un balanceo seductor.

—Con la edad se pierden muchas cosas —añadió, reflexiva, la amiga de mi abuela—, pero jamás la elegancia.

—Precisamente estábamos hablando de usted, ¿verdad, hija?

Asentí.

—Nos preguntábamos si su marido tendría calabazas de distintos colores y tamaños en su huerto —pregunté con miedo de estar pidiendo demasiado. Ya nos traía tomates y lechugas...

—Calabazas que se vean bien chulas —añadió Regina, pícara.

—Claro que tiene calabazas, ¡y de varios colores! ¡Y algunas muy grandes! —presumió Clotilde.

—Pues nos haría un favor si nos prestase algunas durante un par de semanas —le pedí.

Clotilde rio.

—¿Prestarlas? Hija —me cogió del brazo—, el huerto de Paco da más calabazas de las que podríamos comer en cinco vidas. Mientras vengáis a buscarlas, haced con ellas lo que queráis.

—Muchas gracias, señora Clotilde —le agradecí, poniendo mi mano sobre la suya.

La amiga de mi abuela prosiguió su camino hacia el obrador.

Regina me miró y soltó un ruidito difícil de describir. Me estremeció pensar en lo mucho que se parecía al que sale de mi boca cuando no quepo de la ilusión.

—¡Ya verás qué chulo quedará! —Aplaudió silenciosamente, sin apartar los ojos del escaparate. Asentí, poco emocionada. No podía compartir su entusiasmo, y no porque la idea no me gustase, sino porque se empezaban a desmontar creencias que yo misma había alimentado a modo de protección—. ¿No estás de acuerdo? —me preguntó, preocupada.

De pequeña siempre había pensado en mi madre como la mujer perfecta. Tal vez porque necesitaba que fuera así. Cuando tu padre decide no estar en tu vida, no puedes permitirte mirar a tu madre de otra forma. Pero, a medida que fui creciendo, tomé conciencia de todos sus defectos y me hice cargo de ellos, también de sus emociones (especialmente de estas últimas cuando regresaba a casa con el corazón roto), pagando un precio muy alto: dejarme a mí misma de lado.

—Sí, mamá, quedará muy chulo —respondí al fin—. Iré al bosque a por hojas secas y al huerto del marido de la señora Clotilde a por las calabazas.

—Fenomenal. —Levantó los pulgares—. ¿Te parece si me paso el domingo? El domingo por la tarde es un buen momento, ¿no?

Asentí, de nuevo sin efusividad. Agradecía que estuviera ahí, que quisiera hacer cosas juntas, pasar tiempo conmigo y con Nina. Pero una parte de mí recelaba: «No te hagas ilusiones, Júlia. A saber cuánto le dura esto de querer pasar tiempo con vosotras. Desaparecerá antes de que te des cuenta». Como siempre, yo sola me preparaba para la decepción, para que no doliese tanto cuando llegase.

La realidad era que me había acostumbrado a su ausencia. De hecho, tenerla lejos me mantenía también lejos del conflicto interno: sentir que deseas querer a tu madre, pero que quererla de la forma que sabes te hace daño. Así que, cuando ella estaba cerca, yo me alejaba. Me alejaba emocionalmente para protegerme. Esa era la única manera de mantenerme a salvo, de que no me doliesen sus promesas y sus ausencias.

Durante años me esforcé por que mamá me cayese mal, por subrayar sus defectos, por ignorar lo bueno que podía aportar y por que no me importase. Supongo que así me costaba menos vivir con la idea de su ausencia…

Pero ahí estaba: mostrándose encantadora, queriendo pasar tiempo conmigo, con mi hermana, queriendo formar parte de nuestra vida.

—¡Qué ilusión me hace esto, hija!

Me dio un abrazo fuerte, y el olor a camelias, las notas atalcadas, el tacto suave de la seda del fular de mamá, me emocionaron, y los ojos se me llenaron de lágrimas.

No dije nada. Sabía que, si articulaba una sola palabra, no podría contenerlas.

Nos separamos.

Mamá se percató de que algo me pasaba.

—Hija, ¿estás bien?

Traté de encontrar una buena excusa que me permitiese limpiarme las lágrimas y sorber con la libertad de no tener que hablar de mis sentimientos hacia ella.

—Las gramíneas, mamá, que me dan alergia —dije, y miré a los árboles que presidían la calle Mayor.

—Pero ¿eso no se supone que pasa en primavera? —preguntó, confusa.

—No sé, mamá. Será que con esto del cambio climático las estaciones se han vuelto locas...

Ella se encogió de hombros.

No sé si coló, pero no preguntó más. Y con eso me bastaba.

29

BRUNO

—Perdón, perdón, perdón. —Júlia cerró la puerta del coche con tanta energía que casi lo desmonta—. Sé que llego tarde —se excusó—. Ha venido una pareja a encargarnos el cáterin de su fiesta de compromiso y no terminaban de decidirse —dijo sin apenas darse tiempo a respirar—. Pensé que no llegaba.

Júlia me había propuesto vernos para dar un paseo:

> Cuando vayas a pasear a Sam por el bosque,
> avísame y me uno, si os apetece

Aunque me sorprendió, me pareció una buena idea, y la invité a venirse con nosotros el domingo.

—Tú debes de ser Sam. —Se agachó para saludarle y este se le tiró encima moviendo la cola de un lado a otro. Júlia terminó en el suelo.

Le tendí la mano para ayudarla a levantarse, pero ella aprovechó para demostrar su autosuficiencia y se levantó sola, no sin dificultad: las botas de lluvia de caña alta no se lo pusieron fácil.

—¿Qué llevas puesto? —reí. Júlia, ya de pie, miró hacia abajo revisando su atuendo—. Vamos a dar un paseo por el bosque… Ni que estuviésemos en los páramos de Yorkshire. Se nota que la siguiente lectura es *Cumbres borrascosas*…

—No te rías —dijo, riéndose ella también—. Hace mucho que no voy a caminar por el bosque, ¿vale? No sabía qué me iba a encontrar.

—Hace semanas que no llueve —observé, mirando el cielo—. Es más probable que te toque la lotería que rompa a llover y terminemos empapados y llenos de barro.

Nos alejamos de la masía de mis padres y nos adentramos entre los árboles.

Sam iba unos metros por delante, marcándonos el paso. Júlia caminaba a mi lado, disfrutando del paisaje. Avanzamos por un sendero rodeado de árboles y arbustos que nos llevaría a un campo de amapolas que, con suerte, todavía estaría en floración.

—Charlotte te manda recuerdos —dijo Júlia, rompiendo el silencio.

—¿De verdad?

—No —rio con picardía—. No te preocupes: tiene carácter, pero no es rencorosa. La próxima vez que te vea, ni se acordará de que le robaste la manta.

—¿Habrá una próxima vez? —pregunté con segundas.

Júlia alzó el mentón y, haciéndose de rogar, tardó en darme una respuesta.

—Puede.

—¿Puede? —repetí, exagerando mi confusión, fingiendo cierta ofensa.

—Antes tenemos que terminar nuestra conversación.

—Cierto. Dijiste que conocíamos a nuestra versión adolescente, pero no a la Júlia y al Bruno adultos. Estoy de acuerdo. Quizá sería un buen momento para arreglarlo —dejé caer.

—Me parece buena idea. —Júlia sonrió con serenidad. —Dime, ¿qué quieres saber?

—Mmm... —Volvió la cabeza hacia mí y alargó la expresión durante varios segundos mientras se llevaba el dedo índice a la punta de la nariz, pensativa—. ¿Qué pasó entre tú y tu ex?

—¡Empezamos fuerte! —exclamé—. A ver... ¿Qué pasó entre nosotros? Pues supongo que no hay una única causa. —Hice una pausa mientras estructuraba las ideas—. Así, a modo de resumen, te diría que la relación se fue deteriorando. Empezamos muy jóvenes. Y, cuando uno es joven, bueno, creo que no siempre sabe lo que quiere. Con el tiempo me di cuenta de que entendíamos la vida de forma distinta. —Júlia me escuchaba con atención—. Núria es muy organizada. Es perfecta en cuestiones que requieren gestión. Demasiado perfecta, de hecho. Yo, en cambio, soy más bien un desastre. Bueno, era un desastre —puntualicé—. He crecido mucho al lado de Núria. Y creo que ella también a mi lado, o eso espero, vaya. Creo que en algunas cuestiones hemos formado un buen equipo. Pero, en lo emocional —hice una mueca—, sentía que faltaba algo. Al principio todo era perfecto, pero nos fuimos distanciando, como si lo nuestro se hubiese ido apagando con el tiempo... Hubo un momento en que ya no recordaba cómo era besarla, como si sus labios fuesen para mí unos completos desconocidos. Y me di cuenta de que, aunque estábamos juntos, ya no la sentía como pareja. No sé —me encogí de hombros—, supongo que no supimos cuidar la relación, o, en realidad, no éramos tan compatibles como pensábamos.

—¿Y no intentaste salvarlo?

—Sí, claro. Le dije en varias ocasiones cómo me sentía. Pero siempre estaba ocupada con el trabajo. En eso me recuerda a mi padre... —suspiré—. ¿Tú crees que escogemos parejas parecidas a nuestros progenitores? —le pregunté con curiosidad—. Yo creo que sí —me aventuré a afirmar—. No creo que sea casualidad, vaya, que Núria y mi padre tengan cosas en común. Al fin y al cabo, siempre quise complacer a mi padre, que se sintiese orgulloso de mí, ¿sabes?

—Un niño siempre quiere que sus padres se sientan orgullosos de él.

¿Había llegado el momento de hablarle de Llorenç? No sabía cómo se lo tomaría. Quería pensar que le gustaban los niños. No porque buscase en ella una madre para mi hijo. Rotundamente no: Llorenç ya tenía una madre. Una estupenda. Pero si pensaba en tener algo con proyección de futuro con Júlia, era condición *sine qua non* que se llevase bien con mi hijo. Y, ¿por qué no?, que quisiera vivir la experiencia conmigo y tener un hijo en común, en un futuro.

Así que me armé de valor y me dispuse a descubrir cuál sería su reacción.

—Y más tarde llegó...

Un tirón de brazo me interrumpió.

Júlia acababa de tropezar con las raíces de un árbol que creaban un puente a lo ancho del camino. Dio algunos pasos torpemente, con dificultad para mantener el equilibrio.

—¡Cuidado! —exclamé.

—Nadie me había dicho que caminar por el bosque fuese un deporte de riesgo —bromeó.

Después se oyó un chapoteo de fondo.

—¿Dónde está Sam? —pensé en voz alta.

—No sé. —Júlia se encogió de hombros—. Ahora que lo dices, lo he perdido de vista.

Silbé un par de veces. Júlia me ayudó gritando su nombre: «¡Sam, Sam!». Al cabo de unos segundos apareció con un palo más grande que él en la boca, moviendo la cola de un lado al otro, lleno de barro.

—¿Dónde te habías metido? —Me acuclillé a su lado y le acaricié las partes del lomo que estaban medio limpias—. ¿Qué haremos con este palo? Cuando papá lo vea, te lo va a confiscar. Lo sabes, ¿verdad? —le dije como esperando una respuesta por su parte.

—¿Cómo está tu padre, por cierto? —me preguntó Júlia.

—Pues va haciendo. —Me puse de nuevo en pie y proseguí la marcha, con Sam marcando de nuevo el camino y luciendo con orgullo su nuevo tesoro—. Él te dirá que bien, pero en el fondo sé que no lo está.

—Normal, todavía es muy reciente. ¿Y tú?, ¿cómo lo llevas?

—La cosa va a días. A ratos, más bien. Es extraño: hay momentos en los que me siento en paz con la pérdida, y otros en que todavía me cuesta creer que sea real.

—Es que cuando alguien querido fallece por enfermedad es inevitable sentir paz, aunque sea una pizquita. No porque no quieras que esa persona esté contigo, claro que no. Sino porque sabes que ahora descansa.

—Parecerá un tópico, pero te juro que es así.

—Te creo.

Se hizo un silencio incómodo y entonces fui yo quien lo rompió:

—Y entre Pol y tú, ¿qué pasó?

Júlia suspiró.

—Pues lo mismo que con tantos otros... Se ve que lo de ser claro y honesto no está de moda. Y lo de ser coherente, tampoco. Por eso quise hablar sobre «nosotros» la otra noche —hizo el gesto de las comillas con los dedos—, sea lo que sea que tengamos.

—Y yo te lo agradezco.

Le debía portarme con honestidad y hablarle sobre los papeles de divorcio. Y sobre Llorenç.

—Y con Pol... —prosiguió—. Con Pol la historia se complicó con tantas idas y venidas. Él estaba estudiando para unas oposiciones y apenas tenía tiempo para lo nuestro. O eso decía.

—Estudiar una oposición es duro...

—Imagino que sí, pero al cabo de un tiempo llegué a la conclusión de que lo usaba como una excusa para no comprometerse, ¿sabes? Sentía que debía mendigarle atención, irle detrás si quería verle. Vivimos a cuatro calles y, sin embargo, nos pasábamos semanas sin coincidir. Entiendo que estaba muy ocupado, pero ¿en serio no tenía un par de horas durante el fin de semana? Llegué a poner en pausa mi mundo, por si él se dignaba a reservar un rato para estar juntos. Y cada vez que le comunicaba lo que yo necesitaba, sentía como si le estuviese pidiendo un gran esfuerzo. Era como si le estorbara. No te digo que necesitase ser su prioridad, pero sí una de sus prioridades. Pero eso nunca sucedía. No sé. Y cuando me armaba de valor para dejarle, él me prometía que estaría más presente; me decía que quería que formase parte de su vida. Eso le duraba un par de semanas. Un mes a lo sumo. Hasta que dije basta y rompí con él de forma definitiva. Y fue justo el día en que nos reencontramos.

—¿En serio?

—Es curioso, ¿verdad? ¡Mira! —exclamó, señalando el campo de amapolas entre los árboles.

Júlia se descalzó, dejó las botas de cualquier manera en medio del camino y corrió hacia las amapolas.

Los rayos de sol se filtraban entre las copas de los árboles, iluminando el bosque, guiándola en su carrera. Su pelo había adquirido un castaño dorado más intenso, casi rojizo, por los rayos del sol, y se movía con el viento. Toda ella parecía flotar. Por un momento me pregunté si no sería un hada del bosque.

La seguí.

Se adentró en el campo de amapolas, con los brazos en cruz y dando vueltas. A pesar de que seguía corriendo, iba con cuidado de no pisarlas.

Sam se unió a la diversión y fue a atrapar a Júlia, ladrando y moviendo la cola. Eso sí, él no llevaba tanto cuidado con las flores...

Júlia me llamó y fui a su encuentro.

—Esto es precioso, Bruno. —Se detuvo a contemplar el paisaje que tenía delante: un campo infinito bañado por los rayos de sol que se colaban entre las nubes—. Pronto se marchitarán, cuando llegue el primer frío. Hemos tenido suerte al verlas, a estas alturas del año, en floración...

—Unos kilómetros más allá hay un campo de girasoles. Si quieres, un día, con más tiempo, vamos juntos.

—Me gustan los girasoles. Siempre buscando la luz, descarados. No sé, me parece mágico... Pero prefiero las amapolas. Me siento muy identificada con ellas: parecen frágiles, pero tienen bordes dentados y puntiagudos. Como yo, que, ya sabes, a veces puedo ser un pelín...

—¿... borde?, ¿ácida?

Júlia rio y no esperó una respuesta por mi parte.

—¿Sabes que las semillas de las amapolas son comestibles? Se usan en panadería. Lástima que se marchiten tan rápido. Aunque quizá eso también forma parte de su encanto. Son unas de mis flores favoritas.

—También eran las favoritas de mi madre —susurré.

—Me hubiese caído bien —dijo en voz baja.

Me agaché y fui a coger una amapola.

—¡Espera! —me detuvo—. No la arranques.

—Es una flor silvestre —me excusé, restando importancia a mis actos.

—Pero no por ello tienen menos derecho a vivir.

Me incorporé. Tenía razón.

Me quedé delante de ella, a apenas un palmo de distancia.

—Quería ponértela aquí. —Llevé mi mano a su cara y le pasé un mechón de pelo por detrás de la oreja.

—No necesitas una flor para acercarte a mí —dijo muy bajito.

Interpreté su comentario como una invitación para mantenerme en ese preciso lugar, muy cerca. Reseguí con la mano el camino hacia su cuello y fui al encuentro de su mejilla.

Júlia cerró los ojos mientras apoyaba la cabeza en mi mano.

Viví aquel gesto como un *déjà vu* de lo acontecido en su casa, días atrás. Deseé que en ese momento no se quedase dormida. Al recordarlo, se me escapó una sonrisa.

Júlia llevó su mano a mi cara y me acarició con tanta delicadeza como yo la acariciaba a ella.

Nos decíamos mucho con esos gestos, a pesar de no decirnos nada con las palabras.

Clavé mis ojos en los suyos y luego los deslicé hasta llegar a sus labios. Los míos se entreabrieron en un gesto inconsciente que no pude controlar. Sentí un cosquilleo en el estómago y cogí aire de forma sonora.

Mi cuerpo se acercó al suyo como si tomara decisiones de forma independiente, sin consultarme.

Júlia se puso de puntillas y me pasó la mano por detrás del cuello, me acarició el pelo y acercó con suavidad mi cabeza a la suya.

Entonces sentí una gota de agua fría sobre la frente. Me quedé inmóvil.

—¿Lo has notado? —pregunté.

Un trueno respondió por ella.

Miramos al cielo. Unas nubes negras habían avanzado a nuestra espalda hasta alcanzarnos.

Estaba lloviendo.

Júlia empezó a reír con fuerza, y me contagió la risa.

Corrimos a campo través hasta llegar al camino. Vi que Júlia tenía dificultades para seguirme el paso, lo cual era lógico: iba en calcetines. Pero ella, en lugar de protestar, reía y reía. Sam secundaba nuestras carcajadas con alegres ladridos.

Afortunadamente, no tardó en dejar de llover y los truenos enseguida pasaron a oírse a lo lejos.

Llegamos al camino donde Júlia había dejado las botas, y buscó un árbol en el que apoyarse para ponérselas. Recostó la espalda en la corteza, se quitó los calcetines (que para entonces estaban llenos de barro y restos de hojas) y se calzó.

—Parece que has superado tu miedo a los seres mitológicos que habitan en las cortezas de los árboles —observé, refiriéndome a las hormigas de la higuera que Júlia tanto detestaba.

—¿Qué? —Levantó la mirada y rio—. No les tenía miedo, tonto. En realidad... —entornó los ojos en un gesto seductor—, era una excusa para tenerte cerca.

Di un paso adelante y me serví del mismo tono:

—No necesitabas una excusa para tenerme cerca.

Júlia me miró fijamente, como si pudiera leer mis deseos más profundos. Me acerqué más a su cuerpo. Ella, instintivamente, retrocedió hasta que su cuerpo se apoyó en el tronco del árbol.

—No necesitas una excusa para tenerme cerca —repetí mientras buscaba su mano con la mía y entrelazaba mis dedos con los suyos.

La miré fijamente, como si quisiera estudiarla, memorizarla, perderme en ella.

Con el agua de la lluvia, algunos mechones de su pelo se le habían pegado a la cara. Con la mano que me quedaba libre, se los aparté de la frente y se los recoloqué detrás de la oreja, con cuidado, justo como había hecho ella minutos antes.

Júlia seguía mis movimientos con atención. Yo me recreaba en ellos.

Luego llevé la mano hacia su mejilla y busqué sus labios. Júlia los entreabrió en un gesto que me erizó la piel. Acarició el labio inferior con un dedo, dibujándolo de un extremo a otro.

Se me aceleró el pulso, respiraba cada vez más fuerte. Era imposible que Júlia no lo notase.

Me acerqué aún más, saboreando cada milímetro, sin dejar de mirarnos.

Entonces le solté la mano, la llevé hacia su pelo y la hundí en él. Júlia entornó los ojos, definitivamente rendida.

Acerqué mi boca a la suya y, antes de que se encontrasen, pasé de largo buscando su oído, y en un susurro le pedí permiso para besarla.

30

JÚLIA

El corazón me dio un vuelco al escucharle tan cerca.

Sentir el calor de su aliento en mi cuello me erizó la piel.

Cerré los ojos y moví la cabeza de arriba abajo en un gesto que pretendía ser una invitación para acortar la poca distancia que separaba nuestros labios.

Bruno deshizo el camino pasando su boca tan cerca de mí que con ella me acarició la mejilla. Dejé escapar el aliento, temblorosa. Y, antes de que sus labios llegaran a los míos, impaciente por saber a qué sabían sus besos, acudí a su encuentro.

No fue un beso. Fueron decenas.

Cortos, dulces, tímidos.

Nuestros labios jugaban a encontrarse, a separarse y a volverse a encontrar.

Reímos.

Apoyamos la frente del uno con la del otro.

Mi nariz entró en contacto con la suya en un beso esquimal.

Y nos volvimos a besar. Un beso. Otro. Y otro.

Las frentes, de nuevo, juntas. Y se nos volvió a escapar una sonrisa.

Sam, que estaba empapado, ladraba y subía las patas a nuestras piernas reclamándonos atención.

Se escuchó otro trueno. Esa vez, más cerca.

—Deberíamos irnos —sugerí.

Sin decir nada, Bruno me cogió de la mano y echamos a correr los tres hasta llegar a la masía de sus padres.

—Tengo que mejorar el cardio —observé entre respiraciones sonoras. Reímos.

El tintineo de las campanas y la puerta cerrándose detrás de nosotros anunciaban nuestra llegada. Mamá, que habría entrado con las llaves de la abuela, me estaba esperando.

—Hija, ya pensaba que no vendrías. —Tan pronto como se dio media vuelta, se percató de que no estábamos solas—. ¡Ay! —se sobresaltó—, no sabía que esperábamos compañía —se quejó mientras se arreglaba el pelo.

—Mamá —dije, avanzando hacia ella—, este es Bruno.

Bruno, que cargaba con un par de bolsas de plástico llenas de hojas secas, las dejó en el suelo y fue a saludarla.

—Pero ¡mírate! Si estás hecho todo un hombre...

—Mamá, por favor —la detuve—. Tenemos treinta y cinco años. Bueno, él treinta y seis —añadí, socarrona.

—Júlia tenía razón cuando me dijo que...

Miré a mi madre con ganas de matarla y le pedí con gestos que no dijese nada más, fuera lo que fuera lo que se le pasara por la cabeza. Ella puso cara de no entender por qué no quería que siguiese hablando. Su espontaneidad a veces me divertía, pero en ocasiones me sacaba de quicio.

Dejé sobre la mesa las cestas de mimbre llenas de calabazas de distintos colores, tamaños y formas, que había pasado a recoger por el huerto del marido de la señora Clotilde. Regina empezó a examinarlas con minucia, una a una.

—Júlia me ha dicho que usted se dedica profesionalmente a las artes plásticas; en especial, a la escultura —le dijo Bruno a mi madre—. ¿Vais a tallarles ojos y boca?

—Bruno, por favor, tutéame —le cortó ella con un gesto coqueto—. Y sí, soy escultora, ceramista y, desde hace poco, también pintora. La última exposición, de hecho, es de pintura. Pero no, querido, no vamos a tallarlas. No celebraremos Halloween, sino la *Castanyada* —anunció de forma teatral—, ¿eh, Júlia? Que se están perdiendo las tradiciones... Además, como introduzcamos una nueva palabra en inglés, a la abuela le va a dar...

—... un patatús —rematé a la vez que mi madre, y me sorprendió el destello de conexión que tuvimos.

En el mostrador había hilo de pescar, cuerda de rafia, coronas hechas con ramas y varios ramos de flores que había traído Regina. Cogí unas flores amarillas con forma de globo compuestas, a su vez, por flores más pequeñas.

—Las craspedias florecen de junio a septiembre —dijo ella, cogiendo también un ramo—, pero con esto del cambio climático, ¡hemos estado de suerte! —Hizo una pausa mientras contemplaba el ramo—. Había pensado en girasoles, que también son flores de otoño, pero no he podido conseguirlos...

Bruno y yo nos miramos con complicidad. Teníamos pendiente visitar el campo de girasoles.

Regina enseguida nos puso a trabajar. A mí me ordenó decorar las coronas de ramas con craspedias y eucalipto de hojas pequeñas y redondas. A Bruno le pidió que colgase ramas en forma de arco encima de la puerta de la entrada y en el escaparate. Pero antes de ponerme manos a la obra, me cogió del brazo y nos alejamos unos pasos de donde se encontraba él.

—¿Estás segura de que este es el gamberrete con el que salías de niña? —me preguntó en un susurro.

—¡Mamá! —protesté, también en voz baja.

—Qué poco nos gustaba a tu abuela y a mí —suspiró—. Y míralo ahora... —Hizo una pausa dramática y entrelazó su brazo con el mío—. Me gusta para ti.

Me solté. Fruncí el ceño y traté de disimular la sonrisa que había aparecido en la cara sin poder evitarlo.

—Mamá —le lancé una mirada severa—, por favor, no digas tonterías, pero si acabas de conocerle...

—¿Qué? —fingió ofenderse—. Solo digo lo que pienso. No hay más que ver cómo os miráis...

Resoplé de forma sonora. Bruno se percató y se volvió hacia nosotras.

—¿No era esto lo que queríais? —preguntó desde lo alto de la escalera de madera.

—Sí, sí —me apresuré a decir mientras caminaba hacia él—. Está perfecto. Gracias, Bruno.

Me giré hacia mi madre como para reprenderla en la distancia. No nos perdía de vista, como si no tuviera nada más interesante que hacer en aquel momento.

Levanté el índice, me lo llevé a los labios y le pedí con señas que estuviese calladita. Mamá puso cara de niña que jamás ha roto un plato e hizo como si se cerrase la boca con una cremallera.

Me acerqué a Bruno para asistirle en su tarea de decoración, dando el asunto por zanjado. Pero no, mamá no sabe estarse quietecita, ni en silencio.

—Bruno, querido, ¿te ha explicado Júlia que de pequeña le encantaba disfrazarse de castañera?

Me di la vuelta hacia ella y abrí los ojos tanto como pude. Quería que mi asombro le llegase alto y claro.

—No, no me lo ha dicho —dijo, mirándome con una sonrisa.

Me llevé las manos a la cabeza.

—Tengo una foto.

—Mamá, por favor...

Cuando Regina tiene algo entre ceja y ceja, no se da por vencida fácilmente, y siguió a lo suyo, ignorando mi súplica.

—El otro día me dio por mirar álbumes de cuanto erais pequeñas, y tomé unas cuantas fotos con el móvil. Bruno, querido, ¿quieres verlas?

—Mamá, esto es totalmente innecesario...

—Me encantaría —respondió Bruno, divertido, desde lo alto de la escalera, aliándose con mi madre.

Sacó el móvil del bolsillo, escarbó en el bolso buscando el estuche de las gafas, se las puso y se acercó a nosotros.

—Mira —dijo mamá, mostrándole una foto mía vestida con una falda de flores, un delantal y un pañuelo a juego en la cabeza.

—Iba monísima —opinó, divertido, Bruno.

—No, si encima recochineo —añadí con ironía y puse los brazos en jarras.

—Lo digo en serio, Júlia.

—¿Y qué me dices de esta? —Mamá seguía mostrándole el álbum familiar torpemente digitalizado.

—Bueno, pues nada, vosotros a lo vuestro. Ya me encargo yo de la decoración —protesté, frustrada.

—No te enfades, Júlia. —Bruno corrió a mi encuentro y me detuvo, abrazándome por detrás—. Estabas monísima —añadió, para un segundo más tarde darme un beso en la mejilla—. Además —siguió, esta vez más bajito—, a tu madre le hacía ilusión enseñármelas.

Di una vuelta de ciento ochenta grados y quedé frente a él.

—Esta mujer no tiene remedio —le dije en confianza, poniendo los ojos en blanco.

—Ahora mismo estoy haciendo un esfuerzo titánico para no besarte —soltó Bruno, ignorando mi comentario.

—Pues sigue esforzándote, que no estamos solos. —Quise sonar borde para contrarrestar la risilla tonta que se me escapaba.

Di un paso atrás y lo dejé con la miel en los labios.

Sin moverme del sitio, busqué a mi madre, que no nos quitaba el ojo de encima. Cualquiera que la viera pensaría que estaba esperando a que un desliz confirmara lo que ella ya sabía.

Dos horas después, desbloqueé el móvil dispuesta a hacer un vídeo que mandaría al grupo familiar para que la abuela y Nina vieran nuestra obra de arte: el obrador vestido de otoño. Era la primera vez que lo cogía en toda la tarde, y hasta ese momento no me había percatado de que un par de e-mails requerían mi atención: eran solicitudes de información para iniciar un proceso de acompañamiento.

Me cubrí la boca con la mano y me quedé inmóvil. Tuve que leerlos varias veces para creerlo.

—¿Qué pasa, Júlia? —me preguntó Bruno, que no tardó en advertir mi estado.

—Me han llegado solicitudes.

—¿De terapia?

Asentí con movimientos lentos, todavía haciéndome a la idea de lo que acababa de suceder.

Bruno no se lo pensó dos veces: se agachó para cogerme justo por debajo del trasero, me levantó, dio un par de vueltas conmigo en el aire y, nada más dejarme en el suelo, sin darme tiempo a reponerme, me cogió la cara con las manos y me besó en los labios.

—Estoy muy feliz por ti —dijo, pletórico, mientras apoyaba su frente en la mía—, te lo mereces.

Mamá, que se había dado cuenta de que algo pasaba, nos estaba mirando con los brazos cruzados, las cejas en alto y una sonrisa de oreja a oreja.

«Madre mía», pensé. Me eché a reír y me escondí detrás de las manos.

Bruno se giró y entonces entendió que lo nuestro, fuera lo que fuese que tuviéramos, ya no era un secreto.

Lo primero que hice esa noche fue desinstalar Tinder del móvil. No lo usaba de forma proactiva; sin embargo, de vez en cuando me sorprendía a mí misma entrando en la aplicación. No había logrado discernir si lo hacía por miedo a perder la oportunidad de conocer a alguien con quien pudiera encajar, por costumbre o por aburrimiento. Pero en aquel momento sentí que no quería conocer a nadie más.

Aunque Bruno y yo no éramos exclusivos, y todavía no había resuelto el conflicto que se erigía en mi cabeza, me invadió una absurda certeza: si quería conocer a alguien, en todo caso, quería que fuese a él.

«Bien, Júlia, por algo se empieza», me felicité por actuar desde la coherencia.

Y así, cerrando la puerta a otras personas, como quien no quiere la cosa, me di permiso para sentir. Y en ese preciso instante otra absurda certeza me sobrevino: «Mierda, Júlia, te estás pillando».

Bloqueé el móvil y lo tiré al sofá, canalizando con ese gesto el enfado que sentía hacia mí misma por permitirme sentir, por saltarme la promesa que me había hecho.

Abrí *Cumbres borrascosas*, la obra escogida para la siguiente sesión del club de lectura, y la retomé donde lo había dejado unas horas antes, en la mañana de un domingo de octubre. Estaba convencida de que los páramos de Yorkshire y las perturbadoras pasiones de aquella novela tan poco victoriana lograrían distraerme.

Pero no.

Mi mente me llevó al bosque por el que había paseado unas horas antes, al lado de Bruno, más propio de la Comarca de *El Señor de los Anillos* que de los paisajes lúgubres descritos por Emily Brontë. Y al campo de amapolas. Y me imaginé retozando con mi Oliver Mellors particular como en *El amante de lady Chatterley*.

Incapaz de concentrarme, me despedí de Catherine y de Heathcliff, cerré *Cumbres borrascosas* de un plumazo y me rendí a la conclusión de que estaba hecha un lío. Solo tenía clara una cosa: debía comentar todo aquello con Begoña, mi psicóloga, en mi próxima sesión.

31

BRUNO

—Bruno, ¿estás aquí?

—Sí, sí —respondí de forma automática, incurriendo, sin desearlo, en una mentira.

Laia enarcó una ceja, incrédula.

—Estás muy ausente. Como si tuvieras la cabeza en otra parte. ¿Todo bien?

Un suspiro terminó de delatarme.

—¿Qué pasa? ¿Es que Núria no te lo está poniendo fácil? —insistió, tirando de clichés.

—No, no es eso. Con Núria está todo bien. De hecho, soy yo quien no lo está gestionando como debiera... Todavía no he firmado los papeles.

—¡Hombre, es que dar ese paso no es para nada fácil! —exclamó, evidenciando una realidad—. Pero es cierto que ya hace mucho tiempo que tomaste la decisión. Y, tete, no quiero que te tomes esto mal, pero quizá ya es hora de formalizarlo...

Me quedé en silencio, pensando. Tenía razón, no podía demorarlo más. Pero no era aquel el único frente que me preocupaba.

—¿Por qué me da la sensación de que hay algo más? —repuso mi hermana, que me conocía bien.

Suspiré, me quité las gafas, me froté la cara con las manos y me quedé en silencio.

—Laia... —me acerqué a ella, me apoyé en el marco de la puerta de salida al jardín de casa de mis padres y, susurrando bajito, dije—: Creo que mamá tenía un amante.

—¡¿Qué?! —exclamó sin discreción alguna.

—Chisss, ¡baja la voz! —la reprendí.

Se acercó a mí y, con la cara descompuesta como si acabara de ver un fantasma, siguió en voz baja:

—Pero ¿qué dices, Bruno?

—Alguien le mandaba cartas. Cartas dentro de libros. «Para mi amada, mi queridísima Cecilia», decían. Creo que está claro.

Laia se cruzó de brazos.

—Pero ¿estás seguro?

Sin decir nada, saqué el móvil y busqué en Google a Otis Schneider.

—Es él —le dije, mostrándole la mejor foto que había encontrado del librero, una que acompañaba a un artículo de la prensa local en el que se homenajeaba a las cinco librerías más antiguas de Barcelona.

Mi hermana la inspeccionó con cuidado. Su mirada derrochaba incredulidad.

—¿Cómo lo sabes? Quiero decir, ¿estás seguro?

—No, no estoy seguro de nada.

Le expliqué mi hipótesis y cómo había llegado a esa conclusión.

Nos quedamos en silencio, con la mirada perdida en el jardín, donde Llorenç y Sam estaban jugando.

—¿Todavía estáis así? —La voz de nuestro padre salía del comedor—. La comida ya casi está.

Papá quería demostrarnos que se había reconciliado

con el horno y se había empeñado en ser él el que cocinase a partir de ese momento. Eso sí, no sin antes comprobar que había interpretado los números de las recetas de mamá correctamente para no incurrir en el mismo error, o en otros peores.

—¡Llorenç! —grité—, ¡Llorenç! —insistí—, cinco minutos. —Levanté la palma de la mano, bien abierta—. ¡Cinco minutos y comemos!

—Vale, papi —respondió sin dejar de hacer ver que tiraba la pelota a Sam, recreándose en el entusiasmo del perro.

Laia y yo entramos en el comedor y empezamos a poner la mesa.

Al cabo de unos minutos, ella se acercó a mí y, después de mirar hacia la puerta del comedor para comprobar que mi padre no venía, me preguntó en un susurro:

—¿Y si no era el amante de mamá?

—¿Y si *sí* lo era? —hice hincapié en la opción que estimaba más probable.

—¿Qué harás, entonces? —dijo con miedo en la voz.

—Pues no lo sé... —Hice una pausa y miré hacia la puerta—. Pero tiene derecho a saber que la mujer a quien ama ha fallecido, ¿no? A mí me gustaría saberlo.

Nos quedamos en silencio y extendimos el mantel sobre la mesa, asegurándonos de que no quedasen arrugas y procurando que los dibujos de los bordados hechos a mano por mamá quedasen alineados con las aristas de la mesa.

—¿Y qué harás con papá?

Me encogí de hombros, en un gesto que interpretó como que existía la posibilidad de que lo pusiera en su conocimiento.

—¿Le explicarás que la mujer con la que estuvo casado cuarenta años se carteaba con un hombre a sus espaldas? —Se puso en jarras; parecía enfadada conmigo, aunque no estaba seguro de que fuese conmigo con quien verdaderamente estaba enfadada del todo—. ¿No te parece que ya está lo bastante destrozado como para rematarlo?

—Chisss. —Laia estaba levantando la voz, y eso resultaba peligroso—. No sé qué haré —le confesé—. Solo sé que no puedo parar de darle vueltas.

—Tienes otros frentes abiertos. Céntrate, Bruno. Céntrate en lo tuyo y deja a mamá en paz. —La miré. ¿En serio pretendía que ignorase todo lo que había descubierto?—. Esto no es un reportaje de investigación. Estamos hablando de mamá. Y de papá. Sea lo que sea, tete, no es cosa tuya.

Me quedé en silencio. No quería inmiscuirme en asuntos que no eran de mi incumbencia, pero sentía que tampoco podía dejarlo así, sin más, ignorando lo que sabía. No después de lo que había descubierto.

Laia leyó el inconformismo en mi rostro e insistió muy seria:

—Bruno, esto forma parte del pasado.

Miré hacia la puerta. Había oído movimiento en el pasillo. Papá se acercaba. Apareció en el comedor portando una montaña de platos y cubiertos.

—Ya los traigo yo, no vaya a ser que os canséis —refunfuñó mientras los dejaba sobre la mesa.

Laia me miraba a modo de súplica. Quería que me mantuviera callado.

—No puedo hacer como si nada, ahora que lo sé. Me entiendes, ¿no? —protesté en voz baja cuando papá regresó a la cocina.

—Pues, al menos, no le digas nada a papá —me pidió.

—¡A la mesa! —anunció nuestro padre de camino al comedor.

—Ni una palabra de las cartas. —Laia me fulminó con la mirada mientras se apresuraba a terminar de colocar los cubiertos—. Tete, ni una palabra.

32

JÚLIA

—Sé que habíamos quedado en vernos dentro de una semana, pero es que sentía que no podía esperar tanto.

No era la primera vez que acudía a Begoña. Ella conocía bien mi historia: me había acompañado en mi proceso psicoterapéutico en el pasado, después de vivir varias rupturas dolorosas. Tenía por costumbre acudir a ella con el corazón hecho añicos. Sin embargo, en esa ocasión, había vuelto a contactar con ella para retomar el proceso desde un lugar distinto: quería trabajar en mí, averiguar si podía aprender a construir relaciones sanas, tomar decisiones más conscientes y, si era necesario, decir adiós antes de que tomasen el control los mismos patrones de siempre. También quería trabajar en otros frentes: mi madre, mi carrera profesional y mi relación con el obrador de la familia.

—Gracias por hacerme un hueco tan rápido —añadí mientras me acomodaba en la silla acolchada de la consulta.

—De nada. —Begoña sonrió y, tras alinear los folios que contenían capítulos dolorosos de mi vida, me invitó a empezar—: Adelante, Júlia, por favor, te escucho.

—Estoy echa un lío. —Me llevé las manos a la cabeza y la escondí detrás de ellas—. No sé qué quiero. Voy dando tumbos. Hago cosas sin sentido. No quiero que me hagan daño. Y yo tampoco quiero hacerlo... —Solté aire de golpe y me desinflé dejando caer los hombros—. Estoy hecha un lío —repetí; todo se resumía a aquellas cuatro palabras.

—¿Qué necesitas, Júlia?

Levanté la cabeza y la miré a los ojos. Para esa pregunta sí tenía respuesta: me quedaba la esperanza de ver las cosas con mayor claridad después de aquella sesión.

—Claridad —respondí, segura.

—A veces, dentro de nuestra persona aparecen voces que traen consigo mensajes muy distintos, incluso contrapuestos. —Asentí. Me sentía identificada con lo que decía—. Esos mensajes contradictorios nos confunden y, más a menudo de lo que nos gustaría, nos llevan a dar tumbos, tomando una decisión en un momento y otra muy distinta al siguiente. Hablo de decisiones diferentes, incluso mutuamente excluyentes. —No dejé de asentir, con el semblante serio—. ¿Sabrías decirme qué partes de ti entran en conflicto?

Me quedé pensando por unos segundos. Begoña me pedía que le hablase de la dualidad que sentía dentro de mí, de lo dicotomizados que tenía mis pensamientos y decisiones respecto al amor.

—Hay una parte de mí que no quiere saber nada de los hombres, ni de las relaciones, ni del amor. Y me critica, me censura. En cambio, hay otra parte que quiere darse una oportunidad, que quiere mantener la esperanza de encontrar a alguien con quien construir algo chulo.

—¿Y se conocen?

—¿Perdón?

—Que si se conocen esas dos partes.

—Pueeeeees... —me quedé pensando por unos instantes—, no lo sé. Supongo que... no —concluí con cierta reserva.

—¿Y crees que les vendría bien conocerse?

—No te sigo.

—Verás, Júlia, cuando vivimos situaciones dolorosas, de forma inconsciente encontramos formas de protegernos. A veces son radicales, extremas, poco flexibles. Y aunque tienen buena intención, en realidad no todo es tan positivo como pretenden...

—La parte que me protege es la que no quiere saber nada de los hombres, de las relaciones, del amor. La misma que me critica y me censura. Y aunque su intención es que yo no sufra, no todo es positivo, porque una parte de mí quiere conectar con alguien, permitirse sentir, tener una relación...

—Entonces ¿te encaja, Júlia?

—Sí —asentí con fuerza—, perfectamente.

—Si tu parte que busca protegerte pudiese mandarle un mensaje a la parte que quiere sentir, ¿qué le diría?

—¿Qué le diría? —repetí en voz alta mientras trataba de hallar en mí una respuesta—. Le diría que está muy bien eso de sentir, pero que en el pasado hemos sentido y que la cosa no ha acabado muy bien que digamos... —Torcí el gesto.

—Parece que la parte que busca protegerte no termina de fiarse de la parte que busca sentir. —Negué con la cabeza—. ¿Y tiene motivos?

Chisté con ironía.

—Jo, ¡claro que tiene motivos! —reímos las dos—. Cada vez que me gusta alguien, me dejo llevar por lo que siento y la cosa termina mal. —Enarqué una ceja—. Y me da rabia, porque esto me pasa por culpa de mi madre. Bueno, supongo que el hecho de que mi padre nos abandonase cuando era pequeña tiene algo que ver...

—Todo lo que vivimos en edades tempranas contribuye a la relación que construimos con los demás, con nuestra persona y con nuestras propias emociones. Nada es gratuito. Pero, como adultas que somos ahora, nos toca hacernos cargo de las consecuencias de nuestras vivencias... Sobre todo si nos hacen daño, o si pueden hacer daño a los demás.

—Tienes razón, tienes razón... —bajé la mirada—, pero es que me veo tan reflejada en mi madre que me da rabia. No quiero parecerme a ella.

—No quieres sufrir como ella.

—Exacto.

—Y por eso estás aquí.

Asentí en silencio.

Begoña me dio unos segundos antes de reconducir la conversación.

—Júlia, estábamos hablando de esa parte que busca protegerte alejándote de esa otra que desea sentir. ¿Dirías que le estás agradecida, aunque sea solo un poco?

—Sí, claro. Me protege porque sola no me sé proteger —respondí con la seguridad de quien logra encajar las piezas de un puzle. Pero quizá me protege demasiado, ¿no? —añadí, dubitativa.

—¿Por qué piensas eso? —Begoña parecía muy interesada en lo que acababa de decir.

—Porque, de tanto protegerme, no me permite sentir, darme una oportunidad.

—Justo. Recuerda lo que hemos comentado sobre el dolor y la rigidez de las estrategias que nos protegen.

—Entonces, ¿tú crees que debería pedirle más flexibilidad?

—¿Cómo sería eso, Júlia? —me preguntó, devolviendo la pelota a mi tejado.

—Protegerme en la justa medida, de tal forma que me permita sentir, conocer a alguien, construir una relación bonita y sana. Sobre todo sana.

—Y cuando dices eso en voz alta, ¿cómo te hace sentir?

—Me gusta cómo suena. Ahora bien —musité—, otra cosa es que sea capaz de hacerlo.

Begoña sonrió y dio la bienvenida a esa parte de mí más escéptica y con frecuencia escurridiza.

—Después hablaremos con esa parte de ti que no lo ve posible. Pero, primero, hagámoslo con las partes que ya conocemos, ¿te parece? —Asentí—. ¿Qué crees que le diría la parte que quiere sentir a la que te protege?

—Justamente eso, que esté ahí, pero que sea flexible. De hecho, creo que lo estoy siendo. —Alcé la mirada, haciéndome eco de aquella revelación—. Estoy conociendo a alguien.

—¿Ah, sí? —preguntó Begoña, sorprendida—. ¿Y qué sucede dentro de ti?

—Sucede de todo —dije entre risas—. Estoy ilusionada, feliz por darme esta oportunidad. Pero muerta de miedo por si no es una buena idea. —Solté el aire de golpe—. Tengo miedo a equivocarme, a no pensar y a dejarme llevar, a sentir demasiado... Y estoy decepcionada. —Me dejé caer en la butaca—. Después de cortar toda comunicación con Pol, me había hecho una promesa a mí misma, ¿sabes?: «Nada de hombres, nada de relaciones» —reproduje en voz alta—. ¡Y mira! Soy incapaz de mantener una simple promesa. —Me crucé de brazos, enfadada.

—Quizá no sea tan simple, esa promesa... —Me miró con la compasión con la que yo no era capaz de mirarme a mí misma.

—En eso tienes razón. Sobre todo si la vida te pone delante a alguien que merece la pena.

—¿Qué quieres decir con eso de que «merece la pena»? —citó textualmente.

—Estoy bien con Bruno. Se llama Bruno —acoté—. A ver, no somos pareja, pero cuando estoy con él, me siento bien, cómoda. Sé que puedo ser yo misma, que puedo hablar con libertad. Me respeta, no transgrede mis límites. Le he hablado de emociones, de sentimientos, de «nosotros» —dibujé las comillas en el aire—, y no ha salido corriendo, al contrario: me lo ha agradecido, ¿te lo puedes creer? —La pregunta, en realidad, me la lanzaba a mí misma—. Creo que es algo muy positivo...

—¿Te sientes segura con él? ¿Lo que te ofrece te parece sano?

—Bueno, nos estamos conociendo y todavía es muy pronto para sacar conclusiones. Pero creo que sí, que podríamos tener algo sano.

Quise compartir con Begoña todo lo que había observado en Bruno. Y también le hablé de mí, de cómo me sentía y de las dudas que tenía. Cuando concluí mi largo monólogo, dejó pasar unos segundos antes de continuar, por si quería añadir algo más antes de dar por terminada mi exposición.

—Parece que has estado muy atenta a lo que pasaba entre vosotros, pero también a lo que pasaba aquí —se señaló la frente con el índice —y aquí —se llevó la mano al pecho—. Hablemos de la promesa que te hiciste, Júlia, ¿te parece? —Asentí, dándole permiso—. ¿Cuál era su objetivo?

—Aprender a vincularme de forma más sana antes de meterme en una nueva relación —respondí, rauda, como si se tratase de una lección que llevaba bien aprendida.

—Y, Júlia, te pregunto desde la curiosidad... —Una mirada llena de ternura me hizo pensar que, en realidad, aquella pregunta pretendía ir más allá—: ¿Cómo tienes pensado aprender a vincularte de forma más sana si te mantienes alejada de los vínculos?

Me quedé en silencio, noqueada. No era la primera persona que hacía aquella observación.

Me encogí de hombros y me eché a reír, nerviosa.

—Un autor de cuyo nombre no me acuerdo —reconoció Begoña a modo de confidencia—, dijo: «Aquello que en los vínculos fue dañado, en los vínculos podrá ser reparado». —Hizo una pausa para que digiriese esas palabras antes de concluir—: Las relaciones sanas son sanadoras.

—Tiene sentido —reconocí.

—Son una oportunidad para que nuestro sistema nervioso aprenda que no todos los vínculos nos hacen daño. Por eso, aprender a vincularnos de forma sana significa construir confianza en torno a nuestra capacidad de mostrarnos, de conectar con el otro y de sentir a la vez que nos cuidamos, nos protegemos y nos mantenemos a salvo. Y esto se traduce en aprender a escoger bien a quien queremos a nuestro lado, cierto; y decir adiós a quienes no nos pueden ofrecer un vínculo sano. Pero ¿significa que tenemos que renunciar a aquellos vínculos que *sí* pueden ser sanos?

—Sin embargo, todavía no tengo la certeza de que lo sea —repuse enseguida.

—No, no la tienes porque, como dijiste antes, os estáis conociendo. Y conocerse, Júlia, es un proceso.

—Un proceso que entraña riesgos.

—Todo aprendizaje entraña riesgos. Porque, hasta que aprendemos, nos equivocamos.

—¡Pero equivocarse en estas cosas duele! —protesté, resistiéndome a aceptar lo evidente.

—En efecto, Júlia, así es. Duele. Por eso hay una parte de ti que busca mantenerte alejada del dolor a base de evitar cualquier posible riesgo. Pero aprender a vincularnos de forma sana también pasa por aprender a tomar decisiones que duelen, y por saber que podemos sobrellevar ese dolor.

Me quedé unos segundos en silencio, tratando de entender hacia dónde debía dirigir mis siguientes pasos.

—Pero, entonces ¿tengo que arriesgarme?

—No «tienes que» —aclaró Begoña con una sonrisa—. Decidas lo que decidas, estará bien. Pero decide tú, no la parte que busca tu protección manteniéndote alejada de la conexión, ni la parte que busca vincularse sin tener en cuenta nada más.

—¿Y cómo aprendo a vincularme de forma sana al mismo tiempo que me protejo? —pregunté con la esperanza de que Begoña sacase de la chistera un sinfín de herramientas que me permitieran arriesgarme sin sufrir.

Y, en cuanto lo pensé, entendí lo utópico que resultaba lo que esperaba de ella. Y mi parte psicóloga ladeó la cabeza y dibujó una sonrisa bastante irónica: ni yo, como psicóloga, podría ofrecer a las personas a quienes acompaño antídotos al sufrimiento; ni Begoña podría ofrecérmelos a mí como su paciente.

—Podemos empezar por revisar todos los aprendizajes que cargas en tu mochila, todas las estrategias que has incorporado para no sufrir, o para sufrir menos, como consecuencia de lo que has vivido. Y luego valorar en qué medida te ayudan o, por el contrario, son un obstáculo a la hora de vincularte de forma sana. No puedo garantizarte que, si la relación sale mal, vaya a doler menos —advirtió, rebajando mis expectativas—, pero sí te ayudará a tomar más conciencia y, sobre todo, a construir confianza en torno a tu capacidad para hacer las cosas de forma distinta.

Eso fue lo que dijiste en tu mensaje, cuando me volviste a contactar, ¿verdad? Que querías hacer las cosas de otra forma. —Alcé la mirada y asentí con energía—. ¿Te parece bien que empecemos por eso? —Asentí de nuevo.

Hablar con Begoña me había ayudado a aclarar las ideas, y llegué a la conclusión de que quizá no lo estaba gestionando tan mal como pensaba. Solo debía encontrar el equilibrio entre no dejarme llevar por lo que sentía y no permitir que el miedo me impidiese disfrutar de lo que estaba viviendo.

«"Solo", ¡ja! ¡Como si fuese fácil!».

Y pensé que en el blog debía escribir más a menudo sobre relaciones sanas. A lo mejor me resultaba más fácil escribir sobre lo que conocía. Pero no quería contribuir a la creencia de que las relaciones sanas no existen, una idea que yo misma había perpetuado como resultado de haber formado parte de vínculos donde la ansiedad, la incertidumbre y la confusión eran las grandes protagonistas.

Escribiría sobre lo difícil que es volver a confiar en los demás, y lo complicado que resulta confiar en una misma, en la capacidad para escoger a quien dejas entrar en tu vida y para decir adiós cuando llega el momento.

El repicar de las campanillas de la entrada del obrador me reclamaba. Quedaban apenas unos minutos para iniciar el taller de *panellets,* y el jolgorio que salía de la zona de cafetería me decía que los peques ya invadían el local.

Mamá había cumplido su palabra y había llegado un buen rato antes. Había traído gorros y delantales pagados de su propio bolsillo. «Sería genial que los niños se los llevasen a casa como recuerdo», dijo.

La abuela también se había empeñado en estar presente en aquel momento histórico para el obrador. Eso sí, con la promesa de no mover un dedo: cada día se quejaba más de las articulaciones.

Mi amiga Maca había traído a su hija. «Disfrutará de lo lindo», dijo. Y también vi, a través del cristal que separa el obrador de la cafetería, a Filomena, la amiga de mi abuela, y a Luisa y a Leonor, acompañadas por sus respectivos nietos.

Minutos después, estábamos uniendo el puré de patata y la mezcla de almendra y azúcar; nos llevó un buen rato, mucho más del que la receta requería. Pero para los niños nunca parecía ser tiempo suficiente: les fascinaba la masa pegajosa que dejaba un delicioso residuo entre sus pequeños y frágiles dedos, y no dudaban en llevárselos a la boca antes de volver a hundirlos en ella, repitiendo la operación una y otra vez para orgullo de sus familiares allí presentes.

Hicimos bolitas de unos tres centímetros y barnizamos con clara de huevo la mitad de ellas (las que cubriríamos con piñones), y coronamos las bolitas restantes con almendras.

Llegó la hora del horneado: la masa les parecía demasiado buena para aceptar que al proceso le faltase todavía un paso.

—*¿Quierez?* —me preguntó la nieta de Luisa, una niña de ojos grandes y carácter dicharachero, como su abuela.

—No, gracias, preciosa —rechacé su propuesta con una sonrisa. No podía decirle la verdad: que la había pillado hurgándose la nariz mientras los preparaba.

—*¿Zeguro? Eztán buenízimoz* —insistió la niña, escoltada por la mirada de su abuela.

—Mujer, ¿qué te cuesta? Si no lo coges, pensará que lo ha hecho mal —insistió Luisa—. Nos ha salido muy sensible, esta niña —añadió, acercándose con discreción para que su nieta, que seguía ofreciéndome su preciada creación con extra de proteínas y algún que otro germen no contemplado en la receta original.

Miré a Luisa, miré a la niña, y forcé una sonrisa. Cogí el dulce por compromiso y le di un tímido mordisco.

—Mmm… —exageré la expresión—, está riquísimo.

—¿A ver? —Apareció mamá por detrás y me lo arrebató de las manos. Se lo llevó a la boca y se lo comió de un bocado—. Mmm… —exclamó de forma teatral, todavía con la boca llena.

—*Eztá rico, ¿a que zí?* —dijo la niña antes de dar media vuelta e irse con la satisfacción de quien ha cumplido su cometido.

—Mamá —empecé cuando Luisa y su nieta no nos podían escuchar—, la niña se había hurgado la nariz antes de…

—¿Te crees que no lo sé? —rio todavía con la boca llena—. Cuando haces un taller para niños, ya sabes que este tipo de cosas pueden pasar. —Fruncí la nariz—. Oye, pues estaba bueno, ¿eh? Quizá sea el ingrediente especial.

Reímos a la vez.

Los asistentes, pequeños y mayores, se marcharon con sonrisas de oreja a oreja. Luisa y Leonor se despidieron con un «Nos vemos pronto» (en pocos días celebraríamos la tercera sesión del club de lectura. Nota mental: darle caña a *Cumbres borrascosas*).

El obrador se quedó en silencio y, aunque me lo había pasado muy bien rodeada de nuestros clientes más jóvenes, lo agradecí. Le estaba cogiendo el gusto a eso de organizar talleres, pero seguía gustándome estar sola y en silencio, en especial después de tanto ajetreo.

Saqué el móvil del bolsillo. Había nuevas solicitudes de información para iniciar terapia. Se me escapó una sonrisa al verlas. Me sentía contenta, satisfecha. Y orgullosa; aunque me costaba decirlo en voz alta, también me sentía orgullosa. Las cosas iban bien; mejor de lo que podía esperar, de hecho.

También había un mensaje de Bruno como respuesta al que le había enviado hacía unas horas, antes del taller:

Qué vaya muy bien el taller.

Disfruta mucho. Ya me contarás.

Por cierto, tengo ganas de verte...

Le mandé una foto de los *panellets* y lo acompañé de:

Te he guardado alguno. Sin extra de proteínas (larga historia, ya te contaré)

¿Cuándo nos vemos?

33

BRUNO

Una foto de unos *panellets* y un «¿Cuándo nos vemos?» fueron motivo suficiente para dejar a medias el artículo que tenía entre manos, ir al encuentro de Júlia y hacerle una propuesta.

Llegué al obrador cuando ya anochecía.

Abrí la puerta con sigilo, tratando de que las campanillas de la entrada se movieran lo menos posible y no delataran mi presencia. Júlia cantaba y bailaba usando la escoba como micrófono.

Me planté en la entrada con la puerta detrás de mí. Me apoyé en la pared, de brazos cruzados y, cuando la canción acabó, la obsequié con un sonoro aplauso.

—¡Qué susto! —Júlia dio un bote y se llevó la mano al pecho—. ¿Qué haces aquí? —me preguntó, desconcertada por mi inesperada aparición.

—Preguntaste que cuándo nos veríamos, ¿no? Pues aquí me tienes. —No pretendía sonar gracioso, pero se echó a reír—. Además, dijiste que tenías algo para mí, ¿no? —Me acerqué a ella—. No quería que los *panellets* se estropeasen… —añadí como si, en realidad, le estuviese haciendo un favor.

—Los *panellets* pueden aguantar días si se conservan

apropiadamente —añadió, poniendo en evidencia mis intenciones.

—Quizá ellos pueden esperar, pero yo no.

Di el último paso que me quedaba y la besé.

Júlia me cogió de la mano, me llevó hacia el obrador y me mostró los dulces que habían creado unas horas antes.

—Estos no llevan... ¿cómo dijiste? —traté de hacer memoria—, un «extra de proteína», ¿no?

Júlia soltó una carcajada.

—No —respondió todavía entre risas—. Ya verás cuando te cuente. Pero ni una palabra a Luisa —me advirtió—, que su nieta es la protagonista de la historia.

—No diré nada, prometido.

Júlia le dio un bocado al dulce. La imité.

—Os han quedado deliciosos —la felicité—. ¿Ha ido bien el taller? ¿Estás satisfecha?

—Mucho —respondió con la boca llena.

Dejé pasar los segundos, a la espera de encontrar el momento oportuno. Ante la certeza de no hallarlo, me lancé de cabeza:

—Júlia, yo quería tratar contigo dos asuntos. Lo primero es una propuesta y lo segundo, una conversación —dije, serio.

—¿*Una* conversación oooooo *la* conversación? —repuso, asegurándose de que quedaba clara la diferencia, mientras se sentaba a la mesa de trabajo.

—*Una* conversación antes de tener *la* conversación.

—Mmm... Vale. —Júlia alzó una ceja, con gesto de sorpresa—. Tú dirás —espetó mientras se deshacía con la boca de los restos de *panellet* que tenía en los dedos, a lo Amélie Poulain.

—Esta noche hay un concierto de un grupo que nos

gustaba a los dos. Uno muy nuestro —añadí, reduciendo las posibilidades.

—¡Bandidos! —exclamó.

Asentí.

—Tocan en...

—Sí, en No Más Soda, aquel garito de la plaza Real. Lo he visto anunciado.

—¿Lo has visto? ¿Y no ibas a ir? —No quería que se sintiese obligada a venir conmigo solo por que se lo propusiera.

—No, no iba a ir, peeeeeero —añadió mientras me cogía de las manos y me llevaba hacia ella— si me lo propones tú... la cosa cambia.

—¿Te apetece?

—Me encantará —me dio un beso— ir —otro— contigo —y otro más.

—Pero antes...

—¿No me digas que hay un pero? —protestó, frustrada, mientras apoyaba su frente a la mía.

—Antes me gustaría que hablásemos de algo.

Júlia me apartó con suavidad, apoyó las manos en la mesa y bajó sus pies de nuevo al suelo.

—Soy muy fan de hablar, te lo prometo, pero ¿tenemos que hablar precisamente ahora? —Frunció el ceño, convencida de que había otras opciones.

—Bueno, no tiene por qué ser ahora. —Me llevé una mano a la nuca y me rasqué el pelo—, pero me gustaría hablar contigo de algo antes de dar ciertos pasos.

—Mmm... vale, de acuerdo —accedió—. No mentiré si te digo que me has cortado el rollo. Pero agradezco que pongas el freno y que quieras que hablemos antes de... dar ciertos pasos. Además, me gusta que lo hayas propuesto tú.

¿Por qué no lo hablamos cenando, después del concierto, con tranquilidad?

—Vale —respondí, satisfecho.

El garito no era de esa clase que estaba acostumbrado a frecuentar. Y, a juzgar por la cara que puso Júlia al cruzar la puerta metalizada pintada de rojo y llena de pegatinas, ella tampoco.

Los dos bailamos o, mejor dicho, saltamos, dejándonos llevar por la multitud.

El pecho me retumbaba con la música.

Reímos, llevamos nuestras cuerdas vocales al extremo, nos tiramos lo que nos quedaba de bebida por encima y sudamos.

En cuanto terminó el concierto, subimos las estrechas escaleras y salimos deseando poder respirar aire fresco.

—Ha estado bien, ¿no? —le dije de camino al coche, disfrutando del agradable sonido del tráfico de la ciudad, que, comparado con los decibelios de la sala, me pareció un silencio abrumador.

—¡Guau! —exclamó Júlia al bajar del coche y divisar las vistas de la ciudad, unas de esas que te dejan sin aliento—. ¡Es impresionante! ¡Se ve toda Barcelona!

De vuelta a casa, paramos a comprar unos bocadillos en un restaurante de comida rápida y conduje hasta un mirador que nos quedaba a mitad de camino. «Cena con vistas», le había prometido.

Nos apoyamos en el capó del coche y, como el resto de la gente que había en el lugar, disfrutamos del silencio y de las vistas mientras dábamos buena cuenta de nuestra cena.

De repente se puso seria.

—¿Es ahora un buen momento para hablar? —preguntó.

Me costó tragar el último bocado y pensé que quizá ese no era el más indicado (empezaba a sospechar que nunca lo sería).

—Terminemos la cena y hablemos más tarde. —La miré y ella, conforme, asintió—. ¿Puedo decirte algo? Es sobre tu madre.

Sabía que hablar de su relación era un asunto delicado, así que preferí pedir permiso antes de hacerlo.

—Claro —respondió, mirando al frente.

—Me cayó bien. Me pareció agradable, divertida. Y os vi bien. —Júlia no dijo nada, así que continué—: A vosotras dos, me refiero. Incluso percibí algunos momentos de complicidad. No sé si me explico.

—Sí, perfectamente. Y es así. Yo también lo percibí. Y, si te soy sincera, me sorprendió. Nuestra relación se encuentra en una nueva etapa, ¿sabes?

—Y ¿cómo lo llevas?

—Es agradable, pero raro. Tengo muy presente lo que me dijiste, lo de dejarla hacer de madre.

Sonreí. Me gustó saber que, después de todo lo que ella estaba haciendo por mí, yo pudiera hacer algo por ella también.

—He vuelto a terapia.

No sabía qué decir.

—Eso es... bueno, ¿no? —observé con torpeza.

—Supongo que sí. Pero mi madre no es el único motivo por el que he retomado mi proceso. También estamos trabajando el área laboral: dónde quiero invertir mi tiempo y mi energía, si en la consulta o en el obrador; qué quiero para mí en el futuro y qué implicaciones tiene en cuanto a lealtades familiares. Y lo que supone a nivel emocional, claro, es lo más difícil. También estamos hablando de ti, de nosotros.

No lo vi venir y me atraganté.

—Perdona —dije, todavía con picor en el cuello—, no me lo esperaba.

—¿Te molesta que hable de ti en terapia? —sonó a pregunta trampa.

—No, para nada —respondí con franqueza—. Si has vuelto a terapia es porque crees que te vendrá bien. Si yo estoy en tu vida, es normal que hables de mí, digo yo, ¿no? —Júlia asintió—. Y más después de lo que me comentaste, aquello de la promesa que te hiciste sobre los hombres y el amor. Por tanto, si hablar de mí con tu psicóloga te ayuda... yo, encantado.

Júlia me lanzó una mirada mientras masticaba que no supe cómo interpretar.

Nos quedamos en silencio, terminando los bocadillos.

—Lástima de la contaminación lumínica —protestó en voz baja al tiempo que buscaba los puntos de luz de las farolas que iluminaban el margen de la carretera en el que se encontraba el mirador, y los faros encendidos de algunos de los coches que llegaban al lugar.

Me incorporé y me giré hacia ella.

—Esto podemos solucionarlo —dije con decisión, y me incorporé del capó.

—¿Qué vas a hacer? ¿Vas a apagar las luces de la ciudad? —bromeó con ironía.

—Puede —respondí, apoyando mis manos en sus rodillas, y le di un beso fugaz—. Sube —le ordené, misterioso.

—¿Adónde vamos? —me preguntó mientras se abrochaba el cinturón.

Di al contacto, quité el freno de mano, metí primera y la miré mientras se dibujaba en mi cara una sonrisa traviesa.

—A apagar las luces de la ciudad.

34

JÚLIA

El ruido del freno de mano me confirmó que habíamos llegado a nuestro destino: un pequeño claro en mitad de una carretera de curvas, rodeado por un frondoso bosque en la sierra de Collserola.

—Aunque esté oscuro y dé un poco de cosa, te aseguro que es un lugar tranquilo —me dijo—. Tan tranquilo como que el único peligro con el que tendrás que lidiar aquí es con las raíces de los árboles que se han apoderado del camino. —No entendí qué me quería decir—. Pero veo que hoy vienes con un calzado menos arriesgado.

Miré abajo, hacia mis pies. Llevaba unas zapatillas deportivas. Entonces comprendí que estaba bromeando.

—Qué tonto eres... —Le di un golpecito en el brazo a modo de represalia.

Bruno me cogió de la mano y nos adentramos en el bosque. Al principio apenas veía las siluetas de los árboles, pero, poco a poco, los ojos se me fueron acostumbrando a la oscuridad.

Llegamos a un mirador; en esa ocasión, uno en el que no había nadie. De hecho, por no haber, no había ni luz.

Se veían poblaciones a lo lejos, pero la contaminación lumínica no era comparable con la de la ciudad de Barcelona.

—Has hecho trampas —protesté en broma—. No has apagado las luces de la ciudad. —Fingí estar decepcionada.

—Es verdad, lo confieso. He hecho trampas —se encogió de hombros—, pero, Júlia, ahora en serio —me miró fijamente—, no tengo por costumbre comprometerme a algo que no estoy seguro de ser capaz de cumplir.

Y en aquel momento supe que no estábamos hablando de las luces de Barcelona.

Enmudecí.

¿Cómo debía continuar después de aquellas palabras? ¿Era esa su forma de iniciar *la* conversación?

—Me han prometido tantas cosas... y tan pocas se han cumplido... —retrocedí, también en sentido literal.

Bruno me cogió de la mano y me frenó. Alcé la vista hasta llegar a sus ojos. Cada vez veía con mayor nitidez.

—No puedo prometerte que no te haré daño, porque, como dijiste, a veces herimos al otro sin querer; si te prometiera lo contrario, te estaría mintiendo...

—Eso es lo más sincero que me han dicho nunca —le interrumpí.

Acto seguido, agaché la cabeza.

—... pero voy a intentar hacer las cosas bien —prosiguió—. Si me dejas, claro —añadió, levantando mi mentón con la mano.

Enmudecí de nuevo.

El corazón se me aceleró de golpe. Los latidos sonaban como tambores que me llamaban a la batalla, una para la que no estaba preparada.

Bruno no insistió, sino que me soltó y tomó distancia. Por un momento pensé que se había enfadado ante la ausencia de respuesta.

—¿Qué haces? —pregunté, nerviosa.

Él seguía a lo suyo: extendió una manta en el suelo, se tumbó y me invitó a echarme a su lado.

Acepté la invitación y me coloqué a escasos centímetros de él.

Las melodías del bosque nos acompañaron durante un buen rato. El sonido de las copas de los árboles movidas por el viento, el ruido de las ramas al pasar entre ellas los pequeños habitantes de la espesura, los ululatos de las aves, el canto de los grillos aprovechando las últimas noches cálidas del año.

—¿Ves esas dos estrellas que brillan más que el resto? —Rompí el silencio—. Son las guardas de la Osa Menor. ¿Y ves las que hay debajo de ellas, con forma de carro? —Bruno asentía—. Esa es la Osa Mayor.

Entre constelación y constelación, cruzamos algunas miradas.

Bruno me escuchaba con atención. Si tenía conocimientos sobre astronomía, fingía muy bien no tener ni idea.

Y llegó un momento en que no pude contenerme. Aún con el conflicto interno por resolver, las palabras salieron sin que pudiera hacer nada por evitarlo:

—Quiero dar una oportunidad a lo nuestro. Ahora. Como adultos —dije, mirando al firmamento. Con el rabillo del ojo percibí que se volvía hacia mí—. Pero no sé si puedo. —Me llevé las manos a la cara, como si quisiera esconderme.

—¿No sabes si puedes?

—No sé si puedo volver a confiar. No sé si quiero arriesgarme a volver a confiar.

—¿Cómo puedo demostrarte que puedes confiar en mí?

—No se trata solo de ti. Se trata de confiar también en mí. En mi capacidad para preguntarme lo que quiero, para escucharme con honestidad y para recordarme lo que necesito. No quiero volver a desdibujarme. No quiero volver a perderme en una relación, ¿sabes?

Le miré a los ojos como si en ellos fuese a encontrar una respuesta honesta.

—Júlia —buscó mi mano a ciegas, sin apartar los ojos de mí—, yo no sé cómo podría contribuir a que no te perdieras. Pero si para que tú estés bien tenemos que dejar de vernos o, no sé, tal vez alejarme de ti, porque sientes que no estás preparada o porque crees que no soy bueno para ti —cerró los ojos con fuerza y apretó los labios—, lo haré. Eres maravillosa. No mereces perderte por nadie...

—Lo dices para complacerme —le rebatí, nerviosa, soltando la mano.

—No —respondió, tajante—. Lo digo en serio. Te recordaba alegre, divertida, apasionada e inteligente. Pero eres aún mejor que mi recuerdo.

—Anda, para, que vas a hacer que me sonroje.

—Adelante, sonrójate. Apenas lo voy a notar. —Se encogió de hombros en un divertido gesto.

Reímos.

Negué con la cabeza, avergonzada por las tonterías que salían de mi boca y de la suya, por la sonrisa bobalicona que apenas podía ocultar, o por ambas cosas a la vez.

Se puso de lado, con un brazo dibujando un ángulo de noventa grados, y apoyó la cabeza en la mano. Yo hice lo mismo. Nos quedamos frente a frente.

—Sé que tenemos muchas cosas de las que hablar —se acercó lentamente— y no me gustaría que lo que voy a decirte hiciera que te sintieras presionada a corresponderme, a decir algo que no sientes, o que todavía no estás preparada para expresar. Pero, si no lo digo, reviento.

—Me estás asustando —reí, nerviosa.

Bruno ignoró mis palabras y prosiguió:

—Estoy muy a gusto contigo. —Hizo una pausa, como para que ambos pudiéramos digerir aquello antes de continuar—. Me encantas.

Subió por mi estómago un cosquilleo que me gustó y asustó a partes iguales.

Esas palabras podría haberlas dicho yo... si no me aterrase pensar hacia dónde podían llevarnos. Quise hacerlo, pero lo que sentimos no siempre queda refrendado a viva voz. Y lo que estaba a punto de suceder podía ser un ejemplo de ello.

—Al principio siempre es así —tomó las riendas mi parte más escéptica, la que ya no cree en el amor, la que no confía ni en los demás, ni en ella misma, ni en la vida.

—Lo sé. Sé de qué hablas. Pero no puedo ignorar lo que siento.

Nos quedamos en silencio, mirándonos.

—Perdona si te ha molestado —murmuró—. Y perdona por lo que voy a decirte, pero, ya puestos, me arriesgo del todo. —Se le escapó una risa. Parecía nervioso—. Me da la sensación de que tú sientes lo mismo.

—Mierda... —musité.

Busqué el suelo con la espalda, me quedé bocarriba y resoplé mientras sonreía de forma irónica. Luego me cubrí la cara con las manos, aparté los dedos, como haciendo una cueva con ellos, y lo miré de reojo por el agujero.

—¿Tanto se nota?

Bruno sonrió a modo de respuesta, sin decir nada.

Se incorporó para reclinar su cuerpo sobre el mío. Me

apartó el pelo de la cara, lo colocó detrás de la oreja y me besó.

No fue un beso corto y dulce, no. Esa vez fue un beso lento y largo. Uno de esos que dicen «Me gustas», pero también «Ardo en deseos de no separar mi piel de la tuya».

Nos besamos primero con torpeza. Nos detuvimos. Nos miramos. Reímos. Bruno apoyó su frente en la mía antes de seguir besándome en el cuello.

Avanzaba lentamente, centímetro a centímetro. Me hizo cosquillas y me removí en el sitio. Reímos.

Fue a buscar de nuevo mis labios y los encontró. Lejos quedaba la timidez. Y pronto dejamos atrás a la torpeza.

La sensación en el estómago no me daba tregua. Y quise más.

Le quité la camisa tejana como pude y fui a buscar el extremo inferior de su camiseta. Cuando lo encontré, lo atraje hacia a mí. Bruno se incorporó y me cogió de la espalda para que me incorporase con él. Mi cuerpo pegado al suyo, sintiendo su calor. Pero nos supo a poco: había demasiada ropa de por medio.

Terminó el camino que yo había iniciado con su camiseta y se la quitó. Yo hice lo mismo con la mía. Nos observamos con curiosidad. Nos estudiamos con cuidado, como si quisiéramos memorizar cada rincón de nuestra piel.

Recorrí su torso con los dedos y la mirada, en un movimiento que fue ganando intensidad, hasta llegar al bajo vientre.

En ese instante, Bruno me tumbó de nuevo y nos besamos mientras él recorría mi cuerpo con las manos y yo el suyo con las mías.

Nuestra respiración se aceleraba, y cada vez sentía más calor.

Llegamos a zonas hasta entonces prohibidas y ambos nos preguntamos cómo continuaba aquel baile de besos, caricias y piel.

Le desabroché los pantalones mientras él hacía lo mismo con los míos, acompañados por una sonrisa nerviosa.

La cremallera de mis tejanos no nos lo puso fácil, y aquel ridículo obstáculo se convirtió en el paréntesis que nos desinflaría sin remedio.

—Bruno —se detuvo y me miró a los ojos—, ¿tienes...? —le pregunté. Él movió la cabeza de un lado al otro—. Yo tampoco.

Suspiró de forma sonora. Su desilusión me representaba a mí también.

Con los torsos desnudos y los pantalones a medio desabrochar, Bruno se tumbó a mi lado y ambos soltamos una carcajada.

«Pídeme que suba», decían sus ojos, que, sin apenas pestañear, me miraban de forma penetrante.

De fondo, el sonido del motor del coche, aparcado delante del portal de mi casa.

Cerré los ojos queriendo esconder una mirada que no podía decir otra cosa distinta a «Quiero estar contigo, quédate».

Suspiré profundamente y no dije nada. Solo asentí. Asentí y me desabroché el cinturón de seguridad. Aquel gesto fue suficiente para que Bruno apagase el motor y se desabrochase él también el cinturón.

Entramos en el portal y esperamos la llegada del ascensor.

Mi cuerpo anticipaba lo que estaba a punto de pasar.

Bruno cerró la puerta detrás de él y, en cuanto se giró, me encontró dispuesta a endulzar la espera hasta llegar al ático. Nos besamos lentamente, saboreando los movimientos y sin poder dejar quietas las manos. Yo hundía mis dedos en su pelo; él exploraba las curvas de mi espalda, apretándome contra su pecho, sobrándonos la ropa. Hasta la piel.

Salimos del ascensor y, con los nervios, las llaves se me cayeron al suelo. Nos agachamos a la vez para recogerlas con tan mala suerte que chocamos. Reímos. Pero no dijimos nada.

Bruno volvió a besarme, me subió unos centímetros del suelo y mis piernas lo rodearon.

Mi respiración se entrecortó.

Así, pegados, dimos unos pasos hacia atrás hasta que mi espalda chocó con el marco de la puerta.

—Au —me quejé sin separar mis labios de los suyos.

—¿Estás bien? —me preguntó contra mi boca.

Asentí sin dejar de besarle. Teníamos toda la noche para hacerlo, pero eso a mi cuerpo parecía no bastarle.

Llegó el momento de abrir la puerta, más que por deseo, por miedo a dejarnos llevar (todavía más) y protagonizar un escándalo entre los vecinos, cuya media de edad superaba con creces los setenta.

Bruno me bajó y, mientras trataba de atinar metiendo la llave en el agujero de la cerradura, no dejó de abrazarme y de besarme en el cuello.

Entramos.

No encendí la luz.

Él cerró la puerta detrás de sí y le pedí que fuésemos sigilosos.

—Chisss. No hagamos ruido, o Charlotte se despertará y no nos dejará en paz.

Con los labios pegados a los míos, dijo «Perdón».

Y, casi de forma inconsciente, interpretamos aquel gesto, el de cerrar la puerta, como un permiso para dar rienda suelta a nuestra pasión.

Me quité la camiseta e hice lo propio con la suya.

Avancé hacia el comedor, palpando los muebles por el camino, con Bruno pegado a mi cuerpo, siguiendo mis pasos.

Tropecé con una montaña de libros que había en el suelo a modo de mesita para un potos precioso cuyas ramas, en la oscuridad, me parecieron unas peligrosas enredaderas. Maldije ser tan caótica.

—¿Estás bien? —me preguntó Bruno en un susurro.

Asentí y seguí avanzando hacia el dormitorio.

Me quedé a los pies de la cama y, sin apartar los ojos de él, me quité las zapatillas a pisotones y me desabroché el pantalón. Él hizo lo mismo.

Plantó la mano izquierda al sur de mi cintura y con la derecha me recorrió el cuello hasta llevarla a la cabeza, mientras seguía besándome y me tumbaba sobre la cama.

Arrastré la espalda hacia arriba, hacia el cabezal. Él siguió mis pasos. Y decidimos que había llegado el momento de disfrutar el uno del otro en los términos más físicos que admite esta palabra.

Y así lo hicimos. Alternando ternura y pasión, dulzura y atrevimiento.

Mi cuerpo se arqueaba. Mi piel se erizaba. Mis piernas temblaban.

Sentía frío y luego calor y después escalofríos. Y el placer se volvió inevitablemente ruidoso.

En casa beso, en cada caricia, en cada movimiento transmitía el deseo de no querer estar en otro lugar, de no querer tocar otra piel.

No sabía qué nos depararía el futuro, ni qué resultaría de la conversación que teníamos pendiente, ni cómo lograría resolver mi conflicto interno. Pero en ese momento di con una certeza, la única posible: me había enajenado el sentir, estaba embriagada de placer.

35

BRUNO

Los maullidos de la gata me despertaron. Apenas estaba amaneciendo, pero en aquella casa parecía que había ya mucha vida.

—¿Júlia? —la llamé mientras ponía los pies en el suelo.

Enseguida apareció por la puerta con una camiseta de la fiesta mayor del pueblo, descolorida por el uso, unas braguitas demasiado finas para hacer conjunto, un moño mal hecho y cara de preocupación.

—¿Ya estás despierto?

—¿Todo bien?

Nuestras preguntas se cruzaron en el aire.

—No encuentro a Emily.

Rebusqué mi camiseta entre las sábanas revueltas sin mucho éxito.

Júlia se dirigió con paso ligero hacia el recibidor y volvió con ella.

—Anoche olvidaste esto por el camino —bromeó con una sonrisa pícara.

—Anoche olvidamos muchas cosas. Los miedos y la...

—Bruno, ahora no es el momento —me cortó.

Júlia parecía preocupada por la desaparición de la tortuga. Aunque por un momento sospeché que, en realidad, lo usaba de excusa para no tener que enfrentarse a la conversación que teníamos pendiente.

Movimos muebles, levantamos alfombras, rebuscamos en todos los rincones. Finalmente, la encontramos detrás de una maceta.

—Sujétala un momento mientras le cambio el agua —me pidió.

El reptil retrajo la cabeza y el cuello, y se escondió dentro del caparazón. Lo envidié por ello; ese mecanismo de defensa me resultaría terriblemente útil en algunas situaciones: meterme para dentro, hacer como si no estuviera, desaparecer hasta nuevo aviso.

Cuando Júlia le hubo cambiado el agua y puesto comida, la volvió a dejar en su pequeño hábitat.

—Oye, ¿te parece si...? —Iba a sugerirle desayunar en el balcón, aunque empezara a hacer frío, o bien ofrecerme a bajar a por churros, unos cruasanes o pan, lo que más le apeteciera. Después de hacer mis pinitos rescatando reptiles, me apetecía desayunar con ella tranquilamente. Era temprano y teníamos toda la mañana para nosotros. También para hablar.

—Bruno, ¿te importaría dejarme en el obrador?

—¿Ahora? —exclamé con una expresión a caballo entre la sorpresa y la decepción; no era así como había imaginado despertar a su lado—. Pero si apenas acaba de salir el sol...

—... y ya llego tarde —añadió ella.

36

JÚLIA

Me despedí de Bruno con un beso rápido y un «No me puedo entretener». Él se ofreció a echarme una mano con los preparativos de la primera hornada, al menos hasta que llegasen Nina y la abuela. Se lo agradecí, pero no acepté su ayuda.

Mientras me disponía a subir la persiana del obrador, pensé que Emily y sus ganas de ver mundo me habían brindado la excusa perfecta para no tener que hablar con Bruno de lo que había pasado entre nosotros la noche anterior. Su desaparición momentánea me había regalado tiempo. Tiempo para reflexionar a solas. Tiempo para encajar todo lo que estaba pasando, para recolocarlo en mi interior, para decidir qué quedaba de la promesa que me había hecho, para valorar hasta qué punto era consciente de los pasos que estaba dando.

Mientras me ataba el delantal, me organicé mentalmente para compensar el retraso. Pronto llegarían las primeras clientas, entrañables señoras mayores que acuden a primerísima hora a por su *baguette* o su barra de cuarto porque creen que hacerlo más tarde es muy arriesgado. Ya dentro, me pregunté cómo me hubiese gustado despertarme a la mañana siguiente de haber hecho el amor con Bruno por primera vez. Cerré los ojos mientras me ponía el delantal y traté de imaginármelo. Me vi entre sus brazos, pidiendo al despertador cinco minutos más, con poca ropa y mucho calor, entrelazando nuestras manos y jugando con los pies bajo las mantas.

La realidad era que había sucedido de forma muy distinta. Pero, con suerte, habría más noches, más mañanas y más despertares juntos.

Me detuve un momento para analizar lo que acababa de desear, y me sorprendí teniendo esos pensamientos: lejos quedaba mi promesa de mantenerme alejada de los hombres. «Te estás pillando, Júlia, cuidado», me repetía una voz dentro de mí. Pero lo más extraño de todo era que me sentía en paz con ello.

Me puse música, que seleccioné cuidadosamente para despertarme, y empecé a trabajar.

Sabía lo que estaba haciendo, no perdía detalle de mis movimientos. ¡Manos a la obra! Pero mi cabeza, que parecía funcionar de forma independiente, no podía dejar de regresar a la noche anterior una y otra vez, haciéndome recordar momentos, sensaciones: la música del concierto retumbándome en el pecho; las improvisadas clases de astronomía para principiantes; los ruidos del bosque a medianoche; la impaciencia que se apoderó de mí en el ascensor; el calor de los labios de Bruno contra los míos; el recorrido a tientas por mi piso, sin despegarnos. Y me recreé en ellas al traerlo de nuevo a la mente.

—Uy, Julieta, cariño, ¡qué cara llevas! —exclamó la abuela, que acababa de llegar acompañada de Nina.

Estaba tan absorta en mis pensamientos que no las había oído entrar.

Bajé el volumen de la música.

La abuela se acercó y me explotó un beso en la mejilla.

—¿Te encuentras bien? —me preguntó, preocupada, mientras posaba la mano en mi frente, como hacía cuando era pequeña.

—Tengo sueño. No he dormido mis horas, eso es todo.

—Algo me dice a mí que hay más… —dijo, poniendo los brazos en jarras.

No supe disimular la risilla que terminó por delatarme.

—¿Es sobre Bruno, sobre las sesiones con las pacientes…? —Nina se acercó para saludarme y aprovechó para ir al grano.

—Lo primero, Nina, ¿no ves la cara de tonta que se le ha puesto en cuanto lo has nombrado? —observó la abuela, a quien no se le escapaba ni una.

—Ha pasado algo con Bruno, pero también tenemos que hablar de lo segundo, Nina.

—A ver cuenta, cuenta —me pidió en tono confidente con una risilla a la altura de la mía.

—No, ahora no —susurré—. Más tarde —le dije casi con voz ahogada para que la abuela no nos oyera.

—No puedo esperar —insistió Nina, impaciente. Me cogió del brazo y me apartó unos metros de la abuela.

—Niñas, no os andéis con tanto secretismo, que yo también he sido joven y he tenido esa risilla. El abuelo era un buen padre, un buen marido y… —se detuvo un momento para sonreír con picardía—, y un buen amante.

—¿Pero…? ¡Abuela! —exclamé.

Nina y yo nos quedamos descolocadas al escuchar ese comentario. Nos miramos y estallamos de risa a la vez.

Las campanas del obrador anunciaron la llegada de mi madre, muy bien escoltada por el apuesto Jean Claude: un hombre de metro ochenta, pelo blanco, barba de tres días y fular al cuello colocado de forma muy estudiada.

Mamá me buscó con la mirada y no tardó en encontrarme. Al verme, su rostro dibujó una amplia sonrisa. El mío, de forma inconsciente, también. Me saludó en la distancia con un beso que lanzó al aire y que acompañó de unas palabras al oído de Jean Claude, quien me dijo hola con la mano, también en la distancia.

Mientras terminaba de atender a una clienta indecisa, mamá aprovechó para enseñarle a su novio la decoración del obrador. Caminaba entre las mesas señalando aquí y allá, dirigiendo la atención a los diferentes elementos decorativos. Jean Claude la seguía, atento y embelesado. La escena me pareció tierna y, aunque no conocía los detalles de su historia, deseé que lo suyo durase mucho tiempo; aquel hombre le hacía bien.

—Os ha quedado precioso, enhorabuena —dijo Jean Claude, transformando las erres en ges.

—¿Qué ha dicho la clientela de la decoración? —me preguntó mamá, anticipando con orgullo la respuesta.

—Jo —sacudí las manos, exagerando mi expresión—, ¡les ha encantado! ¡Incluso diría que se han visto algunas caras nuevas por aquí!

—Ya te lo dije yo, cariño, que una decoración tan resultona llamaría la atención —afirmó, muy segura—. Cuando tengas que decorar tu consulta, cuenta conmigo —soltó sin pensarlo—. Bueno, si quieres —reculó.

Sonreí a modo de respuesta.

En otro momento hubiese interpretado ese comentario como algo intrusivo y hubiera preferido declinar su propuesta para evitar una decepción al darme cuenta de nuevo de que no podía contar con ella. Pero, por alguna extraña razón, me gustó que quisiera formar parte de mis sueños.

—Ya lo visualizo: CENTRO DE PSICOLOGÍA JÚLIA MALVAR DOSRIUS —dijo como leyendo un cartel y gesticulando con generosidad—. Y te imagino a ti detrás de un escritorio de cristal, como el que tienes en casa. Y unas butacas de terciopelo de color pastel. No —se frenó a sí misma—, mejor ocre. Fíjate, es tu color, te queda genial. Estás deslumbrante rodeada de amarillos, ocres y dorados.

Enmudecí. No por el piropo, sino porque así era justo como imaginaba mi consulta. Y me emocioné.

«¡Júlia, no te embales!», me detuvo esa parte de mí a la que no le hacía ni pizca de gracia que me ilusionase, por eso de evitar la caída y luego, el golpe.

Hacía unas semanas que me había permitido soñar con la idea de tener mi propio centro de psicología y había creado una nueva carpeta de Pinterest que me serviría de inspiración cuando llegase el momento.

«Si llega algún día», me recordaba la parte que me frenaba.

«Si llega algún día», repetí, resignada.

Mi madre seguía diciendo en voz alta cómo imaginaba mi (futura) consulta. No era algo que recordara haber comentado con ella, tampoco con la abuela o con Nina (que ya sabemos lo discreta que es). Así que me pregunté si, en realidad, mamá se fijaba en mis gustos y preferencias más de lo que yo pensaba.

—Y muchas plantas. Plantas por todos lados —añadió, poniendo la guinda al pastel.

Y entonces me sentí «vista». Sentí que mi madre reparaba más en mí de lo que suponía. Y me resultó agradable. Mucho. Pero, lejos de mostrar vulnerabilidad, reí y moví la cabeza de un lado a otro, como diciendo: «Esta mujer no tiene remedio».

—Mamá, para eso todavía falta mucho... —La bajé de la nube—. Alquilar un despacho supondría un coste fijo a final de mes. Y de momento, con el volumen de sesiones que tengo, no podría hacer frente a ello. Quizá en un futuro lejano...

—No tan lejano, ¿eh? —La voz de mi hermana apareció por detrás—. Si sigues llenando la agenda a este ritmo, pronto podrás alquilar un despacho.

—Un despachito —la corregí mientras, por dentro, me sentía como en la cima de una montaña rusa, a punto de iniciar el descenso: con mucho vértigo.

—Bueno, un despachito —rectificó Nina, medio conforme—. Pero antes, hermanita, tendremos que ver cómo nos organizamos.

—Ay, sí. —Me rasqué la frente.

—Puedo cubrirte algunas horas más a la semana, pero no muchas... Pronto necesitaremos refuerzos.

—¿Y qué vais a hacer? —preguntó mamá.

—No lo sé. —Nina apoyó las manos en la cintura y se volvió hacia mí—. Júlia, ¿qué vamos a hacer?

Todos los ojos se clavaron en mí.

—Necesitaremos a alguien que nos eche una mano —observé. «Eso es evidente. Bravo, Júlia, por la elocuencia»—. Pero todavía no quiero contratar a nadie, por si las moscas.

Nina me observó con escepticismo.

—Por si las moscas, ¿qué?

—A ver... —chisté molesta por tener que expresar mis temores allí mismo y en voz alta—, es que no sé si esto de las sesiones es algo temporal...

—¿Por qué iba a serlo, *ma chérie*? —me preguntó mamá, retirándome el cabello de la cara.

—No lo sé... —Me encogí de hombros—. Por el momento, todas las personas que han contactado conmigo han iniciado un proceso. Pero ¿y si dejan de llegar nuevas solicitudes? ¿Y si esto solo es un golpe de suerte? ¿Y si no consigo seguir llenando la agenda? —suspiré—. O, peor aún, ¿y si no soy capaz de ayudarlas? —dije con la boca pequeña.

Mi impostora había tomado el relevo, y debo confesar que a veces no sabía quién hablaba: si ella o yo. Al fin y al cabo, sus temores no me parecían tan descabellados...

Nina se cruzó de brazos y resopló molesta por mi comentario. Miró a mamá como si la invitase a echarme la bronca, pero tomó ella misma la iniciativa.

—¿Por qué no confías más en ti? Mira, Júlia, ya sé que es una decisión difícil de tomar, pero yo no puedo cubrirte muchas más horas. Y el obrador no puede quedarse desatendido...

Mamá carraspeó.

Nina y yo la miramos.

Ella enarcó las cejas tanto como pudo, se puso de puntillas y se balanceó como lo haría una niña pequeña para que la viesen.

¿Qué significaba aquello?

Volvió a carraspear.

—Mamá, ¿qué nos quieres decir? —preguntó Nina, que nunca ha sido la más paciente de las dos.

—Yo puedo ayudaros.

—¡¿TÚ?! —preguntamos al unísono.

Mamá miró a Jean Claude como si quisiera comprobar si él estaba tan sorprendido como nosotras. Y lo estaba.

¿Por qué iba una afamada artista a querer pasar sus días entre masas enharinadas y tazas de café? ¿Qué clase de decisión era esa?

—No sé qué os sorprende tanto —alzó los hombros al decirlo—, me conozco los procesos y se me da bien la gente. ¡Lo llevo en la sangre! —exclamó, gloriosa.

—Mamá, no te enfades por lo que te voy a decir —empecé con tacto—, pero...

—... pero no has querido saber nada del obrador durante décadas... —Nina terminó por mí.

Hice una mueca agradeciendo su apoyo. Al menos una de las dos hablaba alto y claro.

—Ya lo sé. —Se llevó la mano a la cara y colocó los dedos índice y pulgar a escasos milímetros del lagrimal, uno a cada lado de la nariz, para después masajearse la zona—. Una servidora tiene derecho a cambiar de opinión, ¿no? —Buscó alianzas con la mirada—. No me tenéis que decir nada ahora. Pensadlo tranquilamente.

Lo pensé durante unos segundos. ¿Hasta qué punto era factible su propuesta? ¿Realmente podía funcionar?

—¿Y qué pasa con la exposición? —indagué.

—Jean Claude se encargaría de los detalles, ¿a que sí, *mon amour*? —le interpeló, y él asintió—. Yo solo tendría que acudir a la inauguración. Os avisaría de las fechas con tiempo, para que os pudierais organizar y que todo quedase atado.

Nina y yo nos miramos nada convencidas de que aquello realmente fuese una buena idea. Aunque debo confesar que tiempo atrás me hubiera parecido una auténtica locura.

—Lo valoramos —dijo Nina.

—Le damos una vuelta y te decimos algo —concluí yo.

Regina asintió con la cabeza como muestra de conformidad y, aunque moderó su efusividad, no pudo evitar que la esperanza de una respuesta afirmativa se dibujase en su cara.

37

BRUNO

Laia quiso acompañarme a recorrer los bazares de la ciudad en busca de elementos decorativos para el cumpleaños de Llorenç. Hicimos una pausa para desayunar juntos. Aprovecharíamos para charlar con tranquilidad sobre el estado anímico de papá.

—Tú vienes muy a menudo por aquí, ¿no? —Sonó a «¿Qué intenciones tienes con mi hermana?».

Laia me miró extrañada, sin entender a qué se debían esas confianzas. Le respondí con una sonrisa tímida y me retiré con mi hermana a una de las mesas.

—¿Recuerdas que te hablé de Júlia? —introduje el tema, una vez ya sentados.

Laia entornó los ojos, como si rebuscase en su memoria.

—Recuerdo que la mencionaste, pero no llegamos a hablar de ella.

Oí las campanillas del obrador y giré la cabeza hacia la puerta de forma instintiva.

Ahí estaba: parecía tener prisa, llegar tarde o ambas cosas a la vez. Llevaba una camisa blanca, muy formal, y unos tejanos de tiro alto, para variar. Caminaba sin apartar los ojos del móvil. Parecía estar muy concentrada, como si algo importante reclamase su atención.

Se dirigió al mostrador y lo rodeó para llegar a la zona del obrador.

La seguí con la mirada, como si esperase, impaciente, el momento en que se percatase de mi presencia. Parte del motivo por el que había escogido ese lugar para desayunar con mi hermana era Júlia. Y me había llevado un chasco cuando, al entrar, no la había visto.

—¿Es ella? —me preguntó Laia—. ¿Eo? —Hizo aspavientos para llamar mi atención—. Tete, ¿es ella?

La oía como de fondo. Quise responderle, pero no podía apartar los ojos de Júlia. Me debatía internamente respecto a cómo debíamos saludarnos (era la primera vez que nos veíamos tras haber pasado la noche juntos).

Nina le advirtió de mi presencia y, en cuanto nos localizó con la mirada, se acercó a nuestra mesa.

Me levanté para recibirla.

Júlia me saludó con timidez y fue a darme dos besos que, con torpeza, terminaron en la comisura de los labios.

Nos pusimos nerviosos y bajamos las miradas. Nadie hubiese dicho que hacía tan solo un par de días nos habíamos acostado.

Nos quedamos sin saber qué decir. Por suerte, alguien decidió romper el hielo.

—Hola, soy Laia, la hermana de Bruno. —Se levantó y le dio dos besos.

—¿Laia? —preguntó Júlia, sorprendida—. ¿Laia, Laia? —Y con las manos indicó la altura que mi hermana debía de tener la última vez que la vio.

Asentí con una sonrisa.

—¿Nos conocemos? —preguntó ella.

—Nos conocimos —matizó Júlia—. En un par de ocasiones, tu hermano tuvo que hacerte de canguro, y nos quedamos contigo en el parque.

—Júlia y yo estuvimos saliendo un tiempo —aclaré.

—Aaah... —Laia ató cabos—. ¿Y ahora? —Ella me miró y la miré con las cejas enarcadas—. ¿Estáis saliendo? —preguntó con una sonrisa pícara, sabiendo que me estaba metiendo en un lío.

Le lancé una mirada llena de reproche.

—Sí —dijo Júlia, dubitativa.

—No —dije yo en el mismo golpe de voz, también con reservas.

Júlia ladeó la cabeza y, cuando nuestras miradas coincidieron, me desmonté.

—Bueno, sí —aclaré.

—En realidad, no —añadió ella con una mueca—. Nos estamos conociendo —dijo intentando ser tan precisa como fiel a la realidad.

Laia soltó una carcajada.

—Creo que tenéis muchas cosas de las que hablar... —observó.

Tenía razón. Júlia y yo reímos y nos miramos con complicidad.

—¿Te llamo luego? —le pregunté.

—Vale —respondió sin pensarlo, todavía con la sonrisa en los labios, y se dispuso a entrar en el obrador, pero antes se volvió hacia nosotros—. Bruno, a propósito, ¿haces algo este domingo?

—¿El domingo? No —respondí.

—Tete, el domingo tenemos el cumpleaños de Llo... —empezó Laia, pero la interrumpí con un puntapié por debajo de la mesa.

—¡Es verdad! —Me llevé las manos a la cabeza, disimulando—. No sé ni en qué día vivo. Tenemos un compromiso familiar.

—En otro momento, entonces. Llámame y ya vemos.

Júlia se retiró al obrador y Nina nos trajo los cafés.

—Así que os estáis conociendo... Vaya, vaya, tete, qué calladito te lo tenías —dijo con sorna—. Parece simpática —añadió en un tono distinto.

—Lo es.

—Lo que no entiendo es eso del «compromiso familiar».

No dije nada. Laia sujetó la taza con las manos y empezó a soplar. Yo cogí la cucharilla y removí el café. Pasaron apenas unos segundos hasta que ella puso cara de haber visto a un fantasma. Dejó la taza encima de la mesa y se acercó a mí abriendo los ojos tanto como podía.

—¿No sabe que tienes un hijo?

—Chisss —miré a mi alrededor para asegurarme de que nadie nos había oído—, baja la voz.

Laia negó con la cabeza.

—¿Y cuándo se lo piensas decir? —preguntó tras tomarse unos segundos para digerir mi respuesta.

—No lo sé. Pronto.

—¿Pronto? ¡Pero si estáis saliendo!

—¿Te importaría no hablar tan alto? —le rogué—. Ya has oído lo que ha dicho Júlia: no estamos saliendo, solo nos estamos conociendo.

—Pero tú quieres salir con ella, a mí no me engañas. Estás pilladísimo, tete. Se te ha iluminado la cara nada más verla. Y a ella también.

—¿Tú crees?

—Sí —respondió con seguridad, y se acercó para hablar bajito—. Tienes que contarle que eres padre. No es lo mismo salir con alguien que todavía no ha formado una familia que con alguien que ya tiene hijos...

—¿Tan importante crees que es? —Laia volvió a abrir unos ojos como platos, como si no creyese lo que le estaba preguntando—. Vale, vale. Lo pillo, lo pillo. Hablaré con ella.

—Lo que no entiendo es cómo no lo has hecho ya...

—Pufff —resoplé—. Pues porque todo ha ido sucediendo sin planearlo. Y cuando vi que la cosa iba a más, temí decírselo. No quería que sonase a «Quiero ser tu pareja y creo que debes saber que tengo un hijo». Ella no quería saber nada de relaciones, ¿sabes? Planteárselo todo de golpe me pareció excesivo. No quise que se sintiese abrumada. No quería perder lo que tenemos...

Me acodé sobre la mesa. Laia hizo lo mismo.

—Si se tiene que asustar, ¿no es mejor que lo haga ahora, antes de que desarrolléis más sentimientos el uno por el otro?

Hice una mueca. Tenía razón.

«Joder, Bruno. Suerte que querías hacerlo bien... Porque, chaval, ¡te has lucido!», me castigué.

—¿Crees que se asustará?

Laia se encogió de hombros.

—A mí me echaría un poco para atrás, si te soy sincera. Pero yo soy mucho más joven que tú y que ella; no me planteo tener familia a corto plazo, por lo que una pareja con hijos no entraría en mis planes. Pero ella tiene, ¿qué? ¿Treinta y cuatro años?

—Treinta y cinco.

—Y tú treinta y seis. A vuestra edad, es más normal conocer a alguien que tenga hijos... —Hizo una pausa como para dejarme digerir sus palabras—. Coméntaselo y sal de dudas. Tú quieres una pareja que entienda que eres padre, que Llorenç es una parte importantísima de tu vida y, por tanto, que lo acepte, ¿no? —Asentí con firmeza—. Y ella tiene derecho a decidir si quiere o no salir con alguien que tiene un hijo, ¿no crees?

—Hablas como si fueras mi psicóloga.

—No, tete, tu psicóloga no, pero... Tú hazme caso y habla con ella.

Sin embargo, por más razón que tuviera mi hermana, no se me quitaba el miedo a la reacción que pudiera tener Júlia cuando se lo dijera.

—No lo demores más —insistió Laia—. A ver si, por miedo a perderla, terminarás perdiéndola.

No sé si fue la conversación con mi hermana, pero nada más llegar a casa, sin tan siquiera quitarme la chaqueta, cogí los papeles del divorcio y me senté a la mesa.

Pasaron unos minutos hasta que logré abrir la carpeta y coger el bolígrafo. Pero de la misma forma que días, semanas y meses atrás una fuerza poderosa me mantenía alejado de los papeles, esa vez la misma fuerza me impedía levantarme de la silla sin haber cumplido con mi cometido.

Y lo hice.

Los firmé.

Firmé aquí y allá, en todos los espacios en los que era preciso hacerlo.

Cerré la carpeta cuando ya no quedaban más espacios en blanco. Y, en cuanto lo hice, respiré aliviado.

38

JÚLIA

—Es una novela... —dudé a la hora de escoger adjetivos—... única y peculiar. No solo en cuanto a su estructura, que no gustó en su momento, sino por los temas que aborda y cómo lo hace: sin remilgos ni sutilezas. *Cumbres borrascosas* es intensidad, es pasión, es sentir sin limitaciones, ni siquiera terrenales. Emily Brontë nos habla de sentimientos exagerados, de oscuridad y de tormento. Es curioso cómo ella proyectó en esta novela lo que creía que era el amor sin haberlo conocido, o eso dicen, en primera persona. Si buscas un libro de emociones planas, este —levanté mi ejemplar de tapa dura—, desde luego, no es el más adecuado. En cambio, si quieres leer una historia sombría y retorcida, es, sin duda, la candidata perfecta —dije entre risas.

—Como siempre, señoras —intervino Bruno—, es importante entender el contexto. Emily Brontë apenas salió de Haworth y de los páramos de Yorkshire. Pasó unos años en un internado, donde vivía en pésimas condiciones. Huelga decir que sirvió de inspiración a Charlotte para escribir *Jane Eyre*, por cierto.

«Caramba, Bruno, te lo has preparado bien», pensé por dentro.

—¿Y qué pensáis acerca de Heathcliff y Catherine? ¿Creéis que lo suyo era una historia de amor? —quise saber.

—La duda ofende —sentenció Mercedes con los brazos en jarras.

—Pues yo creo que, más que una historia de amor, se trata de una historia de pasión oscura —solté sin pensarlo demasiado—. Si lo preferís, un amor, en todo caso, tóxico que lleva a Heathcliff a transformarse en un ser perverso. Y a cometer horrores.

—Pero su amor trasciende lo físico —protestó Luisa, nada conforme.

—Puede que sí, que el suyo no entendiera los límites físicos de la vida, pero...

Luisa se puso de pie, se aclaró la garganta y empezó a recitar:

—«Estén nuestras almas de lo que estén hechas, la suya y la mía son iguales». —Tomó asiento de nuevo y preguntó—: ¿Vas a decirme que esto no es romántico?

Algo dentro de mí me decía que, para ella, solo existía una única respuesta.

—Puede parecer romántico, pero ¿recordáis las líneas anteriores? —Abrí el libro por la página que contenía esas frases, como si hubiese previsto que tendría que recurrir a ellas, y recité—: «Tiene más de mí que yo misma». —Hice una pausa antes de continuar—: A mí esto no me parece romántico. A mí esto me suena más bien a fusión, a dependencia nada sana.

—Me está cambiando por completo la visión del libro —intervino Mercedes, abanicándose con el marcapáginas.

—Sigue siendo una obra maestra —traté de tranquilizarlas—. Hablar con tanta crudeza no era propio de aquella época. Reflejar ciertas pasiones y sentimientos la convierte en una novela muy humana. Pero no por ello nos refleja dinámicas sanas...

—Entonces ¿no te ha gustado? —me preguntó Leonor con decepción en los ojos.

—Diré que siempre la he disfrutado, desde que la leí por primera vez hace años. Es una novela que te atrapa, que te hace sentir y que, sin duda, no te deja indiferente. Pero, como tantas otras cuestiones, debemos adoptar una actitud crítica: no todo lo que se nos presenta como amor es amor de verdad. O, cuando menos, no es un amor sano...

El repicar de las campanillas me interrumpió.

Todos los allí presentes nos volvimos hacia la puerta.

Pero solo yo me quedé pálida.

Las piernas me empezaron a temblar y sentí mucho calor de golpe. Me faltaba el aire.

Me quedé petrificada, como una estatua, sin poder apartar los ojos del inesperado visitante.

Bruno me miró, y yo le miré a él sin saber bien qué decir.

Tragué saliva con dificultad y me levanté.

—Ahora vuelvo. Seguid sin mí.

Mientras caminaba en dirección a la puerta, sentí cómo las miradas de las personas allí presentes seguían mis pasos y se clavaban en mi espalda.

Cuando llegué a la entrada, me esforcé por estar muy seria y, entre dientes, dije:

—Estoy ocupada.

—Lo sé, lo veo. Pero es importante.

Puse los ojos hacia arriba, chasqué la lengua y resoplé: el hastío manifestándose en todo su esplendor.

—Vayamos fuera —le indiqué.

Antes de cruzar el umbral, me di la vuelta: Bruno nos estaba mirando con gesto preocupado. Las cuatro mujeres del club también nos observaban, aunque ellas, más que preocupadas, parecían intrigadas por aquella repentina interrupción y, sobre todo, por mi reacción, que no les había pasado inadvertida.

La puerta se cerró detrás de nosotros. Me crucé de brazos y fui al grano:

—Pol, ¿qué quieres?

—Tengo algo que decirte, es importante.

—Eso ya lo has dicho.

Me esforcé en sonar borde, lo reconozco. Aunque no supe si era más por él que por mí, por demostrarme que no iba a flaquear al tenerle delante después de meses sin verle y sin saber de él.

—Está bien... —Pol cogió aire, miró a su alrededor y luego al suelo. Parecía nervioso, inseguro; algo impropio en él. Alargó la pausa antes de continuar y, al fin, con tono solemne, anunció—: Quiero estar contigo.

Solté una risa seca. Fue lo único que pudo salir de mi boca en el estado en que me encontraba: asombrada, incrédula, confundida.

—Júlia —me cogió la cara con las manos, las tenía frías (¿confirmaba aquello que estaba nervioso?)—, quiero estar contigo. Estar contigo de la forma que tú quieres que esté.

Di un paso atrás y me distancié de él.

Me soltó.

—Quería —corregí, muy seria, en cuanto logré articular palabra.

—Quiero estar contigo —repitió sin prestar atención a lo importante del matiz—. Lo quiero todo contigo.

—¿Todo? —Arqueé una ceja.

—Sí, quiero que vivamos juntos, dejar mi cepillo de dientes en tu baño, que me hagas un hueco en el armario, despertarme a tu lado, que conozcas a mi familia, hacer planes juntos... Ser tu novio, tu pareja... o como quieras llamarlo.

—Espera, espera, espera. —Tomé todavía más distancia—. No estoy entendiendo nada.

—No sé cómo decírtelo de otra forma: me he dado cuenta de que... —cogió aire antes de seguir—: Me he dado cuenta de que te quiero. Y quiero estar contigo.

Fruncí el ceño y enmudecí de nuevo.

«Tanto tiempo deseando que llegase este momento y tenía que hacerlo ahora, precisamente ahora», lamenté por dentro.

—¿No dices nada? —preguntó, visiblemente preocupado.

—Estoy procesando la información, Pol.

Reaccioné mal a su impaciencia, lo admito. ¿Cuánto tiempo había esperado a que cambiase de idea y quisiera algo conmigo? Mucho. Mucho tiempo. ¿Acaso no podía darme tan solo unos segundos para digerir lo que acababa de suceder?

—Esto te ha pillado por sorpresa, lo sé.

—¿Por sorpresa, Pol? —Dejé escapar una risa cansada—. ¿Por sorpresa, en serio? ¿Sabes durante cuánto tiempo deseé que quisieras una relación conmigo? ¿Cuánto tiempo esperé a que cumplieses tus promesas? Y lo peor de todo, ¿cuánto tiempo pensé que yo no era suficientemente buena para que me escogieras?

—Sé que no hice las cosas bien...

—Bien, no; fatal. Como el culo —solté como una niña pequeña enfadada.

«Júlia, no es necesario ser tan borde...», me censuré.

«Se lo merece», protestó la niña enfadada.

—Lo sé y lo siento. Pero todo eso forma parte del pasado. Ahora sé que te quiero y que lo quiero todo contigo.

Alcé la cabeza y le miré a los ojos.

—¿Me lo estás diciendo en serio?

Él asintió despacio.

—Comprenderás que no te crea... —repuse, sacando a pasear mi lado más desconfiado.

—Lo comprendo perfectamente, pero quiero que me des otra oportunidad.

Solté una carcajada cargada de ironía que sofoqué enseguida: no quería montar una escena, ni tampoco pasarme de cruel. Y me pregunté si el espíritu de Heathcliff me había poseído por un instante.

Eché un vistazo al otro lado del escaparate. Bruno seguía con la sesión del club de lectura, pero parecía no querer perderse nada de lo que sucedía fuera. ¿Habría intuido que se trataba de Pol? Nuestras miradas se cruzaron y en su cara vi una expresión que no supe descifrar. ¿Estaba preocupado?, ¿apenado?, ¿intrigado? Quizá todo a la vez.

—¿Quieres? —pregunté de forma irónica, retomando la conversación—. La pregunta es, en todo caso, si la mereces.

Me felicité por dentro: «Muy bien, Júlia, hazte valer».

Me cogió de las manos y besó una primero y la otra después, como en un gesto gentil, cortés, casi caballeresco, nada propio del Pol que conocía.

—Sé que no la merezco. Pero no sería capaz de perdonarme a mí mismo si no te pidiese una segunda oportunidad. Bueno —hizo una pausa y rectificó—, en realidad, no sería una segunda oportunidad... Sé que me has dado innumerables oportunidades. Soy consciente de todo lo que has aguantado. Y no te lo mereces. Merecemos que lo nuestro salga bien.

Me reconfortó que fuese consciente de todas las veces en que le perdoné y de todo lo que le pasé por alto. Mi dolor se había hecho visible, y eso me calmó, suavizando mi enfado.

Miré al suelo. Me daba pena pensar que todo aquello llegara tarde. No estábamos en el mismo punto. Y aunque me sentía escogida, en ese momento no quería que fuese él quien me escogiese.

Me puso la mano con delicadeza en la barbilla y la levantó poco a poco hasta que nos quedamos mirándonos fijamente.

—¿Qué me dices? —quiso saber, impaciente.

—He esperado mucho tiempo a que llegase este momento...

—¿Eso es un sí? —me preguntó con los ojos cargados de ilusión.

—No. Déjame hablar.

—¿No es un sí?

—No, no lo es. Déjame hablar —protesté, molesta.

—Sí, perdona. Te escucho.

—He esperado mucho tiempo a que llegase este momento —volví a empezar—, pero ahora es tarde.

—¿Tarde? —resopló—. No es tarde si los dos queremos. Podemos volver a intentarlo.

—No, Pol. Nuestro momento ya pasó. Me ha costado mucho dejarte atrás, olvidarme de ti. No puedes venir ahora como si nada... Que no te haya funcionado con otras chicas —solté una pullita, lo reconozco— no significa que ahora lo nuestro vaya a hacerlo.

—Es que precisamente por eso no ha funcionado con otras chicas, porque tienes que ser tú.

—Pues lo siento mucho, pero ya no estoy en ese punto —respondí con una contundencia que me sorprendió.

Di la conversación por terminada de forma unilateral y me dirigí a la puerta, pero él me cogió del brazo y me detuvo.

—¿Y podrías volver a estarlo? —Hizo una pausa—. Si te demuestro que puedo ser la persona que querías que fuese, quiero decir.

Me solté en una representación simbólica de lo que pretendía: dejarle ir. Una vez más. Por última vez.

—No se trata de quién eres, sino de lo que puedes o no ofrecerme.

—Quiero lo mismo que tú. Y ahora sé que puedo ofrecértelo.

Me gustaba lo que decía y me fastidió que fuese así. Pero, en primer lugar, llegaba tarde. Y, en segundo lugar, no confiaba en él.

—¿No confías en mí? —«¿Me ha leído el pensamiento o qué?», me sorprendí.

—No es que no confíe en ti. Es que no entiendo este cambio repentino. Y si no lo entiendo, no puedo confiar en ti.

—Confía en mí, por favor. Déjame demostrártelo.

Miré hacia dentro, hacia la cafetería, en un movimiento que pretendía anticipar mis siguientes pasos.

—Tengo que entrar —musité.

—¿Lo pensarás?

Recorrí los escasos metros que me separaban de la puerta, pero Pol volvió a cogerme por la muñeca. Me sentí atrapada, sin opción. Y no me gustó esa sensación.

—Dime al menos que lo pensarás —me suplicó.

—Lo pensaré —respondí sin saber desde dónde lo hacía: si desde el deseo de ganar tiempo para pensar o desde la aceptación como la única manera de poner fin a la conversación.

En cualquier caso, me sorprendió que, rebuscando en mi interior, de entre todas las emociones que estaba experimentando en ese momento (que no eran pocas), la indiferencia se encontrase entre ellas.

—¿Estás bien? —me susurró Bruno de forma discreta, cuando volví a mi asiento.

Asentí y dibujé una sonrisa nerviosa y poco creíble en la cara.

Dolores quiso retomarlo donde lo habíamos dejado:

—Júlia, querida, ¿por qué no nos cuentas qué es para ti un amor sano?

Me quedé pensando en aquellas dos palabras: «amor sano». ¿Cómo iba a hablarles de amor sano, si ni yo misma sabía qué era eso? Como Emily Brontë, yo también escribía sobre algo que no había vivido en mi propia piel. Y me sentí una impostora.

Pensé en la probabilidad real de que lo que me ofreciera Pol en el futuro fuese sano. No estaba ni siquiera segura de que, después de todo, lo nuestro pudiese serlo en algún momento: había un histórico de heridas demasiado significativo.

Y en mi mente resonaron sus palabras: «Me he dado cuenta de que te quiero».

¿Era posible que Pol me quisiera? ¿Era amor lo que sentía, o, como yo ya no estaba ahí, pendiente de él, quería recuperarme por el mero hecho de tenerme? ¿Era su ego el que había venido a verme? ¿Era un niño herido que se sentía abandonado? ¿Era un juego de poder que se basaba en la conquista?, ¿un perverso «ni contigo ni sin ti» en el que mi ausencia me convertía en un goloso trofeo?

Mi mirada se perdió en dirección a la puerta. De reojo vi a Bruno, expectante, esperando mi respuesta. Y me pregunté si aquella conexión que teníamos, aquella intimidad y complicidad que iban *in crescendo*, podría convertirse en amor. Y si, en todo caso, lo que nosotros dos podríamos construir sería un amor sano.

Los ojos se me humedecieron. Sentía pena, rabia, frustración, incertidumbre. Y dudas, muchas dudas.

—Lo siento, no puedo responder a esa pregunta —dije en un hilillo de voz justo cuando una primera lágrima cayó rodando por mi mejilla.

—Júlia, ¿estás bien? —me preguntó Bruno en voz baja, aprovechando un instante en que nos quedamos solos tras concluir el club de lectura.

—Sí. —Sorbí la nariz—. Bueno, en realidad, no.

—¿Era Pol? —preguntó con tiento. Yo asentí—. ¿Qué te ha dicho? —Enseguida rectificó—: Perdón, he sido demasiado atrevido.

No reaccioné, me quedé en silencio.

Apoyó su frente en la mía y me abrazó.

Nos quedamos así, abrazados, durante unos minutos, sintiendo la respiración del otro: él, infiero, confundido por lo que acababa de pasar y quién sabe si preocupado; yo, tratando de digerirlo y preguntándome por qué mi respuesta había sido un «Lo pensaré», en vez de un no rotundo.

Me enfadé conmigo misma por haber dejado esa puerta abierta. Y más después de haberla cerrado con llave, a cal y canto, hacía unos meses, con lo que me había costado dar el paso... Y pensar en cómo llevé mi ruptura me hizo preguntarme cómo habría llevado Bruno la suya.

—Apenas me has hablado de Núria y de vuestra ruptura. ¿Os costó pasar página? —le pregunté, todavía abrazados. Bruno tomó cierta distancia y, cuando pude verle la cara, no me gustó lo que vi reflejado en ella—. ¿Cuánto hace que estáis divorciados?

—En realidad... —dijo con voz quebradiza, y anticipé la tragedia—, hace unos días, desde el jueves pasado.

Fruncí el ceño y ladeé la cabeza.

Luisa se asomó al obrador para despedirse.

—Bruno, hijo, nos vamos.

—Sí, un segundo —le dijo sin mirarla.

—¿Hace unos días...? —repetí en busca de una aclaración—. No lo entiendo: ¿es que Núria no te lo ha puesto fácil? Si es así, lo comprendería. A mí también me costaría renunciar a ti... —añadí, dando por descontada la respuesta.

Y, claramente, me precipité.

—Verás... —Antes de seguir, cerró los ojos y apretó los labios con fuerza. En aquel momento intuí lo que vendría a continuación—. Lo cierto es que era yo quien lo demoraba.

Me retiré de su abrazo y me tensé entera. La cara. El cuerpo. Todo.

—Bruno —de nuevo Luisa—, nos vamos. Ya hablaremos —añadió como quien sabe que no debe insistir más.

—Sí, vale, hablamos —respondió Bruno.

Empecé a caminar hacia la zona de cafetería. Me daba igual si las mujeres del club de lectura me veían seria, enfadada.

—Júlia, perdona —dijo detrás de mí.

Estaba enfadada. Más que enfadada: dolida, triste, apenada.

Él se puso a recoger conmigo, los dos en silencio.

—Júlia, por favor, hablemos —me dijo, cogiéndome del brazo con suavidad—. ¿Podemos tener la conversación ahora?

Me detuve en seco, me giré y le miré desafiante.

—¿Es que hay más de lo que hablar? —pregunté, desconcertada.

Por supuesto que había más.

Mucho más.

39

BRUNO

—¿Te ha salido un rival, hijo? —preguntó Dolores, señalando a la calle, donde estaba Júlia.

No supe qué decirle, porque ni yo mismo sabía si aquel tipo y yo nos estábamos disputando, sin saberlo, el amor de Júlia. Y en cuanto lo pensé, me di cuenta de que, de tanto leer clásicos, se me había contagiado algo del barroco gusto por el drama.

—Por favor, señoras, sigamos hablando de la obra —les pedí, sabiendo lo difícil que nos resultaría; a mí, el primero, pues era incapaz de apartar los ojos de Júlia y de lo que sucedía fuera.

Las amigas de mi madre empezaron a lanzar hipótesis respecto a la aparición de aquel chico con aspecto de donjuán. Y nos compararon a ambos con personajes literarios.

Carraspeé.

—Señoras, les recuerdo que sigo aquí —dije riendo, medio en serio, medio en broma.

—Hijo, no te enfades —me pidió Luisa, hablando en nombre de todas.

Negué con la cabeza.

—No está enfadado, Luisa, ¿no lo ves? Lo que le pasa es

que se acaba de dar cuenta de que, en la carrera por conseguir el corazón de Júlia, hay otro participante.

—¿Es que hay más de lo que hablar? —preguntó Júlia, sin salir de su asombro.

Se me cortó la respiración.

—B-bueno —balbuceé un poco—. En primer lugar, me gustaría que me dieras la posibilidad de explicarme. Y, respondiendo a tu pregunta, sí, hay más.

Ella alzó las cejas y parpadeó.

—Está bien. Déjame que vaya a por un vaso de agua. Se me ha quedado la boca seca.

Al volver, se bebió dos vasos de golpe y me invitó a hablar.

Le expliqué que hacía años que no sentía lo mismo por Núria, que nuestra relación había cambiado, pero que no me atrevía a dar el paso. Que el miedo y la culpa se anteponían en mi camino. Pero que, en cuanto mi madre enfermó, fui consciente de lo importante que es vivir una vida auténtica, estar en paz con nuestras decisiones y, por qué no, hacer lo posible por ser felices.

«Y yo hacía tiempo que no lo era», añadí.

—Todo esto ya lo sabía, Bruno —dijo Júlia, dejándose caer en el asiento—. Lo que no entiendo es por qué has tardado tanto en firmar los papeles.

—Si te soy sincero, yo tampoco… Era como si un magnetismo me alejase de ellos. Supongo que el peso de la culpa de romper una familia pesaba mucho… Y era incapaz de hacerlo. Hasta que un día…

—… el jueves pasado —añadió ella, un poco mosqueada.

—Sí. Hasta que el jueves pasado me senté en casa con los papeles delante y los firmé.

—¿Qué pasó para que los firmaras entonces y no antes?

—Supongo que es un cúmulo de factores: me pesaba mucho, por Núria, y también por ti.

—No los habrás firmado por mí, ¿verdad? No quiero ser yo quien separe a una pareja...

—No, no. Te aseguro que no.

—Vale, vale. —Se llevó una mano al corazón al escucharlo.

—Pero es verdad que no me sentía cómodo conociéndote mientras tenía los papeles por firmar. Tampoco creía que fuese justo para Núria porque, sin querer, le mandaba un mensaje que no era.

—Le transmitías que no lo tenías claro, que podías volver con ella.

—Exacto. Y lo hablé con varias personas: con mi hermana, con Miki y con mi padre... Pero el jueves algo hizo clic, y me dije a mí mismo: «De hoy no pasa». Aunque sigo sin entender por qué me ha costado tanto...

—Firmar el divorcio no es un mero trámite. Es también algo simbólico... —dijo, tendiendo un puente de comprensión entre los dos—. ¿Y qué más no me has contado, Bruno?

Enmudecí de golpe. Y, nervioso, me rasqué la nuca en un gesto que me delató.

Júlia arqueó las cejas y me miró con los ojos entornados, como adivinando lo que venía a continuación.

—¿Tienes hijos? —Más que una pregunta, parecía una afirmación.

—Un hijo. Sí.

Interiormente, crucé los dedos para que no le importase.

Júlia guardó silencio unos segundos que me parecieron eternos.

—Mmm... Vale.

—¿Vale?

¿Qué significaba aquella respuesta? «¿Vale, no me importa?», «¿Vale, aquí se acaba lo nuestro?».

—Sí. Vale.

—¿No te importa?

—Bruno, ya tenemos una edad... No somos unos críos de veinte años. Has tenido historias previas. Una de ellas, muy importante. Hay parejas que deciden no tener hijos o no pueden, pero en una relación tan larga... En fin, era una posibilidad. Una posibilidad real.

Solté una carcajada que descolocó a Júlia.

—¿Qué te hace tanta gracia?

—De todos los escenarios que imaginé, este era el que estimaba menos probable. Gracias por tomártelo tan bien.

—A decir verdad, lo que me molesta más de todo esto no es que te costase formalizar el divorcio o que tengas un hijo. Lo que más me molesta es que me lo hayas ocultado.

A continuación, se llenó el vaso de agua y se lo bebió, de nuevo, de un trago.

—¿Cómo se llama?

—Llorenç.

—¿Tienes fotos de él?

Saqué el móvil y le enseñé varias.

—Deberíamos haber hablado de todo esto hace tiempo —dijo en un tono poco conciliador—. Qué mal lo hemos hecho, ¡qué mal!

Asentí despacio. Tenía razón. Lo habíamos hecho mal. Yo, el primero.

—Hablas en pasado... —observé apenado.

—Bueno, es que no me ha hecho gracia que me lo hayas ocultado.

—No ha sido de forma deliberada.

—Pero lo has hecho. Y ahora tengo que digerirlo.

Me recoloqué en la silla, algo intranquilo.

—Dime que estamos bien. Dime que no cambia nada entre nosotros —le pedí.

—No puedo hacerlo, Bruno. Ahora mismo tengo muchas cosas en las que pensar.

—No quiero que cambie nada entre nosotros —añadí en tono suplicante.

—Estoy hasta el moño de escuchar siempre lo que queréis vosotros. —Me dio la sensación de que no solo hablaba de mí—. ¿Y yo qué?, ¿dónde queda lo que yo necesito?

—Lo comprendo.

—Necesito estar sola.

Aquello me cayó como un jarro de agua fría.

La entendía, y estaba en su derecho, por supuesto, pero ¿qué significaban esas palabras?

—Terminemos de recoger y te llevo a casa —le propuse.

Me pasé los días siguientes maldiciendo mi inmovilismo. Para evadirme y no pensar más, decidí retomar el asunto de las cartas. Así que volví a visitar al librero alemán.

—Joven, ya le dije que no he visto a esa mujer en mi vida.

Su negativa no me detuvo, e insistí en enseñarle una foto de mi madre; en esa ocasión más actual.

El señor Schneider negó con la cabeza, así que me serví de una estrategia emocional.

—Verá —empecé—. Yo no he venido aquí para molestarle, de verdad que no. Solo quiero encontrar respuestas y entregar un mensaje.

Me detuve un segundo. Había llegado el momento de hacerlo explícito: si ese hombre era el amante de mi madre, debía saberlo; si no lo era, quizá se esforzase más para ofrecerme una respuesta que ayudase a resolver el misterio.

—La mujer de la foto es mi madre. Recibía libros de forma anónima, que se enviaban desde una oficina de Correos cercana. —No hubo cambios en la expresión del librero—. Ha fallecido recientemente —añadí en tono solemne.

—Lamento mucho su pérdida, joven —dijo Schneider sin reflejar mucha emoción en sus palabras—. Ahora comprendo su insistencia.

—Entonces ¿no la conoce?

—Ya le he dicho que no. No sé qué más hacer para que me crea…

—Le creo —dije en voz baja con la cabeza gacha—. Gracias de todas formas —concluí—. Y disculpe las molestias.

—No hay de qué.

Me dirigí hacia la puerta perdiendo jirones de decepción a cada centímetro que avanzaba.

—Joven, espere —oí decir a mi espalda y me di la vuelta—. Hay un hombre… —Hizo una pausa y entornó los ojos, como si ese gesto le ayudase a rebuscar en su memoria—. Hay un hombre que viene desde hace años a comprar libros y, por lo que entendí, los manda por correo desde una oficina cercana.

La pizca de esperanza que había perdido regresó a mí de nuevo.

—¿Qué más puede decirme sobre ese hombre?

—Me he acordado de él porque, antes de salir por la puerta con los libros, busca un lugar donde apoyarse para escribir una nota. Yo le dejo intimidad, por lo que no puedo darle más detalles. Pero siempre sale de la librería con un sobre de color marrón pajizo. No sé si eso le sirve de algo.

—Sí, me sirve. ¿Y sabe cómo se llama ese hombre? Si fuese tan amable de decírmelo...

—Aunque lo supiera, joven, no le daría esa información, por privacidad.

—¿Y una descripción me podría dar? Una descripción física.

—Es un hombre de más o menos mi edad y mi estatura, siempre bien vestido. Lleva un maletín y unos zapatos que ya quisiera yo poder comprarme...

Lamenté que el librero alemán no desplegara una mejor capacidad descriptiva, pero de todos modos le agradecí la información que me había brindado, pues, aunque con aquello no estrechaba el cerco, lo descartaba como el amante de mi madre.

De pronto se me ocurrió algo.

—¿Puedo pedirle un favor?

—Pídamelo, joven, y veré cómo puedo serle de ayuda.

—Ya lo ha sido, y no quiero abusar de su confianza, pero, si vuelve a ver a ese cliente, ¿podría darle mi teléfono? ¿O un mensaje?

El señor Schneider me ofreció un trozo de papel y un bolígrafo a modo de respuesta.

—Si vuelve a aparecer, dígale que tengo algo muy importante que decirle. Que me llame, por favor. —El librero asintió mientras revisaba el número anotado—. Gracias, muchas gracias —dije antes de irme, llevándome la mano al corazón.

—Buena suerte, joven —se despidió él.

40

JÚLIA

—Júlia, te he pedido una tila, no un café con leche —me corrigió doña Eulàlia, una clienta de toda la vida que vivía cinco portales a la derecha, en una de esas casas que resisten al paso del tiempo, entre los edificios de pisos aledaños construidos en los noventa.

Doña Eulàlia era muy cafetera. Mucho. No era normal que pidiese una infusión en vez de un café. Pero tenía razón, me había equivocado con su pedido; mi cabeza estaba en otra parte.

Desde que había entrado una pareja de mi edad, no había podido dejar de mirarlos. Veía en ellos lo que quería: complicidad, intimidad, afecto, juego. Sé que no es oro todo lo que reluce y que lo que presenciaba en ese instante era solo una minúscula parte de su historia, pero no podía evitar querer eso para mí.

Y me pregunté con quién lo quería.

Bruno y Pol aparecieron en mi pensamiento una vez más, como tantas otras veces durante los últimos días.

Encontrar una respuesta no era fácil, suponía resolver varios conflictos internos.

Recordé las palabras de Begoña sobre aprender a vincularnos de forma sana y sobre la decisión de mantenerme alejada de ciertas relaciones. Empezaba a preguntarme si era tan buena idea mantener la promesa que me había hecho a mí misma. A decir verdad, ya no me lo parecía. Pero, para una parte de mí, las otras opciones no eran en absoluto atractivas; suponían correr riesgos. «Y no queremos más riesgos, ¿verdad, Júlia?», me recordaba esa parte de mí que, por el afán de protegerme, apostaba por la evitación y la censura.

Unas semanas atrás me hubiese arriesgado con Bruno. Pero algo en mí había cambiado. ¿Era desconfianza? ¿Rencor? Me pregunté si estaba haciendo una montaña de un grano de arena cuando me daba permiso para empatizar con él. Sé de primera mano cuánto cuesta tomar y poner en práctica las decisiones, incluso cuando internamente ya están decididas, incluso cuando sabemos que son las más adecuadas. Entonces me sentía mal juzgándole por algo que yo había hecho en otras situaciones. Pero en esos momentos aparecía una voz interior que me invitaba a ser más estricta, más rígida con él. ¿Sería una forma de protegerme?

Y me preguntaba: ¿por qué Bruno no me había contado que tenía un hijo?, ¿por qué había tardado tanto en firmar los papeles del divorcio?, ¿me lo había ocultado de forma deliberada?, ¿acaso no tenía superada la relación con Núria?, ¿mi irrupción en su vida tenía algo que ver con aquello? A pesar de que me había dado respuestas, seguía teniendo dudas.

«Entender el porqué de las decisiones de los demás es interesante; entender nos ofrece claridad y la claridad nos calma —les decía a mis pacientes—. Entender nos acerca a predecir, y predecir significa tener una falsa sensación de control. Pero, inevitablemente, al poner el foco en el otro, nos olvidamos de lo más importante: cómo las decisiones de los demás impactan en nuestra persona, cómo esto nos hace sentir y, algo indispensable, qué queremos hacer al respecto».

Seguí mis propias recomendaciones y cambié unas preguntas por otras mientras le preparaba una manzanilla a la señora Eulàlia.

«¿Cómo te sientes respecto a que Bruno ya tenga un hijo?», me pregunté. Habría preferido que me lo hubiese contado antes, sinceramente. Pero podía entenderlo. No era el único hombre a quien le había costado decírmelo, por si salía corriendo. Pero no, no me asustaba. Yo no sería su madre; sería la pareja de su padre, en todo caso. Y sí, me veía con él aun sabiendo que era padre.

«Y sobre los papeles recién firmados, ¿cómo te sientes, Júlia?». Pues eso me hacía menos gracia. Me generaba dudas sobre si estaba o no seguro de ello. «Pero volvemos a lo mismo: no quiero juzgarle; yo no soy una persona decidida, que digamos», me decía. Lo que más me molestaba, de hecho, era que me lo hubiese ocultado. Me sentía como cuando Jorge, un chico con el que estuve antes de Pol, me ocultó durante meses que seguía casado. Y, sin decidirlo yo, me había convertido en su amante.

«¡Bingo!». Ahí estaba. Acababa de dar con la clave. Las heridas de la relación con Jorge se habían abierto y me recordaban la promesa que me hice después de mandarle a tomar viento: «Nunca volverás a salir con alguien que tenga pareja».

«Pareja».

Aquella palabra resonó en mi mente.

«En realidad, ¿podía comparar lo sucedido con Bruno con lo de Jorge?, ¿acaso mis heridas hacían acto de presencia juzgándole a él por una historia remotamente parecida, pero no idéntica?, ¿o me estaba boicoteando a base de protegerme de más para tener la excusa perfecta para decirle adiós y así no arriesgarme a apostar por él y evitar cualquier posibilidad de terminar sufriendo?», reflexioné.

Traté de ser lo más objetiva posible, dejando de lado mi enfado. La situación con Bruno era distinta. No estaba divorciado, pero sí separado. En todo caso, no tenía pareja.

Respiré aliviada, y me pregunté qué quería hacer con ello: escribirle y contarle cómo me había sentido, acercar posiciones y explorar hacia dónde iría lo nuestro.

Dejé la infusión de la señora Eulàlia encima de la mesa y le pedí disculpas por el error.

Cuando todavía no había regresado al mostrador, escuché:

—Perdona, Júlia. Era una tila, no una manzanilla...

Chisté y cerré los ojos con fuerza, como si no quisiera ver mi fallo. No me gusta equivocarme. Pero, menos todavía, que los hombres ocupen tanto espacio en mi mente.

—Ay, disculpe. Enseguida se la sirvo.

—Julieta, cariño, ¿va todo bien? —me preguntó la abuela, observadora como ninguna, que desde que su artrosis había empeorado se había convertido en nuestra relaciones públicas particular.

—No, abuela —sonreí, apenada—, me he equivocado dos veces con el pedido de la señora Eulàlia. Pero ahora se lo llevo.

—No me refiero a eso, cariño. Me refiero a lo que te hace andar deambulando como un alma en pena, con la mente en otra parte, desde hace días...

—Han pasado cosas. Cosas con Bruno... —Hice una pausa dudando si añadir o no un segundo nombre—: Y con Pol.

—¿Pol? —A la abuela se le descompuso la cara.

Nina apareció en escena.

—¿He oído lo que creo que acabo de oír?

Quise curiosear la carpeta roja que llevaba abrazada y así evitar el sermón que la abuela, mi hermana o ambas me iban a echar. Pero la abuela siguió con el tema:

—Sí, hija, sí... ¡Casi me da un patatús solamente con oír su nombre! —exclamó, simulando un desmayo con el gesto—. Será verdad eso que dicen: «Donde el diablo puso la mano, queda huella para rato»...

—Ay, abuela —chisté—, no exageres.

Me tomé de un sorbo el café con leche que le había servido a la señora Eulàlia por error. Lo hice sin pensar, como quien echa mano de lo primero que encuentra para entretenerse o para disimular. Pero en ese momento, en lugar de cafeína, lo que necesitaba era más bien una tila.

Puse el agua a hervir y cogí una de las teteras de metal, dispuesta a preparar la infusión que me había pedido la clienta. La abuela siguió mis pasos.

—Que no exagere, dice. —Y buscó con la mirada la complicidad de Nina—. ¿No recuerdas las veces que lloraste por él? ¿Las ojerotas que me traías de las noches sin dormir? Ese niño no te hizo bien. —Arrugó la nariz—. No me gustaba para ti. Ni una mijita.

No dije nada. Me limité a servirle la tila a la clienta y, cuando regresé al mostrador cargada con tazas vacías y platos con restos de milhojas y migas de pan, la abuela me estaba esperando.

—A mí me gusta más Bruno —añadió.

—A mí también, sinceramente. —Nina se alió con ella.

Las miré a los ojos, alternativamente.

Sabía que querían lo mejor para mí, pero a veces sentía como si las decisiones respecto a mi vida se consensuasen.

—Estáis hablando de mi vida —les recordé—, y en esa parcela soy yo quien decide.

La dos se miraron. Mi hermana levantó los brazos en alto en señal de rendición y, resignada, dijo:

—Tienes razón, Júlia. Es tu vida. —Sonó a «Luego no me digas que no te lo advertí»—. Solo te pido que recuerdes que tenéis un pasado. Con Pol, quiero decir. Y es un pasado en el que has sufrido mucho.

Luego, ella y la abuela se miraron, y me pregunté si no se sentían también decepcionadas. A decir verdad, una parte de mí lo estaba, pues no me sentía nada orgullosa de estar replanteándomelo; y otra parte, como le ocurría a mi hermana, también desconfiaba de mi capacidad para tomar decisiones conscientes.

—Nina, ¿qué traes ahí? —Cambié de tema y le cogí la carpeta roja de las manos.

—Los currículums que han ido dejando para la vacante —respondió ella, también con un tono muy distinto.

¿QUIERES TRABAJAR EN NUESTRO OBRADOR-PANADERÍA-CAFETERÍA? TE ESTAMOS BUSCANDO, decía el cartel que mi hermana había colgado unos días atrás.

Sí, lo había colgado Nina, porque, una vez más, era ella quien daba los pasos adelante, no yo. Y me fustigué por ello.

«No más indecisión», me prometí a mí misma.

—Nina, hagámoslo ahora —le dije a sabiendas de que, si lo pensaba mucho, estaría tentada a posponerlo.

—Esta chica es demasiado joven —reflexioné en voz alta—. Esta no tiene el carnet de manipulación de alimentos. —Dejé la hoja a un lado—. Esta está estudiando, apuesto a que no puede ofrecernos la disponibilidad que buscamos. —Puse la hoja encima de la otra—. Parece que es el primer trabajo de esta otra... No sé, Nina, necesitamos a alguien con experiencia de cara al público. —Hice una pausa esperando que mostrase su conformidad, pero no sucedió—. Esta chica vive en la ciudad de al lado y, por lo que veo, no tiene carnet de conducir; con lo mal que va el transporte público, no llegará puntual ni un día... —chisté—. Descartada. Esta... no me gusta. No sé cómo expresarlo, pero hay algo en su cara que me da mala espina.

Levanté la vista de los currículums y pillé a Nina poniendo los ojos en blanco.

—Júlia, ¿puedes, por favor, echarles otro vistazo? Pero esta vez con más cariño... —me pidió—. Y deja de sacarles pegas, que tú y yo también empezamos a trabajar de jovencitas, mientras estudiábamos —protestó antes de dar un primer sorbo a su humeante taza.

Nina acababa de confirmar mi sospecha: a mis ojos, ninguna persona sería la adecuada para dejar el obrador en sus manos. Me sentía como una madre que dejaba a sus hijos a cargo de una persona desconocida para ir a trabajar: culpable por cuidar de mi carrera profesional y culpable por dar ciertos pasos (a pesar de saber que era justo lo que necesitaba), pero también culpable si no los daba.

Di un sorbo a mi taza. Nina hizo señas para indicarme que me había aparecido sobre el labio un fino bigote de color verde.

Reímos.

Dejé la taza sobre la mesa y me limpié.

—No voy a tomar ninguna decisión ahora, lo tengo que meditar bien. Pero lo voy a hacer yo —dije con una firmeza arrolladora.

Si algo tenía claro era que, si quería tomar las riendas de mi vida, debía empezar por tomar decisiones. Y ejecutarlas. No sabía cómo lo haría, pero estaba decidida a ocuparme de ello. Sería mi entera responsabilidad.

41

BRUNO

Llegué a casa con la sensación de pesar tres o cuatro kilos menos. Le había dicho a Núria que los papeles del divorcio ya estaban firmados y entregados al abogado. La conversación había ido bien (tan bien como podía ir) y tenía la sensación de haber cerrado una etapa. A la tristeza, la melancolía y la culpa se le sumaba una extraña sensación parecida a la euforia, supongo, por haber sido capaz de dar, por fin, el paso.

—¡Hombre! Pero ¿a quién tenemos aquí? —Miki se arrodilló y puso los brazos en cruz para recibir a Llorenç, en cuanto llegamos a casa. Le había pedido que no se marchase todavía, que le necesitaba—. ¡Cuánto has crecido! Pero ¿qué te dan de comer, que me lo apunto?

—¡Chuches, muchas chuches!

—No mientas —le corregí, y se me escapó una sonrisa—. Llorenç, escucha, ¿por qué no le enseñas a Miki lo que has traído? Papá vuelve en unos minutos.

Aproveché que contaba con el canguro más divertido y alocado del mundo para bajar al bazar de la esquina. Necesitaba una caja. Pero no cualquiera. Debía ser una sencilla pero elegante, ni muy grande, ni muy pequeña. Podría haber ido con Llorenç, cierto. Pero quería hacer de aquella acción parte de un ritual. Quería estar solo, en silencio.

Y la encontré.

Al día siguiente, cerraría otro capítulo.

42

JÚLIA

Tan pronto como abrí la puerta, Charlotte me recibió con una de sus serenatas. Me descalcé nada más entrar: el tacto del suelo en los pies, esa sensación que me hace sentir tan en casa. Me dirigí a la habitación a buscar ropa de estar por casa, dispuesta a ponerme cómoda, con la gata parlanchina serpenteando a mi paso. De camino al dormitorio, con el móvil en la mano y el chat de Pol abierto, me invadió una certeza: se mascaba la tragedia.

Escribí:

Quiero escuchar lo que me tengas que decir

Fue un acto rebelde. Incluso hay quien afirmaría que se trataba de autoboicot en toda regla.

Le di a «Enviar» y, en cuanto lo hice, cerré los ojos con fuerza, como si no quisiera ver lo que acababa de hacer, me dejé caer en la cama y me abracé al cojín.

La conciencia, mi Pepito Grillo particular o la sabiduría acumulada como resultado de tantas malas decisiones, gritaba dentro de mí. Pero hice oídos sordos y quedé con Pol.

Escogí un vestido rojo para la ocasión: entallado en la cintura y con una falda en forma de A. Lo sé, tiré de cliché y me puse guapa. No guapa de «Me voy de cena con amigas», no; guapa al estilo «Que vea lo que se ha perdido». Aunque no sabía muy bien qué pretendía, si no era meterme en un buen lío... De hecho, nada más salir por la puerta de casa me di cuenta de que había actuado según el viejo patrón cuyo principal objetivo era impresionar a Pol.

Y funcionó.

—Guau, Júlia, ¡estás radiante! —observó él mientras me extendía el casco aún subido a la moto.

El medio de transporte elegido para recogerme confirmaba de nuevo que aquel vestido no había sido una buena elección. Tampoco me hacía especial ilusión la idea de tenerlo tan cerca durante el trayecto. Sabía que podría resistirme a su encanto si mantenía la distancia; pero si sentía su calor, si olía su perfume, temía que los sentidos me jugasen una mala pasada y anulasen mi voluntad por completo. Aun así, no dije nada.

Mientras me explicaba que había reservado mesa en un restaurante de moda, le observé con detenimiento. Cuando se presentó en el obrador, no había reparado en él, en su aspecto; solo deseaba que se fuera, que la conversación se terminase. No quería dejarme enredar, y toda mi atención estaba puesta en aquel propósito. Pero en ese momento tenía la guardia baja y me di permiso para reconocer lo guapo que estaba. Porque, aunque me fastidiase reconocerlo, lo estaba, y mucho.

Plantas colgando del techo entremezcladas con lucecitas, butacas tapizadas con elementos florales en blanco y azul, lámparas de cristal y mesas vestidas con una vajilla y una cristalería exquisitas. La decoración recordaba a un salón victoriano perdido en medio de un bosque de hadas.

—¿Te gusta? —me preguntó mientras me acomodaba en el asiento.

—Está bien, es chulo —dije sin expresar todo lo que pensaba de aquel lugar; no quería parecer impresionada por su elección.

Cuando se sentó, me fijé en cómo iba vestido. Él, que siempre iba perfectamente afeitado, con ropa perfectamente conjuntada, con el pelo siempre recién cortado, presentaba un aspecto más relajado. Me gustó lo que veía. Y me odié por ello.

Después de que nos tomaran nota, me pidió que le pusiera al día sobre mi vida.

Me escuchó con atención. Y me gustó. A diferencia del Pol que conocía, ensimismado y con un preocupante punto egocéntrico, el que tenía delante estaba más pendiente de mí que yo de él.

Le hablé de muchas cosas: de los talleres, de mi madre... De muchas, menos de Bruno. Y me pregunté si eso formaba parte de una estrategia. Pero otra hipótesis se presentó a modo de revelación: si decidía volver a cerrar la puerta a Pol, quería que fuera por mí, porque así lo deseaba, no por Bruno.

—Te veo muy bien —reconoció Pol a mitad de la velada.

Estaba bien. Siempre se puede estar mejor, cierto, pero estaba bien. De hecho, su observación me llevó a revisar mi vida a vista de pájaro y caí en la cuenta de que, aunque todavía tenía mucho trabajo por delante, me sentía más auténtica que nunca. Y eso me reconfortó. En las sesiones siempre insisto en el poder de la autenticidad, en la importancia de tomar decisiones alineadas con nuestros valores y con lo que queremos para nuestra vida.

También reparé en lo reveladora que estaba siendo aquella cita, a pesar de que una parte de mí seguía convencida de que jugaba con fuego y que corría un serio riesgo de quemarme.

—Y tu abuela, ¿cómo está? ¿Todavía sigue al pie del cañón?

Reí relajada.

—No, pero porque mi hermana y yo se lo tenemos prohibido, que si no...

—Eres afortunada de tener una familia que te apoya.

—A ti también te han apoyado, ¿no? —dije, sin entender su comentario.

—Sí, pero solo porque he escogido una carrera acorde con lo que se esperaba de mí —replicó con hastío. O con dolor.

Algo en él había cambiado, podía sentirlo. No había ni rastro de la soberbia disfrazada de seguridad que tan atractivas me resultaron en su momento. En ese momento, en cambio, se mostraba transparente y vulnerable. Era algo nuevo para mí. Y me gustó.

—Pareces triste —comenté.

—La Júlia que conozco, siempre tan observadora —sonrió con encanto—. He conseguido aquello por lo que tanto he trabajado, y aunque ahora es cuando mejor debería estar, jamás me había sentido tan vacío.

Tuve el impulso de consolarle, pero antes de que pudiera abrir la boca, prosiguió:

—Mi hermano me pidió cita en un centro de psicología del que tenía referencias. Ya sabes que yo no creía en los psicólogos. Lo siento, no te ofendas —dijo a modo de inciso—. Pero, por no hacerle el feo, accedí. Tampoco tenía nada que perder... Estaba en la miseria. —Se encogió de hombros.

—¿Y cómo encajo yo en todo esto? —le pregunté sin rodeos, como si el espíritu de Nina me hubiese poseído.

«Muy bien, Júlia, con decisión», me felicité.

—Me he dado cuenta de que, por mucho que logre mis objetivos laborales, no tienen sentido si no los puedo compartir con las personas a las que quiero. —Hizo una pausa, como para coger aire antes de continuar—. Ahora soy consciente de que le he estado dándole mucha importancia al aspecto laboral. Quería lograrlo y creía que, al hacerlo, sería feliz. Deseaba que mi padre se sintiese tan orgulloso de mí como lo está de mi hermano... Ya sabes que siempre nos ha comparado... —Asentí despacio, en silencio—. Y, joder, es verdad que el trabajo es importante, pero no tanto como para dejar de lado otras cosas que también lo son... —Me gustó lo que estaba escuchando y quería saber más sobre lo que tenía que decir—. Por el camino he perdido a personas que me importaban. Aunque yo estaba ciego y no lo veía. —Alzó la mirada y supe qué vendría a continuación—. Tú eres una de ellas.

Hasta ese momento, el peligro no me había parecido real, solo hipotético; no creía en su cambio y me sentía cómoda, protegida, mostrándome escéptica al respecto. Pero empezaba a ver en qué se sustentaba, el nivel de conciencia que había detrás de sus palabras. Y aunque no podía poner la mano en el fuego por él, pues todavía me faltaba mucha información, empezaba a preguntarme seriamente si el cambio, por inverosímil que me pareciese, podría ser real.

Las piezas del tablero se habían movido. El juego seguía adelante.

Las mejillas empezaron a arderme y sentí que perdía la fuerza de las piernas de golpe.

Mi cuerpo estaba hablando. Y yo enmudecí.

Terminamos de cenar y me llevó a casa.

Aparcó la moto debajo del portal, me bajé, me saqué el casco y se lo di. Él ya se había quitado el suyo.

Buscó mi mano con la suya en un gesto que reclamaba cercanía.

—No me has dado una respuesta... —dejó en el aire mientras me miraba con ojos tiernos—. No quiero presionarte. Entiendo que todo esto te ha pillado por sorpresa... Dámela cuando la tengas.

—Ya la tengo —me apresuré a decir.

No me hizo falta pensarlo. Era como si una parte de mí ya tuviese la decisión tomada y esperase el momento adecuado para verbalizarla.

A Pol se le dibujó una sonrisa en la cara. Una sonrisa que tenía un poco de alivio y un poco de victoria. Siempre ha estado muy seguro de sí mismo y de lo que yo sentía por él. Y eso me irritaba, porque yo siempre iba con pies de plomo para que no saliese corriendo, sintiendo que lo nuestro pendía de un hilo muy fino; en cambio, él sabía que me tenía comiendo de su mano y me daba por segura. Esa vez no iba a ser distinto.

Me pasó la mano por el pelo y lo llevó hacia atrás, como abriéndose paso por mi espalda. Luego me la colocó en la barbilla y, con un movimiento delicado, volvió mi cabeza hacia la suya.

Nos quedamos mirando en silencio, como esperando del otro un movimiento que no llegaba.

Pol redujo la distancia entre su cuerpo y el mío, entre su boca y la mía. Cuando estuvo cerca, cerró los ojos y me besó.

Quise disfrutar de aquel beso con sabor a promesas de futuro que por fin tendrían lugar. Cerré los ojos y le besé yo también.

—Perdona, no quería incomodarte —se disculpó Pol en cuanto interrumpí el beso.

Entonces supe que había llegado el momento, que no lo podía demorar más. Ni por mí ni por él. También pensé en Bruno.

—No voy a seguir adelante con esto.

Pol parecía sorprendido, y necesitó unos segundos para resituarse.

—Sé que te hice daño y lo siento. —Bajó la mirada, visiblemente arrepentido—. Todos estos meses he podido reflexionar sobre muchas cosas; entre ellas, lo nuestro. Y ahora sé lo que quiero: que formes parte de mi vida.

No voy a mentir: dentro de mí había una Júlia a la que le reconfortaba escuchar todo aquello, la misma que deseaba que la escogiesen, y por dentro daba palmas por haber sido, por fin, elegida. Pero esa parte no tenía apoyos; el resto de mi ser tenía claro qué hacer con aquellas palabras.

—Me alegra que te hayas dado cuenta de que el camino que seguía tu vida no te hacía feliz y que estés trabajando en ti. Pero para nosotros ya es tarde.

—¿Sigues dolida?

—Pol, es que tú y yo tenemos una historia… —quise decir «tóxica», pero escogí otra palabra—, complicada. Y hay cosas que no sanan tan fácilmente…

—Quiero estar contigo —insistió.

Me puse nerviosa. Temí ceder, como hubiese hecho una vieja versión de mí misma que no quedaba tan lejos; al fin y al cabo, cuando se había presentado en el obrador, había cedido.

«Mantente firme, Júlia», me recordé.

—Es tarde para nosotros —repetí.

Mis palabras sonaron contundentes, y un denso silencio llenó el poco espacio que nos separaba.

—Sé que me porté como un auténtico idiota —dijo agachando la cabeza en un gesto de arrepentimiento— y que te hice daño. No sabes cuánto lo siento. Tu amor me vino grande. —Sus ojos se humedecieron y, con ellos, los míos.

Pol llevó la mano derecha a mi cara y, resignado, me secó las lágrimas con el pulgar. Seguíamos en silencio.

—Se está haciendo tarde... —fue lo único que se me ocurrió decir.

Nos despedimos con un abrazo. Creo que fue el más largo de nuestra historia. También el más sincero.

Caminé hacia el portal mientras buscaba las llaves, sintiendo la mirada de Pol clavada en mi espalda. Abrí la puerta y, antes de entrar, le miré. Quise guardar esa imagen en mi memoria: Pol subido a la moto, con el casco apoyado en el regazo, esperando a que me diera la vuelta para despedirme.

Le dije adiós con la mano y entré.

Por fin había dejado atrás nuestra historia. Estuve tentada de volverme de nuevo, pero no lo hice. Y es que, aunque aquel abrazo me había dejado triste, por dentro sentía paz.

Lo primero que hice al entrar en casa fue quitarme el vestido rojo. Me encantaba, pero con aquella despedida sentía que acababa de morir una parte de mí, y el cuerpo me pedía despojarme de todo lo que representase a esa vieja Júlia. Me quité una manga y luego la otra, y dejé que resbalara por mis piernas hasta terminar en el suelo. Luego me descalcé.

Charlotte requería mi atención, contoneándose a mi alrededor en busca de mimitos.

—¿Qué, gordita, me has echado de menos? —le pregunté mientras la cogía en brazos.

Con la mano libre, me serví un vaso de agua fría, bien fría. Me la bebí de un trago y, en cuanto terminé, me sentí renovada.

Dejé a la gata parlanchina encima del sofá y me fui al baño. Mientras me cepillaba los dientes, revisé el móvil. No le había hecho caso durante la cena.

Tenía varias llamadas perdidas. Dieciséis de Nina y una de un número desconocido.

Era raro que Nina me llamara. Y menos a esas horas.

El corazón en un puño.

La llamé.

No me respondió.

Volví a intentarlo.

«Venga, cógemelo, por favor», supliqué.

Y lo hizo.

—Júlia, es la abuela.

43

BRUNO

Cogí la caja que había comprado en el bazar, la carpeta en la que había guardado las cartas que recibía mamá y, con Llorenç en el asiento trasero, puse rumbo a la masía de mis padres.

Le pedí a papá que se quedase con él durante un rato.

Fui a por una pala, llamé a Sam para que acudiera a mi encuentro y nos marchamos.

Nos adentramos en el bosque hasta llegar al campo de amapolas. Ese era el lugar escogido.

Me senté a contemplar aquel espectáculo de la naturaleza: faltaba poco para que llegase el invierno, las amapolas ya se habían marchitado, pero, aun así, aquel lugar era precioso. El viento era frío, el campo olía a humedad. La montaña de Montserrat, a lo lejos, se levantaba majestuosa.

Cogí aire. Había llegado el momento.

Me senté en el suelo, abrí la caja y metí una a una las cartas que mamá había recibido.

Sam se había sentado delante de mí y me observaba sin perderse ni uno solo de mis movimientos.

—Sabes a quién pertenecieron, ¿a que sí? —Le miré como si esperase una respuesta por su parte—. Tú también la echas de menos, ¿verdad?

Sam agachó la cabeza, como si la pena también le invadiese a él.

Había leído en algún sitio que los rituales ayudan a decir adiós, a cerrar ciclos. Me hubiese gustado comentarlo con Júlia, pero no lo había hecho; las cosas nos estaban igual entre nosotros. Por alguna razón, sentía que las cartas de mamá formaban parte de mi propio proceso de duelo. Descubrir esa historia clandestina me había hecho ver a mamá y su relación con papá de forma distinta. También me había cuestionado nuestro derecho a ser felices, los sacrificios que hacemos en nombre de la familia y los límites de la lealtad.

—Este es el mejor final que se me ha ocurrido para ellas, mamá —confesé en voz alta, sin apartar los ojos de las cartas—. No he podido encontrar al hombre con quien te escribías. Y me entristece pensar que no eras feliz al lado de papá. Te habría apoyado si hubieses decidido empezar de nuevo al lado de otra persona. Merecías ser feliz, mamá. Ojalá puedas escucharme, estés donde estés.

Me pregunté si con eso bastaba, si era suficiente para dejar atrás ese capítulo.

Cerré la caja y cavé un agujero. Sam también contribuyó con sus dos patas delanteras.

La dejé dentro y la cubrí con tierra, decidido a enterrar allí su secreto para siempre.

Me levanté y volví al camino no sin antes mirar atrás y pensar que no había mejor lugar para las cartas de mamá que aquel campo que en unos meses volvería a cubrirse de sus flores favoritas, que ella tantas veces había contemplado y que tanta paz le había traído.

44

JÚLIA

La abuela ocupaba tanto espacio en mi corazón y el vacío que había dejado era tan grande que dentro de mí había eco.

Durante esos días, muchas cosas perdieron su sentido. Todo se tiñó de gris. La tristeza se llevó por delante mis ilusiones.

El mundo seguía girando, pero para mí se había detenido: una de las personas más importantes de mi vida ya no estaba, y yo no sabía cómo iba a poder seguir adelante sin ella.

No era mi primera pérdida, pero sí la que más me había dolido hasta la fecha.

Recuerdo bajar las escaleras a toda prisa y coger el coche en *shock*, en lo que en este momento me parece una temeridad. Recuerdo el trajín de urgencias. Buscar con desespero a mi madre y a mi hermana con la mirada. El olor de la sala de espera. La voz del médico, a lo lejos, como si se encontrase en una dimensión distinta, dándonos la noticia.

Recuerdo quedarme sin aliento. Que se me encogiera el corazón. Que las piernas me flaquearan. Tener que sentarme.

Recuerdo a mi madre y a Nina abrazadas, llorando, sumidas en la tristeza.

Me veo a mí desde fuera, con la mirada perdida, como una espectadora incapaz de formar parte de la escena.

«Esto no es real», me repetía de forma incesante con la esperanza de que, si lograba convencerme a mí misma, fuese a devolverle la vida. «Esto no está pasando. Pronto despertarás y te darás cuenta de que ha sido una pesadilla», me decía.

Pero era real.

Muy real.

Y mi mente empezó a divagar, imaginando una sucesión de hechos distinta, regresando una y otra vez a los acontecimientos, fantaseando con un final diferente, como si estuviese a tiempo de reescribir la historia.

«Si no fuese tan tozuda». «Si hubiera aceptado que su cuerpo ya no era el mismo». «Si hubiese estado yo para ayudarla». «Si lo hubiese dejado para más tarde». «Si no se hubiera subido al taburete».

Pero no. Por mucho que fantasease con un final diferente, por mucho que quisiera aliviar mi dolor sumergiéndome en esas realidades paralelas donde otras decisiones hubiesen hecho que la abuela siguiese con vida, no había escapatoria: aquello había sucedido de verdad.

Aunque me empeñase en refugiarme en los hipotéticos escenarios donde todavía seguía a mi lado, en realidad no lo estaba. Y no podía eludir el dolor de su pérdida porque su ausencia era la única certeza que tenía.

Fue al cabo de un par de días, después del funeral, cuando empecé a hacerme a la idea de que no la volvería a ver. En ese momento dejé atrás el refugio que suponía mi fantasía y la tristeza se apoderó de mí. Sentí como si me arrancasen el corazón, como si el dolor se instalase en lo más profundo de mi ser.

Su voz, sus abrazos y los besos que ya nunca más me explotaría en la mejilla se enredaron en mis entrañas. Me oprimían el pecho, me pellizcaban el corazón. No me dejaban comer, ni respirar apenas.

«No la volverás a ver», me decía a mí misma como si, torturándome con aquel hecho, me ayudase a superarlo más rápido.

Sabía que las personas fallecen. Lo veía en consulta. Era capaz de entender los procesos emocionales que tienen lugar cuando un ser querido nos deja. O, eufemismos aparte, cuando fallece.

Sin embargo, no era capaz de hacerme a la idea de que no la volvería a ver. ¿Cómo era eso posible? No podía imaginar una vida sin mi abuela, en el sentido más literal posible.

Nadie me llamaría «Julieta» con tanto cariño como ella.

Nadie me cantaría las cuarenta con tanto tacto como ella.

Nadie.

De todo aquello, solo ella era capaz.

Y ella ya no estaba.

«Es ley de vida», «A todos nos llega el momento», «Ha tenido una vida plena», me decían tanto la familia como las amigas de mi abuela, como si aquello fuese a consolarme.

Lo hacían con buena intención, lo sé. Pero no me consolaba. Yo solo quería huir, echar a correr. O, en su defecto, gritar: «¡QUIERO QUE VUELVA MI ABUELA!». Solo su regreso sería capaz de consolarme. Pero nadie podía devolvérmela.

Pensar que jamás volvería a estar con ella era insoportable. No dejaba de suspirar, como si no pudiera con tanto dolor, como si necesitase salir de dentro de mí y esa fuese la única forma que había encontrado para conseguirlo.

También me había tocado escuchar comentarios bienintencionados que, en lugar de calmarme, me añadían más presión: «Lo que tienes que hacer es mirar hacia delante», «Tu abuela no querría verte hundida».

Me sentía mal por estar mal. Y me preguntaba si tenía permiso para estarlo, si podía estar tan o más afectada que mamá. Qué tontería, ¿verdad? Mi abuela había sido para mí una persona muy importante, una referente, como una madre. Sin embargo, me sentía con menos derecho que mamá de llorar su muerte, de desmoronarme por su pérdida. Yo misma me repetía: «Trata de parecer serena delante de mamá; si tú te hundes, ella irá detrás».

Pero al llegar a casa era otra historia. En la intimidad de aquellas cuatro paredes, con la calidez de los abrazos de mis amigas, dejaba de lado la fortaleza impostada y me desmoronaba al lado de quienes sabía que podían sostenerme.

«¿Cuándo voy a superar esto, Júlia?», me preguntan mis pacientes en la consulta, refiriéndose a una pérdida o a una ruptura. «Cada persona es un mundo y cada proceso es diferente», les respondía.

Y suscribía cada una de esas palabras. Sin embargo, en aquellos momentos necesitaba algo concreto, más específico. Algo que me diese esperanza, que me asegurase que aquel vacío desaparecería. Una parte de mí sabía que lo haría, que el dolor se disiparía, que se volvería más gestionable, que iría quedando atrás. Lo sabía desde la teoría, pero no me bastaba; también quería sentirlo.

La pérdida resultaba tan abrumadora que no me permitía mirar más allá del presente.

Y el presente dolía.

¡Joder, si dolía...!

45

BRUNO

Estaba revisando un artículo cuando recibí un mensaje de Laia.

Hola, tete. Me he enterado de lo de Júlia.
¿Cómo está?

¿A qué te refieres?

A lo de su abuela

Mi hermana se había enterado de la muerte de Esperanza por una amiga que iba con frecuencia al obrador porque era fan de sus bizcochos.

En cuanto terminé de hablar con Laia, llamé a Júlia, pero no respondió. Lo intenté un par de veces más, con el mismo resultado.

No me di por vencido. Salí de casa con lo puesto y fui corriendo al obrador. Sin embargo, como era previsible, las persianas estaban echadas y las luces, apagadas. El cartel de CERRADO me informaba de lo evidente.

Sin pensarlo, fui directo a casa de Júlia.

Llamé al timbre. La puerta no tardó en abrirse. Me recibió una chica de pelo largo y rubio. Me identifiqué enseguida y excusé mi inesperada visita. Ella se presentó como «Ali, amiga de Júlia».

—No sé si quiere verme. Pregúntaselo, por favor. No quiero incomodarla, pero me he enterado de la noticia y como no contesta a mis llamadas... —me expliqué, nervioso.

—No tiene fuerzas para atender llamadas. Pero quiere verte. —Y, con un gesto, me invitó a entrar.

Me dirigí hacia el comedor y la vi. Júlia estaba hecha un ovillo en el sofá, con los ojos rojos e hinchados, la mirada perdida y el pelo enmarañado. Su gata dormía acurrucada a sus pies.

En cuanto se percató de mi presencia, se puso de pie y vino a mi encuentro.

Lloró desconsolada en mis brazos. Parecía devastada. Se apoyaba en mí, sin fuerza, como si, más que un abrazo, necesitase que la sostuviera. Me dio la sensación de que, si no lo hacía, podría desplomarse en cualquier momento.

Dejó de llorar al cabo de unos minutos y nos sentamos el uno al lado del otro en el sofá. La abracé por detrás y se recostó sobre mi pecho.

—Os dejo a solas —dijo su amiga en voz baja, como si temiera romper el silencio—. Vuelvo en un rato. A ver si tú consigues que coma algo. Lleva un par de días sin probar bocado...

—Ali, no tengo hambre —fueron las primeras palabras que pronunció Júlia desde que había llegado—. No me entra nada.

No osé intentarlo. Sentía que ella necesitaba otra cosa: silencio y compañía. Y eso le ofrecí.

Al cabo de un rato, Júlia se levantó y fue a la cocina. Yo

la seguí. Abrió la nevera, sacó una botella de zumo de melocotón y se sirvió un poco en un vaso.

—Es lo único que puedo tomar —me informó antes de que se me ocurriese decir algo así como «Tienes que comer algo, con esto no basta».

Me ofreció un vaso a mí también y regresó al sofá.

Caminaba cabizbaja. Su voz era monótona. Había perdido toda la alegría y la vitalidad que la caracterizaban. Me asustó verla de ese modo. Y me acordé de cuánto me atemorizó ver a mi padre tan profundamente triste tras la pérdida de mamá.

Cuando tratas de mantenerte siempre tan fuerte, desmoronarte no es una posibilidad que contemples, pero quizá es lo más humano que puede sucederte. Ver a un ser querido en ese estado duele, te parte el alma. Y también te asusta. Temes que esa situación vaya a ser permanente, que no vuelva a ser la misma persona de antes.

—Dime que esto pasará. —Se llevó la mano a la parte alta del estómago, cerró los ojos con fuerza y se encogió, como si empequeñeciera, como si quisiera desaparecer—. Dime que este dolor en el pecho un día se irá.

Sabía muy bien de lo que hablaba. Yo también había sentido ese dolor en el pecho, ese vacío en el estómago, esa necesidad de saber que aquel sentimiento tan arrollador un día desaparecería.

Dibujé una media sonrisa llena de tristeza y, con los ojos vidriosos, asentí.

Ese dolor pasaría. En eso no le mentí. Pero hasta que ese momento llegara, dolería por algún tiempo más...

—Ahora duele. Y mucho. Pero dentro de unos días lo hará de una forma más soportable —le dije desde mi experiencia—. Siempre la echarás de menos. Pero el dolor, un día, pasará.

46

JÚLIA

Rebusqué entre mis recuerdos los últimos minutos antes de dormirme.

Recordé la llamada de mi madre, mentirle respecto a mi estado, fingir que había vuelto a abrir el obrador, que volvía al trabajo, para no preocuparla. Recordé la visita de Maca y Ali. Llorar con ellas. Sus besos en la frente. El silencio acompañado. Y Bruno, su inesperada visita. Recostarme en su regazo. Sus palabras reconfortantes.

Me incorporé y alcancé el móvil. Había varios mensajes de pésame. Agradecí que se tomasen el tiempo de escribirme, pero no me apetecía responderles en aquel momento.

A quienes sí escribí fue a las chicas:

GRACIAS por cuidarme tanto y tan bien 😘😘😘

Cuando fui a escribir a Bruno, vi su mensaje:

Te has quedado dormida en el sofá. Espero que descanses. Llámame mañana, o escríbeme si necesitas hablar, compañía o ambas cosas.
Un abrazo

Escribí:

Gracias por venir y por estar ahí 😘

Respondió enseguida, como si tuviera el móvil en la mano:

¿Cómo estás?

Mejor. Me he levantado con más energía.
Sigo triste. Pero estoy mejor

Me levanté del sofá, como si necesitase ser coherente con lo que le decía. Subí la persiana y por la ventana entraron los primeros rayos de sol del día.

En la pantalla apareció:

Me alegro 😊

Me vino bien verte,
que me hicieras compañía

Llevé el móvil conmigo al dormitorio y lo dejé caer sobre la cama, con la conversación de Bruno en la pantalla.

Abrí el armario y busqué un kimono de seda que me había regalado la abuela. Se lo había traído mamá al volver de una exposición en Japón, pero decía que era demasiado exótico y atrevido para ella. Me lo puse y lo olí. Esperaba que oliese a ella, sentirla más cerca. ¡Qué tontería! Jamás se lo puso. Llevaba años en mi armario. Pero, aun así, conservé la esperanza de que me devolviese algo de ella.

Esperanza.

La abuela.

Pensé que ya me había quedado sin lágrimas, pero no. Al recordarla, una lágrima de tamaño gigantesco resbaló por mi mejilla. Y a esta le acompañó un suspiro. Me sorprendió que lo que saliese de mí fuese eso, un suspiro, no un sollozo. Había algo distinto en mí. Algo había cambiado.

Me apetecía ver a Bruno. Mucho. Había demostrado ser una compañía agradable y sabía que él comprendía perfectamente por lo que estaba pasando.

Decidí escribirle un mensaje:

¿Haces algo ahora?

Pasamos la mañana comentando libros y comiendo bizcocho. No sabíamos cuándo retomaríamos el club de lectura, pero ambos teníamos la certeza de que lo haríamos. Le presté algunas de mis novelas favoritas.

—¿Todo esto? —exclamó Bruno cuando vio la bolsa llena de libros—. ¡Hay muchos!

—Lo sé, no he sido capaz de hacer una selección más ajustada.

—Voy a tardar medio siglo en devolvértelos, te aviso.

Una ligera sonrisa asomó en mi cara.

—No me importa. Llévatelos igualmente.

Todo fue bien hasta que di con un ejemplar de *Paula*, de Isabel Allende, y me desmoroné. Me entraron ganas de volver a leerlo, como cuando estás de bajón y decides torturarte con música triste que alimenta todavía más ese estado. Lo dejé a mano.

Bruno adivinó mis intenciones.

—¿Has leído *El año del pensamiento mágico*? —me preguntó. Negué con la cabeza—. Pues, si quieres leer sobre la pérdida, te lo recomiendo. Te lo puedo dejar, de hecho. Es el libro que fui a recoger a Correos, no sé si lo recuerdas.

Asentí.

—¿Todavía sigues buscando al hombre misterioso que le mandaba los libros y las cartas a tu madre?

—No —respondió con la boca pequeña—. Me rendí. Puse fin a esa historia, a mi manera, como mejor supe.

—Vayamos a dar una vuelta y me cuentas —le propuse. Sentía que la casa se me caía encima. Necesitaba que me diese el aire.

Me vestí para salir a la calle y, al pasar junto al espejo del recibidor y verme reflejada en él, me detuve. Mi cara estaba más delgada. Mi pelo había perdido brillo. Mis ojos parecían apagados. Mi piel se veía opaca. La tristeza se había apoderado de mí y de mi aspecto.

Bruno, que reparó en mi estado, apoyó su cabeza sobre la mía y me abrazó por detrás.

Me cayeron un par de lágrimas.

Todavía abrazados, le busqué con la cabeza y me dio un beso en la frente.

—Pasará —dijo Bruno con voz serena.

Suspiré deseando que tuviera razón. Esos días en los que había estado tan apática, triste, rota por dentro, temí que mi estado se prolongase en el tiempo, que terminase cayendo en una depresión. «Es normal, Júlia, todo es muy reciente», me consolaba a mí misma. Y así era. El paso del tiempo traería consigo distancia, perspectiva. Cierto alivio. Y pensarlo me ofrecía un halo de esperanza.

Esperanza.

La abuela.

No la volvería a ver, y eso era algo que no llegaba a entender. Lo comprendía desde la razón, pero la emoción funcionaba de forma independiente, y no conseguía integrarlo.

A diferencia de los días anteriores, cuando me preocupaba no ser capaz de levantar cabeza, en ese instante me preocupaba otra cosa: olvidarla.

Nos sentamos en la plaza del centro del pueblo a comer un helado, sin importar que fuese diciembre, tal y como hacía con la abuela cuando era pequeña, mientras veíamos a la gente pasar.

—Ya están montando la feria de abetos —observé con la voz dominada por la nostalgia.

Me estremecí al pensar que las Navidades estaban a la vuelta de la esquina, y que serían las primeras sin la abuela. Di rienda suelta a los recuerdos, y la tristeza se transformó en una dulce melancolía.

—Venía con ella cada año y escogíamos un abeto para el obrador. Ni el más grande ni el más frondoso. Nos quedábamos con el que creíamos que nadie más escogería. Pasadas las fiestas, lo llevábamos a casa de la señora Clotilde, la que nos regaló las calabazas, ¿recuerdas?, que tiene un terreno muy grande, para que lo recuperase. Y cada vez que la abuela visitaba a su amiga, me mandaba fotos para que viera lo contentos que estaban creciendo en el monte.

—¿Las plantas pueden estar contentas? —preguntó, burlón.

—Pues claro —respondí, fingiendo cierta ofensa—. Solo tienes que saber entenderlas.

Apoyé la cabeza en su hombro y mi mirada se perdió entre las personas que recorrían la feria de abetos. De nuevo, la nostalgia.

No podía dejar de pensar en otra la Navidad. Y en las primeras veces.

—Las primeras veces son las más difíciles —dijo Bruno, con la mirada al frente y pena en la voz.

Pensé que me había leído el pensamiento, pero pronto comprendí que tal vez lo había dicho en voz alta. Para él sería también una primera vez, las primeras Navidades sin su madre.

Pasé el resto del día sola en casa, refugiada en la lectura y viendo fotos antiguas.

Cuando mamá me envió algunas de ella trabajando en el taller, respiré aliviada. Se había resguardado en el arte. Decía que le ayudaba a sobrellevar la tristeza. Confiaba en que así fuera.

Por la noche me animé a llamarla. No me atreví a preguntarle cómo estaba; en su lugar, aposté por un «¿Qué haces?». Dijo haber pasado la tarde delante de la televisión, acurrucada en el sofá, viendo *Los puentes de Madison* y *Memorias de África.* El turno siguiente era para *Leyendas de pasión.* «Veámosla juntas», me salió sin pensarlo. Y eso hicimos. Nos pusimos la película a la vez, cada una en su casa, y la comentamos por teléfono.

Mamá se quedaba embelesada con la historia de amor de Tristan y Susannah. Pero yo no podía evitar hacer comentarios sobre lo disfuncional de muchas de las dinámicas que había entre ellos. «¿Puedes, por favor, dejar de ser psicóloga por un rato?», me pedía entre risas. Sin embargo, era incapaz de no ver las escenas como ejemplos que me resultarían útiles en terapia. Ejemplos de lo que no era sano, claro. Como, por ejemplo, dejarnos llevar por la pasión como criterio para querer a alguien como pareja. Quizá incluso escribiera en el blog sobre la película y sobre lo que se nos vende como romántico; sobre los mensajes que yo también he comprado alguna vez. Y me sorprendí recuperando las ganas de escribir.

A pesar de la tristeza, lo pasábamos bien. Las dos. Mamá se había convertido en una compañía agradable. Y aunque no me atrevía a hablar con ella de ciertos temas por miedo a la respuesta que pudiera recibir por su parte y a la reacción que se desatara por la mía (algo así como cuidarla y protegerla de forma compulsiva), la sentía más cerca, y eso me gustaba.

Aquella noche, sin saberlo, iniciamos una nueva tradición a la que Nina se uniría más adelante.

Abrí los ojos a la hora de siempre, sin necesidad de despertador. Incapaz de volver a conciliar el sueño y harta de dar vueltas en la cama, escribí a mi hermana. Necesitaba hablar con ella. Su compañía. O ambas cosas.

¿Estás despierta?

Respondió enseguida:

Sí

¿Me acompañas al obrador?

Quería ir allí. Sentía que había llegado el momento de hacer frente a esas primeras veces sin la abuela. Y quería hacerlo poco a poco, a mi ritmo. Desmoronarme si lo necesitaba. Al menos, la primera vez. Y, si podía ser, hacerlo acompañada. Nina accedió. «Nos vendrá bien hacerlo juntas», dijo. Así que la pasé a buscar por su casa.

El día se despertaba gris y lluvioso. Los árboles lucían amarillos y naranjas; algunos ya habían perdido las hojas. El otoño estaba en todo su esplendor.

Refugiadas debajo del paraguas, Nina y yo avanzamos por la calle principal, todavía desierta a esas horas de la mañana.

Llegamos al obrador. La persiana estaba a medio subir.

Nina y yo nos miramos. La confusión en mis ojos. También en los suyos.

Sin pensármelo dos veces, me decidí a entrar, pero Nina me sujetó del brazo y me frenó.

—Júlia, pero ¿estás loca? ¡Puede haber alguien dentro! Llamemos a la policía.

Estaba claro que a ella también le daba mala espina.

Y eso hizo. Sacó el móvil y llamó al 112.

Mientras, yo coloqué las manos de costado contra el cristal de la puerta y apoyé la frente para ver qué ocurría dentro, pero no vi ningún movimiento sospechoso.

—¿Emergencias? Sí, mire, creo que han entrado a robar —susurraba, nerviosa—. Sí, puede que todavía estén dentro. No lo sé, no hemos entrado. Vale, no, no. Nos quedamos fuera. Sí, la dirección es calle Mayor, número 7. Sí. Vale, esperamos. —Y volviéndose a mí—: Dicen que ahora vienen, que no hagamos nada. Puede que todavía sigan dentro, es peligroso.

Sin embargo, el espíritu de una aventurera (o de una inconsciente) se había apoderado de mí. El obrador era la casa de la abuela, su hogar, su templo. Había sido profanado y no lo iba a consentir.

Entré en el local con sigilo, tratando de que las campanillas no repicasen con el movimiento de la puerta, por si acaso no estábamos solas. No sin dificultad, lo conseguí. Detrás de mí tenía a Nina intentando disuadirme, cogiéndome del brazo para frenarme. Yo estaba centrada en lo que tenía delante: la cafetería en silencio.

«El ladrón ya se ha marchado», me dije. Pero había una luz encendida en el obrador. Solo una. Pensé que, si alguien quería robarnos, iba muy desencaminado, pues encontraría el dinero en la caja, detrás del mostrador, no dentro. Además, llevábamos varios días sin abrir, por lo que la recaudación no sería cuantiosa. Si buscaba perpetrar el robo del siglo, definitivamente, se había equivocado de lugar.

Nina parecía debatirse entre quedarse fuera esperando, a salvo, o correr el riesgo de acompañarme para que no estuviera sola (si teníamos que defendernos, mejor que fuésemos dos en lugar de una). Siguió mis pasos a regañadientes hasta alcanzarme, me dio la mano y, juntas, atravesamos de puntillas la zona de la cafetería. Nina me agarraba cada vez más fuerte. Tenía la mano fría y sudosa. Estaba nerviosa. Yo también.

Mi cuerpo, como si supiera que me acercaba al peligro, se tensaba a cada paso. El corazón se me iba a salir por la boca. Pero seguí avanzando.

Crucé por donde se separan el mostrador y el obrador, pero allí no había nadie.

«Falsa alarma», pensé, y crucé los dedos, deseando que los daños hubiesen sido mínimos.

—Comprobemos si falta algo —le dije a Nina.

Me di la vuelta y me dirigí hacia el mostrador. Lo que más me preocupaba en aquel momento era la caja. Se oyó un ruido a lo lejos, como de una puerta cerrándose de golpe. Solo podía provenir del baño, al otro lado de la zona de cafetería.

Pegué un bote y miré en esa dirección, pero no vi nada. Estaba a oscuras.

Retrocedí unos pasos de forma instintiva, buscando a tientas algo con lo que defenderme.

—¿Qué hacéis aquí? —preguntó una voz a lo lejos. Una voz que reconocí.

Cerré los ojos con un sentimiento a medio camino entre el alivio y el enfado. Me llevé la mano al pecho para ver si se me calmaba la taquicardia.

—No, mamá. ¿Qué haces tú aquí? —pregunté, todavía sin creer lo que veían mis ojos.

—Joder, ¡qué susto nos has pegado! —escuché a Nina detrás de mí.

La luz de unas linternas irrumpió en la oscuridad en la que estaba sumida la cafetería.

—¡Policía! ¡Salgan con las manos en alto! —gritó una voz grave a lo lejos.

Nina y yo nos miramos. Ella movió la cabeza a un lado a otro y acabó hundiéndola entre las palmas de las manos. Yo me mordí el labio mientras se me escapaba una risilla medio traviesa, medio preocupada. Aquello se había salido de madre.

Mamá, nerviosa, se echó a reír en cuanto ató cabos y entendió qué estaba pasando.

—Pero ¿qué os pensabais? ¿Qué alguien había entrado a robar?

Alcé las cejas, bastante seria. Quizá, con el tiempo, contaríamos lo sucedido entre risas, como una anécdota divertida. Pero en aquel momento solo pensaba en cómo explicar a los agentes que el único delito que se había cometido allí tenía que ver con una pésima comunicación familiar y con la ocultación deliberada de la verdad.

Los agentes aceptaron con gusto nuestro ofrecimiento —un café bien cargado y unas berlinas de crema— por las molestias ocasionadas.

—Pero ¿tú no estabas en casa? —pregunté cuando los agentes ya se habían marchado.

Mamá se encogió de hombros.

—Parece que no eres la única que ha mentido... —observó Nina.

—No quería preocuparte —me sinceré con mamá—. Tú ya tienes suficiente con lo tuyo... Y yo no me sentía con fuerzas para volver al trabajo. Ni para pisar el obrador. Hasta esta mañana.

—Pero, hija, si no nos apoyamos ahora, ¿cuándo lo haremos?

Tenía razón, pero una parte de mí la sentía incapaz de acompañarme como necesitaba. Temía que, más que apoyarme yo en ella, o apoyarnos mutuamente, como adultas, ella necesitase apoyarse en mí y, de tanto hacerlo, yo terminase olvidando lo que necesitaba.

Pero no dije nada.

Entonces reparé en que mamá llevaba el pelo cubierto y un delantal puesto.

—¿Qué ibas a preparar? —pregunté mientras me ataba el mío.

—Ve a ver el escaparate —sonrió, pícara, anticipando la sorpresa que me llevaría.

Me quedé sin palabras, plantada delante del escaparate, con la boca abierta. Mamá lo había llenado de piezas de pan con formas de animales: conejos, gatos, cerditos, erizos, tortugas, pájaros, animales de todo tipo llenaban el aparador. Colgados de un hilo transparente, formaban una composición digna de una exposición de arte.

—¿Qué pasa? —me preguntó Nina, que no entendía el porqué de mi reacción.

Aquellos animales eran una versión perfeccionada de los que la abuela y yo le preparábamos a mamá cuando estaba de viaje. Me ayudaba a soportar su ausencia al tener la mente enfocada en la sorpresa que se llevaría cuando regresara.

—No sabes el éxito que están teniendo —dijo ella cuando terminamos de abrazarnos, secándose las lágrimas que resbalaban también por sus mejillas—. Se han convertido en un superventas entre los más peques.

—Pero ¿cuánto tiempo llevas viniendo? —preguntó Nina.

—Desde el funeral —dijo con la boca pequeña, como una niña que espera una reprimenda—. Necesitaba sentirme cerca de la abuela, dejar de avergonzarme de ser la hija de la panadera, reconciliarme conmigo misma y con ella.

Percibí dolor en sus palabras. Y culpa. Quizá también vergüenza. Pero esa vez no se avergonzaba de la profesión de la abuela. Esa vez, si se avergonzaba de algo, era de haber renegado tantos años de ser la hija de la panadera.

Nos quedamos las tres en silencio.

—Dices que son un superventas entre los peques, ¿verdad? —dije por fin—. Pues venga, pongámonos manos a la obra. No los vayamos a decepcionar.

Pasamos parte de la mañana trabajando en el obrador, con la persiana medio echada y las manos hundidas en la masa, compartiendo anécdotas, recordando con nostalgia, riendo y llorando.

Mamá nos contaba historias de cuando éramos pequeñas, de cuando, como nosotras, pasaba los veranos en el obrador al lado de la abuela, llenándolo todo de harina. Sospechaba que aderezaba las anécdotas con detalles de su propia cosecha, pero no me importaba. El brillo en sus ojos al contarlas; los pelos de punta al escucharlas. Aquellos aderezos y las pequeñas mentirijillas merecían la pena.

Vi la melancolía reflejada en la mirada de mi madre al hablar de la abuela con las clientas, cuando subimos la persiana y empezamos a atenderlas. No podía evitar culparla por las ocasiones en que la abuela pudo haberse sentido rechazada por ella. Pero decidí que aquello formaba parte de su proceso y no dije nada. Me limité a escuchar cómo la rememoraba con orgullo, como si necesitase compensar todas las veces que había renegado de ella. Quizá era su manera de reconciliarse con sus orígenes, de honrar la memoria de la abuela. En sus palabras había ternura y admiración. Escogí quedarme con eso. Y me gustó darme cuenta de que era capaz de mirar a mi madre con otros ojos, desde otro lugar.

Aquello fue sanador.

47

BRUNO

Después de haber recuperado el contacto, Júlia y yo pasamos más tiempo juntos. Nos veíamos todas las veces que podíamos, aunque no siempre que queríamos era posible.

«¿Cómo lleva Júlia que este fin de semana tengas a tu hijo? ¿No le importa?», me preguntaba Miki. Lo cierto era que no, no le importaba. Júlia tenía una vida propia. Y si no nos veíamos, buscábamos un hueco para llamarnos o escribirnos. Había días en que nos pasábamos horas al teléfono mientras cocinábamos, limpiábamos cada uno su casa, o veíamos documentales *true crime* en televisión y jugábamos a adivinar quién era el asesino.

Júlia me pedía que la avisara cuando sacase a pasear a Sam por el bosque. Yo pasaba a buscarla por el obrador, a la hora del cierre, y caminábamos por el centro de la ciudad (comí más helados en los últimos días de otoño que en todo el verano). Intercambiamos impresiones sobre los libros que me había prestado y los nuevos que estaba leyendo. Y hablamos de la muerte, del dolor y de la pérdida. Hablamos también de la vida y divagamos sobre el sentido de nuestros días en el mundo. Hablamos de lo complejas que eran las relaciones familiares, de las lealtades invisibles, de las elecciones. Y eso nos llevó a recordar lo que queríamos ser de pequeños y los caminos que habíamos tomado.

Me gustaba conversar con ella. Sentía que nos entendíamos y estábamos cada vez más cerca.

También le había cogido el gusto a trabajar con el portátil en el obrador. Su madre trataba de ganar confianza con las recetas de Esperanza y yo le servía de conejillo de Indias.

Sin embargo, no todo era perfecto.

Aún no habíamos hablado sobre nosotros.

48

JÚLIA

Fuimos a casa de Maca a celebrar el cumpleaños de su marido. Era la primera vez que salía a cenar después de perder a la abuela.

Me distraje. Disfruté escuchando a los demás hablar de su día a día, aunque fuesen conversaciones banales. Reí viendo cómo la hija de Maca se ensuciaba, hacía gorgoritos y la comida terminaba esparcida por la mesa. A su madre no le hizo tanta gracia como a mí.

Aun así, me juzgué por divertirme, como si pasarlo bien y reír fuesen incompatibles con honrar la memoria de la abuela. Tal vez, si me hubiese quedado en casa hecha un ovillo, me habría sentido menos culpable. Pero entonces me hubiese dicho: «A la abuela no le gustaría verte en este plan; sal fuera y vive». Y lo mismo me sucedía con cada decisión nimia del día a día.

«Qué difícil encontrar el equilibrio», me quejaba por dentro.

—Necesitas dar una tregua al dolor; no te culpes por distraerte, por reír. No puedes estar permanentemente conectada a la tristeza —me dijo Begoña en la última sesión que tuvimos.

—¿Cómo sé que lo estoy haciendo bien? —le pregunté.

Yo misma tenía la respuesta. Pero desde la teoría. Aún no sabía cómo aplicarla a mi persona. Resulta difícil de creer, pero cuando se trataba de mi propio proceso de duelo, perdía toda la claridad.

—No te exijas hacerlo bien. Permítete sentir, conectar con la tristeza. Y permítete también desconectar de lo que ha traído consigo. Nadie puede soportar estar conectado al dolor las veinticuatro horas del día.

Me lo recordaba cada vez que me sorprendía a mí misma cantando. Lo sentía como una ofensa para mi abuela, como si no pudiera estar alegre y, a la vez, lamentar su pérdida. En realidad, si cantaba, era para regular mis emociones, para mantenerme a flote, no porque estuviese alegre. Asimismo, me lo recordaba en un intento de calmar esa culpa pegajosa que me hacía sentir mala persona. Y entonces me tranquilizaba.

Pero también me di cuenta de que a veces sí estaba alegre: mi vida seguía adelante y me traía cosas chulas, como compartir confidencias con mis amigas, anécdotas con mamá, avances con las personas a las que acompañaba en terapia, chismes con Nina y paseos con Bruno.

Y llegaba a la misma conclusión: «Qué complejo esto de atravesar un duelo, qué difícil encontrar el equilibrio». Incluso cuando te sabes la teoría. Porque, por mucho que te la sepas, nada te exime de sentir. Y sentir es lo que abruma y desborda.

FERIA DE ABETOS

DEL 13 AL 22 DE DICIEMBRE.

ABIERTO TODOS LOS DÍAS DE 10.00 A 19.30

No era la primera vez que leía el cartel, pero sí la primera en que sentía el vértigo de tener que tomar una decisión si existía la más mínima posibilidad de que dentro de mí habitara una niña deseando decorar el obrador antes de Navidad.

—Mañana es el último día antes de que termine la feria de abetos —le comenté a Bruno—. Me gustaría que me acompañases.

—¿Me estás pidiendo una cita? —preguntó él con una sonrisa pícara.

—Mmm... no. —Me serví de una pausa para hacerme la interesante—. Pero puede que en un futuro lo haga.

Bruno me miró y sonrió, sin decir nada. Él también había aprendido a hacerse el interesante. Con los ojos clavados en los míos, tras unos segundos de espera, soltó:

—Me apunto.

Compramos chocolate caliente con *melindros* y nos sentamos en un banco de madera. Estaba tan helado que el frío traspasó mis tejanos desgatados y un escalofrío me sacudió el cuerpo.

—Como en tu casa, ¿recuerdas? —observó Bruno, refiriéndose al chocolate con bizcochitos que comimos en el balcón. Asentí sonriendo—. Aquella noche quise besarte —añadió, decidido, como quien por fin confiesa un secreto largo tiempo ocultado.

—¿Ah, sí?

—Sí, pero te quedaste dormida.

Me entró una carcajada y de mi boca salieron disparados algunos restos de bizcocho, por más que intenté taparla instintivamente con la mano. Bruno me tendió una servilleta de papel que había cogido en el puesto y me señaló la comisura de los labios.

—Gracias. —Me limpié—. Si queremos que esto vaya a algún sitio...

—¿Tú quieres? —me interrumpió mientras sus hoyuelos custodiaban una sonrisa irresistible para mí.

—Si queremos que esto vaya a algún sitio, debemos hablar más. Más de nosotros, de cómo nos sentimos, de lo nuestro.

—Vale.

—¿Vale?

—Sí, vale. Me parece muy razonable. Estoy de acuerdo.

—Bien. Pues hay algo que quiero contarte. —Sentí que aquel era el momento—. Quedé con Pol.

—Lo imaginaba.

—Y nos besamos —añadí, expectante.

—Os besasteis —repitió él de forma inexpresiva, como si intentase hacerse a la idea—. ¿Estáis... juntos?

—¿Qué? ¡NO! —exclamé tan sorprendida como si acabase de afirmar que la Tierra era plana.

—Lo digo porque, como no hemos vuelto a besarnos desde que hemos retomado el contacto, no sabía qué pensar...

—Mantenía cierta distancia porque quería que hablásemos antes. No porque no haya tenido ganas de besarte —dije muy bajito, como si se tratase de algo prohibido.

—Yo también tengo ganas de besarte.

Sonreí y bajé la mirada. Él hizo lo mismo.

—Está bien —dije como haciéndome a la idea de que había llegado la hora de la verdad—. Voy a ser muy clara, ¿vale? —le advertí, y empecé por los titulares—: Quiero seguir conociéndote.

—De acuerdo. —Bruno parecía moderar su entusiasmo, como si supiera que después de aquello venía un «pero».

—Pero, si lo pienso, me entran todos los miedos. —Suspiré—. Estoy trabajándolo en terapia. El otro día... Te vas a reír, pero el otro día me presenté en la consulta con una larga lista de las cualidades que debía tener la persona con quien sí podría tener algo.

—¿Cómo de larga?

—Larga, muy larga. —Me pidió con la mirada una respuesta más concreta—. Así de larga —dije, dejando unos veinte centímetros entre los índices.

Bruno silbó. Yo forcé una sonrisa inocente.

—Lo tengo difícil, entonces —repuso, mirándome de reojo.

—Leí la lista en voz alta y, cuanto más avanzaba, más cuenta me daba de lo complicado que sería encontrar a alguien que cumpliese con tooooodos esos requisitos. Tener las cosas claras está bien, pero cuanto más larga es la lista, más protegida estoy, porque más difícil es que me dé la oportunidad de conocer a alguien. Es como un arma de doble filo, ¿sabes?

Bruno asintió mientras apretaba los labios con fuerza.

—Me he pasado los últimos años tratando, en primer lugar, de que me escogieran y, después, aprendiendo a salir de relaciones que me hacían daño. No sé cómo se hace eso de tener relaciones sanas. No sé cómo se construyen. —Me sentí ridícula diciendo aquello en voz alta—. Y es paradójico, porque lo sé desde la teoría. Incluso acompaño a otras personas a construir relaciones más sanas con sus parejas o potenciales parejas. Pero en la práctica...

—Y esto... ¿dónde me deja a mí?

—Tú me has roto todos los esquemas. Estoy tan a gusto contigo... Tengo claro que me haces bien. Y que siento algo por ti. Me gusta pasar tiempo contigo, me gusta cómo me miras, cómo me ves. Confías en mí y me apoyas. Estos días he llegado a la conclusión de que te quiero en mi vida. Quiero pasar tiempo contigo y seguir conociéndote. Pero conocerte de verdad —enfaticé.

—¿Conocerme de verdad? —repitió entre risas—. ¿Qué quieres saber de mí? ¿Qué número calzo?, ¿cuál es mi plato favorito? —bromeó. Yo puse los ojos en blanco, aunque no pude evitar reírme también—. Ahora en serio, Júlia. ¿Qué necesitas saber sobre mí?

—Muchas cosas. Pero, por ahora, me basta con hacerte algunas preguntas.

—¿Ahora? —Asentí tras mirar mi reloj de muñeca. Todavía teníamos tiempo antes de que cerrasen la feria de abetos—. Vale, venga. Estoy preparado.

—Si yo quisiera tener hijos, ¿tú querrías compartir esa experiencia conmigo, a pesar de que tú ya seas padre? Dentro de unos años. Si lo nuestro funciona, claro.

—Sí, me gustaría compartir esa experiencia contigo. —Sonreí satisfecha—. ¿Qué más? —Bruno parecía tener prisa por conocer mi veredicto final?

—¿Crees que nos une el dolor? Quiero decir, ¿crees que lo que nos une es el dolor de la pérdida?

—Mira, Júlia, a mí me ha ayudado mucho compartir estos meses contigo. Y espero que yo haya podido acompañarte como necesitabas estos días, desde que tu abuela... —Asentí en lo que pretendía ser un «No hace falta que lo digas en voz alta»—. Pero creo que tenemos muchas más cosas en común.

—¿Como qué?

—¿Cuándo dices que tenemos que irnos?

—Contesta —me puse en jarras, retadora, pero se me escapó una sonrisa bobalicona.

—Creo que podemos hablar de todo. Siento que me entiendes. Me gusta tu forma de ver la vida, y creo que es compatible con la mía. Contigo siempre me río. Y siento que a tu lado puedo ser yo. Estar contigo es como un bálsamo para los días malos. Me haces bien. Me veo a tu lado. No sé —se encogió de hombros—, si quieres, te hago una lista.

—Vale —le respondí medio en serio, medio en broma. Aunque, por su cara, diría que él solo estaba de cachondeo—. Y la última... por ahora —le advertí, e hice una breve pausa antes de continuar—: ¿crees que puedo ofrecerte lo que tú necesitas de una relación de pareja?

—Suerte que es la última pregunta —bromeó—. Puedo estar solo. No te necesito en el sentido estricto de la palabra. Pero me encanta estar contigo. Y sí, creo que puedes ofrecerme lo que necesito de una relación de pareja. No entraba en mis planes tener una, pero pienso que estoy preparado —asintió y se reafirmó—: Sí, estoy preparado. Y yo también te quiero en mi vida.

—Tengo miedo de que me conozcas y te desenamores —solté de golpe, sin anestesia, mientras apoyaba la cabeza en su hombro.

—Ya te conozco y me gustas.

—No me conoces bien. Al menos, no del todo. Soy desordenada, caótica...

—Lo sé. He estado en tu casa, ¿recuerdas?

—A veces soy un poco infantil.

—Divertida —me corrigió.

—Soy compradora compulsiva de plantas.

—Algún día viviremos en una jungla. Anotado.

—Y, cuando no estoy bien, compro fundas nuevas para los cojines.

—Nota mental: si veo que los cojines tienen fundas nuevas, me asustaré.

—No te rías, que lo digo en serio. —Levanté la cabeza y le miré.

—Yo también.

Reímos los dos.

—Y me pasa lo mismo con los libros.

—Me parece genial. Los compras tú y luego me los prestas.

—Todo te parece bien a ti, ¿o qué?

—No hay nada de lo que has dicho que me genere un problema.

Se dibujó una sonrisa serena en el rostro de Bruno. También en el mío.

Volví a apoyar la cabeza en su hombro, y él apoyó la suya en la mía.

El hilo musical navideño en los altavoces.

Los gritos de ilusión de los niños.

El aire frío en la cara.

El calor de Bruno, al tenerle tan cerca.

Si por mí fuera, aquel instante hubiese durado una eternidad.

Y entonces lo sentí: aunque no sabía qué nos depararía la vida, ni tan siquiera si seríamos capaces de construir algo sano, me di cuenta de que estaba dispuesta a descubrirlo. Había recuperado la esperanza, volvía a creer en el amor.

49

BRUNO

La rodeé con los brazos. Ella recostó la cabeza en mí. Nos quedamos en silencio, contemplando a las familias que paseaban por la feria, con los abetos a cuestas, bolsas llenas de adornos y la ilusión de los más pequeños reflejada en la cara.

—A mi hermana y a mí nos encantaba la figura del Tió —añadió Júlia—. Siempre me ha parecido gracioso eso de alimentar un tronco para que cague regalos. Tardé en enterarme de que, en realidad, los regalos los ponían mi madre y la abuela, ¿te lo puedes creer? Supongo que no quería verlo, por eso de que no se perdiera la magia.

—Las Navidades no son iguales cuando creces, es verdad. Aunque, cuando tienes hijos, recuperas parte de esa magia.

Me refugié en mis pensamientos mientras Júlia preguntaba el precio de varios abetos. Había esperado hasta el último momento, lo cual reducía considerablemente las posibilidades de encontrar uno majestuoso, como el que yo tenía en mente. Pero, a juzgar por lo que decía, en eso consistía: en encontrar el que nadie quisiera. Y no tardó en dar con el adecuado.

—¿Sabes qué? Voy a pedirle a mi padre que talle un

Tió —dije en cuanto regresó cargando el abeto—. Y lo esconderé en el bosque. Y saldremos con Llorenç a buscarlo.

—¡Suena genial! ¿Nuevas tradiciones? —Asentí, satisfecho—. ¿Te importa si vamos a un bazar a ver si encontramos espumillón? Aquí no lo he visto por ningún lado.

—¿Espumillón?

—Sí, guirnaldas de esas de colores.

—¿De esas que se llevaban hace años? ¿Todavía están de moda?

Júlia soltó una carcajada. No quería ofenderla, pero sabiendo lo mucho que ella cuidaba la decoración tanto del obrador como de su casa, me pareció extraño.

—Con la abuela, decorábamos el abeto con espumillón. Decía que, si no hay espumillón, no es Navidad. Pero el que tengo es de colorines. Y yo lo busco dorado. Al menos que haga conjunto con el borde de las mesas... —dijo en voz baja, como si su abuela pudiera ofenderse si nos escuchaba.

Reí por dentro.

—Está bien —respondí mientras con un gesto le pedía que me dejase llevar el abeto—. A buscar espumillón dorado.

—Papá tiene que volver un momento a casa, ¿vale, Llorenç?

—Hijo, ¿qué se te ha olvidado? —preguntó mi padre con cierta inquietud.

—Se me ha olvidado el... —no se me ocurría nada—, el cargador del móvil.

—Ah, por eso no te preocupes. Yo tengo uno universal.

—No, papá. Tengo que regresar a casa... —Le pedí con un gesto que me siguiera la corriente.

Pero él continuó insistiendo:

—¡No tienes que volver a casa, hombre, hay uno aquí!

—No, papá. —Y empecé a guiñarle el ojo de forma descarada.

—¿Qué te pasa en el ojo? —me preguntó, confuso. Suspiré—. Ah, vale, el cargador... —dijo como si de repente se acordase de la llamada que le había hecho días atrás para pedirle que tallase un Tió y que distrajese a Llorenç mientras yo lo escondía en el bosque—. Claro, hijo, el cargador. No sé en qué estaría yo pensando.

Esta vez fue él el que me guiñó el ojo, pero de una forma tan descarada que no sé cómo Llorenç no se enteró.

—Ven, campeón, que me ayudarás a ponerle una pajarita al granuja del perro. Tu tía Laia se ha empeñado en que se la pongamos para la foto de familia...

Serían las primeras fiestas sin mamá. Laia había insistido en hacer la clásica estampa familiar. Papá se había negado: «¿Qué sentido tiene, si vuestra madre no sale en ella?». Yo había votado a favor, pensando en que Llorenç crecería y que, cuando mirase las fotos de su infancia, querría encontrar esos retratos, aunque en ellos faltase su abuela.

Me dirigí al garaje, donde papá tenía el taller, y lo vi: un tronco de unos veinticinco centímetros de diámetro, bien cortado, pulido, con unos ojos vivos y simpáticos. La imaginaria cabeza de ese tronco mágico que esa tarde, tras alimentarle (guiño, guiño) cagaría los regalos, llevaba puesta una barretina de color rojo tejida por mi hermana, quien se había aficionado al crochet durante la pandemia y había querido formar parte de aquella nueva tradición.

Anduve unos minutos y me alejé del camino principal para esconder al Tió en un lugar lo suficientemente visible para que Llorenç lo encontrase siguiendo las instrucciones del rudimentario mapa del tesoro que prepararía en cuanto regresara a la masía, pero lo suficientemente oculto para que la gente que paseara por la zona no estuviera tentada de llevárselo.

Volví a la masía y, con sigilo, fui al despacho de papá. Cogí un folio y le tomé prestada una pluma. Me senté en la butaca que presidía aquella estancia y me dispuse a dibujar el mapa del tesoro cuando Llorenç apareció manchado de tinta azul y una hoja de papel que se presentó como prueba del delito número cuatro (las pruebas una, dos y tres eran su cara, sus manos y la camisa blanca que llevaba, respectivamente).

—¿Qué pasa, cariño?

—Mira lo que ha hecho tu hijo. —La voz de mi padre cruzó el umbral del despacho. Parecía realmente molesto.

—Pero ¿qué ha pasado? —pregunté mientras, instintivamente, trataba de limpiarle la tinta de la cara, ensuciándome las manos.

—A ver si le enseñas a no tocar lo que no es suyo —gruñó.

—Quería pintar la hoja —dijo el crío, enseñándomela—, pero el abuelo no me ha dejado.

Miré el papel. Llorenç lo había llenado de manchas de tinta azul esparcidas de forma aleatoria.

—Para pintar se utilizan lapiceros de colores, jovencito, ¡¡no sellos!!

Fue pronunciar la palabra «sello» y mi mirada se clavó en la hoja. Algo me había llamado la atención, pero no había reparado en ello hasta entonces. Llorenç, más que estampar con el sello, había pintado con él. Aun así, algo me resultaba familiar.

—¿Dónde está el sello, Llorenç? —le pedí, y el niño negó con la cabeza—. Llorenç, dame el sello. —Me puse serio—. Por favor.

Él protestó una última vez. Y, visiblemente frustrado, lo sacó del bolsillo del pantalón, que supuse que a esas alturas también estaría manchado de tinta, y me lo entregó.

Mi padre también lo reclamaba y fue a por él. Pero antes de que lo cogiera, yo ya lo había estampado en un papel.

—¿Dónde lo has encontrado? —le pregunté muy serio.

Llorenç, con el ceño fruncido, los ojos entornados y los labios muy apretados, señaló de forma enérgica el cajón del escritorio del abuelo.

—Tienes que enseñarle a respetar lo que no es suyo. —Me miró muy serio, se giró hacia el crío y levantó el dedo índice en modo acusatorio—. Las cosas del abuelo no se tocan.

—¿Es… es tuyo? —balbuceé.

—Sí —respondió mi padre, enarcando una ceja, sorprendido por mi pregunta.

Lo examiné con cuidado y recibí su respuesta con incredulidad y escepticismo. Él quiso demostrarme que estaba en lo cierto. Me lo cogió de las manos y leyó en voz alta:

—«*Oti., sempiternum, Cae.*». Nuestros nombres en latín: Octavius y Caecilia. La palabra de en medio viene a ser algo así como «para siempre», «siempre juntos» o «siempre eternos», qué sé yo… Lo mandó hacer vuestra madre. Ella era la que sabía de lenguas clásicas.

El desconcierto se apoderó de mí. Reí. Reí muy fuerte. Mi padre me miró con cara de no entender nada.

—Lo he tenido delante de mis narices todo este tiempo —musité, procesando la nueva información.

—¿Lo habías visto antes? —me preguntó él, sorprendido.

—Sí, en los libros de mamá. En el que fui a buscar a Correos.

—¿Lo tienes tú? Me había olvidado de él por completo...

—He estado meses intentando entender los envíos de libros, las cartas sin remitente... ¡Meses!

—¿Intentando entender qué?

—Papá —intervino Laia, que, tras escucharme reír tan alto, había aparecido en el despacho—, Bruno ha estado todos estos meses intentando descubrir quién le mandaba esos paquetes con libros y cartas a mamá.

—¿Por qué no me lo preguntaste? Te lo hubiese contado.

—¿Cómo iba a preguntártelo? —repliqué con lo que me parecía una obviedad—. No imaginaba que fueras tú quien se los enviaba...

—¿Quién iba a mandárselos, si no? —Se detuvo y soltó una risa irónica—. Ya lo entiendo, creíste que tu madre tenía un amante.

—¿Lo ves?, te lo dije —añadió Laia, con los brazos en jarras, satisfecha por estar en lo cierto.

—No me hace gracia. Este tema me ha traído más de un dolor de cabeza...

—¡Madre del amor hermoso! ¡Menuda película te has montado!

—No me negarás que no es raro enviar libros de forma anónima, con cartas de amor entre las páginas, cuando vivíais bajo el mismo techo —protesté. Me había montado una película, sí, pero las conclusiones a las que había llegado no me parecían tan descabelladas.

—Todo tiene su porqué —respondió mi padre, muy seguro de lo que decía.

Mi hermana y yo lo miramos, como esperando a que compartiese con nosotros sus motivos.

Se sentó en el sillón del despacho. Laia tomó también asiento. Yo me quedé de pie.

—Vuestra madre y yo nos conocimos en la verbena de San Juan, en el pueblo, cuando éramos solo unos chiquillos. Ella se pasaba los veranos a las orillas del río, leyendo libros. A mí la lectura ya sabéis que ni fu ni fa, pero se recostaba sobre mí y me leía en voz alta. Eso sí que me gustaba.

»Al año siguiente me fui a hacer la mili. A Ceuta, me destinaron. Empezamos a cartearnos. Vuestra madre me mandaba libros. Se los leía ella primero y me los mandaba para que yo los leyera después. Y los comentábamos. Decía que eso nos mantendría unidos, a pesar de la distancia. Que era importante compartir aficiones. Yo le decía que esa afición no era mía, que ella me la había encasquetado —rio al recordarlo.

—¿Consiguió que te gustase la lectura? —preguntó Laia.

—No —confesó mi padre—, pero me encantaba escucharla teorizar sobre el sentido de las historias, filosofar sobre el mensaje que querían transmitir los autores. Además, en el cuartel siempre había momentos de aburrimiento, y sus libros me hacían compañía. Así la sentía más cerca.

—¿No te llevabas bien con tus compañeros de mili? —le pregunté, aprovechando el filón. Mi padre rara vez nos hablaba de su juventud.

—Con algunos sí que hice buenas migas. No sé si os acordáis de Pedro y Jesús. —Mi hermana y yo asentimos—.

Todavía sigo en contacto con ellos. Pero ya sabéis que soy una persona más bien solitaria. Y la lectura era una excusa. También pasaba tiempo arreglando el mobiliario de los mandos, los bancos del comedor y esas cosas. Todo lo que fuese de madera llevaba mi sello.

—Y así aprendiste ebanistería —afirmé en lo que pretendía ser una pregunta.

—Cuando regresé del servicio militar, me puse a trabajar codo con codo con un artesano que me enseñó el oficio. En la mili me había sacado el carnet de camión, pero necesitaba algo más manual, no sé cómo decirlo. Vuestra madre me animó a luchar por lo que me apasionaba. Luego nos casamos, llegasteis vosotros... y después vinieron momentos difíciles. A punto estuvimos de separarnos, creo que eso ya os lo imaginabais. —Laia y yo asentimos—. Yo estaba tan centrado en la empresa que apenas dedicaba tiempo a Cecilia. Cuando hablábamos, siempre era sobre la logística. —Eso me resultó familiar—. Y tras recibir el primer diagnóstico, decidimos que no podíamos seguir así.

»En el hospital nos recomendaron que fuésemos a terapia. Yo pensaba que quien necesitaba terapia era vuestra madre, por lo de la enfermedad. Pero Cecilia insistió en que era importante que fuésemos los dos. Así que accedí. Y allí nos preguntaron cómo nos habíamos conocido. Recordar nuestros inicios reavivó nuestra historia. No sé cómo llegamos a la conclusión de que podríamos volver a escribirnos. Pero lo hicimos. Y nos sirvió. Vuestra madre y yo hemos sido muy felices estos últimos años... —hizo una pausa—, hasta que el cáncer nos la arrebató.

Sus ojos se anegaron en lágrimas. También los de Laia, que se levantó y fue hacia él para abrazarle.

—Papá, es una historia preciosa —le dijo.

—Pero ¿por qué le mandabas tú los libros, y no al revés, como hacíais en la mili? —pregunté, deseoso de seguir atando cabos.

—Pues porque mamá ya me había descubierto muchos libros a lo largo de los años, y sentí que había llegado mi turno. Nos lo tomamos como un juego: mi misión consistía en escoger bien el libro, uno que le gustase. Me pasaba horas indagando. Era divertido. Todo un reto para mí. Después los comentábamos. Y, al hacerlo, descubríamos cosas nuevas el uno del otro.

—Pero se los mandabas de forma anónima... —añadí.

Mi padre rio.

—¡Hombre!, eso fue para darle un punto misterioso. De joven, vuestra madre se pasaba horas tarareando canciones de una cantante que se llamaba como ella. La que murió en un accidente de coche. Vosotros sois muy jóvenes para recordarlo... El caso es que esa chica tenía una canción, ahora no la recuerdo, que contaba algo de un amante anónimo que le mandaba flores y cartas a una mujer casada. Y nos hizo gracia. Ahora que sois adultos puedo decirlo —cambió el registro por uno más pícaro, uno en el que jamás había oído hablar a mi padre—: uno a veces tiene que ingeniárselas para mantener la magia.

Reímos todos.

—¿Y lo del exlibris?

—Los compañeros de la mili me pedían los libros, y yo se los dejaba, pero luego nunca me los devolvían. Así que vuestra madre decidió tomar medidas, ya sabéis cómo era.

—Tiene sentido —reconocí.

Mi padre se levantó, pasó por mi lado, me colocó la mano sobre el hombro y me dio un par de golpecitos.

—Debiste dedicarte al periodismo de investigación —dijo con una sonrisa irónica en la cara.

Aunque hubiese preferido que las respuestas llegasen antes y así ahorrarme unos cuantos quebraderos de cabeza, agradecía poder dejar este asunto atrás. Ya no había amante al que avisar, ni secretos que me quemasen en las manos, ni dudas respecto a si decírselo o no a mi padre. Esa conversación me había acercado a él y a su gran historia de amor, pero, sobre todo, había supuesto una liberación para mí.

Llenar la jarra de agua me sirvió de excusa para aislarme en la cocina. Necesitaba digerir todo lo que estaba pasando. O, mejor dicho, todo lo que debería haber pasado pero que jamás tendría lugar porque mi madre ya no estaba.

Ella le hubiese comprado un traje de elfo navideño a Sam, todos nos hubiésemos reído al verle, y él se habría pasado un cuarto de hora saltando y ladrando de alegría. Ella se habría pintado los labios de color rojo porque «Hoy es un día especial» y, al llegar, Laia hubiese ido directa al baño del dormitorio de mis padres y le habría tomado prestado el pintalabios. Mamá hubiese preparado la tradicional escudella para comer y, con lo que sobrase, habría cocinado los mejores canelones que he probado nunca para el día siguiente, San Esteban. Luego hubiese puesto de fondo un disco de Boney M. y hubiese sacado a bailar a papá, quien, moviéndose torpemente, hubiera accedido a regañadientes. Después hubiera llegado el turno de los villancicos: mamá hubiese sacado una pandereta y habríamos cantado juntos (desafinando, pero juntos, que se nota menos). Ella hubiese sido capaz de convencer a Llorenç de que dejase al Tió tranquilo mucho antes que nosotros, y de que prescindiese de, por lo menos, la mitad de los regalos en la carta de los Reyes Magos porque «No necesitas todo esto para ser feliz», hubiera dicho. Ella hubiese sido la promotora de la foto familiar.

Ella.

Pero ya no estaba.

—Tete, ¿te encuentras bien? —preguntó mi hermana, preocupada.

Sorbí la nariz y asentí.

—No está siendo fácil, ¿verdad?

Moví la cabeza lentamente de un lado a otro. Dejé la jarra a punto de rebosar en la encimera, Laia me abrazó y yo la abracé ella.

50

JÚLIA

—¡¿Hola?! —exclamé nada más abrir la puerta del obrador, como si el repicar de las campanillas al entrar no fuese suficiente para anunciar mi llegada.

Había luz, y una suave música invernal salía de la antigua radio a pilas que la abuela conservaba.

Olía a pan recién hecho. Aspiré con fuerza para impregnarme de aquel aroma y cerré los ojos. Y entonces me permití fantasear.

Por un momento, pensé que saldría la abuela a mi encuentro y me explotaría un beso, como siempre. Sentí un cosquilleo en la mejilla, como si su esencia me diese la bienvenida de la forma en que solo ella sabía hacerlo.

—Júlia, cariño.

Era la voz de mamá saliendo del obrador, devolviéndome a la tierra en un golpe de realidad.

La respiración se me entrecortó, y suspiré para coger fuerzas.

«No ha sido buena idea venir», reflexioné para mis adentros.

«Peor habría sido quedarte en casa», me respondí a mí misma.

—Feliz Navidad, hija —añadió mientras me abrazaba

como podía, esquivando las bolsas que cargaba. Se sorbió la nariz antes de continuar. Aquello tampoco era fácil para ella—. ¿Lo has traído todo? ¿Las *neules*, el turrón del blando...?

—He traído lo que he encontrado. No me ha resultado fácil... —respondí, un poco molesta. Yo, que siempre me había jactado de estar terminantemente en contra de que los comercios abrieran los festivos, me había recorrido media ciudad en busca de las últimas unidades de los dulces navideños favoritos de la abuela.

—Nos las apañaremos, no te preocupes —añadió mamá, revisando lo que había en las bolsas.

Se trataba de algo improvisado. No entraba en los planes de ninguna de nosotras celebrar la Navidad, porque celebrar, precisamente, era lo que menos nos apetecía. Pero mamá pensó que era justo lo contrario de lo que la abuela hubiese querido. «Así nos sentiremos más cerca de ella», argumentó, convencida. Me pareció una buena idea; en todo el planeta, no había lugar en el que pudiéramos sentirnos más cerca de ella.

—¿Y has podido pasar por casa de la abuela?

Asentí.

—He traído el mantel de Navidad y la cubertería buena. —Así era como se refería a la que solo sacaba en las «grandes ocasiones»: Navidad, Año Nuevo y nuestros cumpleaños.

—Perfecto —dijo mamá, tras suspirar entre apenada por el peso de la ausencia de la abuela, inferí, y satisfecha por encontrar una forma de recordarla en ese día.

Ella hubiese cocinado para un regimiento al ritmo de pegajosos villancicos, hubiera sacado las panderetas después de comer y hubiese tratado de convencernos para que la acompañásemos al Quinto, el bingo navideño que se organizaba en la ciudad al que acudían todas sus amigas con sus respectivas familias.

La mañana se nos pasó volando, preparando la improvisada comida mientras nos poníamos al día de lo acontecido en el obrador.

—Filo, la amiga de tu abuela, ¿te puedes creer que siempre me pide el colín más grande para su nieto? Pero cuando digo «siempre», quiero decir cada puñetero día. He estado tentada de decirle: «¡Pero si siempre le doy el más hermosote! No hace falta que me lo pida, mujer» —protestó mamá entre risas. Reí yo también—. Y el señor Eustaquio, que quiere el café hirviendo. No caliente, no. ¡Hirviendo! Un día voy a tener que llevarle a urgencias por quemaduras de primer grado —dijo, exagerando su expresión, y me hizo tanta gracia que volvió a arrancarme una sonrisa.

—Ya te acostumbrarás. Son entrañables. Aquí, aburrirte, no te aburrirás.

—No, si ya empezaba a sospecharlo...

Nos miramos y sonreímos. Un destello de complicidad hizo saltar algo dentro de mí. Y, sin pensarlo, solté:

—Mamá, ¿puedo preguntarte algo?

—Claro, hija.

—¿Por qué este cambio?, ¿por qué ahora?

Al principio me miró con desconcierto, pero en seguida supo a qué me refería. Cogió aire antes de responder:

—Hace tiempo que debí tomar ciertas decisiones. Pero un día, de repente, algo dentro de mí hizo clic —chascó los dedos al decirlo—. Y me di cuenta de que la vida no espera.

—¿Y qué fue lo que te hizo ese clic? Si puedo preguntar... —añadí con cautela.

Antes de continuar, dejó lo que estaba haciendo, se limpió las manos con el delantal y suspiró. Se apoyó en la mesa de trabajo, a mi lado.

—He pasado mucho tiempo con Jean Claude y sus hijas. Hace unos meses la pequeña lo dejó con su novio. Bueno, noviete, que acaba de cumplir dieciséis años. Volvió a casa llorando, diciendo que jamás volvería a querer a nadie como a ese muchacho. Su padre la abrazó mientras ella lloraba desconsolada.

»Por la noche, mientras revisábamos los detalles de la inauguración, me pidió consejo. «¿Cómo acompañabas a tus hijas cuando alguien les rompía el corazón?», me preguntó. Y no supe qué decirle. —Hizo una pausa y buscó mi mirada—. Entonces me di cuenta de que no he estado en muchas de las situaciones en las que una madre tiene que estar ahí. Y me sentí una madre horrible. —Los ojos se le llenaron de lágrimas—. No puedo volver atrás, a esos momentos en los que debí estar y no estuve. Pero sí puedo estar de ahora en adelante... —Hizo una pausa y añadió—: Si me dejáis, claro.

Empecé a verla borrosa: yo también estaba llorando. Mamá me abrazó con fuerza y me dio un beso en la cabeza. Allí, entre sus brazos, por un instante volví a ser una niña.

—¿Hola?

Era la voz de Nina, que entraba por la puerta.

Pronto llegarían David y Jean Claude, que quiso unirse a nosotras por Navidad.

Traté de recomponerme como pude. Mamá hizo lo mismo.

—Ma-mamá... —balbuceé y la miré, todavía con lágrimas en los ojos—. Me hace bien tenerte aquí.

—He traído la última que quedaba —anuncié mientras sacaba de la bolsa una caja de *neules*.

—La abuela, con una caja, no tendría ni para empezar. Lo sabes, ¿verdad? —bromeó Nina. De pronto se hizo un silencio lleno de melancolía y nostalgia que ella misma rompió—: ¡Todavía no nos habéis contado cómo os conocisteis!

—¡Qué vergüenza! —Mamá se escurrió en el asiento, una reacción con la que me vi demasiado reflejada—. Cuéntalo tú, que se te dan mejor estas cosas.

—*D'accord*. —Jean Claude accedió y se aclaró la garganta—. Vuestra madre estaba perdida por Montmartre —empezó con su pronunciado acento francés.

—No estaba perdida —protestó ella—. Cuéntalo bien. Estaba paseando tranquilamente. Solo que no me manejo con las tecnologías y no encontraba la plaza de los pintores. Esa tan famosa.

—*La place du Tertre*.

—*Oui, monsieur*.

—Vuestra madre me preguntó algo en *français*, en un *français* perfecto, yo le respondí. Terminamos tomando un café y charlando sobre arte. Y ya no pude separarme de ella.

Me fijé en cómo se miraban, y me gustó cómo lo hacían: con cariño, con admiración y con ternura. Sobre todo con ternura.

Las campanillas volvieron a sonar cuando ya habíamos arrasado con los dulces, agotado las anécdotas y recogido la mesa de aquella improvisada comida de Navidad.

—¿Se puede? —preguntó Bruno con timidez, asomándose por la puerta.

Sabía que Llorenç pasaría las Navidades con su madre, así que le había invitado a unirse a nosotros por la tarde, si le apetecía.

Mi familia se puso de pie para saludarlo. Uno a uno, lo abrazaron como si, en lugar de darle la bienvenida al obrador, lo recibieran como a un nuevo miembro de ella.

«¿Serán así las próximas Navidades, con Bruno como uno más?», me pregunté.

«Frena, no tengas prisa», me reprendí.

«Solo estaba explorando cómo me sentía al pensarlo», me excusé.

Y lo cierto era que, aunque sabía que había mucho de lo que hablar y mucho por construir, me sentía muy tranquila con esa idea.

Bruno recorrió el mostrador y vino a mi encuentro mientras se quitaba la bufanda. Me pilló limpiando la cafetera tras la segunda ronda de cafés, la excusa de la que me había servido para alargar una sobremesa en la que me sentía muy a gusto, en familia, a pesar de que la ausencia de la abuela no dejase de doler.

—Te has animado a venir —le dije, recibiéndole con una sonrisa de oreja a oreja.

—No te hagas ilusiones. No he venido a verte a ti —dijo muy serio; tanto, que casi me lo creo—. He venido a cancelar un pedido.

Cerré los ojos, sonreí y chisté.

—Gracias —dije al pasar los labios cerca de su oído, tras colgarme de su cuello.

—¿Te acuerdas del día en que me enseñaste a amasar pan? —recordó con la mirada puesta en el obrador—. Me moría de ganas de estar así contigo.

«Yo también», pensé para mí.

Y sonreí satisfecha por la decisión que había tomado, por darme permiso para sentir. Por confiar en él. Pero, sobre todo, por confiar en mí misma.

Me descolgué y tomé distancia, la suficiente para mirarle de frente.

—¿Sabes? Mi abuela solía decir que el amor es como el pan: necesita tiempo, ternura y delicadeza para que sea del bueno. Que hay que conocer la masa, pero conocerla bien, conocerla de verdad; cuidarla en cada paso del proceso, en cada movimiento, y no tener prisa. Soy consciente de que a ti y a mí todavía nos queda mucho por conocer del otro. Y por hablar. —Me quedé en silencio unos segundos antes de continuar—. Había perdido la esperanza de encontrar a alguien con quien escribir una historia no perfecta, pero sí sana. Sé que no es fácil, y que el camino no ha hecho más que empezar… —Le cogí de la mano y me empapé de esa imagen: la suya y la mía entrelazadas, su pulgar acariciando el mío—. Pero estoy contenta de hacerlo contigo.

—Yo también estoy contento de hacerlo a tu lado —dijo él muy bajito mientras clavaba sus ojos en los míos.

Salimos de detrás del mostrador y nos unimos al resto.

Ali, Maca, su marido Rubén y la pequeña Ona también se habían apuntado a aquel tradicional plan navideño. Mamá repartía copas entre todos, mientras Jean Claude abría una botella de champán francés que él mismo había traído.

—¿Por qué brindamos? —preguntó Ali, entusiasmada por aquella escena.

—Por las oportunidades que nos da la vida. Por estar hoy todos juntos —paseé mi mirada, reparando en las sonrisas de todos los presentes—, a pesar de las ausencias —añadí con la voz rota.

Nina me abrazó por detrás y me recosté en ella.

—¡Ay! —exclamó mamá—, casi se me olvida. He traído una cosa. Un regalo —añadió entre nerviosa y entusiasmada.

Fue al mostrador y de detrás sacó un paquete que nos entregó a mi hermana y a mí. En silencio, con gestos, nos invitó a abrirlo.

Nina y yo rompimos el papel de regalo, y allí estaba: una fotografía en blanco y negro de la abuela y el abuelo cogidos de la mano. Ella, con una sonrisa de oreja a oreja, estrenando delantal y mostrando a la cámara las llaves del obrador recién inaugurado; él, levantando con orgullo las campanillas que, durante décadas, darían la bienvenida a todas las personas que nos visitasen, y observando con admiración el brillo que desprendía el rostro de su esposa.

El tiempo se detuvo en una burbuja, un último instante en el que la abuela nos regaló su presencia. Las figuras se emborronaron cuando se nos llenaron los ojos de lágrimas a mi madre, a mi hermana y a mí. El resto de los presentes aplaudieron y nos regalaron su cariño.

—Aquí quedará perfecto —dijo mamá mientras lo colgaba en un lugar preferente del obrador.

Asentí en silencio. No podía estar más de acuerdo. Desde allí, la presencia de la abuela nos seguiría arropando a diario.

Quise ser yo quien cerrase el obrador aquel día.

Desde dentro, observé al resto interactuar, con los abrigos ya puestos, esperando a que saliera.

Conversaban entre ellos y reían. Me sentí afortunada. Y agradecida.

Nina, que me vio de pie observándolos sin moverme un milímetro, señaló su muñeca, como metiéndome prisa. En mi cara se dibujó una sonrisa serena, cálida. Sentí la certeza de que estaba justo donde quería estar. Tenía el corazón lleno, y dentro de mí había paz.

Mi hermana no entendió a qué venía aquella sonrisa, e insistió. «Venga», leí en sus labios. Y vi cómo mamá la reprendía por ser tan impaciente.

Antes de apagar la luz del obrador, me detuve un instante, como si algo requiriese de mi atención. Me giré y observé aquel lugar en el que tantas horas había pasado conversando con la abuela, en el que tanto había aprendido de ella.

Y entonces la vi.

Estaba amasando pan. Bailando con las manos cubiertas de harina. Tarareando canciones. Mirándome con ternura. Acercándose a mí para que probara sus recetas. Pidiéndome que le tomase fotos para convertirlas en simpáticos *stickers*. Mediando entre mi hermana y yo. Frenando mi impulsividad. Inventándose excusas para no colgar el delantal y jubilarse, pero jubilarse de verdad.

Suspiré.

Suspiré y cerré los ojos con fuerza, deseando que, cuando los abriera, todo aquello que había proyectado en mi mente no fuese solo un recuerdo.

Pero lo era.

—Gracias, abuela —dije en un murmullo, clavando la mirada en la foto que mamá había hecho enmarcar.

Y por un momento me pareció oír su voz. Pero no tardé en darme cuenta de que empezaba a olvidarla. A olvidar cómo sonaba su voz. Cada día me costaba más reproducirla en mi cabeza. Pero de lo que jamás me olvidaría era de cómo me había sentido en aquel lugar, con ella a mi lado.

Me sequé las lágrimas, me sorbí la nariz y, por fin, apagué la luz.

Mamá me estaba esperando en la calle, con los brazos abiertos para que me cobijara en ellos, como si supiera justo lo que necesitaba.

—Júlia, cariño, ¿estás preparada? —me preguntó mientras me abrazaba, tras darme unos segundos para reponerme.

Lo pensé bien antes de responderle. Ambas sabíamos que aquella pregunta estaba cargada de significado.

Nina me cogió de la mano y me la apretó con fuerza. Dibujé una media sonrisa y le agradecí el gesto con la mirada.

—Sí, mamá. —La miré a los ojos y, con una firmeza que por una vez no me hizo falta impostar, añadí—: Estoy preparada.

Me sentí capaz de aprender a seguir adelante sin la abuela, de hacer frente a lo que viniera.

De vivir, aunque a veces doliera.

Y entonces lo supe.

Hay lugares en los que pierdes la esperanza, y otros en los que la vuelves a encontrar.

Agradecimientos

A mi pareja, por escuchar mis ideas y entusiasmarse con ellas, por compartir mi ilusión y por estar ahí, por ser el lugar al que volver.

A mi madre y a mi hermana, por darme fuerza y valentía, por creer en mí cuando más me cuesta y por alimentar mi versión más soñadora.

A mis amigas, por emocionarse con lo que me emociona y por el tiempo que han dedicado a darme su *feedback* a lo largo del proceso.

A Penguin Random House, por contar conmigo una vez más. En especial a Alba, por pensar en mí; a Ana, por darme esta oportunidad y acompañarme con tanto cariño; y a Celia, por sus valiosas aportaciones.

A las personas que acompaño en consulta, por todo lo que aprendo de ellas.

A la Montse pequeñita que disfrutó con un proyecto del colegio que consistía en escribir un relato y que, aunque en algún momento soñó con publicar una novela, nunca imaginó que, décadas más tarde, se convertiría en realidad.

A las personas que habéis leído estas páginas y que habéis escogido este título para que forme parte de vuestra biblioteca y de vuestra vida.